Gaelen Foley

Spion im Namen der Liebe

Roman

Aus dem Amerikanischen von
Petra Lingsminat

MIRA®

MIRA® TASCHENBUCH
Band 25188
1. Auflage: Juli 2006

MIRA® TASCHENBÜCHER
erscheinen in der Cora Verlag GmbH & Co. KG,
Axel-Springer-Platz 1, 20350 Hamburg
Deutsche Taschenbucherstausgabe

Titel der nordamerikanischen Originalausgabe:
Lord of Fire

erschienen bei: Avon Books, New York
Published by arrangement with
The Ballantine Publishing Group, a division of Random House, Inc.

Konzeption/Reihengestaltung: fredeboldpartner.network, Köln
Umschlaggestaltung: pecher und soiron, Köln
Redaktion: Claudia Wuttke
Titelabbildung: „Vittorio Dangelico“ by
Thomas Schlueck GmbH, Garbsen
Autorenfoto: © Redford Photography
Satz: Buch-Werkstatt GmbH, Bad Aibling
Druck und Bindearbeiten: Ebner & Spiegel, Ulm
Printed in Germany
ISBN 3-89941-246-X

www.mira-taschenbuch.de

1. KAPITEL

London, 1814

Sein kantiges Profil wurde von den Schatten scharf umrissen, als er von der dunklen Galerie in den überfüllten Ballsaal hinunterblickte; im schwankenden Schein der Kerze wirkte er fast unwirklich, wie ein Phantom. Das Licht ließ sein rabenschwarzes Haar aufleuchten und seine quecksilbergrauen Augen machiavellistisch glitzern. *Geduld.* Alles war in Ordnung.

Vorbereitung war alles, und er hatte sorgfältig geplant. Nachdenklich führte Lord Lucien Knight das Glas mit Burgunder an die Lippen, sog den Duft ein und nahm einen Schluck. Bis jetzt kannte er die Namen oder Gesichter seiner Feinde noch nicht, aber er konnte spüren, wie sie näher rückten. Aber er war bereit. Er hatte die Falle aufgestellt und mit einem Köder bestückt, der mit Sünde, Beischlaf und dem Sirenengesang politischer Subversion lockte und für jeden Spion unwiderstehlich war.

Nun konnte er nur noch abwarten. Zwanzig Jahre Krieg hatten letzten Frühling mit Napoleons Niederlage, Abdankung und Verbannung nach Elba ein Ende gefunden. Jetzt war Herbst, und die europäischen Staatsmänner hatten sich in Wien versammelt, um die neue europäische Ordnung auszuhandeln, doch jeder, der halbwegs über Verstand verfügte, musste wissen, dass der Krieg erst dann vorbei war, wenn Napoleon an einen sichereren Ort weit draußen im Atlantik geschafft worden wäre – das zumindest war Luciens Ansicht.

Elba war nicht weit vom italienischen Festland entfernt, und es gab durchaus Leute, die gegen den Frieden waren, die keinen Gewinn aus der Rückkehr des Bourbonenkönigs Ludwig XVIII. zogen und sich Napoleon zurückwünschten. Als einer der besten Spione Britanniens hatte Lucien Befehl von Außenminister Lord Castlereagh erhalten, sozusagen als Türwächter zu fungieren, bis der Frieden ausgehandelt war. Seine Mission war es somit, die dunklen Mächte daran zu hindern, auf britischem Boden Unheil anzurichten.

Er nahm noch einen Schluck Wein. Seine silbergrauen Augen glommen auf. *Sollen sie ruhig kommen.* Er würde sie ausfindig machen, in die Falle locken, fangen und vernichten, wie so viele andere vor ihnen. Und er würde dafür sorgen, dass sie zu ihm kämen.

Plötzlich brach im Ballsaal Jubel aus. *Na, wenn das nicht der große Held höchstpersönlich ist.* Lucien beugte sich vor und sah mit zynischem Lächeln zu, wie sein Zwillingsbruder Colonel Lord Damien Knight den Raum betrat, eine prächtige Erscheinung in scharlachrotem Rock, welche die strenge Würde des Erzengels Michael verströmte, nachdem er den Drachen durchbohrt hatte. Der Glanz des Galadegens und der goldenen Epauletten wirkte wie ein Heiligenschein, und die Leute scharten sich bewundernd um ihn. Damien war schon immer ein Liebling der Götter gewesen.

Lucien schüttelte den Kopf. Obwohl um seine Lippen ein ironisches Lächeln spielte, verriet sein Blick Schmerz. Als wäre es nicht schon genug, dass der Colonel mit seinen mutigen Heldentaten in der Schlacht die Massen begeisterte, nun wurde er als der ältere Zwilling auch noch zum Earl gemacht. Luciens

Schmerz war allerdings nicht auf Eifersucht zurückzuführen, sondern auf das fast kindliche Gefühl, von seinem treusten Verbündeten im Stich gelassen worden zu sein. Damien war der Einzige, der ihn je verstanden hatte. Die meisten ihrer einunddreißig Jahre waren die Knight-Zwillinge unzertrennlich gewesen. In ihrer wilden Jugend hatte man sie Lord Luzifer und Lord Dämon genannt, und besorgte Debütantinnenmütter hatten ihre Töchter vor den beiden Teufeln gewarnt. Doch diese unbeschwerten Tage waren vorüber, denn Lucien hatte den soldatischen Ehrenkodex seines Bruders verletzt.

Damien hatte nie ganz akzeptieren können, dass Lucien die Armee vor zwei Jahren verlassen hatte und dem Geheimdienst beigetreten war. Als Offizier eines Linienregiments betrachtete man Spionage eben als etwas Ehrenrühriges. Für Damien und seine Kollegen waren Spione nicht besser als Schlangen. Damien war der geborene Krieger. Jeder, der ihn in der Schlacht gesehen hatte, das Gesicht voll Pulver und Blut, wusste das. Aber ohne die Erkenntnisse über feindliche Stellungen, Stärke und Angriffspläne des Gegners, die Lucien ihm unter Missachtung sämtlicher Befehle und Gefahr seines eigenen Lebens hatte zukommen lassen, hätte Damien nicht ganz so oft gesiegt. Wie sehr es doch den Stolz des großen Befehlshabers verletzen musste, dass er ohne die Hilfe seines spionierenden Bruders niemals zu solchem Ruhm gelangt wäre.

Egal, dachte Lucien zynisch. Ich weiß immer noch besser als jeder andere, wie ich den Kriegshelden vom Sockel stoßen kann.

„Lucien“, hauchte plötzlich eine heisere Stimme hinter ihm.

Er drehte sich um und entdeckte in der Tür Caros üppige

Gestalt. „Schau an, die liebe Lady Glenwood“, schnurrte er und streckte ihr mit dunklem Lächeln die Hand entgegen. *Damien würde sich einfach schwarz ärgern!*

„Ich habe dich überall gesucht!“ Sie eilte zu ihm, sodass ihre püppchenhaften Korkenzieherlocken wippten und ihre schwarzen Seidenröcke raschelten. Mit einem raffinierten Lächeln im geschminkten Gesicht ergriff sie seine Hand und ließ sich von ihm an sich ziehen. „Damien ist hier …“

„Wer?“ murmelte er, während er ihre Lippen mit den seinen streifte.

Sie stöhnte auf und schmiegte sich an ihn, schwarzen Satin an weißen Brokat. Letzte Nacht war es Haut an Haut gewesen.

Obwohl die siebenundzwanzigjährige Baronin Trauer um ihren kürzlich verstorbenen Gatten trug, bezweifelte Lucien, dass sie seinetwegen viele Tränen vergossen hatte. Für eine Frau von Caros Schlag war ein Ehegatte nur ein Hindernis auf dem Weg zum Vergnügen. Das Mieder ihrer Robe war so winzig, dass es ihre schwellenden Brüste kaum bedeckte. Der nachtschwarze Satin ließ ihr Dekolletee wie aus Alabaster wirken, und das Scharlachrot ihrer Lippen wurde von den roten Rosen aufgenommen, die ihr hochgestecktes schokoladenbraunes Haar schmückten. Nach einem Moment beendete Caro den Kuss, indem sie die Hände gegen seine Brust stemmte.

Als sie ein Stück von ihm abrückte, sah er, dass sie triumphierend strahlte; ihre Wangen waren erhitzt, und ihre dunklen Augen blitzen selbstgefällig. Lucien verbarg ein spöttisches Lächeln, während Caro spröde den Blick senkte und die Aufschläge seines schwarzen Fracks glatt strich. Gewiss glaubte sie, dass sie das Unmögliche erreicht hatte, das, was keine ihrer

Rivalinnen geschafft hatte – *beide* Knight-Zwillinge erobert zu haben und sie nun zur Befriedigung ihrer Eitelkeit gegeneinander ausspielen zu können. Auf die Dame wartete eine bedauerliche Überraschung.

Er war ein schlechter Mensch, das wusste er, aber er konnte es sich einfach nicht verkneifen, ein wenig mit ihr zu spielen. Er leckte sich die Lippen und blickte anzüglich auf die im Dunkeln liegende Wand. „Hier oben kann uns keiner sehen. Na, meine Liebste, wie wär's?"

Sie stieß ein heiseres Lachen aus. „Später, du lasterhafter Kerl. Erst möchte ich mit dir zu Damien gehen."

Lucien zog eine Augenbraue hoch, geschickt mitspielend. „Wir beide?"

„Ja. Ich will nicht, dass er glaubt, wir hätten irgendetwas zu verbergen." Unter gesenkten Lidern warf sie ihm einen schlauen Blick zu. „Wir müssen uns nur ganz normal verhalten."

„Ich werd's versuchen, *ma chérie.*"

„Gut. Dann komm." Sie hängte sich bei ihm ein und zog ihn zu der kleinen Wendeltreppe, die in den Ballsaal führte. Bereitwillig folgte er ihr, was sie hätte warnen sollen, dass er etwas im Schilde führte. „Hast du ihm wirklich nichts verraten?"

„*Mon ange,* ich würde nie auch nur ein Wort sagen." Er hielt es nicht für angebracht hinzuzufügen, dass sich Zwillinge so nah standen, dass es oft kaum der *Worte* bedurfte, um Informationen auszutauschen. Ein Blick, ein Lachen sprachen oft Bände. Eigentlich entsetzlich, sich vorzustellen, dass dieses gewissenlose Luder kurz davor stand, Damien in die Ehe zu locken. Doch der Kriegsheld hatte Glück, denn sein spionierender Bruder kam wieder einmal mit den entscheidenden

Informationen zu seiner Rettung geeilt: Caro hatte den Test nicht bestanden.

Lucien beugte sich vor. „Hoffentlich planst du immer noch, mich dieses Wochenende nach Revell Court zu begleiten."

Nervös schaute sie ihn an. „Nun ja, Liebling, eigentlich bin ich mir da … nicht so sicher."

„Was?" Er blieb stehen und wandte sich mit finsterer Miene um. „Warum nicht? Ich will, dass du kommst."

Dieser Befehl erregte sie. „Lucien."

„Caro." Seine Hartnäckigkeit war nicht auf die Ergebenheit eines Liebhabers zurückzuführen, sondern auf den einfachen Umstand, dass einem eine schöne Frau recht nützlich werden konnte, wenn man einen feindlichen Spion fangen wollte.

„Du verstehst nicht", sagte sie schmollend. „Ich *möchte* ja mitkommen. Es ist nur so, dass ich einen Brief von Miss Tugendsam erhalten habe. Sie schreibt …"

„Von wem?" unterbrach er sie erstaunt.

„Von Alice, meiner Schwägerin", erwiderte sie und winkte unwirsch ab. „Vielleicht muss ich nach Glenwood Park heimkehren. Sie schreibt, mein Kind könnte krank werden. Wenn ich nicht komme und ihr bei der Pflege von Harry helfe, reißt Alice mir den Kopf ab. Nicht dass ich wüsste, was ich mit dem kleinen Kerl anfangen sollte. Bei mir schreit er bloß."

„Nun, er wird ja wohl eine Kinderfrau haben, oder?" fragte er angewidert. Er wusste, dass Caro von ihrem verstorbenen Mann einen dreijährigen Sohn hatte, auch wenn sie selbst diese Tatsache meist zu vergessen schien. Das Kind war einer der Gründe, warum Damien so daran interessiert war, die Frau zu heiraten. Einmal abgesehen von dieser bizarren väterlichen

Anwandlung einem Kind gegenüber, das er noch nicht einmal kannte, wollte Damien eine Frau, die Söhne gebären konnte. Ein Earl brauchte schließlich einen Erben. Leider hatte sich Caro jedoch als unwürdig erwiesen, da sie Luciens Verführungskünsten mit Haut und Haar erlegen war. Damien würde zwar schwer an seinem verletzten Stolz zu tragen haben, doch Lucien wollte auf keinen Fall zulassen, dass sein Bruder eine Frau heiratete, die ihn nicht von Herzen liebte. Eine Frau, die Damien würdig wäre, hätte Lucien widerstanden.

„Natürlich hat er eine Kinderfrau, aber Alice behauptet, dass er, nun ja … mich braucht“, meinte Caro bedauernd.

„Aber *ich* brauche dich auch, *chéri.*“ Er bedachte sie mit einem einschmeichelnden Lächeln und fragte sich insgeheim, ob seine Mutter hin und wieder wohl an ähnlichen Gewissensbissen gelitten hatte. Was für ein schamloses Stück die verstorbene Duchess of Hawkscliffe doch gewesen war, ständig auf Eroberungen aus. Und sein eigener Vater war beileibe nicht der Gatte der Duchess gewesen, sondern ihr langjähriger Liebhaber, der mächtige und geheimnisvolle Marquis of Carnarthen. Der Marquis war vor kurzem gestorben und hatte Lucien den Großteil seines Privatvermögens und sein berüchtigtes Schloss Revell Court südwestlich von Bath hinterlassen.

Plötzlich erkannte Lucien, warum er Damien unbedingt daran hindern wollte, Caro zu heiraten. Er konnte wohl kaum zulassen, dass sein Bruder bei einer Ehefrau landete, die genau wie die verlotterte Duchess war. Abrupt wandte er sich ab und ging den Flur hinunter. „Schon gut, kehr nur heim zu deinem Gör“, murmelte er. „Ich finde schon eine andere, mit der ich mich amüsieren kann.“

„Aber Lucien, ich will doch mitkommen!“ protestierte sie und eilte ihm mit wehenden Gewändern nach.

Er blickte starr geradeaus. „Dein Kind braucht dich, das weißt du ganz genau.“

„Nein, das tut es nicht.“ Ihr Tonfall war so rau, dass Lucien sie forschend ansah. „Er kennt mich nicht einmal. Sein Herz gehört allein Alice.“

„Glaubst du wirklich?“

„Ja. Ich bin als Mutter nicht besonders begabt.“

Entnervt schüttelte er den Kopf. Was kümmerte es ihn, wenn sie sich etwas vormachen wollte? „Na, komm schon. Damien wartet.“ Er führte sie hinunter in den Ballsaal, wo ihr Schicksal besiegelt werden sollte.

Hell beleuchtet von den Kronleuchtern, wirkte der Ballsaal auf naive Zeitgenossen wie ein zivilisierter Ort, doch in Luciens Augen war der Boden nicht umsonst schwarz-weiß gefliest wie ein riesiges Schachbrett. Hinter der dekadenten Fassade, die er sich geschaffen hatte, hielt er mit geschärften Sinnen Ausschau nach irgendetwas oder irgendjemandem, bei dem sich seine Instinkte regten. Da nichts je offensichtlich war, kultivierte er eine leichte Paranoia und traute niemandem. Seiner Erfahrung nach waren es immer ganz unauffällige, gewöhnliche Leute, welche die verräterischsten Pläne hegten. Die bizarren Typen waren normalerweise harmlos; tatsächlich hatte er sogar eine Vorliebe für all diejenigen, die sich den Zwängen der Konformität nicht ergeben wollten. Das spiegelte sich auch in seinem Bekanntenkreis wider – ihn grüßten Außenseiter, diverse Lüstlinge, Rebellen, zerraufte Naturwissenschaftler und Exzentriker jeder Couleur.

Er nahm ihren meist verstohlenen Tribut mit schmalem Lächeln zur Kenntnis – anscheinend brannten seine Gefolgsleute schon darauf, zu den Festivitäten auf Revell Court zurückzukehren. Er zwinkerte einem bemalten Dämchen zu, das hinter dem Fächer hervorgrüßte.

„Euer Unheiligkeit“, flüsterte sie mit einem einladenden Blick.

Er neigte den Kopf. „*Bon soir, madame.*“ Aus den Augenwinkeln sah er, wie Caro ihn fasziniert betrachtete. „Was denn, meine Liebe?“

Sie schaute ihn verschmitzt an. „Ich habe mich nur gefragt, wie es Miss Tugendsam wohl mit dir ergehen würde. Es wäre amüsant zu beobachten, wie du sie verdirbst.“

„Bring sie irgendwann einmal mit. Ich werde mir alle Mühe geben.“

Sie lächelte süffisant. „Wahrscheinlich würde sie umkippen, wenn du sie nur ansiehst, die kleine Unschuld.“

„Ist sie jung?“

„Nicht sehr. Einundzwanzig.“ Caro hielt inne. „Eigentlich glaube ich, dass nicht einmal du die Zitadelle erstürmen könntest, wenn du verstehst, was ich meine.“

Er blickte sie schief an. „Ich bitte dich.“

Caro zuckte mit den Schultern, ein spöttisches Lächeln um die Lippen. „Ich weiß nicht, Lucien. Leicht wäre es nicht; Alice ist ebenso *gut*, wie du *schlecht* bist.“

Er zog die Augenbraue hoch und ließ sich das durch den Kopf gehen. „Ist sie wirklich so ein Ausbund an Tugend?“

„Mir jedenfalls dreht sich der Magen um“, stieß Caro leise hervor. „Sie verbreitet keinen Klatsch. Sie lügt nicht. Sie lacht nicht, wenn ich eine witzige Bemerkung über irgendeine aufgetakelte Spinatwachtel mache. Sie ist nicht eitel. Sie lässt nicht einmal den sonntäglichen Kirchgang aus!"

„Da bist du ja mit einem richtigen Ungeheuer geschlagen – mein Beileid. Wie sagtest du, heißt sie?"

„Alice."

„Montague?"

„Ja. Sie ist die kleine Schwester meines armen Glenwood."

„Alice Montague", wiederholte er nachdenklich. Die Tochter eines Barons, dachte er. Tugendhaft. Noch zu haben. Kinderlieb. Klang ganz so, als wäre sie genau die Richtige für Damien. „Ist sie hübsch?"

„Leidlich", erwiderte Caro ausdruckslos.

„Hmmm." Er musterte sie aufmerksam, und dann begann in seinen Augen der Schalk zu blitzen, als er die Eifersucht in ihren Zügen erkannte. „Wie leidlich?"

Sie warf ihm einen vernichtenden Blick zu und antwortete nicht.

„Komm, sag schon."

„Vergiss sie!"

„Ich bin doch nur neugierig. Welche Farbe haben ihre Augen?"

Sie ignorierte seine Frage und nickte einer Dame mit federbesetztem Turban zu.

„Ach, Caro", murmelte er schelmisch. „Eifersüchtig auf eine frische Einundzwanzigjährige?"

„Sei doch nicht albern!"

„Na, was kann es dann schaden?" beharrte er, um sie anzustacheln. „Verrat mir ihre Augenfarbe."

„Blau“, fuhr sie ihn an, „aber sie sind ganz glanzlos.“

„Und ihr Haar?“

„Blond. Rot. Keine Ahnung. Was soll das?“

„Nun komm schon!“

„Was für ein Plagegeist du doch bist! Alice hat herrliches Haar, wenn du es unbedingt wissen musst. Es reicht ihr bis zur Taille, und es ist rotblond“, meinte sie gereizt, „aber es ist immer voller Krümel von Harrys Frühstück. Einfach ekelhaft. Ich hab ihr schon hundert Mal gesagt, dass herabwallendes Rapunzelhaar völlig aus der Mode ist, aber Alice ignoriert mich einfach. Ihr gefällt es. Bist du jetzt zufrieden?“

„Hört sich köstlich an“, flüsterte ihr Lucien ins Ohr. „Darf ich sie an deiner Stelle nach Revell Court mitnehmen?“

Caro wich zurück und versetzte ihm einen Schlag mit ihrem schwarzen Spitzenfächer.

Lucien lachte immer noch, als sie auf die Gruppe Rotröcke zuschlenderten. „Ah, schauen Sie doch, Lady Glenwood“, begann er ironisch, „wenn das nicht unser Lord Dämon ist. Guten Abend, Bruderherz. Ich habe dir jemanden mitgebracht.“ Er steckte die Hände in die Taschen seiner schwarzen Hose und verlagerte das Gewicht auf die Fersen. Mit zynischer Miene wartete er darauf, dass sich das Schauspiel vor ihm entfaltete.

Die anderen Offiziere blickten Lucien abschätzig an, verabschiedeten sich von ihrem Colonel und schlenderten davon – vermutlich, damit sein Ruf nicht auf ihre Ehre abfärbte. Damien stieß sich von der Säule ab, an der er gelehnt hatte, und verbeugte sich steif vor Caro.

„Lady Glenwood, welche Freude, Sie wiederzusehen“,

sagte er mit rauer, monotoner Stimme. Damiens Gebaren war so streng, dass man den Eindruck gewann, er erklärte seinen Offizieren den nächsten Feldzug, statt die Dame seiner Wahl zu begrüßen – fand zumindest Lucien. Damien hatte in jeder größeren Schlacht mitgekämpft, und als er nach Hause zurückkehrte, hatte sich in seinen Augen ein kalter, toter Ausdruck festgesetzt, der Lucien ziemliche Sorgen machte. Aber da sein Bruder kaum mit ihm sprechen wollte, konnte er nichts tun, um ihm zu helfen.

„Ich hoffe, dass Sie sich gut unterhalten, Lady Glenwood", meinte er ernst zur Baronin.

Caro lächelte ihn mit einer seltsamen Mischung aus Geduld und Wollust an, während Lucien es sich gerade noch verkniff, wegen der steifen Förmlichkeit seines Bruders mit den Augen zu rollen. Damien konnte einen Feind mit einem einzigen Schwertstreich köpfen, aber sobald er neben einer schönen Frau stand, wurde der Mann mit dem stahlgrauen Blick so schüchtern und verlegen wie ein Schuljunge. Die Damen des *ton* waren derartig zarte Kreaturen, dass er wohl befürchtete, er könnte sie zerbrechen. Bei den zähen Kokotten am St. James' Park fühlte sich der Kriegsheld sehr viel wohler.

Nun ja, dachte Lucien kopfschüttelnd, irgendwie ist es tröstlich, dass auch mein glorreicher Bruder seine Eigenheiten hat. Amüsiert beobachtete er, wie Damien sich das Hirn nach einer Bemerkung zermarterte. Schließlich fiel ihm etwas ein.

„Wie geht es Harry?"

Lucien schloss kurz die Augen und griff sich irritiert an die Nasenwurzel. Wie konnte Damien sich bei den Damen nur so ungeschickt anstellen? Noch deutlicher konnte er ja wohl kaum zum Ausdruck bringen, dass ihm vor allem an einer vornehmen Zuchtstute gelegen war. Kein hübsches Kompliment, keine Aufforderung zum Tanz. Ein Wunder, dass sich die Damen mit dem Tölpel überhaupt abgaben.

Selbst Caro schien dieses Thema unangenehm – als bewies die Tatsache, dass sie ein Kind geboren hatte, dass sie nicht mehr in der ersten Blüte ihrer Jugend stand. Sie gab eine ausweichende Antwort, erwähnte die Krankheit ihres Sohnes nicht und lenkte das Gespräch dann rasch in andere Bahnen. Lucien merkte, dass es seinen Bruder große Anstrengung kostete, Caros leerem Geplänkel zu folgen.

„Wie langweilig es in London doch jetzt im Herbst ist, finden Sie nicht? Die Spitzen der Gesellschaft haben sich alle aufs Land zur Jagd zurückgezogen oder nach Paris oder Wien …“

Lucien begann sich zu langweilen, fasste Caro um die Taille und zog sie heftig an sich. „Na, was hältst du von diesem hübschen Weibsstück, Lord Dämon?“

Mit kokettem Kichern ließ sie sich an seine Brust sinken. „Lord Lucien!“

„Reizt sie dich nicht? Mich macht sie schier verrückt“, murmelte er bedeutungsvoll und strich ihr langsam und kosend über die Flanke.

Schockiert schaute Damien ihn an. *Was zum Teufel soll das,* schien seine finstere Miene zu fragen. Misstrauisch beäugte er seinen Bruder. Er wusste besser als jeder andere, dass die Dinge bei Lucien nie so waren, wie sie schienen.

„Sieht sie heute Abend nicht umwerfend aus? Du solltest es ihr sagen.“

Damien blickte zu Caro, dann zu Lucien. „So?" Das kurze Wort grollte wie entfernter Donner in seiner Brust. Er betrachtete die Frau, als wollte er hinter ihr nervöses, zuckersüßes Lächeln blicken, doch war er nicht mit Luciens Gabe gesegnet, seine Mitmenschen zu durchschauen.

„Lassen Sie doch, Lord Lucien, die Leute gucken schon", murmelte Caro beunruhigt und versuchte sich von ihm loszumachen.

„Was denn, *mon ange?* Willst du mich etwa nur im Verborgenen berühren?" fragte er mit samtener Stimme, während er den Griff um ihre Taille gnadenlos verstärkte.

Sie erstarrte und sah ihn erschrocken an. Die braunen Augen wirkten in dem bleichen Gesicht noch dunkler.

„Zeit für ein Geständnis, Liebste. Du möchtest mich und meinen Bruder gegeneinander ausspielen, aber daraus wird nichts. Sag Damien, wo du die letzte Nacht verbracht hast."

„Ich weiß nicht, wovon Sie sprechen", stieß sie hervor.

Mit einem Blick, der sie zur Salzsäule hätte erstarren lassen können, wandte Damien sich leise fluchend ab. Lucien lachte und gab Caro frei.

„Lord Damien – hören Sie nicht auf ihn, Sie wissen doch, dass er ein Lügner ist!"

„Sie wollen mir wirklich schöne Augen machen, nachdem Sie bei meinem Bruder gelegen haben?" flüsterte er heftig und wehrte ihre klammernden Hände ab.

„Aber ich … ich kann nichts dafür, es ist seine Schuld!"

„Sie sind ganz schön dreist, Madam. Außerdem sind Sie ziemlich dumm."

Außer sich wirbelte sie zu Lucien herum. „Hast du gehört,

was er zu mir gesagt hat? Du kannst doch nicht zulassen, dass er so mit mir redet!“

Doch Lucien reagierte nur mit einem leisen, ziemlich unheilvollen Lachen. Er nahm noch einen Schluck Wein.

„Was geht hier vor?“ erkundigte sie sich mit schwankender Stimme.

„Caro, mein Herzchen, der Mann ist nicht dumm. Es gibt da etwas, was ich dir letzte Nacht verschwiegen habe. Damien wollte um deine Hand anhalten.“

Ihr blieb der Mund offen stehen. Einen Augenblick sah sie so aus, als würde ihr das Korsett zu eng, das ihre herrlichen Brüste nach oben drückte, dann richtete sie ihren verstörten Blick auf Damien. „Stimmt das?“

„Jetzt ist es wohl kaum noch nötig, darüber zu sprechen“, knurrte er.

„Aber ist es wahr?“ rief sie.

„Ich dachte nur, es wäre ganz gut, wenn Ihr Sohn einen Vater bekäme, nachdem er den seinen verloren hat.“ Damiens frostiger Blick glitt über ihren Körper, blieb an ihren Hüften hängen. „Schade, dass Sie nicht in der Lage sind, sich ein wenig zu bezähmen.“ Dann bedachte er seinen Bruder mit einem zornigen Blick. „Auf ein Wort.“

„Wie du möchtest, Bruder.“

„Lucien – du kannst mich doch jetzt nicht stehen lassen!“ Schamlos klammerte sie sich an seinen Arm.

„Caro, mein Liebchen.“ Er hob ihre Hand an die Lippen und ließ sie dann fallen. „Er hat Recht. Ich fürchte, du hast den Test nicht bestanden.“

„Den *Test?*“ In ihren Augen dämmerte die Erkenntnis. „Du

Ungeheuer! Du Bastard! Beide! Genau das seid ihr, ein Paar Bastarde!"

„Nun, das weiß doch jeder, *ma chérie*", meinte Lucien lächelnd. „Unsere Mutter war sogar eine noch größere Hure als du."

Mit einem zornigen Schnauben schleuderte Caro ihr leeres Weinglas nach ihm, doch er fing es mit katzenhaftem Geschick auf und setzte es sanft auf dem Tablett eines vorübereilenden Dieners ab. Danach warf er ihr eine Kusshand zu, verbeugte sich spöttisch und folgte seinem Bruder aus dem Ballsaal.

Trotz ihrer Entfremdung fielen die Knight-Zwillinge in einen ganz natürlichen Gleichschritt, als sie die große Treppe nach unten gingen und schließlich im Billardzimmer einen geeigneten Rückzugsraum fanden. Als Lucien sich umwandte, um die Tür zu schließen, entdeckte er Caro, die ihnen bis in den Flur gefolgt war. Anscheinend wagte sie nicht näher zu treten. Sie hatte die Hände zu Fäusten geballt, und ihre dunklen Augen sprühten Funken. Sie presste die roten Lippen zusammen, als wolle sie verhindern, dass sie ihm Obszönitäten ins Gesicht schrie. Er lachte leise und machte ihr die Tür mehr oder weniger direkt vor der Nase zu. Am meisten amüsierte ihn, dass Lady Glenwood sich vermutlich mit ein paar guten Worten besänftigen ließe und ihn am Wochenende doch noch wie geplant zu der Gesellschaft aufs Land begleitete – trotz krankem Kind. Schließlich war Caro fest entschlossen herauszufinden, ob die Versammlungen auf Revell Court wirklich so ausschweifend waren, wie sie immer gehört hatte.

Er drehte sich um. Damien stand ihm breitbeinig gegenüber

und musterte ihn finster, die Arme vor der Brust verschränkt. Bedächtig schlenderte Lucien zum nächsten Billardtisch, griff nach der schwarzen Kugel und begann damit zu spielen. Er brachte sie zum Kreiseln, sah zu, wie sie unter seinen in weißen Handschuhen steckenden Fingern herumwirbelte. Er fühlte sich wie ein sadistischer Gott, der mit der Erde spielte. *Wohin soll ich die Hungersnot schicken, wohin die Pest?*

„Haben wir nicht einen Pakt geschlossen, wonach wir nie eine Frau zwischen uns kommen lassen wollten?" fragte Damien.

„Ja, an unserem achtzehnten Geburtstag. Ich erinnere mich gut daran."

„Wirklich?"

Damien wartete auf eine Erklärung; Lucien ließ ihn warten.

„Nun?"

„Was nun?" Unschuldig schaute er seinen Bruder an. „Komm schon, das kann doch nicht dein Ernst sein."

„O doch, mir ist es verdammt ernst!"

Wenn Damien zu schreien begann, erzitterten ganze Regimenter, doch Lucien blickte seinen Bruder nur nachsichtig und etwas gelangweilt an. „Ich kann mich nicht für etwas entschuldigen, was mir nicht Leid tut."

Damiens Augen verengten sich zu schmalen Schlitzen. „Manchmal glaube ich wirklich, dass du ein schlechter Mensch bist."

Lucien lachte nur milde.

„Was führst du denn jetzt wieder im Schilde?" Er trat einen Schritt näher. „Du hast irgendetwas vor, und ich will wissen, was es ist. Sag mir die Wahrheit, sonst schlage ich dich kurz und klein. Verdammt, Lucien, wenn du nicht mein Bruder wärst, würde ich dich umbringen!"

„Wegen Caro Glenwood?" fragte er zweifelnd.

„Du hast mich absichtlich gedemütigt."

„Ich habe dir eine Demütigung *erspart!* Du solltest mir dankbar sein. Jetzt weißt du wenigstens, woraus dein Engel gemacht ist. Himmel, ich wollte dir einen Gefallen tun!"

Damien schnaubte. „Gib es zu. Du hast Caro verführt, um dich an mir zu rächen. Um es mir heimzuzahlen."

Lucien hielt kurz inne und warf ihm einen warnenden Blick zu. „Heimzahlen?"

„Du weißt genau, wovon ich rede. Vom Titel."

„Ich will deinen verfluchten Titel nicht." In Luciens Blick braute sich ein Sturm zusammen, doch Damien ignorierte es und redete weiter.

„Du hast keinerlei Grund, mir gram zu sein. Du hast ausgesorgt, seit Carnarthen dir seine persönlichen Besitztümer vermacht hat. Ich habe wirklich keine Lust, den Rest meiner Tage mit dem halben Sold auskommen zu müssen. Ich nehme den Titel an, damit wirst du dich abfinden müssen. Und außerdem ..." Als er wenige Zoll vor Lucien stehen blieb und ihn kühl betrachtete, war es, als blickte er in einen feindlichen Spiegel – dasselbe schwarze Haar, dieselben grauen Augen. Beide Männer waren zu hart und zu stolz, um zuzugeben, dass jeder auf seine Weise vom Krieg in den Grundfesten erschüttert worden war.

„Ja?" fragte Lucien prosaisch.

„Außerdem hoffe ich, dass du nicht vorhast, jede Frau zu verführen, für die ich mich interessiere, denn so eine Beleidigung lasse ich mir kein zweites Mal bieten. Nicht einmal von dir."

Lucien starrte ihn ungläubig an. „Hast du mir eben gedroht?"

Unnachgiebig erwiderte Damien den Blick. Erstaunt wandte Lucien sich ab, fuhr sich durchs Haar und begann dann leise und bitter zu lachen. „Du ruhmsüchtiger Esel! Ich hätte dich die Schlampe heiraten lassen und zusehen sollen, wie sie dir mit sämtlichen Platzhirschen Londons Hörner aufsetzt. Sind wir jetzt fertig?"

Damien zuckte mit den Schultern.

„Gut." Mit einer blitzschnellen Bewegung donnerte Lucien die schwarze Kugel gegen die anderen Kugeln, dass sie auseinander stoben und wild auf dem Tisch umherrollten. Er machte auf dem Absatz kehrt und stolzierte zur Tür.

Wie passend, dass sich mein Leben so entwickelt hat, dachte er bitter. Während der letzten zweieinhalb Jahre hatte er allein gearbeitet, wie ein Chamäleon die Identität gewechselt, sobald es sein Auftrag erforderlich machte, war wie ein Schatten durch das Leben anderer Menschen gegeistert, ohne je wirklich teilzuhaben. Und nun kannte ihn nicht einmal mehr sein Zwillingsbruder – kannte ihn nicht und wollte ihn auch nicht kennen, denn er war ein Spion, ein Betrüger, ein Mann ohne Ehre. Ein Mann, der den Ehrenkodex eines Gentleman kannte und ignorierte. Selbsthass überkam ihn – und Verzweiflung. Wenn Damien sich nichts mehr aus ihm machte, wer sollte es sonst tun? Niemand, erkannte er bedrückt. Er war vollkommen allein.

„Noch etwas!" rief Damien ihm nach.

Hochmütig wandte Lucien sich um. „Ja?“

Damien reckte das Kinn. „Ich habe merkwürdige Gerüchte über dich gehört. Bizarre Dinge.“

„Was denn?“

„Die Leute behaupten, dass du die Geheimgesellschaft unseres Vaters wieder aufleben lässt. Man redet von … lasterhaften Ausschweifungen auf Revell Court. Seltsamen Riten.“

„Was du nicht sagst!“

Damien schaute ihn forschend an. „Die meisten scheinen zu glauben, dass du einfach wüste Partys feierst, aber ein paar munkeln auch, dass du irgendeinem … heidnischen Kult anhängst, so wie der alte Hellfire Club.“

„Wie interessant“, murmelte er.

„Stimmt es?“

Lucien warf ihm nur ein dunkles Lächeln zu, wandte sich dann ab und verließ den Raum.

Die Morgensonne ließ die Landschaft von Hampshire in herbstlichem Gold erstrahlen und strömte durch die Terrassentüren in den behaglichen Salon von Glenwood Park. Mit leichtem Stirnrunzeln pickte sich Alice Montague einen Brösel von Harrys Frühstücksbrötchen aus dem Haar und sang dem kleinen Jungen, den sie im Arm wiegte, weiter leise vor. Immer wieder sah sie ungeduldig aus dem Fenster, da sie Caros Kutsche jeden Augenblick erwartete. Zumindest hoffte sie es.

Die ganze Woche war Harry ungewöhnlich quengelig und müde gewesen. Gestern war er auf dem Boden eingeschlafen, den Daumen im Mund, während Alice hochkonzentriert einen

Anzug für Mr. Wembley genäht hatte, Harrys hölzerne Puppe. Und diesen Morgen hatten sich die düsteren Prophezeiungen der alten Kinderfrau schließlich bewahrheitet: Der kleine Lord Glenwood saß zornig brüllend im Bett, von oben bis unten mit Windpocken bedeckt.

Nachdem er seit dem Frühstück pausenlos geweint und gekratzt hatte, war er endlich erschöpft auf Alices Arm eingedöst.

„Mama“, wimmerte er vor sich hin, wie schon den ganzen Morgen.

„Bald, mein Liebling“, flüsterte sie. „Sie ist schon unterwegs.“ Sanft drückte sie ihn an sich und ignorierte dabei ihre Kreuzschmerzen. Mit drei war er schon viel zu groß, um noch herumgetragen zu werden, doch wenn er krank war, wurde er wieder zum kleinen Baby, und Alice brachte es nicht über sich, ihn leiden zu lassen.

„Schau!“ sagte Harry plötzlich und deutete über ihre Schulter zum Fenster.

„Was denn?“

„Mama!“

„Wirklich?“ Alice schob ihn auf die Hüfte und trat ans Fenster.

Aufgeregt deutete Harry nach draußen und begann dann zum ersten Mal an diesem Tag strahlend zu lächeln. Für Alice war es wie ein Sonnenstrahl zwischen düsteren Wolken. Liebevoll schaute sie in seine himmelblauen Augen. Wenn Harry lächelte, sah er ihrem Bruder Phillip so ähnlich, dass ihr die Tränen kamen.

„Mama! Mama!“ rief er und begann wild zu strampeln.

„Hab ich dir nicht gesagt, dass sie kommt?" tadelte sie sanft, um ihre Erleichterung zu verbergen – die Baronin war nicht besonders verlässlich. Caro kam und ging, wie es ihr gerade einfiel; allerdings hatte Alice ihr vor drei Tagen geschrieben, dass ihr Sohn sich wohl irgendetwas eingefangen hatte.

„Will raus!" Harry wand sich aus ihrem Griff und stürmte aus dem Raum, so rasch ihn seine kleinen Beine tragen konnten. „Mama! Mama!"

Einen Augenblick lauschte Alice auf das Geschrei ihres Neffen und die energischen Worte der Kinderfrau Peg Tate, die den kleinen Jungen aufhielt.

Die freudige Aufregung, die er bei der Aussicht auf einen Besuch seiner glamourösen Mutter an den Tag legte, brach Alice schier das Herz. Er wollte der Baronin so gern näher kommen, doch jedes Mal, wenn Caro bei ihnen weilte, reiste sie gerade dann wieder ab, wenn Harry sich an sie gewöhnt hatte. Das Kind geriet dadurch vollkommen durcheinander – ganz zu schweigen von Alices Zukunft. Sie seufzte leise, drehte sich um und schaute sich in dem hellen, luftigen Raum um, in dem sie einen Großteil ihrer Zeit verbrachte. Ihr Blick wanderte von dem kunstvollen Käfig aus weiß gestrichenem Rohr, den sie für ihren Kanarienvogel gebaut hatte, zu dem runden Tisch, wo sie ihre Mußestunden mit diversen Handarbeiten zubrachte, die zu einer ruhigen jungen Dame passten. Und doch konnte sie sich des Gefühls nicht erwehren, dass sie in einer Traumwelt wohnte, während das wahre Leben anderswo vorüberrauschte.

Sie wurde von Sehnsüchten gequält, ohne sagen zu können, wonach; manchmal so sehr, dass sie nachts nicht schlafen konnte.

Sie war hin und her gerissen zwischen ihrer Liebe zu ihrem Neffen und Glenwood Park und ihrem Bedürfnis, ihr *eigenes* Leben zu finden. Doch schwerer wog im Augenblick, dass Harry jemand Verlässlichen brauchte, jemanden, der immer bei ihm war und nicht nur aus irgendwelchen Launen heraus. Nachdem Caro diese Aufgabe nicht zu übernehmen gedachte, war sie an Alice hängen geblieben. Sie steckte die Hände in die Schürzentaschen und genoss die Sonnenstrahlen, die ihr rotblondes Haar aufleuchten ließen. Sie lockerte die Schultern, um die Spannung loszuwerden, die sie so plagte, und versuchte sich dann an den getrockneten Hortensien zu erfreuen, die sie gestern in einer Vase arrangiert hatte und die nun den runden Tisch schmückten. Daneben lagen die eleganten Seidenbörsen, die sie für ein paar Londoner Freundinnen zu Weihnachten nähte, ihre Japanlackutensilien und ihr neuestes Werk, eine kunstvolle Schmuckschatulle. All ihre Hobbys waren künstlerischer Natur, doch tief im Herzen fühlte sie, dass sie sich damit nur ablenkte und ihrer Rastlosigkeit ein Ventil verschaffte.

Als sie hörte, wie die Kutsche vor dem Herrenhaus anhielt, trat sie pflichtbewusst ans Fenster, um zu winken, doch als sie hinaussah, erkannte sie zu ihrem Entsetzen, dass es sich gar nicht um Caros modischen gelben Landauer handelte.

Es war die Postkutsche. Sie wurde blass und presste die Hand vor den Mund, als ihr klar wurde, was dies zu bedeuten hatte. Ein Brief. Nur ein schäbiger Brief. *Sie kommt nicht. Es ist ihr einfach egal.* Diese Erkenntnis betäubte sie erst und machte sie dann furchtbar wütend.

Ihre dunkelblauen Augen wurden schmal vor Zorn. Überrascht war sie allerdings nicht. Sie schüttelte den Kopf. Nein, dachte sie grimmig. Diesmal nicht, Caro. Ich lasse nicht zu, dass du ihm das antust. Das ist der letzte Tropfen.

Sie richtete sich auf und ging in die Eingangshalle. An der Tür nahm sie den Brief entgegen und wechselte einen besorgten Blick mit Peg, die ebenfalls gekommen war und sich die Hände an der Schürze abwischte.

Peg Tate war schon Phillips und Alices Kinderfrau gewesen. Alice betrachtete sie mehr als Familienangehörige denn als Bedienstete. So gutherzig Peg auch sein mochte, bei Lady Glenwood war sie skeptisch. „Hoffentlich hat sie 'ne gute Begründung", brummte sie.

„Der Brief ist nicht von Caro", sagte Alice angespannt. „Er kommt von Mr. Hattersley." Hattersley war der Butler im eleganten Stadthaus der Glenwoods in der Upper Brook Street.

„Ach je, hoffentlich ist alles in Ordnung", murmelte Peg besorgt.

Da sah Alice allerdings schwarz. Sie befürchtete schon lang, dass sie die Vergnügungssucht ihrer Schwägerin eines Tages in die Katastrophe führen könnte.

„Wo ist Harry?" erkundigte sie sich besorgt.

„Nellie wäscht ihn für den Besuch seiner Mutter."

Alice nickte und erbrach das Siegel. „‚Sehr geehrte Miss Montague'", las sie vor, „‚vorgestern erreichte uns Ihr Brief. Leider muss ich Ihnen mitteilen, dass Lady G. die Stadt gestern in Begleitung von Lord Lucien Knight verlassen hat.'" Sie hielt kurz inne und schaute Peg erstaunt an. *„Lucien* Knight? Ich dachte immer, es wäre Lord *Damien* ... o *Caro!*" Sie stöhnte. Ihr war sofort klar, was das dumme Stück angestellt hatte. Gerade wo es ihr endlich gelungen war, einen braven Mann zu finden, einen Mann, der für Harry genau den richtigen Stiefvater abgegeben hätte, ging sie hin und ruinierte alles, indem sie mit dem Bruder davonlief.

Alice konnte sich noch gut an die Unterhaltung erinnern, die sie mit ihrer Schwägerin vor ein paar Wochen geführt hatte. Caro hatte damit geprahlt, dass sie das Interesse des großen Helden erregt hatte. Sie hatte erwähnt, dass Lord Damien einen Zwillingsbruder im diplomatischen Korps hatte. „Lord Dämon" und „Lord Luzifer" hatte Caro die beiden genannt. Alice entsann sich deswegen so genau, weil die Baronin gefröstelt hatte, mit einem merkwürdig faszinierten Ausdruck in den Augen. „Ich würde mich nie mit Lucien Knight einlassen", hatte sie gesagt. „Er macht mir Angst." Und dabei konnte der extravaganten Lady Glenwood doch niemand Angst einjagen.

„Was schreibt Mr. Hattersley denn sonst noch?" fragte Peg nervös.

„Liebe Güte, ich wage kaum weiterzulesen." Alice hob den Brief und fuhr fort: „‚Sie wollten nach Revell Court, dem Landsitz des Gentleman etwa zwölf Meilen südwestlich von Bath. Ihre Ladyschaft wird erst nächste Woche zurückerwartet. Da Lady Glenwood befohlen hat, Ihnen nichts zu sagen, möchte ich lieber nichts unternehmen. Bitte raten Sie mir, was ich tun soll. Ihr ergebener Diener, J. Hattersley.'"

Peg kratzte sich ratlos die Wange.

Einen langen Augenblick starrte Alice zu Boden und schüttelte in wachsendem Ärger den Kopf. Dann schaute sie auf und begegnete Pegs geduldigem, besorgtem Blick. Plötzlich reichte sie der Kinderfrau den Brief und eilte zur Treppe.

„Ich fahre ihr nach!"

„Ach, mein Liebes, das dürfen Sie nicht!“ rief Peg aus.

„Ich muss. Dieses unglaubliche Benehmen muss aufhören. Sofort.“

„Aber dieser Mann ist ein Fremder und ein Schuft, fürchte ich! Wenn Ihre Ladyschaft sich wie eine Wilde aufführen möchte, ist das ihre Sache.“

„Meine aber auch. Ich habe Phillip auf dem Sterbebett versprochen, dass ich mich um sie kümmere, um beide! Harry braucht seine Mutter, und Caro muss nach Hause kommen. Glaubst du wirklich, dass sich dieser Mann etwas aus ihr macht?“

Peg zuckte skeptisch mit den Schultern.

„Ich auch nicht. Gut möglich, dass sie in irgendeine brüderliche Rivalität geraten ist. Und außerdem, wenn daraus ein Riesenskandal wird, leidet auch mein Ruf.“

„Aber Bath ist so weit weg, mein Liebes.“

„Nur eine Tagesreise von hier. Ich kenne die Strecke. Ich war schon oft genug dort.“ Sie sah zu den Fenstern, die mit ihren weißen Sprossen an einen Vogelkäfig erinnerten. Konnte sie es wagen, hinaus in die weite, gefährliche Welt zu fliegen?

Sie wusste, was Phillip gesagt hätte – laut und vernehmlich: nein. Ihr Bruder hätte es für undenkbar gehalten, dass eine wohlerzogene junge Dame ohne den Schutz eines männlichen Anverwandten oder einer verheirateten Dame durch halb England reiste, doch Alice stand beides nicht zur Verfügung. Und vielleicht konnte sie nur durch rasches Handeln verhindern, dass aus Caros unkluger Affäre ein hässlicher Skandal wurde.

Sie wandte sich an ihre besorgte alte Kinderfrau. „Das Wetter ist schön. Wenn ich gleich aufbreche, kann ich heute Abend noch dort ankommen und Caro morgen zurückbringen. Alles wird gut", meinte sie mit mehr Zuversicht, als sie empfand.

„Ach, aber mein Liebes", erwiderte Peg traurig, „Sie und ich wissen doch, dass sie uns nur im Weg ist. Ohne sie können wir ihn doch viel besser pflegen."

Gerade da kam Harry angestürmt und klammerte sich an Pegs Röcke. Er linste zu Alice hoch. „Wo ist meine Mama?"

Voll schmerzlicher Liebe schaute Alice ihn an. „Sie ist vom Weg abgekommen, mein Lämmchen." Sie tauschte einen bedeutungsvollen Blick mit Peg. „Aber ich weiß, wo ich sie suchen muss, und werde sie sofort nach Hause holen, das verspreche ich dir."

„Will mit!"

„Nein."

„Hör auf zu kratzen", tadelte Peg und zog seine Hand weg. Er fauchte wie ein zorniges Kätzchen.

Angesichts des finsteren, rotfleckigen Gesichtchens fühlte Alice sich wie zerrissen. Sie konnte es kaum ertragen, das Kind in einer solchen Zeit sich selbst zu überlassen, und gleichzeitig ahnte sie, dass Caro nicht heimkommen würde, wenn sie sie nicht persönlich unter Druck setzte. Sie wusste, dass Peg sich genauso um Harry kümmern konnte; in ihren über sechzig Lebensjahren hatte Peg Tate schon Dutzenden von Kindern über die Windpocken und Schlimmeres hinweggeholfen; sie wusste sogar mehr als der arrogante Dorfarzt.

„Also dann", sagte die alte Frau, während sie Harry übers Haar strich, „je eher Sie aufbrechen, desto früher kommen Sie zurück. Ich werde Mitchell anweisen, die Pferde anzuspannen."

Sie bückte sich, hob den Knaben hoch und sang ihm leise etwas vor, um ihn von den juckenden Pusteln abzulenken.

Alice raffte die Röcke und eilte in ihr Zimmer hinauf. Energisch packte sie eine Tasche für eine Nacht, legte Schürze und Morgenkleid ab und schlüpfte in ihr hübsches Reisekleid aus dunkelblauer glänzender Baumwolle. Es hatte lange, enge Ärmel mit einer kleinen Oberarmpuffe und war am Saum mit Bändern aufgeputzt.

Während sie vor dem Spiegel stand und das hochgeschlossene Mieder zuknöpfte, bemerkte sie mit einem Stirnrunzeln, dass ihre Hände zittern. Sie war es aber auch wirklich nicht gewohnt, allein zu reisen, und außerdem klang Caros dunkler Verführer ein bisschen beunruhigend. Ihm würde es sicher gar nicht gefallen, dass sie ihm ihre Schwägerin entreißen wollte. Aber obwohl Alice wusste, dass sie kein besonders mutiger Mensch war, würde sie um Harrys willen doch jedem standhalten.

Sie streifte die nüchternen weißen Handschuhe über und straffte kampflustig die Schultern. *Genieß deine Eskapaden, Caro, denn sie werden bald vorüber sein. Und was Sie angeht, Lord Lucien Knight, wer Sie auch sein mögen, werde ich Ihnen bald riesige Schwierigkeiten bereiten.* Sie hob die Tasche hoch und marschierte aus dem Raum.

2. KAPITEL

Eine ganze Ewigkeit später saß Alice immer noch in der schwankenden Kutsche, die Hand am ledernen Halteriemen. Sie hatten Revell Court immer noch nicht gefunden. Der Vollmond beleuchtete die holprige, kurvenreiche Straße, die sich durch die Moore wand.

Sie sah ständig aus dem Fenster, weil sie befürchtete, sie und ihre beiden Dienstboten könnten in dieser Ödnis von Straßenräubern überfallen werden. Sie hatten sich in den Mendip Hills hoffnungslos verfahren, weitab von jeder Zivilisation; durch ein Eichenwäldchen ging es eine Anhöhe hinauf zu einer rauen, windzerzausten Heide, dann wieder hinunter durch Hohlwege und Schluchten, ein ständiges Auf und Ab. Die erschöpften Pferde quälten sich in ihrem Geschirr voran, von feuchtkalter Nachtluft umgeben, und keiner wusste, wie lange die Reise noch dauern sollte. Alice wusste nur, dass sie Caro dafür den Hals umdrehen wollte.

Sie tauschte einen angespannten Blick mit der Zofe Nellie, doch keine von beiden sprach aus, was sie dachten: *Wir hätten in Bath übernachten sollen.* Doch da sie es wirklich eilig hatten und Revell Court nur fünfzehn Meilen südwestlich von Bath liegen sollte, eine Entfernung, die sie in zwei Stunden zurücklegen wollten, hatten Nellie, Mitchell und sie sich zum Weiterfahren entschlossen, obwohl die Oktobersonne schon untergegangen war.

Jetzt, wo die Nacht immer schwärzer wurde, erkannte sie unruhig, dass sie, falls sie Revell Court je erreichten, dort übernachten mussten – vorausgesetzt natürlich, dass Lucien Knight ihnen seine Gastfreundschaft überhaupt anbot. Wer konnte schon sagen, was von einem Mann zu erwarten war, der eine Frau verführte, für die sein Bruder sich interessierte? Sie konnte nur hoffen, dass er nicht so unchristlich war, Reisende spät in der Nacht abzuweisen, denn sie und ihre Dienstboten waren hungrig, hundemüde, und ihnen tat alles weh.

Wenn sie an die heutige Fahrt dachte, musste sie mit dem Kopf schütteln. Seit sie Bath verlassen hatten, waren ihnen die seltsamsten Gefährte begegnet. Beinahe zwanzig Kutschen – manche auffallend schick, manche grellbunt, manche elegant – waren in halsbrecherischem Tempo an ihnen vorbeigerauscht, und die Passagiere hatten allesamt völlig betrunken oder wie verrückt gewirkt. Erwachsene Menschen hatten tatsächlich Grimassen geschnitten, ihnen die Zunge herausgestreckt oder ihnen Schimpfwörter nachgeschrien. Einfach unbegreiflich.

Die Kutsche fuhr in ein weiteres düsteres Tal hinunter. Sie betrachtete die kahlen Silhouetten der Bäume, die sich in den dunkelblauen Himmel reckten, die im Mondlicht knochenweiß leuchtenden majestätischen Kalksteinfelsen, die Passstraße, die sich an die Bergflanke schmiegte, und den Abgrund auf der anderen Seite. Sie rutschte auf dem Sitz vor und starrte in die Schwindel erregenden Tiefen. Wenn man einen Stein hinunterwirft, überlegte sie, würde er bis nach unten ewig brauchen. Und plötzlich sah sie es – in der Ferne flackerte Licht.

„Da ist ein Licht! Da unten im Tal!“ Aufgeregt zeigte sie hinunter.

„Ja!“ rief die Zofe und klatschte in die Hände. „Ach, Miss Alice, endlich, das muss Revell Court sein!“

Plötzlich munter geworden, verständigten die beiden Frauen

den Kutscher. Der war ebenfalls hocherfreut, als er bemerkte, dass unten im Tal das Feuer flackerte.

„Bei Zeus, in zehn Minuten sind wir da!“ rief er aus.

Selbst die Pferde zogen wieder an; vielleicht witterten sie die nahen Ställe. Alice spürte neue Lebenskraft. Hastig kramte sie nach ihren Kämmen und mühte sich, das Haar sauber aufzustecken. „Ach, wie ich mich nach einem warmen Bett sehne“, sagte sie glühend. „Ich könnte bis morgen Mittag durchschlafen!“

Am Talgrund erreichten sie eine Holzbrücke, die sich über ein munteres Flüsschen spannte. Überrascht sah sie, dass das Wasser direkt aus dem Felsen sprudelte und in mehreren Rinnen weiß schäumend herabstürzte.

„Da ist das Haus!“ rief Nellie plötzlich aus und wies aus dem Fenster.

Eifrig schaute Alice hinaus. Im Vordergrund ragten hohe schmiedeeiserne Tore auf. Im Hof dahinter tummelten sich Dienstboten in gelbbrauner Livree, um die zahlreichen Kutschen zu versorgen, die dort aufgereiht standen. Anscheinend findet auf Revell Court eine Gesellschaft statt, dachte Alice beunruhigt. Ein paar der Kutschen glaubte sie schon unterwegs gesehen zu haben. Bei dem Haus handelte es sich um einen efeuüberwucherten dreiflügeligen Backsteinbau aus der Tudorzeit. In den Stabwerkfenstern der Giebelflügel spiegelte sich das Feuer, das inmitten des gepflasterten Hofes in einem großen eisernen Fackelständer loderte.

Das war das Licht, das sie in der Ferne hatten leuchten sehen, und als sie in die tanzenden Flammen blickte, die in den samtschwarzen Himmel leckten, erfüllte sie plötzlich eine seltsame Ahnung, dass das, wonach sich ihr Herz sehnte, ganz in der Nähe war. Ihre Verwirrung verwandelte sich in Furcht, als ein halbes Dutzend Wachen – große, bedrohliche Männer in langen schwarzen Mänteln – aus den Schatten auftauchten und auf ihre Kutsche zuhielten, jeder mit einem Gewehr unter dem Arm. Rau forderten sie den Kutscher zum Halten auf.

Mitchell hatte ebenfalls nicht mit bewaffneten Wachen gerechnet, doch je länger Lord Luciens Männer ihn anschrien, desto größer wurde Alices Zorn, bis er sie schließlich ihre Furcht vergessen ließ. Abrupt sprang sie aus dem Wagen und eilte ihrem Kutscher wütend zu Hilfe. Sie war viel zu erbost, hungrig und erschöpft von der anstrengenden Reise, als dass sie sich von irgendwelchen Dienstboten ein derart unverschämtes Verhalten hätte bieten lassen. Sie ignorierte die kaum verhüllten Befehle, sofort wieder im Wagen zu verschwinden, und begann sich mit den Männern in der Kälte herumzustreiten. Anscheinend gab es eine Gästeliste, und ihr Name stand natürlich nicht darauf. Aber dies war nur der Anfang. Als sie von ihr ein Passwort verlangten, lachte sie nur verächtlich.

„Jetzt hören Sie mal zu", schimpfte sie, die Hände in die Hüften gestemmt, „Sie brauchen mir gar nicht mit irgendwelchen Parolen und Geheimzeichen zu kommen. Liebe Güte, ich will nur Lady Glenwood abholen, weil ihr Kind krank ist. Lassen Sie es mich ganz unverblümt ausdrücken – Lady Glenwood ist Lord Luciens Geliebte, und wenn Sie mir nicht erlauben, sie zu holen, wenn Sie mir die Tür weisen, wird sie fuchsteufelswütend sein. Sie wird Ihrem Herrn Vorwürfe machen, und der wird dann wiederum Sie zur Verantwortung ziehen. Wollen Sie das? Ich habe gehört, dass er nicht gern Ärger hat."

„Aye, Miss, genau das macht uns auch Sorgen. Kommt, Jungs", murmelte der Anführer, und dann traten die Wachleute beiseite, um sich zu beraten.

Alice spürte, wie Mitchell und Nellie sie ängstlich anschauten, konzentrierte sich jedoch ganz darauf, etwas von den Beratungen der Wachen aufzuschnappen. Sie hatte nicht vor, ohne Caro abzuziehen.

„Mutiges kleines Ding, was?" meinte der erste Torhüter.

„Die gehört nicht zu den anderen. Hab sie noch nie gesehen."

„Natürlich nicht. Guck sie dir doch an. Die ist harmlos. Ich finde, wir sollten sie reinlassen."

„Aber er bringt uns um, wenn wir jemanden reinlassen, der die Parole nicht kennt."

„Aber sie ist mit seiner Geliebten verwandt! Wenn wir sie wegschicken, bringt er uns eben wegen der Blamage um!"

„Also stecken wir so oder so in der Klemme."

Offensichtlich hatten die Männer großen Respekt vor ihrem Dienstherrn. Letztendlich gab aber die Furcht, es sich mit seiner Geliebten zu verderben, den Ausschlag: Alice und ihre Dienstboten durften eintreten. Zu Alices Missfallen wurden Nellie und Mitchell allerdings gleich in die Dienstbotenquartiere geschickt, aber sie wagte nicht, zu protestieren, damit man sie nicht doch noch hinauswies. Der Anführer der Wache führte sie ins Herrenhaus und übergab sie dort der Obhut des strengen, grauhaarigen Butlers Mr. Godfrey.

Während der Wachmann dem Butler ein paar leise Anweisungen erteilte, blickte sie in die düsteren Räume, die rings um die reich ausgeschmückte Eingangshalle lagen. Ihre Verwirrung wuchs.

Wo waren all die Gäste? Im Erdgeschoss war es unheimlich still, und in den riesigen Räumen brannte kaum Licht. Etwas Seltsames geht hier vor sich, dachte sie. Sie hatte die Kutschen und ganze Heerscharen von Dienstboten gesehen, war beinahe an einer exklusiven Gästeliste gescheitert, wusste also, dass Lord Lucien eine Gesellschaft abhielt, aber im Haus gab es keinerlei Anzeichen dafür. Dann hörte sie einen Teil des Gesprächs mit, das ihre Neugier noch weiter anstachelte.

„Sorgen Sie dafür, dass Sie auf ihrem Zimmer bleibt. Sie darf auf keinen Fall in die Grotte hinuntergehen."

„Verstehe. Wir wollen Seine Lordschaft morgen früh von ihrer Anwesenheit unterrichten."

Alice musterte die beiden Männer, worauf sich Mr. Godfrey, als hätte er ihren Blick bemerkt, vor ihr verbeugte.

„Hier entlang, Miss Montague", sagte er höflich. „Ich bringe Sie auf Ihr Zimmer." Er nahm einen Kerzenständer in die Hand, hob ihre Reisetasche auf und geleitete Alice eine dunkle Eichentreppe hinauf, deren Treppenpfosten aus geschnitzten Statuen von Rittern und Heiligen bestanden. Am Treppenabsatz hing ein großes Gemälde, aus dem ein spitzbärtiger Edelmann in Wams und Halskrause hochmütig auf sie hinabstarrte. Seine stahlgrauen Augen waren durchdringend, und er lächelte höhnisch. Er schien sie anzuschauen, als sie vorüberging.

„Wer ist das?" erkundigte sie sich nervös.

„Der erste Marquis of Carnarthen, Miss. Er hat dieses Haus

als Jagdschloss errichten lassen.“ Mr. Godfrey seufzte schwer, gab aber weiter keine Erklärungen ab.

Alice folgte ihm die knarrende Treppe hinauf, wobei sie sich ständig umsah. Sie gingen einen düsteren Flur entlang und stiegen dann eine schmalere Treppe in den zweiten Stock empor. Dort folgten sie einem wahren Labyrinth an Korridoren, bis der Butler schließlich einen massiven Schlüsselbund hervorzog und eine Tür öffnete.

„Ihr Zimmer, Miss. Möchten Sie dinieren?“

„O ja, danke. Ich bin am Verhungern.“

Das Zimmer verfügte über einen dicken Perserteppich, ein Himmelbett und eine prachtvolle Stuckdecke. Im Kamin brannte schon ein kleines Feuer, als hätte man sie erwartet. Mr. Godfrey zündete die Kerzen im Zimmer an. Alice konnte ihre Neugier nicht länger bezähmen.

„Mr. Godfrey, ist Lady Glenwood in die Grotte gegangen?“ fragte sie unschuldig.

Überrascht blickte der Butler von einem fein gearbeiteten Kandelaber auf. „Aber ja, Miss, vor einer Weile.“

„Ist sie mit Lord Lucien dort?“

„Höchstwahrscheinlich.“

Sie lächelte ihn gewinnend an. „Dürfte ich auch dorthin? Es wäre sehr wichtig für mich.“

„Bitte ergebenst um Entschuldigung, Miss, aber ich fürchte, das geht nicht.“

Die Antwort überraschte sie nicht, aber sie war schon immer sehr hartnäckig gewesen. „Warum nicht?“

„Es wäre dem Herrn nicht recht. Die, äh, Gästeliste ist sehr exklusiv.“

„Verstehe. Würden Sie Lady Glenwood dann zu mir heraufschicken?"

„Das will ich versuchen, aber normalerweise möchten die Gäste Seiner Lordschaft in der Grotte nicht gestört werden."

„Warum nicht?"

„Ich weiß nicht", erwiderte er ausdruckslos.

Alice lächelte ihn an, weil er ein so hervorragender Butler war – diskret und loyal. „Vielen Dank, Mr. Godfrey."

Auf seinem Gesicht spiegelte sich Erleichterung wider. „Sehr wohl, Miss. Das Dinner wird Ihnen gleich serviert. Hier ist die Glocke, falls Sie noch etwas brauchen. Guten Abend." Mit einer Verbeugung ging er hinaus und zog die Tür hinter sich zu.

Als er weg war, schaute Alice sich in dem Raum um. Was für ein merkwürdiges Haus, dachte sie. Ihre Erschöpfung wich jugendlichem Entdeckerdrang. Verstohlen tappte sie zu dem großen Schrank, der in einer dunklen Ecke stand, und sah hinein. In der Stille knarrte die Tür unheimlich laut. Innen entdeckte sie ein Kleidungsstück. Verwirrt griff sie nach der rauen braunen Wolle und fragte sich, was es wohl sein mochte. Wieder siegte die Neugierde. Sie zog das formlose Stück heraus und hielt es ins Licht.

Es war eine Art mittelalterliche Mönchskutte, allerdings neu und sauber, mit langen, weiten Ärmeln und einer großen Kapuze. Um die Taille wurde es mit einer Kordel zusammengehalten. Plötzlich hörte sie draußen Gelächter. Aha, dachte sie, sind doch nicht alle Gäste verschwunden. Sie machte die Tür einen Spaltbreit auf und lugte hinaus. Ein paar Gestalten in ebensolchen Kutten wie die, welche sie im Schrank gefunden hatte, glitten vorüber. Als sie im dunklen Flur verschwunden waren, schloss sie die Tür und kaute nachdenklich auf ihrer Unterlippe herum. Dafür also ist die Kutte da, überlegte sie. Anscheinend veranstaltete Lord Lucien eine Art Kostümball. Ein wenig mürrisch dachte sie, dass sie wieder einmal verzichten musste, während Caro sich amüsierte.

Sie zog das Reisekleid aus und schlüpfte in ihr bequemes Morgengewand. Dann löste sie ihr Haar und kämmte es. Eine Zofe kam mit einem Tablett. Alice setzte sich und ließ sich Suppe und frisches Brot, Rinderfilet mit Pilzen und zum Nachtisch einen Aprikosenpudding munden, ebenso den hervorragenden Burgunder. Danach legte sie sich aufs Bett, um ein wenig zu ruhen, weil ihr vom Wein die Glieder ein wenig schwer geworden waren. Mit wachsender Ungeduld wartete sie darauf, dass Mr. Godfrey Caro zu ihr brachte.

Allmählich begann sie sich Sorgen zu machen. Vielleicht hatte der Butler ihre Bitte vergessen oder zog es vor, ihr nicht nachzukommen. Alice kannte ihre Schwägerin. Wenn Caro auf einem Kostümball war, würde sie zu viel trinken und am nächsten Morgen einen schweren Kopf haben, und dann wäre es ihnen nicht möglich, in aller Frühe aufzubrechen, was sie aber mussten, wenn sie es bis Einbruch der Dunkelheit nach Hampshire schaffen wollten. Nun, dachte sie entschlossen, wenn Lord Luciens Dienstboten Caro nicht holen, muss ich es eben selbst tun. Zwar war ihr klar, dass ihr einfaches Morgengewand und die offen herabwallenden Haare nicht der richtige Aufzug für eine Gesellschaft waren, aber sie hatte ja die Kutte. Außerdem wollte sie nur rasch Caro suchen und dann gleich wieder verschwinden.

Kurz darauf schlüpfte sie aus dem Zimmer. Ihre blauen Augen leuchteten aus den Tiefen der braunen Kapuze hervor. Unerkannt stahl sie sich den Flur hinunter, in dieselbe Richtung, welche die anderen Gäste genommen hatten. Das Herz klopfte ihr vor Aufregung, denn das weitläufige Haus war fast ein wenig unheimlich.

Sie irrte durch die düsteren Flure, bis sie schließlich den Weg nach unten gefunden hatte. Der Marquis auf dem Gemälde über der Eichentreppe schien ihr zuzuzwinkern, während sie nach unten schlich. Sie unterdrückte ein Kichern; sie konnte kaum fassen, was sie da tat. In der Eingangshalle stand ein Lakai, der sie aufmerksam beobachtete. Sie zog sich die Kapuze noch tiefer ins Gesicht.

„Die Grotte, Madam?“ erkundigte sich der Lakai höflich, der sie nicht erkannte.

Sie nickte. Er deutete auf einen Flur zur Linken. An dessen Ende wartete schon der nächste Lakai, der ihr wiederum den Weg zeigte. Der dritte Lakai öffnete eine Tür und wies in die Dunkelheit.

„Hier entlang, Madam.“

Nervös näherte Alice sich der pechschwarzen Öffnung und sah den Lakaien zweifelnd an, doch der lächelte nur höflich. Alice schaute hinein.

Eine schmale Treppe führte in den Keller von Revell Court. Fernes Gelächter schallte von unten herauf, und daran erkannte sie, dass dieser Weg tatsächlich in die Grotte führte. Liebe Güte, das wurde immer merkwürdiger. Eine leise innere Stimme riet ihr umzukehren, aber sie war entschlossen, Caro zu finden. Sie wappnete sich und überquerte die Schwelle.

Feuchtkühle Luft schlug ihr entgegen. Alice klammerte sich am Treppengeländer fest und stieg hinab in die Finsternis. Nach ein paar Schritten wurde sie sich eines leisen Rauschens bewusst. Das Geräusch kam ihr bekannt vor, aber sie konnte es nicht einordnen. Als sie den festgestampften Lehmboden erreichte, war von den lachenden Menschen, denen sie gefolgt war, nichts mehr zu hören. Ein weiterer Lakai stand am Höhleneingang, verbeugte sich vor ihr und zeigte in die gähnende Öffnung.

Furcht prickelte ihr eiskalt den Rücken hinab. Unruhig fragte sie sich, auf was für einen Mann sich ihre Schwägerin da bloß eingelassen hatte. Caro hatte Lucien als eleganten Mann von Welt und als gefährlich schlauen *chargé d'affaires* des Außenministeriums beschrieben, der sechs oder sieben Sprachen beherrschte, aber was war das für ein Mann, der rings um sein Haus bewaffnete Wachen aufstellte, am Tor Parolen verlangte und in unterirdischen Höhlen Gesellschaften abhielt? Sie wusste, dass sie umkehren sollte, doch das leise Wispern zog sie unwiderstehlich vorwärts. Mit klopfendem Herzen betrat sie die Höhle.

Im Schein der Fackeln an den Wänden leuchteten feucht glänzende Tropfsteine auf, die wie Drachenzähne aus Boden und Decke ragten. Während sie sich tiefer in die Höhle vortastete, wurde das geheimnisvolle Rauschen immer lauter. Dann stach ihr der belebende Geruch von frischem Wasser in die Nase, und plötzlich wusste sie, was es war – ein unterirdischer Fluss. Sie hatte den Wasserfall ja gesehen, der an der kleinen Holzbrücke aus dem Felsen stürzte. Ihre Annahme bestätigte sich, als sie um eine Kurve bog und den Fluss erreichte. Endlich tauchten auch Menschen auf. Lakaien halfen den verkleideten Gästen in verspielte Gondeln. Am Bug jeder Gondel steckte eine Fackel, deren Schein von der spiegelglatten schwarzen Wasseroberfläche zurückgeworfen wurde. Einer der Diener winkte Alice heran.

„Bitte beeilen Sie sich Madam. Wir können Sie hier noch unterbringen!“ rief er energisch.

Alice zögerte. Ihr Herz hämmerte. Wenn sie jetzt in die Gondel stieg, könnte sie sich dem Geschehen vielleicht nicht mehr entziehen – aber dann fingen die Leute an, sie rüde und ungeduldig anzuschnauzen.

„Beeilung!“

„Sie sind wohl nicht ganz bei Trost!“

„Trödeln Sie nicht herum, wir sind schon spät dran!“

Simpler, sturer Stolz hinderte sie daran, vor so vielen Leuten einfach die Flucht zu ergreifen. Was ihr verstorbener Bruder wohl zu alledem gesagt hätte, wagte sie sich gar nicht auszumalen – sie eilte einfach zum Fluss und ließ sich vom Dienstboten in die Gondel helfen. Nachdem sie sich gesetzt hatte, stieß der Bootsmann vom Ufer ab und stakte sie tiefer in die Kalksteinhöhle. Sie zog die Füße an und faltete züchtig die Hände im Schoß.

„Jetzt kommen wir noch später“, zischte jemand in ihrer Nähe.

Ängstlich blickte Alice sich um. Allmählich wurde ihr bang ums Herz, aber dafür war es nun zu spät.

„Gar nicht hinhören“, lallte der beleibte Trunkenbold neben ihr. Er war klein und kahl und sah wie Bruder Tuck aus den Robin-Hood-Geschichten aus. Die braune Kutte spannte sich über seinem Bauch. „Wahrscheinlich haben wir die Zeremonie verpasst, aber ich komme eh nur zum Feiern."

Welche Zeremonie, fragte sie sich und betrachtete ihren Nachbarn ängstlich.

Er lächelte sie mit schweren Lidern an.

„Und Sie?" fragte er. „Wollen Sie auch bloß Ihr Vergnügen haben, oder sind Sie eine echte Jüngerin?"

Misstrauisch musterte Alice ihn und rückte ein bisschen von ihm ab, während die Gondel anmutig durchs tintenschwarze Wasser glitt. Sie sprach nicht mit Fremden, vor allem nicht mit lüsternen, betrunkenen Männern. Außerdem wollte sie nicht offenbaren, dass sie keine Ahnung hatte, wovon er redete.

Er betrachtete sie mit einem schlauen Glitzern in seinen kleinen braunen Äuglein. „Sie dürfen mich Orpheus nennen."

Die gedehnten Vokale ließen darauf schließen, dass er Amerikaner war, was merkwürdig war, da England sich mit Amerika im Krieg befand. In den Zeitungen stand, dass britische Schiffe die Bucht von New Orleans immer noch blockierten, wie sie es seit 1812 taten. Da lenkten sie ein paar flatternde Fledermäuse ab. Sie blickte auf und schlang mit einer Grimasse die Arme eng um sich. Kurz darauf erkannte sie allerdings, dass Orpheus ihre größere Sorge hätte sein sollen, da dieser nun mit einem lüsternen Grinsen näher rückte.

„Sie sind neu, stimmt's? So ein schüchternes kleines Ding. Und so jung", wisperte er und legte ihr die Hand auf den Oberschenkel.

Sie zuckte so heftig zurück, dass das Boot schwankte. „Sir!"

Lachend zog Orpheus die Hand zurück. „Keine Angst, meine Kleine, ich kenne die Regeln. Draco darf bei Ihnen als

Erster ran.“ Er zog eine Flasche unter der Kutte hervor und entkorkte sie. „Auf Draco Argus Prospero – den Meister der Illusionen und den Herrn der Lügen“, sagte er zynisch. „Zweifellos wird er Sie zu schätzen wissen.“

Schockiert starrte Alice ihn an. „Wer?“

„Na, wer wohl, meine Liebe. Lord Luzifer natürlich.“

Sie schluckte. Das Herz schlug ihr bis zum Hals, als der Fährmann die Gondel an einer sanft ansteigenden Landestelle zum Halten brachte. Das Boot zu verlassen schien ihr reichlich unvorsichtig, doch die anderen Passagiere sprangen in bester Laune aus der Gondel und stiegen die in den Kalkstein gehauenen flachen Stufen empor.

„Kommen Sie, meine Kleine. Trödeln Sie nicht herum!“ Orpheus packte sie am Handgelenk und zog sie mit sich mit.

Als sie die Spitzbogentür oben an der Treppe erreichten, verzog sie angewidert das Gesicht – das Schnitzwerk stellte den griechischen Fruchtbarkeitsgott Priapus dar, eine gnomartige grinsende Gestalt, die nichts trug außer einem mächtigen Gemächt. Außerdem legte Priapus den Finger auf die Lippen, wie um die, die diese Tür durchschritten, zur Verschwiegenheit zu ermahnen.

„Sieht mir ziemlich ähnlich, was?“ fragte Orpheus kichernd. Dann ging die Tür auf.

Aus der Grotte dahinter drangen Geräusche, Musik und Stimmengewirr. Die Musik verwirrte Alice – es war eine Mischung aus gregorianischen Gesängen und Kriegsgetrommel, akzentuiert vom Schlag der Becken und brummenden orientalischen Instrumenten. Weihrauch wehte ihnen in dicken Schwaden entgegen.

„Kommen Sie, Kleine", meinte Orpheus leutselig.

Alice wusste, dass es dumm wäre, ihm in die Dunkelheit zu folgen. Sie witterte Gefahr, doch da sie ihre Schwägerin irgendwo da drinnen vermutete, *musste* sie einfach hineingehen. In welche Klemme Caro auch geraten war, Alice war klar, dass es wie immer an ihr hängen blieb, sie daraus zu befreien. Das Gesicht tief im Schatten der Kapuze haltend, nahm sie allen Mut zusammen und folgte dem dicken Amerikaner durch die Spitzbogentür.

Der Anblick, der sich Alice innen bot, ließ sie erstarren. Sie konnte nur verstört und entsetzt um sich schauen. Niemals sollte sie diesen Augenblick vergessen, der ihr Leben in zwei Hälften teilte: ihre naive Existenz vor Revell Court und die Zeit danach, als sich ihr eine neue Welt, eine Welt voller Geheimnisse eröffnete.

Luciens Welt.

Der Geruch von Weihrauch stach ihr in die Nase. Zwischen den tropfenden Stalaktiten brannten überall Kerzen. Sie kämpfte gegen den Schock an, als sie die groteske, orgiastische Szene in sich aufnahm, die sich in der weitläufigen Höhle entfaltete, fast wie ein zum Leben erwachtes Gemälde von Hieronymus Bosch. Die hypnotische Musik betäubte sie, stumpfte ihre Sinne ab, schläferte sie ein.

Eines zumindest erkannte sie: Ein Kostümball war das nicht.

„Kommen Sie", sagte Orpheus eifrig und ging vor ihr die Stufen hinunter, die in die riesige unterirdische Höhle führten. Überall drängten sich Gestalten in Kutten, die alle, wie in Anbetung, auf das in den Kalkstein gehauene Abbild eines mit

Fängen bewehrten Drachens blickten. Jede Schuppe war fein gemeißelt, in den Augenhöhlen glommen rot glühende Kohlebecken. Allein das aufgerissene Maul war mannshoch, und aus dem schwarzen Schlund sprudelte eine heiße Quelle in die Höhle. Der natürlich aufsteigende Dampf kräuselte sich aus den Nasenlöchern des Ungetüms, als wollte es jeden Augenblick Feuer speien. Das Wasser wurde über eine flache, vier Fuß breite Rinne in ein Becken geleitet, das an die römischen Bäder in Bath erinnerte. Das Becken war mit Mosaiken verziert, und ringsum standen korinthische Säulen, die noch von den alten Römern stammen mochten.

Nie zuvor hatte Alice so viel nackte Haut gesehen. Vielleicht lag es an ihrer Begeisterung für die Kunst, vor allem das Porträt, aber sie war überrascht, wie rasch Schock und moralische Entrüstung künstlerischem Interesse wichen. Auch wenn viele Leute nackt im Wasser herumtollten, war die Mehrheit doch angekleidet, das Gesicht im Schatten der Kapuzen verborgen, und manche trugen, um ihre Anonymität zu wahren, zusätzlich Masken. Alle waren sie jedoch vollkommen in Bann geschlagen von dem Drama, das sich ihnen auf der in den Rücken des Drachens gehauenen bühnenartigen Plattform darbot. Die Bühne wurde von einem Steinaltar beherrscht, an dem ein bleicher, schlaksiger junger Mann in fließenden Priestergewändern stand. Die Hände seitlich erhoben, sang er mit durchdringender Stimme in irgendeiner unbekannten – möglicherweise frei erfundenen – Sprache. Die Menge antwortete in regelmäßigen Abständen, wie in einem Gottesdienst. Alice erschauderte.

Als sie und ihr Begleiter unten angekommen waren, begann

Orpheus sich sofort durch die schwankende Menge zu schieben. Sie tippte ihm auf die Schulter.

„Ich bin auf der Suche nach Lady Glenwood!“ schrie sie, um den donnernden Trommelhall zu übertönen. „Kennen Sie sie?“

„Keine Namen, Kind!“ Finster blickte er sich um, wie um sicherzugehen, dass niemand sie gehört hatte, und senkte dann den Kopf zu ihr herab. Ihr fiel auf, dass er plötzlich gar nicht mehr betrunken zu sein schien. „Sie dürfen hier keine Namen nennen“, wiederholte er scharf. „Meine Güte, Sie sind wirklich neu hier, was? Nein, ich kenne die Frau nicht. Und jetzt folgen Sie mir, und sprechen Sie mit niemandem, sonst kommen Sie in höllische Schwierigkeiten.“

Betroffen folgte Alice Orpheus durch die Menge. Alice schätzte, dass über hundert Leute anwesend waren, während sie das Meer der Gesichter nach Caro absuchte. Orpheus wählte einen Platz inmitten der Menschenmenge und blieb stehen. Sie wandten sich zur Bühne. Die Stimme des bleichen jungen Mannes wurde lauter, und die Leute antworteten einstimmig. Alice verstand zwar kein Wort, spürte aber, wie die Erwartung stieg. Nach ein paar weiteren bizarren Gesängen wandte sich der bleiche Mann mit erhobenen Händen an die Menge. Vor Erregung sprach er immer schneller, sein nasaler Tenor wurde immer höher. „Vee-nee-ay mil-sit dren-sa-il *Draco!*“

Beim Klang des Namens wurde das Becken geschlagen. Feuer flammten in den Kohlebecken am Bühnenrand auf, als die Assistenten des Priesters Öl hineingossen. Der Chor und das monotone Brummen verklang, aber die Trommeln dröhnten leise weiter, und die Leute ringsum begannen zu rufen: „Draco, Draco.“

Am Bühnenende ging eine Flügeltür auf. Alice starrte wie gebannt auf die große, mächtige Gestalt, die dort herausstolziert kam, das Gesicht von der Kapuze der wallenden schwarzen Seidenrobe verhüllt. Geschmeidig wie ein schwarzer Panter trat er in den Mittelpunkt der Bühne. Die Flammen ringsum spiegelten sich im Stoff der schwarzen Kutte, schienen ihn zu liebkosen. Vorn stand die Kutte offen und gab den Blick auf schwarze Hosen und Stiefel und ein weites weißes Hemd frei, das über der gebräunten muskulösen Brust nur halb zugeknöpft war. Alice betrachtete ihn voll Staunen. Draco blieb stehen und drehte sich zur Menge um. Unter den Ärmeln der Kutte schauten weiße Spitzenmanschetten hervor, als er die Arme ausbreitete. Sie konnte den Blick nicht von ihm abwenden.

Seine Augen und die obere Gesichtshälfte lagen im Schatten der Kapuze, daher starrte sie wie gebannt auf seinen markanten, wie gemeißelten Unterkiefer und das kräftige Kinn. Dann begann er zu sprechen, und seine tiefe, faszinierende Stimme rollte mit natürlicher Autorität über die lauschende Menge hinweg und hallte in der ganzen Grotte wider.

Die Menschenmenge tobte vor Verzückung.

„Heute Abend sind wir zusammengekommen, um zwei neue Adepten in unserer lasterhaften und verderbten Mitte zu begrüßen." Die Masse jubelte ob dieser Beleidigungen, worauf ein höhnisches Lächeln über seine Lippen huschte. „Wie ihr alle, wurden auch sie von den Ältesten geprüft und für würdig befunden", verkündete er. „Adepten, tretet vor, um den letzten Ritus zu empfangen." Er zog die Kapuze zurück und enthüllte ein Gesicht von brennender, lasterhafter Schönheit.

Alice hielt den Atem an, als sie eine schicksalhafte Vorahnung überkam. *Lucien Knight.* Ein Blick genügte, um jeden Zweifel auszuräumen. Er hatte die edlen, kühnen Züge eines Abenteurers und silbergraue Augen, die wie Diamanten glitzerten. Das schwarze Haar betonte seinen sonnengebräunten Teint und sein weiß strahlendes boshaftes Lächeln.

Dann keuchte sie auf. Zwei nackte Frauen krochen auf die Bühne und bewegten sich auf Händen und Knien zu ihm hinüber. *Lieber Gott, bitte lass es nicht Caro sein.* Zu seinen Füßen hockten sich die Frauen hin, und Alice wurde vor Erleichterung fast ohnmächtig, als sie erkannte, dass keine von beiden ihre Schwägerin war. Draco legte ihnen die Hände auf den Kopf und begann in derselben Fantasiesprache zu singen, die auch der bleiche Jüngling benutzt hatte. Die Frauen stöhnten und liebkosten ihn dabei ohne Unterlass. Alice beobachtete, wie ihre Hände über seine harte, sehnige Gestalt glitten, als könnten sie gar nicht genug von ihm bekommen, und allmählich drang die sinnlich aufgeheizte Atmosphäre in der Grotte noch stärker in ihr Bewusstsein. Alice konnte den Blick nicht von Caros schönem, bösem Liebhaber abwenden. Kein Wunder, dass man ihn Lord Luzifer nennt, dachte sie. Er ist wie geschaffen für die Versuchung.

Kurz darauf schloss er sein Gebet ab und küsste jede Frau sanft auf die Stirn. Sie suchten seinen Mund, doch er verweigerte sich ihnen mit einem grausamen kleinen Lächeln. Dann hüllte der bleiche Jüngling die Frauen in weiße Kutten und führte sie weg. Dracos Anhänger wurden allmählich unruhig. Mit wachsender Nervosität sah Alice sich um, während sich die Leute ringsum zu Paaren und exotischeren Konstellationen zusammenfanden. Hier und da fingen die Leute an, einander zu küssen und zu kosen, und manche legten die braunen Kutten ab. Die Zeremonie schien sich ihrem Ende zuzuneigen.

Orpheus packte sie plötzlich am Arm. „Na, wie wär's mit einem Kuss, Kleine?" Er grunzte, und ein Schweißtropfen lief ihm über das runde, gerötete Gesicht.

Sie zuckte zurück. „Lassen Sie mich sofort los!"

„Was haben wir denn da, etwa eine Jungfrau?"

„Verschwinden Sie!"

Sie rangen einen Moment miteinander, und dann schubste Alice ihn so kräftig von sich, wie sie konnte. Mit einem rüden Schimpfwort zog Orpheus sich zornig zurück und verschwand in der Menge.

Erschüttert und mit leicht zitternden Händen strich Alice sich das Haar aus dem Gesicht und stellte sich dann auf die Zehenspitzen, um nach Caro Ausschau zu halten. Sie ging durch die Menge, suchte überall nach der verlorenen Baronin. Die orientalische Musik setzte wieder ein, ein an- und abschwellendes Brummen, das sich direkt durch ihren Körper zu winden schien. Bei jedem Schritt hörte sie eine neue Sprache – anscheinend waren hier Gäste aus ganz Europa versammelt. Und allmählich ließen diese Menschen ihrer Lasterhaftigkeit alle Zügel fahren. Sie legten die Kutten ab. Das große Becken füllte sich mit lauter lachenden Nymphen und Satyrn, ebenso die aus der Höhlenwand herausgehauenen kleinen Liebeslauben. Rings um sie erblühten erotische Wunderblumen. Sie sah, wie eine maskierte Lady einen Mann auspeitschte, der an eine der Säulen gefesselt war und vor Vergnügen schrie, während ringsum Leute zuschauten. Ein paar Schritte weiter entdeckte sie zwei Frauen in leidenschaftlicher Umarmung. Erstaunt und vollkommen verwirrt starrte sie sie an. Überall taten die Leute Dinge miteinander, die sie nie für möglich gehalten hätte. Sie war von alldem so überwältigt, dass sie es erst später in aller Ruhe würde verarbeiten können. Im Augenblick konnte sie sich nur auf ihre Aufgabe konzentrieren – Caro finden und heim zu Harry bringen.

Beim Gedanken an ihren Neffen bekam sie einen klareren Kopf. Ihm zuliebe schob sie sich nun aggressiver durch die Menschenmenge, ignorierte die Umarmungen ringsum und die obszönen Anträge, die von allen Seiten auf sie einprasselten, bis sie schließlich am großen Becken stand.

Vom aufsteigenden Dampf der heißen Quelle wurde ihr Haar feucht, während sie dastand und die Gesichter der Badenden im Halbdunkel musterte. Nach ein paar Minuten musste sie sich mutlos eingestehen, dass ihre Schwägerin nicht darunter war. Sie presste die Hand an die Stirn. *O Gott, und wenn sie sich nun irgendwo mit Lucien Knight vergnügt?* Sie blickte zur Bühne hoch. Der blonde Mann stand noch oben, aber „Draco" war verschwunden.

Mit finsterer Miene ließ Alice die Hand sinken. Wenn es ihr doch erspart bleiben könnte, ihre Schwägerin bei der Vereinigung mit ihrem dämonischen Liebhaber zu unterbrechen. Aber egal, sagte sie sich. Sie würde Caro ein paar Kleider überwerfen und sie nötigenfalls am Ohr packen und nach Hause zerren. Fest entschlossen, sämtliche verborgenen Winkel in der Höhle abzusuchen, wirbelte Alice herum – und prallte gegen eine entblößte, muskulöse Männerbrust.

Genau auf Augenhöhe stand das Hemd offen und enthüllte ein v-förmiges Stück Samthaut. Aus dieser Nähe konnte sie jeden einzelnen stählernen Muskel ausmachen und den salzigen Schweißfilm förmlich schmecken, der auf seiner Haut glänzte. Das Herz schlug ihr bis zum Hals, als sie erkannte, wen sie vor sich hatte. Dann stoben ihre fünf Sinne davon wie Hühner, wenn der Fuchs kommt.

O nein, dachte sie aufkeuchend.

Langsam hob sie den Blick und sah in die silbrigen, spöttischen Augen von Lucien Knight.

3. KAPITEL

Eben noch war Lucien durch die Menge geschlendert und hatte die Leute beobachtet, seine angespannte Aufmerksamkeit hinter einer nonchalanten Miene verborgen. Ihm standen fünf junge Agenten in Ausbildung zur Verfügung, die ihn bei der Operation unterstützten. Vier davon überwachten jeweils einen Quadranten der Grotte, während Talbert, der fünfte, seine theatralischen Talente als Priester unter Beweis stellte. Sechs bezaubernde Kurtisanen standen ebenfalls in Luciens Sold, und jede von ihnen kannte ihre Pflichten genau: fremde Agenten mit Wein und anderem verwöhnen und Informationen aus ihnen herauslocken. Die jungen Leute mischten sich unters Volk, brachten in Erfahrung, was sie konnten, und erstatteten ihm dann am Ende der Nacht Bericht. Lucien schlenderte seinerseits durch die Grotte, behielt alles im Auge und achtete auf geringste Anzeichen, die auf Feinde schließen ließen.

Allerdings konnte ein Mann sich nicht immer auf seine Geschäfte konzentrieren. Das zügellose Treiben ringsum brachte sein Blut zum Kochen. Er brauchte eine Frau, bald. Caro nicht – auf der Herfahrt von London hatte es einen Moment gegeben, ab dem ihn Caro zu langweilen begonnen hatte. Er hatte gerade mit dem Gedanken gespielt, sich einer der gehorsamen Adeptinnen zu nähern – oder auch beiden –, als ihm das Mädchen aufgefallen war.

Sie trug immer noch sämtliche Kleider. Das hatte seine Aufmerksamkeit als Erstes erregt. Irgendwie schien das nicht ganz richtig. Da ihr Gesicht immer noch im Schatten der Kapuze lag, konnte man nicht erkennen, wer sie war, doch irgendwie war ihm sofort klar, dass sie nicht hierher gehörte.

Aber das ist unmöglich, dachte er. Er kannte jeden, der in der Grotte war. Er wusste, was sich dort abspielte. Er hatte alles unter Kontrolle. Unmöglich, dass ein Mädchen seine Sicherheitsvorkehrungen überwunden haben sollte.

Dann war ihm aufgefallen, dass sie allein war, und er hatte sich mit allen Sinnen auf sie konzentriert. Er hatte beobachtet, wie sie sich vorsichtig und verstohlen durch die Menge bewegte. Seine Instinkte waren geweckt. Fragte sich nur, welche.

Da er sie näher in Augenschein nehmen wollte, war er ihr durch die Menge gefolgt. Sein Herz begann im Rhythmus des urzeitlichen Jägers zu dröhnen, heiß durchpulste ihn das Verlangen nach einer feurigen Paarung. Etwas Besseres konnte er sich nicht erhoffen, wie er aus bitterer Erfahrung wusste – was er wirklich brauchte, gab es auf der ganzen Welt nicht. Wie alles andere konnte jedoch auch die Liebe simuliert werden. Er wollte festgehalten werden, als wäre er der letzte Mann auf Erden, er wollte sich in einer Frau verlieren und die Einsamkeit, die ihn umgab, einen Moment vergessen.

Während er sich näher an sie heranarbeitete, hatte er ihren reizvollen Gang bewundert, den züchtigen Schwung ihrer Hüften. Er hatte sich ausgemalt, wie sie die Kutte ablegte und sich ihm in ihrer Nacktheit zeigte, doch sie war nur dort stehen geblieben, als suchte sie jemanden. Flüchtig ging ihm durch den Kopf, dass er sie, wenn er sie einholte, entweder festnehmen oder über sie herfallen würde. Darüber war er sich immer noch nicht ganz schlüssig, als er dann vor ihr stand und ihr mit einem etwas bösartigen Lächeln den Weg versperrte.

Als sie ihn ängstlich aus den Tiefen ihrer Kapuze anschaute, entdeckte er, dass sie die blausten Augen besaß, die er je gesehen hatte. Ein so tiefes, traumhaftes Kobaltblau war ihm bisher erst einmal im Leben begegnet: in den Buntglasfenstern der Kathedrale zu Chartres. Die Menge ringsum versank förmlich in Bedeutungslosigkeit, während er in die ozeanblauen Tiefen blickte. *Wer bist du?* Er sagte kein Wort, bat nicht um Erlaubnis. Mit der Selbstsicherheit eines Mannes, der jede Frau im Raum zu beurteilen hat, fasste er sie sanft, aber fest am Kinn. Mit schreckgeweitetem Blick wich sie zurück.

Darüber wurde seine grimmige Miene ein wenig weicher, doch sein Lächeln erstarb, als er spürte, wie seidenweich sich ihre Haut anfühlte. Mit der einen Hand drehte er ihr Gesicht ins Licht, mit der anderen zog er ihr die Kapuze herunter. Lucien stockte der Atem, denn eine solche Schönheit war ihm noch nie begegnet.

Er war bis in die Tiefen seiner Seele erschuttert. Voll Verehrung sah er sie an, hielt den Atem an aus Furcht, die Vision könnte sich auflösen, weil sie nur ein Hirngespinst seiner erhitzten Vorstellung war. Angesichts der rotblonden Locken, die wie die goldene Morgenröte glänzten, und der riesengroßen blauen Augen war er einen Moment lang völlig überzeugt, dass es sich um einen gefallenen Engel handelte – er hätte sich nicht gewundert, wenn sie unter der braunen Kutte silbrige Flügel verbarg. Anscheinend war sie zwischen achtzehn und zweiundzwanzig Jahre alt – eine bebende Schönheit von jungfräulicher Reinheit. Er wusste sofort, dass sie völlig unberührt war, so unmöglich das an diesem Ort auch schien.

Ihr Gesicht war stolz und misstrauisch. Ihre glatte Haut

leuchtete bleich im Kerzenschein, und ihre weichen, vollen Lippen weckten ein Begehren in ihm, das ihm wie Champagner in den Adern prickelte – und süßer war als alles, was er seit seiner lang zurückliegenden Jugend empfunden hatte. In ihrem zarten Gesicht spiegelten sich Intelligenz, Mut und eine Verletzlichkeit, die ihn mit Schmerz erfüllte, weil alle Unschuld dem Untergang geweiht war.

Eine edle junge Frau mit einer Aufgabe, dachte er. Vielleicht war sie gekommen, um einen Drachen zu erlegen – sein schwarzes Herz hatte sie jedenfalls schon mit ihren tiefblauen Augen durchbohrt. Ihm kam es so vor, als könnte sie ihn auf einen Blick durchschauen, so wie er alle anderen durchschaute. Das machte ihm Angst, und gleichzeitig faszinierte es ihn. Wenn nur …

Und nun, da die erste Verwunderung allmählich wich, traf ihn die Wirklichkeit wie ein Paukenschlag: Er kannte die junge Frau nicht. Er hatte sie nie zuvor gesehen, geschweige denn hier zugelassen.

Lieber Himmel, dachte er plötzlich entsetzt, genau so eine Waffe würde Fouché gegen mich einsetzen!

Rücksichtslos verstärkte er den Griff um ihr Gesicht, denn auch Unschuld konnte vorgeschützt werden. Er bemerkte die Angst in ihren Augen. Es war ihm egal. „Na, wen haben wir denn da?“ murmelte er. „Sind ein hübsches kleines Ding, was, meine Süße?“

„Lassen Sie mich los!“

Er lachte boshaft, als sie sich losreißen wollte. Sie packte ihn an den Handgelenken und versuchte, seinen gnadenlosen Griff zu lösen. Von wegen Flügel, dachte er bitter und wunderte sich über seinen unvernünftigen Einfall – angestarrt wie ein liebeskranker Jüngling hatte er sie! Das Einzige, was dieses Weibsstück unter der Kutte verbarg, war wahrscheinlich ein Dolch, dem sie ihn auf Fouchés Befehl zwischen die Rippen rammen sollte!

Er war empört, dass sie ihn beinahe mit seinen eigenen Waffen geschlagen hätte, und wenn es auch nur für einen winzigen Moment gewesen war, aber in Anwesenheit so vieler ausländischer Agenten wollte er kein Aufheben machen. Seine Gäste kamen vom Habsburgischen Hof, aus Neapel und Moskau; sogar den unangenehmen, feisten amerikanischen Doppelagenten Rollo Greene hatte er in der Menge entdeckt. Zum Glück war Lucien gut darin, die Wahrheit zu verschleiern. Er musste die junge Frau allein sprechen, um zu erfahren, wer sie war und für wen sie arbeitete.

Da er sich sicher war, dass sie unter ihrer Kutte irgendeine Waffe versteckte, hinderte er sie daran, danach zu greifen, indem er ihre Handgelenke brutal hinter ihrem Rücken packte und sie an sich drückte. Die kleine Wildkatze wehrte sich nach Kräften, wand sich wie verrückt in seinem Griff.

„Lassen Sie mich sofort los!“

Er lachte lauthals, als sie mit der Hüfte seine Lenden streifte. „Hmm, das gefällt mir“, schnurrte er und presste ihre schlanke Gestalt noch enger an sich.

„Sie ekelhafter … hören Sie sofort auf!“ schrie sie ihn an. „Sie tun mir ja weh!“

„Gut.“ Er schob sein Gesicht an das ihre heran und schaute ihr drohend in die Augen. „Also dann, meine Hübsche, dann wollen wir beide uns mal zurückziehen.“

Abrupt hörte sie auf, sich gegen ihn zu wehren. Ihre Augen weiteten sich, und ihr schönes Gesicht wurde ganz bleich.

Ohne Vorwarnung hob er sie hoch und warf sie sich über die Schulter. Ihre Schreie gingen im allgemeinen Gelächter der Menge unter, während Lucien sie nach Barbarenart in seinen geheimen Beobachtungsstand hinter den glühenden Augen des Drachens trug.

Seine breite Schulter war hart wie Stahl, sein ganzer Körper schien vor Zorn wie ein Hochofen zu glühen. Alices Vorstellung von der Wirklichkeit hatte durch die Dekadenz auf Revell Court schon merklich gelitten, und während der dämonische Meister sie davontrug, geriet sie vollends durcheinander. Die Leute, die Lucien Knight lautstark anfeuerten und umjubelten, schienen zu glauben, dass er sie nur aus einem einzigen Grund erwählt hatte. Alice empfand panische Angst, dass sie vielleicht Recht haben könnten.

Ihre Proteste, Drohungen und Bitten blieben unbeachtet, übertönt vom Dröhnen der Musik und der Trommeln. Und als sie die Hände endlich freibekam, zeitigten ihre Knüffe und Püffe nicht die geringste Wirkung. Sie konnte sich nicht erinnern, je so zornig gewesen zu sein. Sie kam sich völlig hilflos vor, und das war ihr sehr zuwider – aber nicht so zuwider wie er selbst. Wie sehr sie sich wünschte, dass ihr Bruder noch am Leben wäre! Phillip hätte ihm eine Kugel in den Leib gejagt, wenn er das Ganze hätte sehen können – erst Caro, dann sie!

Trotzdem hörte Alice kurzfristig auf, sich zu wehren, als „Draco“ auf den großen Drachen zustapfte – sie wusste, dass sie körperlich unterlegen war, und wollte sich sammeln, bevor sie ankamen, wohin auch immer er sie verschleppte. Sie musste hellwach sein, wenn sie den Schurken irgendwie daran hindern wollte, ihr Gewalt anzutun.

Ein Wachmann in langem schwarzen Mantel öffnete ihnen eine Tür. Lord Lucien trat hindurch. Die Tür fiel hinter ihnen ins Schloss, sodass der Lärm nur noch gedämpft zu hören war. Sie stützte sich an seinem Rücken ab und versuchte sich umzusehen.

„Wohin bringen Sie mich?“ fragte sie mit schwankender Stimme.

„Das möchten Sie wohl gern wissen“, erwiderte er in unangenehmem Ton.

Sie zuckte zusammen ob des spöttischen Tonfalls. Inzwischen hatte er eine enge Wendeltreppe erreicht, die er trotz seiner Last mühelos erklomm. Oben öffnete ihnen ein Wachmann eine weitere Tür. Lucien trat ein, Alice immer noch würdelos über seiner Schulter tragend. Der Raum war klein, überheizt und hatte eine kleine Kuppel. Er war mit einem Sofa, einem Holztisch und zwei Stühlen möbliert und hatte zwei ovale Fenster aus scharlachrotem Glas, die auf die Grotte und das große Becken hinausgingen. Erstaunt erkannte sie, dass sie sich im Schädel des Drachens befanden.

Er bückte sich und setzte sie ab. „Rühren Sie sich nicht von der Stelle.“

Diesen Befehl hätte er sich sparen können, da sie sich schon in Bewegung gesetzt hatte. Instinktiv wich sie vor ihm wie vor einem wilden Raubtier zurück.

Darauf zog er eine Pistole aus dem Hemd und zielte kühl

zwischen ihre Augen. „Ich hab gesagt, Sie sollen sich nicht von der Stelle rühren, Süße."

Sie erstarrte und betrachtete ungläubig den Lauf der Waffe. Ihr Magen krampfte sich vor Furcht zusammen.

„Her mit der Waffe."

„Was?" flüsterte sie und blickte entsetzt von seiner Pistole in sein erbarmungsloses, schönes Gesicht. Der grellrote Schein, der durch die roten Drachenaugen fiel, beleuchtete seine Wangen und seine Stirn, seine scharf geschnittene Nase und das kantige, entschlossene Kinn. Sein Haar war dunkler als die Nacht der Unterwelt, gesponnen aus seidenen Schatten. Seine silbergrauen Augen glitzerten, als er auf sie zutrat.

„Sie wollen sich also nicht ergeben?" tadelte er samtweich. „Na schön, *chéri.* Wenn Sie es vorziehen, sich von mir abtasten zu lassen, bin ich dazu gern bereit. Ziehen Sie die Kutte aus."

„Mylord!"

Er schwenkte die Pistole. „Ausziehen."

Sie sah in seine stahlharten Augen und entschied, dass sie sich mit einem Verrückten, der eine Pistole in der Hand hielt, auf keinerlei Diskussionen einlassen wollte. Mit zitternden Fingern löste Alice die Kordel um ihre Taille und zog sich die braune Kutte über den Kopf. Darunter kam ihr züchtiges Baumwollkleid zum Vorschein, das sie vor dem Verlassen des Zimmers angelegt hatte.

Sein Blick wanderte über ihre Gestalt, versengte sie förmlich. „Lassen Sie sie fallen."

Sie gehorchte.

„Legen Sie die Hände in den Nacken."

„Bitte ... Sie machen einen Fehler ..."

Als er warnend die Augen zusammenkniff, schloss sie rasch den Mund und verschränkte die Arme hinter dem Kopf. Er schob die Pistole in das diskrete Lederhalfter unter seinem Hemd zurück, machte einen Schritt auf sie zu und legte die Hand an ihre Taille. Er klopfte sie seitlich ab und trat dann hinter sie, um sie gründlich von oben bis unten abzutasten. Sie stieß einen Schrei aus, ließ die Hände sinken und zuckte vor seiner Berührung zurück, doch er packte ihre Handgelenke und schob sie ihr wieder hinter den Kopf.

„Ich rate Ihnen, mit mir zusammenzuarbeiten, *mademoiselle.*"

„Das ist ja absurd! Ich bin nicht bewaffnet!" protestierte sie mit feuerrotem Gesicht.

„Halten Sie den Mund und stehen Sie still, sonst reiße ich Ihnen sämtliche Kleider vom Leib, was ich mit dem größten Vergnügen tun würde."

Sie verschluckte sich beinah. Lieber Himmel, worauf hatte sie sich da nur eingelassen! Wäre sie nur auf ihrem Zimmer geblieben! Schweigend ließ sie die Durchsuchung über sich ergehen.

„Sie sind zwar sehr verlockend", sagte er nachdenklich, „aber es beleidigt mich doch ein wenig, dass man mir eine solche Anfängerin schickt. Wollen die Sie etwa loswerden?"

„Ich ... ich weiß nicht, wovon Sie reden."

„Ah, natürlich nicht. Liebste, Sie sollten sich ganz schnell überlegen, wie Sie sich herausreden wollen. Frauen wie Sie sind mir nur allzu gut bekannt. Natürlich weiß ich, warum man Sie geschickt hat – erst sollen Sie zu mir ins Bett kriechen und mich dann im Schlaf erstechen."

Sie keuchte entsetzt auf.

„Und doch ..." Seine Lippen verharrten an ihrem Ohr, während er ihr langsam am Bauch entlangstrich. „Fast möchte ich glauben, dass eine Nacht mit Ihnen es wert wäre." Er umfasste ihre Brüste. Mit einem Aufschrei wich sie zurück und stieß direkt gegen seine harte Brust hinter sich. Ihr Herz hämmerte vor Verwirrung, Erregung und Furcht.

Ihr Busen wogte, und das Atmen wurde ihr schwer. Sie brachte kein Wort hervor, spürte nur noch seine warmen Hände, die sich förmlich durch den dünnen Stoff hindurchbrannten und in ihr beängstigende Reaktionen weckten. Er hatte die kraftvollen Arme fest um sie geschlungen, sodass sie jeden Zoll seiner harten, muskulösen Gestalt spüren konnte – seine eckigen Knie, die sich von hinten an ihre Beine drängten, seine kräftigen Oberschenkel an ihrem Hinterteil, seinen harten Bauch und seine muskulöse Brust.

„Schade", flüsterte er. „Wir würden so gut zueinander passen."

Bei diesen Worten überlief sie ein verwirrendes Frösteln. Er löste sich von ihr und begann sie weiter abzutasten. Ihr Herzschlag steigerte sich zu einem panischen Stakkato, als er sich neben ihrer rechten Hüfte hinkniete und unter ihren Rock griff.

„Was machen Sie denn da?" stieß sie mit schwankender Stimme hervor.

„Nur das." Mit lässiger Langsamkeit fuhr er an ihren Beinen entlang, hakte den Finger in ihr Strumpfband und tastete den Oberschenkel rundum ab. Ein verräterischer Schauder überlief sie, und danach breitete sich in ihren unteren Regionen glühende

Hitze aus. Sie brannte vor Demütigung. „Wie heißen Sie?“ murmelte er und kitzelte sie hinten am Knie.

Ihr schwindelte, und die Knie wurden ihr weich. Sie erwog, ihn anzulügen, ihm irgendwie zu widerstehen, aber sie konnte kaum denken, während er sie von oben bis unten befühlte. Ihre Haut war erschreckend empfänglich geworden für jede seiner Berührungen. Es war demütigend, wie ihr Körper auf diesen Schuft reagierte. Sie zitterte und bebte unwillkürlich, erregt und erzürnt, während er sich bei seiner Aufgabe alle Zeit ließ.

„Ihren Namen, *chérie.*“

„Alice“, stieß sie mit zusammengebissenen Zähnen hervor. „Nehmen Sie sofort die Hände weg.“

Er hielt abrupt inne und starrte sie an. „Alice und wie weiter?“

„Alice Montague. Ich komme wegen Caro … um sie vor Ihnen zu retten!“

Schockiert schaute er sie an und richtete sich dann auf. Sie musste den Kopf in den Nacken legen, um seinem Blick zu begegnen, da er über eins achtzig groß war.

„Sie sind Alice Montague?“

„Das habe ich doch gerade gesagt.“

Mit schmalen Augen ergriff er eine Locke ihres rotblonden Haares.

„Au“, murmelte sie, als er leicht an ihrem Haar zog. „Nehmen Sie die Finger weg.“

„Seien Sie still“, flüsterte er. Einen langen Augenblick betrachtete er ihr Haar und ließ es dann abrupt los. Er stemmte die Hände in die Taille und starrte sie erbost an.

„Was denn?“ fragte sie besorgt.

„Sie sind Alice!" sagte er anklagend. Seine Stimme klang merkwürdig erstickt.

„Ja."

„Caros Schwägerin."

„Ja."

„Die auf das Baby aufpasst." Das kam ziemlich höhnisch heraus.

„Ja. Hat sie von mir gesprochen?"

Er musterte sie lange – wie ein Wolf, der ein Lämmlein fixiert. „Alice Montague. Verdammt. Wie zum Teufel *sind Sie in mein Haus gekommen?*" begann er so plötzlich zu schreien, dass sie zusammenzuckte.

„Sie brauchen mich nicht so anzubrüllen!"

Mit düsterer Miene, die sie ziemlich einschüchternd fand, wartete er auf ihre Erklärung.

Alice wollte sich ihre Angst auf keinen Fall anmerken lassen. Finster schaute sie zu ihm auf und wich keinen Zollbreit. „Ich habe Ihnen doch mitgeteilt, dass ich hier bin, um Caro abzuholen. Ihre Torhüter wollten mich nicht hereinlassen, aber zum Glück konnte ich sie von der Dringlichkeit meines Anliegens überzeugen. Ihr Butler wollte Caro eigentlich holen, hat es aber nicht getan, deswegen habe ich mich selbst auf die Suche gemacht. Ich dachte, Sie halten hier einen Kostümball ab."

Er zog die linke Augenbraue hoch. „Einen Kostümball?"

„Ja."

Er schien sich über ihren Schnitzer zu amüsieren, obwohl sein Lächeln nicht sehr nett war. „Ihnen ist sicher klar, dass das leicht nachzuprüfen ist. Ich brauche nur Caro holen zu lassen, um festzustellen, ob Sie wirklich sind, wer zu sein Sie vorgeben."

„Ich bitte darum. Ich bin ihr durch drei Grafschaften nachgereist", erwiderte sie mit einem müden Seufzen. „Ihr Sohn ist sehr krank."

Das ernüchterte ihn sofort. „Harry? Was fehlt ihm denn?"

„Er hat Windpocken", antwortete sie, erstaunt, dass er Harrys Namen kannte und am Gesundheitszustand des Kindes interessiert war. „Er hat geweint, weil sie ihn nicht besucht", fügte sie hinzu, immer noch wachsam, aber schon ein wenig entspannter. „Die nächsten Tage wird es noch schlimmer werden. Es ist erst heute Morgen richtig ausgebrochen."

„Da haben Sie sich aber eine höllische Mühe gemacht, deswegen herzukommen. Zu Ihrer Information: So schlimm sind die Windpocken nicht."

„Wenn man drei ist, schon", entgegnete sie entrüstet.

„Nun, da haben Sie allerdings Recht", gab er zu. Kopfschüttelnd wandte Lucien sich ab und ging zu dem Tisch unter dem Drachenaugenfenster. Er zog einen Stuhl für sie heraus. „Setzen Sie sich", befahl er, ging zur Tür und riss sie auf. „Suchen Sie Lady Glenwood, und bringen Sie sie sofort her", befahl er den beiden schwarz gekleideten Männern, die dort Wache hielten.

„Ja, Mylord." Die Männer setzten sich in Bewegung.

Erleichtert ließ Alice sich auf den Stuhl sinken. Sie faltete die Hände im Schoß, stellte die Füße züchtig unter den Stuhl und sah nervös zu, wie er langsam die Tür schloss. Einen Moment blieb er dort mit gesenktem Kopf stehen, während das rote Licht über seinen Rücken und die breiten Schultern huschte.

Dann drehte er sich um und lehnte sich müde gegen die Tür, das eckige Gesicht im Schatten.

Er steckte die Hände in die Hosentasche und schaute sie an. In Gedanken spürte sie seine Hände immer noch an ihren Beinen entlanggleiten. Rasch senkte sie das Kinn, um seinem durchdringenden Blick auszuweichen.

„Miss Tugendsam“, spottete er leise.

Sie versteifte sich und runzelte die Stirn. „Diesen Namen will ich nicht hören.“

Unverschämt musterte er sie von Kopf bis Fuß. „Wie ich höre, sind Sie eine richtige Heilige.“

„Kommt darauf an. Vielleicht im Vergleich zu Caro?“

Sein zynisches Grinsen wurde zu einem echten Lächeln. „Ein ziemliches Abenteuer, was Sie da heute Abend erleben, was?“

„Eher eine Tortur.“

„Nun, Sie scheinen ja alles bestens überstanden zu haben.“ Er stieß sich von der Tür ab und schlenderte auf sie zu.

Ihr Herz begann erneut zu hämmern, und innerlich erschauderte sie. Ihr kam es so vor, als wäre sie ihrem Schicksal begegnet. Sie bekam eine Gänsehaut. Er blieb neben ihr stehen, sodass sie die schmale Taille seiner schwarzen Hose auf Augenhöhe hatte. Sie wagte es nicht, zu ihm aufzublicken, spürte aber die pochende Hitze, die sein Körper ausstrahlte, nahm seinen moschusartigen Geruch wahr, und dann entdeckte sie die Ausbuchtung in seiner Hose, direkt vor ihrer Nase, unmöglich zu übersehen. Rasch wandte sie den Blick ab, verfluchte sich dafür, dass sie überhaupt hingeschaut hatte, doch jetzt, wo sie sein männliches Attribut einmal bemerkt hatte, schien sie es nicht mehr vergessen zu können.

Sie zuckte zusammen, als er wieder nach einer ihrer langen Locken griff und sie durch seine Finger gleiten ließ wie ein Satinband. Da Alice seine widerliche Dreistigkeit ganz und gar nicht gefiel, schaute sie zornig hoch, nur um von seinem glühenden, hypnotischen Blick in Bann gezogen zu werden.

Als er sprach, war seine Stimme ein vertrauliches Flüstern, das ihr auch die intimsten Geheimnisse hätte entlocken können. „Die jungfräuliche Alice Montague. Sagen Sie mir, was halten Sie von dem, was Sie heute Abend hier gesehen haben?"

Sie schüttelte den Kopf und wandte errötend den Blick ab. „Ich weiß nicht."

Er hob ihr Kinn an, zwang sie, ihn anzuschauen. „Hat es Sie erregt?"

Ihre Augen weiteten sich vor Schreck. Es hatte ihr so die Sprache verschlagen, dass sie ihm nicht einmal erklären konnte, dass sie eine derartige Frage nie beantworten würde, doch er gab ihr ohnehin keine Gelegenheit, etwas zu sagen.

„Lügen Sie mich nicht an", flüsterte er, hielt ihr Kinn weiter zwischen den Fingerspitzen, damit sie nicht wegsehen konnte. Er betrachtete sie, als könnte er bis auf den Grund ihrer Seele blicken und Dinge erkennen, die sie noch niemandem offenbart hatte: ihre unbändigen Leidenschaften und tief verborgenen Sehnsüchte. Er schien das alles mit dunkler Sanftheit zu akzeptieren. „Verraten Sie es mir", flüsterte er. „Damit ich mich erinnern kann, wie es ist, so unschuldig wie Sie zu sein." Er hielt inne, aber sie antwortete nicht. „Haben Sie je zuvor beobachtet, wie sich Männer und Frauen lieben?"

Ihr schlug das Herz bis zum Halse, doch sie nahm allen Mut zusammen und schüttelte den Kopf. Seine Miene wurde weich. Fast zärtlich schaute er auf sie hinab. Eine solche Sehnsucht hatte sie im Blick eines Mannes noch nie gesehen, eine so nackte, schmerzhafte Einsamkeit. Das weckte eine bebende Verbundenheit in ihr, überflutete sie mit den seltsamsten Gefühlen, als er ihre Hand ergriff und an die Lippen zog.

Er drückte ihr einen sanften Kuss in die Handfläche und legte dann ihre Hand auf seinen harten Bauch. Alice entrang sich ein leises Keuchen, nicht nur wegen der Geste an sich, sondern auch wegen der Gefühle, welche die Berührung seiner bloßen Haut in ihr auslöste. Sie war wie elektrisiert.

Hilflos, zitternd blickte sie zu ihm auf. Ihre Stimme war nur noch ein ersticktes Wispern, der schwächste Protest. „Mylord …"

„Psst, Alice, ich kann es Ihnen doch ansehen. Machen Sie weiter. Hier ist alles erlaubt. Ihre Neugierde ist … ganz natürlich", schloss er heiser.

Zögernd betrachtete sie ihre Hand, die sich von seinem gebräunten, stählernen Körper bleich und zart abhob. Sie wusste, dass sie mit dem Feuer spielte, aber er war schön wie ein junger Gott … Seine Gestalt erinnerte an eine klassische Statue, während sich in seinem markanten Gesicht entweder tausend verschiedene Gefühle spiegelten oder alles verborgen blieb. Obwohl sie nicht wagte, auch nur einen Finger zu rühren, zog sie die Hand auch nicht weg. Fasziniert spürte sie seinen heftig schlagenden Puls.

„Ihr Herz rast ja", sagte sie und hob den Blick zu seinem Gesicht.

Seine Augen brannten; seine Züge lagen im Schatten. Er strich über ihren Hals und fühlte ihre Halsschlagader. „Ihres auch."

O Gott, sie wollte, dass er sie küsste. Sie schloss die Augen, genoss es, seine Hände an ihrer Kehle zu spüren, obwohl sie wusste, dass jede Sekunde, die sie sich diesen Gefühlen hingab, extrem gefährlich war. Es war verrückt, ihn zu ermutigen, aber sie fand seine Berührung so unwiderstehlich sanft.

Als sie die Augen wieder öffnete, verriet sein Gesicht leidenschaftliches, fast schmerzhaftes Begehren. Sein Blick flehte sie an, ihn zu berühren, während er ihren Arm bis zu den Fingerspitzen liebkoste. Ihr Herz begann in einem noch wilderen Rhythmus zu schlagen, als sie erkannte, dass sie es auch wollte. Sie hob den Kopf und begegnete seinem Blick. Sie starrten einander an. Ihr Atem ging schwerer, als er ihre Hand weiter nach unten schob, sie jeden Zoll seiner harten Muskeln spüren ließ.

Plötzlich ertönte ein Klopfen an der Tür und brach den Zauber, gerade als ihre Hand seine Taille erreichte. Abrupt kam Alice wieder zu sich. Lieber Himmel, was tat sie da nur? Mit einem erschrockenen Laut riss sie sich von Lucien los, als hätte er sie verbrannt. „Was erdreisten Sie sich, Sir!"

„Nicht mehr als Sie." Er schenkte ihr ein kleines, charmantes Lächeln und ging zur Tür.

Vor Zorn und Verwirrung dröhnte ihr der Kopf. Sie legte die Hand in den Schoß, die von der Berührung immer noch prickelte. Über ihren verwirrenden Zustand der Erregung höchst erzürnt, runzelte sie finster die Stirn. Etwas Ähnliches hatte sie noch nie zuvor empfunden. Entschlossen presste sie unter den Röcken die Knie zusammen und versuchte sich darauf zu besinnen, dass sie sich von ihrem Verstand und ihren Moralvorstellungen leiten zu lassen pflegte. Und nicht von Lucien Knight. Für sie war Lust kein erstrebenswertes

Gefühl. Verstohlen sah sie ihn an und fragte sich, warum er die Tür wohl noch nicht geöffnet hatte. Er stand nur da, mit gesenktem Kopf, die Hand am Türknauf. Dann erkannte sie, dass er mit sich rang, um seinen herrlichen Körper wieder unter Kontrolle zu bekommen.

Als ob er ihren Blick im Rücken spürte, wandte er langsam den Kopf und schaute sie voll nacktem Verlangen an. Beide sprachen kein Wort, wie gebannt von der ebenso unerwarteten wie unerwünschten gegenseitigen Anziehungskraft.

„Soll ich heute Nacht zu Ihnen kommen?“ fragte er sehr leise.

Sie keuchte und wandte mit wild klopfendem Herzen den Blick ab. „Nein!“

Lieber Himmel, je eher sie ihre Schwägerin fand und diesen lasterhaften Ort mit ihr verließ, desto besser. Gleich morgen früh wollte sie nach Glenwood Park zurückkehren und alles vergessen, was sie in dieser Nacht gesehen hatte – ihn eingeschlossen. Vor allem ihn.

Sie hörte, wie er aufseufzte, dann ein Klicken, als er die Tür öffnete.

Im nächsten Augenblick kam Caro hereingestürmt und warf ihm die Arme um den Hals. „Liebling!“

Alice zog die Augenbrauen hoch, als sie die sonst so hochmütige Baronin nun angeheitert und zerzaust sah, mit nassem Haar, die Kutte nachlässig über den nackten Schultern. Sie schmiegte sich an Lucien, da sie Alice am anderen Ende des Raums nicht wahrnahm.

„Warum hast Du mich holen lassen, hast du mich vermisst? Brauchst du mich, mein böser Junge?“

Sie schob ihm die Hand zwischen die Beine und streichelte ihn dort, wo Alice nicht hinzufassen gewagt hatte. „Warst du eifersüchtig? Das solltest du auch“, tadelte sie mit einem betrunkenen Lachen. „Ich hab mir da unten schier das Hirn aus dem Kopf geliebt. Ich bin schon richtig süchtig danach! Aber ich habe einen Plan, weißt du. Ich habe mich langsam hochgearbeitet und mir das Beste für zuletzt aufgehoben. Nämlich dich!“

Alice erstarb die Begrüßung auf den Lippen. Schockiert beobachtete sie, wie sich ihre Schwägerin an ihm rieb, das Bein an seinen Oberschenkel presste, ihm die Hand ins offene Hemd schob und ihn näher zu sich heranzog.

„Nimm mich, Lucien“, keuchte sie und biss ihn ins Ohrläppchen.

Alice schlug die Hand vor den Mund. Liebe Güte! Kein Wunder, dass Lucien sie verspottet hatte, als sie sagte, sie sei gekommen, um Caro vor ihm zu retten. Was für ein widerliches Schauspiel! Wenn überhaupt, musste Lucien errettet werden, bevor ihre Schwägerin ihn noch ganz verschlang.

Er räusperte sich und nahm ihre Hände weg. „Äh, meine Liebe, hier ist jemand, der dich besuchen möchte.“ Er drehte sich um und deutete mit dem distanzierten Interesse eines Zuschauers auf Alice, als wäre er neugierig, was nun geschehen würde.

Caro folgte seinem Blick und entdeckte Alice. Sofort verflüchtigte sich ihre lautstarke Begierde, und die Baronin wurde kreidebleich. Voll Entsetzen hob sie die Hand, um ihr feuchtes, wirres Haar glatt zu streichen. „Alice! Was tust du denn hier?“ stammelte sie schwach.

Alice war nicht in der Lage, ihrer Schwägerin ins Gesicht zu schauen. Elend blickte sie zu Lucien und wünschte sich, dass sich der Erdboden auftäte und sie verschlänge. In seinen grauen Augen zeigte sich eine flüchtige Emotion, doch er sprach kein Wort, um die lastende Stille zu durchbrechen. Es ist ihm einfach egal, erkannte sie. Was von ihrer Familie noch übrig war, wurde gerade vor seinen Augen zerstört, und er fand das wahrscheinlich auch noch amüsant. Wie sehr sie sich jetzt wünschte, sie wäre bei Harry zu Hause geblieben und hätte sich, was Caros Ausschweifungen anging, weiter unwissend gestellt. Herzukommen war eindeutig ein Fehler gewesen.

„Harry hat Windpocken", sagte sie schließlich mit ausdrucksloser Stimme. „Du musst heimkommen. Bei Morgengrauen brechen wir auf."

Caro schaute sie hilflos an. Ihre Maske war zerstört, als wäre Alice ein Spiegel, der Caro die schmerzhafte Wahrheit zeigte. Ratlos wandte sie sich an Lucien, doch der stemmte nur die Hände in die Seiten und betrachtete sie.

Ein langes, schmerzhaftes Schweigen senkte sich erneut herab.

Ohne Vorwarnung ging Caro dann auf sie los. „*Wie kannst du es nur wagen, hierher zu kommen?*" schrie sie Alice mit wutverzerrtem Gesicht an. Mit erhobenen Händen stürzte sie sich auf diese, als wollte sie ihr die Augen auskratzen, doch Lucien hielt sie am Arm fest. „Wirf sie raus, Lucien! Wie konntest du sie bloß ins Haus lassen! Ich schwöre dir, Alice, wenn du auch nur *ein* Wort zu mir sagst, schmeiße ich dich aus Glenwood Park! Dann wirst du Harry nie wiedersehen!"

„Beruhige dich!" empfahl Lucien knapp.

„Lass mich los!“ Caro warf ihm Dutzende von Schimpfwörtern an den Kopf, während er sie zur Tür zerrte und dort den Wachen übergab.

„Lady Glenwood hat zu viel getrunken. Begleitet sie auf ihr Zimmer und sperrt sie dort ein“, wies er sie an.

„Dreckskerle! Schurken! Lasst mich los, ihr Schweine!“ schrie sie die Wachen an. „Und du, du kleine Hexe, du brauchst gar nicht zu grinsen!“ kreischte sie Alice an, während sie sich gegen die Männer zur Wehr setzte. „Hältst dich wohl für besonders rein? Er hat mich dazu gebracht – und dich bringt er auch noch so weit. Du wirst schon sehen, dass du auch nicht besser bist als ich! Zeig es ihr, Lucien. Tu das, was du am besten kannst. Zumindest etwas gibt es, worin du genauso gut bist wie Damien!“

Lucien schlug ihr die Tür so hart vor der Nase zu, dass sie in den Angeln erzitterte.

Erschüttert presste Alice die Hand an die Stirn. Im Zimmer war es viel zu heiß, und außerdem lag es durchaus im Bereich des Möglichen, dass sie jetzt anfing zu weinen.

Lucien schwieg. Er hatte ihr den Rücken zugekehrt, aber sie spürte den Zorn, der jede Faser seines Körpers durchdrang. „Sie ist betrunken. Hören Sie nicht auf sie. Aus ihr spricht nur die Scham.“ Als Alice darauf nichts erwiderte, drehte er sich um und schaute sie vorsichtig an. „Alles in Ordnung mit Ihnen?“

„Ich weiß nicht mal, warum ich gekommen bin“, wisperte sie mit zitterndem Kinn. Sie kämpfte mit aller Macht gegen die Tränen an.

„Warum sind Sie denn hier?“ fragte er leise.

Sie wollte es ihm nicht erzählen, aber die Worte stürzten nur so aus ihr hervor, während ihr gleichzeitig Tränen des Zorns in die Augen schossen. „Weil ich meinem Bruder auf dem Totenbett versprochen habe, dass ich mich um Harry und sie kümmern würde – und das ist nun der Dank! Sie ruiniert mein Leben! Ich liebe meinen Neffen, aber …“ Abrupt verstummte sie und wandte Lucien den Rücken zu, während ihr die Tränen über die Wangen liefen. Mit zitternder Hand wischte sie sie weg und wirbelte dann wieder herum, denn schließlich war er an allem schuld. „Was haben Sie mit ihr gemacht?“ wollte sie, zitternd vor Zorn, wissen. „Sie sagte, Sie hätten sie dazu gebracht. Was haben Sie ihr angetan?“

Er reckte das Kinn und sah sie an. „Nichts. Sie hat sich alles selbst zuzuschreiben.“

„Weshalb mussten Sie zwischen ihr und Ihrem Bruder alles zerstören? Warum?“

„Ist das nicht offensichtlich? Sie haben doch mitbekommen, wie sie sich aufgeführt hat. Ich habe es zu seinem Schutz getan.“

„Lord Damien ist ein erwachsener Mann!“

„Er kennt sich mit Frauen nicht aus.“

„Und Sie wohl schon?“

„Manchmal.“

„Wo ist dann Ihre Frau, Lucien? Wo ist die Frau, die Sie liebt?“ schleuderte sie ihm entgegen.

Seine eben noch abweisende Miene wurde traurig, und einen Moment sah sie ihn so, wie er ohne seine vielen Masken war: einsam, verletzt, voll verzweifelter Sehnsucht nach Nähe. Düster starrte er sie an und senkte dann den Blick. „Nun, ich bin nicht verheiratet, Alice“, erwiderte er. In seiner Stimme lag nur noch eine Spur Sarkasmus.

„Genau das meine ich ja." Verärgert von den leisen Gewissensbissen, die sie verspürte, als sie bemerkte, wie sehr ihre Worte ihn getroffen hatte, wischte sie sich die Tränen ab und bemühte sich um einen sanfteren Ton. Auch wenn er eine verlorene Seele war – vielleicht wusste er es einfach nicht besser. „Die Liebe verändert die Menschen, Lucien. Wirklich. Wenn Sie die beiden in Ruhe gelassen hätten, vielleicht hätte Lord Damien Caro dann dabei helfen können, sich zu bessern. Und vielleicht hätte Harry dann im Leben etwas mehr Sicherheit gehabt und einen Vater, der ihm beim Erwachsenwerden hilft."

In seinem kantigen Gesicht spiegelte sich schuldbewusster Zorn wider. „Das geht mich nichts an! Zum einen ist Lord Damien ziemlich durcheinander und zum anderen … o Gott!" Er lachte höhnisch. „Ausgerechnet Sie wollen mir einen Vortrag über die Liebe halten? Was wissen Sie denn davon? Ich würde mein Haus verwetten, dass Sie noch nicht mal richtig geküsst worden sind! Zum *Donnerwetter!*" Ohne Vorwarnung tat er zwei Schritte auf sie zu, riss sie in die Arme und nahm ihren Mund in Besitz, bevor sie überhaupt Zeit hatte, nach Luft zu schnappen.

Die erste raue, sengende Berührung seiner Lippen verscheuchte jede mädchenhafte Vorstellung, die sie von den romantischen Küssen sanfter Verehrer hegen mochte. Mit der linken Hand zerwühlte er ihr Haar, mit der rechten presste er sie an sich. Er küsste sie, als wollte er sie verschlingen, zwängte ihr in einem Akt der Besitzergreifung die Lippen auseinander. Schwach drückte sie gegen seine Brust, worauf er mit dem Knie zwischen ihre Beine drängte. Stocksteif und völlig verwirrt klammerte sie sich an ihn, nur um nicht in Ohnmacht zu fallen, und ließ sich von seiner Hitze einhüllen. Sie versuchte sich abzuwenden, dem gefährlichen Vergnügen auszuweichen, von dem er sie kosten lassen wollte, doch während er mit den Händen über ihren Rücken strich, war es schwer, ihre Reaktion zu verbergen, und unmöglich, dagegen anzukämpfen.

Zitternd und unsicher erlahmte sie in ihrem Widerstand, öffnete ihren Mund weiter, berührte zögernd seine Zunge mit der ihren. Lucien stöhnte auf, und sein rauer Griff wurde sofort sanfter. Sein Kuss wurde langsamer, intensiver, und sie schmolz in seinen Armen dahin.

Nach einem langen Augenblick hielt er inne und beendete den Kuss, doch sein schöner Mund verharrte nahe bei ihr. Er legte seine Stirn an die ihre. Sie spürte seinen schweren Atem an ihren Lippen, seine Hände auf ihren Armen.

„Und du, Alice?“ wisperte er rau. „Wer liebt dich?“

Sie hob die Lider, begegnete unsicher seinem stürmischen Blick. „Eine ganze … ganze Menge Leute.“

„Wer?“ fragte er schroff.

„Das geht Sie gar nichts an …“

„Ich habe dir meine Antwort gegeben, nun lass mich deine hören.“

„Da ist mein Neffe … Harry“, stammelte sie.

„Er ist ein Kind.“

„Es ist wenigstens jemand.“

„Lass mich heute Nacht zu dir kommen.“

„Sind Sie verrückt? Lassen Sie mich los!“ Sie befreite sich aus seinem Griff, wich zurück und wischte sich mit dem Handrücken über die Lippen.

Als er das sah, begannen seine Augen zornig zu funkeln. So empört blickte er drein, dass sie nicht wusste, was er als Nächstes tun würde. Er machte ihr Angst mit seiner Heftigkeit, seinem Begehren, das in den Tiefen seiner Augen aufflackerte. Zornbebend stand er einen Moment da, dann stelzte er an ihr vorbei zur Tür und rief den Wachmann draußen mit einem Fingerschnippen herbei.

„Bringen Sie Miss Montague sicher auf ihr Zimmer."

„Jawohl, Mylord", erwiderte der Mann mit einer Verbeugung. „Wenn Sie mir bitte folgen möchten, Miss."

Alice schaute Lucien unsicher an. Er betrachtete sie mit einer Art feindseliger Lüsternheit, die sie bei weitem nicht so beunruhigte wie das bösartige und ziemlich bittere Lächeln, das um seine Lippen spielte.

„Leben Sie wohl, Mylord", stieß sie tapfer hervor. Wenn sie Glück hatte, konnte sie diesen Ort morgen früh verlassen, ohne diesem Mann noch einmal begegnen zu müssen.

Er schob die Hände in die Taschen, lehnte sich mit der Schulter an den Türrahmen und musterte sie. „Bis morgen, *chérie.*"

Sie wandte sich ab, spürte seinen brennenden Blick noch im Rücken, während sie dem Wachmann durch den Vorraum folgte. Als der schwarz gekleidete Mann die schmale Wendeltreppe betrat, drehte sie sich kurz um. Lucien stand immer noch da, halb von Schatten verborgen. Sie glaubte, in seinen Augen ein berechnendes Glitzern wahrzunehmen.

Rollo Greene aus Philadelphia, in der Grotte allen als Orpheus bekannt, tupfte sich den Schweiß vom kahlen Schädel. Von dem vielen Wein und der Aufregung war er kurzatmig geworden. Hoffentlich ließ ihn sein Herz in der schwülen Hitze hier nicht im Stich. Er riss den Blick von dem nackten Mädchen los, das neben ihm herumtanzte, als Lucien Knight aus seinem geheimen Beobachtungsstand im Inneren des Drachens trat. Rollo hatte gesehen, wie Lucien das hübsche blauäugige Nymphchen vor kurzem davongetragen hatte, genau wie er vorhergesagt hatte.

Das ist ja schnell gegangen, dachte er mit einem Grinsen, während er beobachtete, wie sein Gastgeber sich wieder unter die Gäste mischte und lässig umherschlenderte. Rollo ärgerte sich nicht, dass es ihm selbst nicht gelungen war, dem Mädchen einen Kuss zu stehlen. Schließlich konnte er, was Frauen anging, mit einem so gut aussehenden und charmanten Mann wie Lucien Knight nicht konkurrieren, aber er gefiel sich in der Vorstellung, dass er ihm an List und Tücke sehr wohl ebenbürtig war.

Zwischen ihnen herrschte ein vorsichtiges professionelles Einvernehmen, auch wenn sie in diesem Krieg auf verschiedenen Seiten standen. Rollo war einer der wenigen Menschen, die überhaupt wussten, dass Lord Lucien Knight, der weltkluge Diplomat, auch ein gnadenloser Agent war, bei dessen Codenamen Argus fremde Minister erzitterten und sogar Napoleons Polizeiminister Fouché bleich wurde.

Rollo und Lucien waren nicht direkt Feinde, denn sie hatten in der Vergangenheit schon mehrfach Informationen ausgetauscht, doch Freunde waren sie auch nicht. Rollo wusste, dass Lucien auf ihn herabsah, weil er ihn für geldgierig und unkultiviert hielt, und Rollo wiederum passte die körperliche und geistige Überlegenheit des Engländers nicht, ganz zu schweigen von dessen Arroganz. Heute Abend genoss es Rollo, dass er etwas wusste, wovon der allwissende Lord Luzifer keine Ahnung hatte.

Etwas Großes.

Und er, Rollo Greene, war mittendrin, er traf die Vorbereitungen. Vielleicht war er nicht zäh und gemein genug, um jemanden wie Lucien Knight zu schlagen, aber er bereitete für jemanden den Boden, der Lucien in jeder Hinsicht gewachsen war und vielleicht noch eine Spur schrecklicher.

Wenn er an den Mann dachte, dessen Ankunft kurz bevorstand, fiel ein kalter Schatten auf sein Herz. Statt nackte Tänzerinnen zu begaffen, musste er sich jetzt ans Werk machen. Er hatte viel zu tun. Er suchte die Menge nach dem vornehmen jungen Schurken ab, den er anheuern wollte.

Der Ehrenwerte Ethan Stafford war der jüngere Sohn eines Earls und für seine Zwecke ideal geeignet. Er war ein knabenhaft hübscher Junge mit goldblonden Locken, ein wohlerzogener, fashionabler junger Schwerenöter, der die Mitglieder des *ton* bestens kannte. Der *ton* jedoch kannte Ethan Staffords Geheimnis nicht: Seine Spielschulden trieben ihn in den Ruin.

Sein wohlhabender Vater hatte ihm längst den Geldhahn zugedreht, und Stafford war dem Schuldgefängnis und einer öffentlichen Bankrotterklärung nur dadurch entgangen, dass er dubiose Aufträge für schattenhafte Unterweltgestalten ausführte, etwa für den halsabschneiderischen Geldverleiher, der den jungen Mann an Rollo weiterempfohlen hatte.

Zum Glück war Mr. Stafford noch nicht allzu betrunken, als Rollo zu ihm hinüberschlenderte und sich in seiner Nähe aufpflanzte. Stafford stand bei einem halben Dutzend junger

Männer, die alle fasziniert zuschauten, wie die maskierte Peitschenlady ihr nächstes freiwilliges Opfer disziplinierte.

„Verzeihen Sie, Sir!“ Nachdem Rollo Staffords Aufmerksamkeit auf sich gelenkt hatte, senkte er die Stimme. „Ich habe gehört, dass Sie Interesse an einem Auftrag haben könnten.“

Der junge Mann bedachte ihn mit einem scharfen Seitenblick. Rollo nickte ermutigend. Misstrauisch trat Stafford auf ihn zu, und sie entfernten sich ein Stück von den anderen.

„Man hat mir erzählt, dass Sie zuverlässig seien. Sie haben für einen meiner Freunde ein paar Dinge erledigt.“

„So“, sagte Stafford vorsichtig.

Armer reicher Junge, dachte Rollo. Kommt ohne seinen Luxus nicht aus.

„Worum handelt es sich?“ erkundigte sich Stafford leise und reckte gleichzeitig arrogant das Kinn.

„Ein Freund von mir wird in etwa einer Woche aus Preußen eintreffen. Er braucht jemanden, der ihn in die Gesellschaft einführt. Der ihn ein bisschen unter seine Fittiche nimmt.“

„Das ist alles?“ fragte Stafford zweifelnd.

Rollo lachte dröhnend. „Ja, mein Junge, das ist alles.“

„Wie viel zahlen Sie?“

„Dreihundert Pfund. Ohne Fragen. Mehr aber nicht.“

„Dreihundert Pfund?“ wiederholte Stafford. „Und wo ist der Haken?“

„Die Sache hat keinen Haken“, erwiderte Rollo fröhlich. „Mein Freund ist sehr reich und will unbedingt einen guten Eindruck auf die Londoner Gesellschaft machen. Ich werde mich an Sie wenden, wenn es so weit ist, und denken Sie daran … psssst.“ Rollo legte den Finger auf die Lippen wie das Priapus-

Standbild an der Tür, um den jungen Mann zum Schweigen zu verpflichten.

Stafford nickte und kehrte zu seinen Freunden zurück. Als Rollo sich abwandte, entdeckte er Lucien, der ein paar Meter weiter vorne mit einem Grüppchen Leute plauderte. Er versuchte sich wegzuschleichen, doch Lucien sah ihn und warf ihm einen amüsierten Blick zu.

„Sie machen auf mich heute Abend einen sehr geschäftigen Eindruck", meinte er schleppend. „Sie halten die Ohren offen?"

„Ich komme doch nur wegen der Weiber, alter Freund", antwortete er mit einem harmlosen Kichern. „Ihre Gesellschaften sind der einzige Ort, wo ich eine umsonst abschleppen kann."

Lucien lachte und ging weiter. „Na dann halali, Orpheus."

„Gleichfalls." Rollo blickte ihm nach.

Erleichtert stieß er die Luft aus – er kam sich vor wie ein Spaziergänger, der soeben von einem Wolf beschnuppert worden und wie durch ein Wunder ungeschoren davongekommen war. Nachdem er seine Aufgabe erledigt hatte, stürzte Rollo ein Glas Wein hinunter und sah sich nach einer Frau um, die betrunken genug war, um sich mit ihm zu vergnügen.

Tief in der Nacht räumten Luciens Männer die letzten Gäste aus der Grotte. Sie hoben Betrunkene auf, die an Ort und Stelle liegen geblieben waren, und trugen sie in ihre Zimmer, während Lucien sich im Beobachtungsstand mit seinen jungen Assistenten und den Huren traf. Sie tranken Kaffee, lümmelten sich auf Sofa und Stühlen herum und tauschten die Informationen aus, die sie des Nachts gesammelt hatten.

Lucien lehnte neben dem roten Drachenaugenfenster, die Arme vor der Brust verschränkt, und hörte sich die Berichte der Reihe nach an, aber es fiel ihm schwer, sich zu konzentrieren, weil seine Gedanken immer wieder voll Begehren und Zorn zurück zu Alice Montague wanderten.

Wie konnte sie es nur wagen, seinen Kuss abzuwischen? Was bildete sie sich ein? Und warum, um Himmels willen, konnte er sie einfach nicht vergessen? Es war absurd. Er, Lucien Knight, schien vollkommen verrückt nach einer rehäugigen kleinen Jungfer zu sein. Das Mädchen war ein Ausbund an Tugend. Kein Wunder, dass sie Caro mit ihrer Prüderie wahnsinnig machte. Ihre herablassenden Worte ärgerten ihn immer noch. *Die Liebe verändert die Menschen.* Liebe, dachte er mit einem verächtlichen Schnauben. Und doch, so unvernünftig es auch war: Irgendwie beunruhigte Alice Montague ihn, machte ihm fast ein wenig Angst. Ihr klarer Blick, ihre offen gezeigten Gefühle erschütterten seine zynische Natur. Sie war auf eine Weise echt, wie er es seit Jahren nicht mehr gewesen war.

Gefährlich ist sie, das ist es, überlegte er. Sie bedrohte seine schwer gewonnene Kenntnis der Welt in all ihrer Grausamkeit. Das Leben hatte ihm sämtliche Ideale und Illusionen geraubt – und doch hätte er alles gegeben, wenn er jemanden fände, der ihm den Glauben daran zurückgäbe.

Aber ist sie denn wirklich derart tugendsam, fragte er sich. Ist das überhaupt irgendwer? Das Mädchen hatte ihn getroffen, und er war versucht, es ihr heimzuzahlen, indem er ihr bewies, dass sie gar nicht das Tugendlamm war, für das sie sich zu halten schien. Er wollte sie nicht verletzen, aber er hätte nichts dagegen gehabt, ihr einen Schrecken einzujagen, um es ihr zu zeigen – um ihr zu zeigen, dass Miss Tugendsam ebenso fehlbar war wie jeder andere auch. Ihre Reinheit bereitete ihm Kopfzerbrechen, doch es war eben viel leichter, sie ein wenig von ihrem Thron zu stoßen, als den – vergeblichen – Versuch zu unternehmen, in denselben erhabenen Gefilden zu wandeln wie sie.

Da kam ihm ein beunruhigender Gedanke: Was, wenn er sie prüfte und sie nicht versagte? Wenn sie bewies, dass er im Unrecht war?

Gelächter riss ihn aus seinen brütenden Gedanken, und dann reichte Marc ihm eine Liste mit all den Agenten, die sich in dieser Nacht die Ehre gegeben hatten. Englands Verbündete waren zahlreich vertreten gewesen – unter anderem Russland, Österreich, Preußen und Portugal. Geistesabwesend studierte Lucien die Liste und verdrängte Alice Montague dann entschlossen aus seinen Gedanken.

Einfach ausgedrückt, handelte es sich beim „Drachenorden" um ein Werkzeug der Gegenspionage, das in der Zeit von Königin Elizabeth und ihrem finsteren Meisterintriganten Walsingham entstanden war. Letzterer war eine Art Urvater der englischen Spionage gewesen und außerdem ein enger Freund des ersten Marquis of Carnarthen. Die Kutten und der ganze mystische Schnickschnack waren Teil der uralten Verbindung von Spionage und Okkultem. Der übersinnliche Unsinn zog Rebellen, Abenteurer und Unzufriedene an, und diese Leute wiederum lockten die Spione an. Kluge Agenten suchten sich ihre Verbündete unter den Außenseitern und den Unzufriedenen, oft ahnungslose Leute, um sie in ihren Intrigenspielen einzusetzen – arme Betrogene, von denen sich die

Agenten beispielsweise Entree in jene Kreise erhofften, die sie zu unterwandern wünschten.

Luciens Assistenten, liebevoll Nord, Süd, Ost und West genannt, und dazu Talbert, spielten die Rolle dieser Abenteurer. Sie alle waren Mitte zwanzig und von relativ vornehmer Geburt. Die jungen Männer überwachten nicht nur ihren jeweiligen Quadranten der Grotte, sie gaben sich auch als rastlose junge Heißsporne, nach denen kluge Agenten Ausschau hielten, wenn sie etwas planten.

Die jungen Männer waren Lucien immens nützlich, und da es für Agenten keine offizielle Ausbildung gab, hatte er es sich zur Aufgabe gemacht, ihnen alles beizubringen, was er wusste. Sie waren noch jung und idealistisch genug, um sich nichts daraus zu machen, wenn er ihnen erklärte, wie undankbar dieser Beruf war. Sie waren aus Abenteuerlust dabei und weil sie es aufregend fanden, ständig am Abgrund entlangzubalancieren.

Das diesmal reichlich ergebnislose Treffen neigte sich seinem Ende zu, und die jungen Frauen und Männer, die es nach getaner Arbeit nach etwas Entspannung gelüstete, beäugten einander.

„Eines noch", sagte Marc Skipton, der den westlichen Quadranten beaufsichtigte.

Lucien unterdrückte ein Gähnen. „Ja?"

„Ich habe gehört, wie ein Agent des Zaren … wie heißt er noch mal?"

„Leonidowitsch?"

„Ja, der. Ich habe gehört, wie er einem Österreicher erzählte, dass Claude Bardou noch am Leben ist und jetzt für die Amerikaner arbeitet."

Lucien starrte ihn an. Es überlief ihn kalt. Sein Gesicht wurde kreidebleich, und möglicherweise setzte auch sein Herz einen Schlag aus. „Am Leben?“ stieß er hervor, verzweifelt um Beiläufigkeit bemüht. „Wie kann das angehen?“

„Leonidowitsch sagte, dass er nicht wüsste, ob an dem Gerücht etwas dran sei“, erwiderte Marc mit lässigem Schulterzucken, „aber es heißt, dass Bardou das Feuer in Paris selbst gelegt haben soll. Dass er den eigenen Tod inszeniert hat und dann nach Amerika geflohen ist.“

O Gott. Die Nachricht traf Lucien wie ein Schlag. Sofort hatte er Patrick Kelleys wettergegerbtes Gesicht wieder vor Augen, das ihm keine Ruhe mehr ließ. Rasch senkte er den Blick, legte die Hände auf die Hüften und wandte sich ab, um seine entsetzte, panische Reaktion zu verbergen.

Verdammt, er hatte gehört, dass Bardou tot sei, dass er Napoleons Sturz nicht überlebt habe. Als er von dem Feuer in Paris erfuhr, hatte Lucien mit seinem besten Portwein auf das Ableben des Ungeheuers angestoßen. Er hatte nur bedauert, dass nicht er derjenige gewesen war, der Bardou hatte erledigen dürfen.

Stewart Kyle vom Ostquadranten stieß einen leisen Pfiff aus. „Bardou ist eine Legende. Wenn er sich jetzt als Söldner bei den Amerikanern verdingt hat …“ Er schauderte.

„Erinnert ihr euch noch an die Geschichte von der Kaufmannsfamilie in Westfalen, die er abschlachten ließ, nur weil er sie verdächtigte, sich gegen König Jérôme verschworen zu haben?“ fügte Marc grimmig hinzu. „Der Mann ist ein richtiger Teufel.“

„Genug jetzt“, befahl Talbert energisch. „Bitte benehmen

Sie sich meine Herren. Wir befinden uns in Gegenwart von Damen."

Marc und Kyle baten die unruhigen Mädchen um Entschuldigung, doch Lucien achtete nicht auf sie. Sein Magen hatte sich zusammengekrampft, und am ganzen Körper brach ihm kalter Schweiß aus. Er wischte sich die klammen Handflächen an den Hosen ab und begann rastlos auf und ab zu gehen.

Claude Bardou, der französische Spion, der unter dem Decknamen Triton bekannt war, war Fouchés Topagent, die Geheimwaffe des Polizeiministers. Die jungen Leute im Raum wussten es nicht, aber Lucien und Bardou verband eine gemeinsame Geschichte.

Eine sehr blutige Geschichte.

Lucien hatte weder Damien noch Castlereagh, noch sonst irgendeiner lebenden Seele von seiner Gefangennahme und Folter vor eineinhalb Jahren erzählt, im Frühling 1813. Bei seiner Flucht hatte er sämtliche Männer Bardous getötet, und die einzigen Menschen, die heute noch von der höllischen Tortur wussten, waren Bardou, der die Schmerzen zugefügt hatte, und Lucien, der sie durchlitten hatte.

Auch wenn er später herausgefunden hatte, dass Bardou Anweisung von Fouché gehabt hatte, keine sichtbaren Narben zu hinterlassen, war es dem Ungeheuer nur allzu gut gelungen, die Schmerzen in den tiefsten Schichten seiner Seele zu vergraben. Lucien hatte geglaubt, dass er es verwunden hatte, vor allem, nachdem er von Bardous Tod gehört hatte, doch nun war alles wieder da, hatte nur im Verborgenen geruht, ein Albtraum, der nun wieder lebendig wurde. Binnen Sekunden rief es ihm den tierhaften, fast wilden Zustand wieder ins Gedächtnis, in dem er die letzten Tage vor seiner Flucht dahinvegetiert hatte. Eine Welle hassgetränkter Erinnerungen überflutete ihn. Bei Gott, Patrick, dachte er grimmig, um Selbstbeherrschung ringend, wenn dieses Schwein noch am Leben ist, werde ich dich rächen.

Nicht unwahrscheinlich, dass der Franzose jetzt für die Amerikaner arbeitet, überlegte er und rieb sich ungeduldig den Nacken. Seit 1812 tobte an den Gestaden der ehemaligen Kolonien der Krieg. Seit fast zwei Jahren verhandelten Diplomaten beider Seiten nun schon in Gent, doch herausgekommen war dabei nichts. Die Kämpfe gingen weiter – genau wie die Blockade. Inzwischen waren französische Spione wie Bardou nach Napoleons Niederlage arbeitslos geworden. Nach Frankreich zurückkehren konnten sie nicht, da die restaurierte Bourbonenmonarchie sie als Verräter betrachtete, und auch im übrigen Europa waren sie nicht willkommen.

Amerika war vermutlich das einzige Land, in dem Napoleons verstreute Spione Aufnahme fanden; für Fanatiker wie Bardou war es der richtige Ort, um weiter gegen die Briten zu kämpfen. Präsident Madisons in Bedrängnis geratene Regierung würde Männer von Bardous Format sicher in Washington willkommen heißen.

Lucien drehte sich wieder zu seinen Leuten um. Sein Gesicht war eine steinharte Maske. Mit leisem Knurren begann er, Befehle auszustoßen. „Zuerst müssen wir die Nachricht bestätigen. Kyle, Sie gehen in den Westflügel und holen Rollo Greene. Wenn bei den Amerikanern irgendetwas im Gange ist, wird er es wissen. Er redet, wenn nur der Preis hoch genug ist."

„Rollo Greene ist weg – er ist schon vor Stunden abgereist.

Ich habe mir die Gästeliste angesehen", sagte Robert Jenkins vom Südquadranten.

Lucien stieß einen Fluch aus. Kluge Agenten waren wie unruhige Straßenkatzen – man musste sie aus ihren Verstecken hervorlocken. Sie konnten sich förmlich in Luft auflösen, wenn sie nicht gefunden werden wollten. Vor allem galt das für Doppelagenten wie Rollo Greene, der ständig befürchten musste, von jemandem zur Rechenschaft gezogen zu werden, den er verkauft hatte.

„Sollen wir losreiten und versuchen, ihn einzuholen? Bestimmt ist er nach London unterwegs", meinte Marc.

Lucien ließ sich das durch den Kopf gehen. „Ja. Talbert, Sie bleiben hier und befragen Leonidowitsch. Ihr anderen vier reitet ihm nach, aber wenn ihr ihn bis zum Abzweig nach Wells nicht eingeholt habt, kehrt um. Es könnte eine Falle sein."

„Eine Falle?" wiederholte Marc erstaunt.

„Ihr mögt euch ja für unbesiegbar halten, aber wenn Bardou irgendwo in der Nähe ist, dürft ihr nicht versuchen, ihn in ein Gefecht zu verwickeln. Unser nächstes Fest findet ja schon in einer Woche statt. Wenn ihr Greene nicht mehr einholt, sehen wir ihn spätestens dann. Und was Bardous angebliche Wiederauferstehung angeht, so zapfen wir inzwischen unsere anderen Quellen an. Und jetzt geht."

Die Mädchen entließ er auch, schickte Talbert aus, Leonidowitsch zu holen, und blieb allein mit seinen Dämonen zurück. *Der verdammte Claude Bardou.*

Mit verlorenem Blick setzte er sich hin, um auf Talbert und Leonidowitsch zu warten. Er stützte die Ellbogen auf den Tisch und rieb sich die Augen. Himmel, wie gern er doch vergessen hätte, was geschehen war, doch wenn er die Augen schloss, sah er wieder die Zelle vor sich, in der er so viele Wochen in Dunkelheit und Einsamkeit gefangen gewesen war, verprügelt und halb verhungert. Er schmeckte immer noch das Blut, wenn er sich an Bardous raffinierteste Folter erinnerte. Der Mann hatte ihn festgeschnallt und ihm zwei Backenzähne herausgerissen, als Lucien sich geweigert hatte zu reden. Doch der körperliche Schmerz zählte nicht im Vergleich zu der Schande, die er empfand, wenn er daran dachte, dass es Bardou am Ende doch gelungen war, ihm einen Namen zu entlocken: Patrick Kelley.

Lucien schauderte vor der schmerzhaften Schuld, die sich in den tiefsten Winkel seiner Seele gebrannt hatte. Sein Vater, der Marquis, hatte Lucien in die Feinheiten der Diplomatie eingeführt, doch war es Kelley gewesen, der standhafte Ire, der ihm das Spionagehandwerk beigebracht hatte. Außer sich vor Schmerzen, kaum noch bei Bewusstsein, hatte Lucien schließlich Kelleys Versteck verraten. Und als es ihm endlich gelungen war, aus seinem Gefängnisloch zu fliehen, war es zu spät gewesen, um den Iren zu warnen. Kelley war bereits verschwunden. Spurlos. Er hatte nie wieder von ihm gehört.

„Mylord?"

Er öffnete die Augen und versuchte den Schmerz in seinem Blick zu verbergen, als er sich umdrehte. Lily, die schönste der Kurtisanen in seinen Diensten, lehnte einladend an der Wand.

„Brauchen Sie etwas?" fragte er.

„Sie wirken bekümmert. Ich dachte, vielleicht möchten Sie etwas Gesellschaft." Sie warf ihm einen verführerischen Blick zu und fuhr mit den Fingern an ihrem gerüschten Dekolletee entlang. Lässig stieß sie sich von der Wand ab und kam auf ihn zu.

Der Blick, mit dem er sie musterte, verriet einen Hunger, den eine Frau wie sie nicht stillen konnte. „Führen Sie mich nicht in Versuchung, Lily“, erwiderte er betont nonchalant, „Sie wissen doch, dass ich Arbeit und Vergnügen strikt voneinander trenne.“

Er verkrampfte sich, als sie ihm die Hand auf die Schulter legte. „Wie Sie immer sagen, Mylord, sind Regeln dazu da, gebrochen zu werden.“

„Nicht wenn es sich um *meine* Regeln handelt, meine Liebe.“

„Was auch geschehen ist, ich könnte dafür sorgen, dass Sie sich besser fühlen. Sie bräuchten sich nur zurückzulehnen und den Rest mir zu überlassen. Nehmen Sie mich mit in Ihr Bett, wenn Sie hier fertig sind.“ Sie küsste ihn auf die Wange und flüsterte: „Ich würde es gratis machen.“

Teilnahmslos und wie erstarrt blieb er sitzen, während sie begann, seinen Hals zu küssen und ihn zu kosen. Wankend geworden, schloss er die Augen. Ein Schauer des Begehrens überlief ihn, doch dann fiel ihm Alice Montague ein. *Die Liebe verändert die Menschen, Lucien.* Wer zum Teufel spricht heutzutage noch von der Liebe oder glaubt noch an sie, fragte er sich, während ihm der Geruch der Hure in die Nase stieg, eine Mischung aus moschusartigem Schweiß und süßlichem Parfüm. Nur zu gut konnte er verstehen, dass man sich zu entwürdigen bereit war, nur um die Nacht in den Armen eines anderen verbringen zu können, aber er weigerte sich, sich nach etwas zu sehnen, was es nicht gab. Die Liebe gehörte den Dichtern, die Hoffnung den Narren. Als Lily ihn mit erfahrenem Griff durch die Hose packte, reagierte sein Körper sofort, doch sein

Geist wollte schier verzweifeln. Lieber Gott, hilf mir, dachte er, während er in der Leere des bedeutungslosen Rituals schier versank. Er konnte es nicht mehr tun. Plötzlich reichte es nicht mehr aus.

Er schob sie von sich, stand auf und stellte sich mit dem Rücken zu ihr ans rote Fenster. „Ich habe meine Geliebte aus London mitgebracht."

Lily antwortete nicht, doch er spürte ihre Bestürzung und ihren Zorn. Einen Augenblick später hörte er, wie sie aufstand und aus dem Zimmer ging. Er war wieder allein. Traurig blickte er auf die eleganten Säulen und das Becken hinaus. Die Quellen besaßen angeblich Heilkräfte, aber bei ihm hatten sie noch nie etwas bewirkt. Er verschränkte die Arme vor der Brust, senkte das Kinn und rief sich zur Ordnung, denn das Werk dieser Nacht war noch nicht vollbracht. Aber wenn er das Bett mit einer Frau hätte teilen können, hätte er sich Alice Montague gewünscht – die Einzige, welche die immense Weisheit besessen hatte, ihn zurückzuweisen. *Wo ist die Frau, die Sie liebt,* hatte sie sich erkundigt. Was für eine klägliche Frage. *Nirgends, Alice.* Er seufzte schwer. *Mich kennt ja noch nicht mal eine.*

Als Talbert zurückkehrte, befragten sie Leonidowitsch und erfuhren überhaupt nichts. Gerade als sie zum Ende kamen, kehrten Marc und die anderen mit leeren Händen zurück. Rollo Greene war ihnen entkommen. Nachdem sie solcherart ihren Pflichten nachgekommen waren, trennten sie sich im Morgengrauen. Die jungen Männer zogen sich in ihre militärische Schlafbaracke bei den Stallungen zurück, während Lucien erschöpft in das schlafende, stille Haus hinaufging.

Kurz darauf betrat er sein großes elegantes Schlafgemach

und trat an die Fenster, die nach Osten hinausgingen. Im perlgrauen Dämmerlicht zog er sich aus und kroch ins Bett. Er war fest entschlossen, wenigstens noch zwei Stunden Schlaf zu bekommen, doch sobald er die Augen schloss, sah er Claude Bardous hässliches Gesicht vor sich und manchmal auch Patrick Kelleys fröhliche Miene. Er verscheuchte die quälenden Bilder, indem er sich in Gedanken an die junge, wunderbare Alice Montague verlor. Ihr schüchternes, skeptisches Lächeln, das sie so widerwillig verschenkte und das deswegen umso kostbarer war, bezauberte ihn auch jetzt. Sie hatte eine Einfachheit, eine Ganzheit an sich, die ihn irgendwie beruhigte. Endlich begann er sich doch noch zu entspannen, als er sich daran erinnerte, wie er sie berührt hatte, wie seidig sich ihre Schenkel angefühlt hatten, wie weich ihre Brüste. Wie sie reagiert hatte, als er ihre warmen, jungfräulichen Lippen gekostet hatte. So unschuldig, dachte er. Es befriedigte ihn zutiefst, dass er sie als Erster berührt hatte, dass er der erste war, der sie geküsst hatte.

Wie er so dalag, kam ihm plötzlich ein teuflischer Einfall, der von Sekunde zu Sekunde deutlichere Gestalt annahm. Seine Augen weiteten sich, und dann setzte er sich abrupt auf. Bei der Vorstellung schlug ihm das Herz bis zum Halse.

Nein. Es war falsch. Eine schlimme, empörende Idee – aber schließlich wäre es nicht seine erste. Konnte man einer Festtafel den Rücken kehren, wenn man am Verhungern war?

Bei Alice Montague bekäme er niemals eine zweite Chance. Das wusste er, genau wie er wusste, dass eine Frau wie sie sein Leben verändern könnte. Wenn er ihr in London je über den Weg lief, würde sie ihn wie Luft behandeln – wie man es von einer wohlerzogenen jungen Dame erwarten würde. Mein Gott, schließlich kannte sie ihn nur als „Draco", als Meister eines heidnischen Kultes. Und wenn er versuchte, ihr auf ganz ehrbare Weise einen Besuch abzustatten, würde Caro, die eifersüchtige Anstandsdame, schon dafür sorgen, dass er nicht vorgelassen wurde. Schlimmer noch, in London würde Alice früher oder später auch Damien begegnen, und neben ihm würde er nur noch schlimmer wirken. Das könnte er nicht ertragen.

Leicht benommen von der Wucht, mit der ihn der empörende Einfall getroffen hatte, sank er auf die Matratze zurück und verschränkte die Arme unter dem Kopf. Sollte er den Versuch wirklich wagen?

Sie wäre zornig. Es wäre ihr nicht recht, aber schließlich war sie ja selbst schuld, argumentierte sein boshaftes Ich. Sie hatte sich freiwillig auf Terrain begeben, auf dem sie nichts zu suchen hatte. Sie war in sein Haus, in sein Leben geplatzt, und nun würde sie nicht eher freikommen, bis dass er befriedigt war. Er wusste, dass sie in aller Frühe aufbrechen wollte, aber er würde sie einfach nicht gehen lassen. Vielleicht hatte die seltsame Verbundenheit, die er spürte, überhaupt nichts zu heißen, vielleicht aber war sie die Antwort auf all seine Probleme.

Nachdenklich wandte er den Kopf und sah hinaus in das ferne Leuchten der Morgendämmerung. Ihm war, als hätte der flammende Sonnenaufgang dieselbe Farbe wie ihr Haar.

4. KAPITEL

Alice schlief wie unter Drogen – lang, tief und traumlos. Selbst als sie zehn Stunden später erwachte, blieb sie friedlich in dem nach Lavendel duftenden Bett liegen, während sie allmählich zu sich kam und die Morgensonne durch ihre Wimpern schien. Als sie die Augen öffnete, hatte sie einen völlig fremden Raum vor sich. Sie erschrak. Einen Augenblick hatte sie vergessen, wo sie sich befand – und dann kehrte die Erinnerung zurück. Mit lautem Stöhnen vergrub sie das Gesicht im Kissen.

Lucien. Er fiel ihr als Allererstes wieder ein, doch sie schob den Gedanken an den silberäugigen Teufel entschlossen beiseite. Sie wollte nie wieder an ihn, an die letzte Nacht und die Ausschweifungen in der Grotte denken. Sie würde umgehend heim nach Glenwood Park flüchten und dann all diese Dinge rasch vergessen, aber auf den heutigen Tag freute sie sich weiß Gott nicht. Ihr schauderte bei der Aussicht, die nächsten fünfzehn Stunden mit ihrer boshaften Schwägerin auf engstem Raum zu verbringen.

Draußen vor dem Fenster ertönte ein lautes Gerumpel. Sie setzte sich auf, glitt von dem hohen Bett und spähte durch eine Ritze im Vorhang hinaus. Ein paar Kutschen ratterten gerade in höchster Geschwindigkeit davon.

Erschrocken fragte sie sich, wie spät es wohl sein mochte. Wenn sich schon die Wüstlinge aus der Grotte auf den Weg machten, musste es ja bereits heller Vormittag sein. Die Uhr auf dem Kaminsims bestätigte diesen Verdacht. Schon elf Uhr! Nun waren sie, Caro und die Dienstboten zu einem späten Aufbruch gezwungen. Den letzten Abschnitt der Reise müssten sie wieder im Dunkeln zurücklegen, aber zumindest war ihnen der Heimweg vertrauter als die Hügel von Somerset.

Sie eilte zum Waschstand und goss Wasser aus dem Krug in die Porzellanschüssel. Der Gedanke an Lucien ließ sie nicht mehr los. Sie spritzte sich das frische, kalte Wasser ins Gesicht und beschloss, ihn einfach zu vergessen. Er war böse und gefährlich und blieb ihr ein vollkommenes Rätsel. Jedenfalls war er kaum der lasche Diplomat, den sie erwartet hatte. Er war wild wie ein Tiger, schnell wie eine Viper und listig wie ein Fuchs, und wenn er wollte, überlegte sie, während ihr ein paar Wassertropfen die Kehle entlangrollten und zwischen ihre Brüste tropften, konnte er unwiderstehlich charmant sein.

Sie fröstelte, trocknete sich Gesicht und Dekolletee ab und streifte ein frisches Hemd und saubere Strümpfe über. Während sie die dünnen weißen Strümpfe hochrollte und an ihrem Strumpfband befestigte, versuchte sie die erregende Erinnerung an seine geschickten Berührungen zu verdrängen. Was für Gedanken! Nach Kräften bemühte sie sich, sich ganz auf den armen kleinen Harry zu konzentrieren, der darauf wartete, dass sie heimkam.

Energisch stand sie auf und zog sich das dunkelblaue Reisekleid an. Dabei betete sie, dass sie Lucien nie wieder über den Weg liefe – vor allem nicht diese Saison, denn dann wäre sie zweiundzwanzig und beinahe eine alte Jungfer. Und das hieß, dass sie sich endgültig entscheiden musste, wen von ihren langjährigen Verehrern sie nun zum Mann erwählen wollte.

Zum Kuckuck, dachte sie plötzlich mit finsterer Miene. Ihre Verehrer hatte sie gestern Abend völlig vergessen, als Lucien den Spieß umgedreht und sie gefragt hatte, wer sie liebe. Leider wusste sie nur zu genau, warum sie sie vergessen hatte – weil sie neben ihm bis zur Unkenntlichkeit verblassten. Diese Erkenntnis verdrängte sie jedoch sofort wieder. „Draco" war nicht zu retten. Wenn eine Frau sich entschloss, ihn zu heiraten, konnte Alice sie nur bedauern.

Ihre drei Verehrer waren angenehme, ernsthafte junge Männer von guter Geburt und mit guten Aussichten, die ihr seit ihrem Debüt vor vier Jahren ganz „vorschriftsmäßig" den Hof machten. Roger war klug, Tom tapfer und Freddie amüsant. Doch tief im Herzen wünschte sich Alice einen Mann, der all diese Eigenschaften in sich vereinte – und viel mehr. Die Guten, sie bewiesen eine solche Geduld, warteten schon so lange darauf, dass sie sich endlich entschied, ohne dass ihnen das etwas genützt hätte. Doch ihre lauen Gefühle für ihre Verehrer waren nicht das einzige Problem.

Noch gewichtiger war der Umstand, dass sie Harry unmöglich im Stich lassen konnte, wenn Caro sich als derart gedanken- und verantwortungslose Mutter erwies. Nie könnte sie ihren Neffen einfach den Dienstboten überlassen, so gut und fähig Peg und die anderen auch sein mochten. Ein Mensch brauchte eine Familie, um richtig aufwachsen zu können – das hatte sie aus eigener Erfahrung gelernt. Wenn Caro ihrem Sohn nicht endlich eine richtige Mutter wurde, konnte Alice Glenwood Park nie verlassen. Sie würde als alte Jungfer enden und nie ein eigenes Kind bekommen können. Mit einem frustrierten Seufzer setzte sie sich auf den Schemel vor dem Spiegel und steckte das Haar zu einem glatten Knoten auf – bis auf ein paar Locken, die sich in ihren Nacken herabringelten.

In diesem Moment klopfte es an die Tür. Sie sah in den Spiegel, der das Bild der Tür zurückwarf. „Herein."

Ein plumpes, fröhliches Dienstmädchen trat ein und brachte ihr das Frühstück auf einem Tablett. Unter der Servierhaube fand Alice eine appetitliche Zusammenstellung verschiedener Speisen, Gebäckstücke und Toast, mehrere Sorten Marmelade und Honig, Obst und ein Stück Cheddarkäse, doch am meisten entzückte sie die rosa Rose, die neben dem Silberbesteck lag. Unter dem dornigen Stiel ruhte ein dreifach gefaltetes Stück Büttenpapier, das mit einem Tropfen Wachs verschlossen war.

Sie griff danach, während ihr das Mädchen Tee einschenkte. Mit leichtem Zittern erbrach sie das Siegel und faltete das Papier auseinander, und während sie die Botschaft las, glaubte sie seine tiefe, aufregende Stimme zu hören:

Guten Morgen, Alice. Kommen Sie zu mir in die Bibliothek, sobald Sie können.
Ihr hochachtungsvoll etc. ergebener
L. X. K.

Ein Befehl! Nun, sie hätte es wissen müssen. Seine Herrschsüchtigkeit erboste sie, doch bei dem Gedanken, ihn wiederzusehen, wurde ihr ein wenig schwindelig. Sie las das Briefchen noch fünf Mal, wobei ihr das Herz vor Angst und Erregung bis zum Hals schlug. Was will er denn jetzt noch, fragte sie sich und versuchte, richtig ärgerlich zu werden. Sollte sie der Aufforderung überhaupt Folge leisten?

Besonders viel konnte sie nun nicht mehr essen. Das Mädchen hielt ihr die Teetasse hin, doch Alice zitterte dermaßen, dass ein paar Tropfen auf die Untertasse und beinahe auf ihr Kleid schwappten. Mehr als eine Scheibe Toast mit Marmelade brachte sie nicht hinunter. Sie musste zugeben, dass sie höchst neugierig war, ihn ein letztes Mal zu treffen. Eigentlich hatte sie gehofft, sich aus Revell Court davonzustehlen, ohne ihm noch einmal zu begegnen, aber sie hätte wissen müssen, dass der Mann viel zu ekelhaft war, um es ihr leicht zu machen. Vielleicht wollte er sich ja für die schockierenden Avancen entschuldigen, die er ihr letzte Nacht gemacht hatte – oder vielleicht wollte er es ja noch einmal versuchen. Sie entschied, dass es nichts schaden könnte, noch einmal kurz bei ihm vorbeizuschauen, da sie ja in jedem Fall im Aufbruch begriffen war. Sie war viel zu stolz, sich vor ihm zu verstecken.

Nachdem sie ihr Frühstück beendet und sich die Zähne geputzt hatte, warf sie einen nervösen Blick in den Spiegel, runzelte die Stirn, als sie ihre erwartungsvoll geröteten Wangen sah, und strich sich das Haar glatt. Dann bat sie das Dienstmädchen, sie in die Bibliothek zu führen.

Kurz darauf schritt sie durch die labyrinthartigen Flure im Obergeschoss, bis sie die Haupttreppe erreichten, wo der erste Marquis of Carnarthen von seinem Porträt auf eine lärmende Gästeschar herunterblickte, die sich in der Eingangshalle verabschiedete. Mr. Godfrey und ein halbes Dutzend Lakaien eilten umher, um den letzten Forderungen der Gäste nachzukommen, während in den gegenüberliegenden Ecken zwei schwarz gekleidete Wachleute standen und alles beobachteten.

Dracos Getreue schienen ein Mindestmaß an Schamgefühl wiedergefunden zu haben, denn sie hatten ihre Gesichter hinter Schleiern und breitkrempigen Hüten verborgen. Dennoch grinste der erste Marquis auf sie hinunter, als wollte er ihnen zu verstehen geben, dass sie sich zwar verstecken mochten, er aber all ihre schmutzigen kleinen Geheimnisse kannte.

Das Genörgel der Gäste verebbte, als Alice dem Mädchen einen stillen Korridor hinunterfolgte. Bei Tageslicht wurde sie von der Tudorherrlichkeit von Revell Court förmlich geblendet. Im Vorübergehen schaute sie in die zahlreichen Räume und entdeckte hohe Eichentäfelungen, cremeweißen Stuck, beeindruckende Renaissancekamine und auf den braungrauen Granitplatten bunte, vom Alter schon etwas ausgeblichene Teppiche. Durch die rautenförmigen Scheiben der Stabwerkfenster fiel Sonnenlicht und tanzte auf den schweren, altehrwürdigen Möbeln und den reichhaltigen Tapisserien mit Jagdmotiven.

Die strenge männliche Atmosphäre war Welten entfernt von der luftigen Heiterkeit auf Glenwood Park mit seinen pastellfarbenen Räumen und verschnörkelten Sofas, doch wohnte dieser Traditionsverbundenheit auch etwas Tröstliches inne. Sie mochte den Geruch nach Leder, Bienenwachs und Pfeifentabak. Vor einer geschlossenen Tür am Ende des Hauptkorridors blieb das Dienstmädchen stehen.

„Die Bibliothek, Miss“, murmelte sie und knickste.

„Danke.“ Alice nickte ihr zu und klopfte.

Als sie Lucien „Herein!“ sagen hörte, setzte ihr Herz einen Schlag aus.

Sie straffte die Schultern und öffnete die Tür. Er stand am Fenster, lässig gegen einen Bücherschrank gelehnt, und las in einem dünnen, ledergebundenen Bändchen. Die Morgensonne glänzte auf seinem schwarzen Haar, das von der morgendlichen

Wäsche noch etwas feucht war. Sie starrte ihn an und machte zwei vorsichtige Schritte auf ihn zu, ganz geblendet von seiner äußerlichen Veränderung. An diesem Morgen zeigte er die lässige Eleganz des Landedelmanns. Er trug einen burgunderroten Rock über einer einreihigen Seidenweste mit Stehkragen und beigefarbene Hosen. Ganz auf sein Buch konzentriert, blickte er nicht auf. Sie war momentan abgelenkt von der Art, wie er das Buch hielt, wie er den Ledereinband zu liebkosen schien. Er hatte wunderschöne Hände, groß und männlich, voll Kraft und doch elegant. Sie dachte daran, wie diese Hände unter ihre Röcke geglitten waren, und unterdrückte einen Schauder.

„‚Komm, liebe mich und leb mit mir'", begann er.

Alice blinzelte überrascht. „Wie bitte?"

„‚Und neue Freuden proben wir.
Im goldnen Sand, kristallnen Quell,
Mit Schnur und Silberhaken hell.'"

Er schenkte ihr ein entwaffnendes, ziemlich schlaues Lächeln.

Ihre Wangen liefen ebenso rosarot an wie die Rose, die er ihr geschickt hatte, aber sie sah ihn schelmisch an. Glaubte der Schuft allen Ernstes, sie fiele darauf herein? Sie schloss die Tür und schlenderte vorsichtig auf ihn zu.

„Andrew Marvell?"

„Nein."

„Christopher Marlowe?"

„Ignorantes Ding, das ist John Donne, ‚Der Köder'."

Zwar mochte er ein Schuft und ein Schurke sein, aber auf seine Art war er irgendwie ziemlich amüsant.

Lächelnd schaute sie von der Seite zu ihm auf und begegnete

seinem Blick. Seine grauen Augen funkelten wie die Oberfläche eines windgeriffelten Sees. Sie achtete nicht darauf, dass sie viel zu dicht neben ihm stand, so dicht, dass sie seine Körperwärme ebenso spürte wie seine überwältigende Anziehungskraft. So dicht, dass sie einen Augenblick glaubte, er würde den Kopf senken und sie wieder küssen. Sie hatte gar nicht bemerkt, dass sie den Atem anhielt, bis er den Gedichtband zuklappte und sie aufschreckte.

Er nahm ihre Hand und drückte einen flotten Kuss darauf.

„Alice", sagte er freundlich, „ich hoffe, Sie haben gut geschlafen." Er legte ihre Hand in seine Ellbogenbeuge und führte sie vom Fenster zum Sofa.

„Recht gut, danke." Sie tadelte sich insgeheim für ihr rasendes Herz und die vage Enttäuschung darüber, dass er keinen erneuten Versuch unternommen hatte, ihr zu nahe zu treten. „Und Sie, Mylord?"

„Lucien", korrigierte er mit einem vertraulichen kleinen Lächeln. „Ich denke doch, dass wir die Formalitäten hinter uns gelassen haben. Möchten Sie sich setzen?"

„Danke." Es schien ihr der Mühe nicht wert, ihm darzulegen, dass sich der Gebrauch ihres Vornamens für ihn nicht schickte. Schließlich wollte sie nicht mehr lang bleiben, und mit Gottes Hilfe würde sie ihn nie wieder treffen.

Bei dem Gedanken wurde ihr seltsam trübselig zu Mute.

Nervös ließ sie sich auf die Kante des Sofas sinken, während er die Frackschöße anhob und sich ihr gegenüber hinsetzte. Erschöpft lehnte er den Kopf an die hohe, geschnitzte Lehne und betrachtete sie. Sie wandte den Blick ab, da ihr eben wieder aufging, dass sie mit einem gefährlichen Mann allein war – ohne

Anstandsdame, ohne Zofe, nicht einmal Caro hatte ein Auge auf sie. In London waren junge Damen schon durch weit weniger ruiniert gewesen, aber sie befand sich jetzt in Luciens Welt, wo die normalen Regeln nicht galten.

„Sie wollten mich sehen?“ begann sie.

„Ja.“ Er legte das Kinn auf die Hand und lächelte sie an.

Sittsam wartete sie darauf, dass er ihr den Grund für dieses Treffen nannte, aber er schaute sie nur an.

„Nun?“

Keine Antwort. Er lächelte sie einfach nur an, wobei sein verlockender Mund hinter zwei Fingern halb verborgen war. Sein Blick machte sie nervös. Rasch sah sie weg. Was für ein rüder Kerl er doch war! Sie rang die Hände im Schoß und versuchte, sich für den elegant eingerichteten Raum zu interessieren. Die Bibliothek war lang und schmal. An den Wänden zogen sich Bücherschränke und Regale entlang, die in regelmäßigen Abständen von fast deckenhohen Fenstern und tiefen, mit Bänken ausgestatteten Fensternischen hinter scharlachroten Vorhängen unterbrochen wurden. Die Bronzebüsten auf den Regalen schienen sie und Lucien wie die neugierigen Klatschmäuler des *ton* zu beobachten. Sie ließ den Blick über die Ölgemälde an den Wänden schweifen, die Tapisserie und die Holztäfelung, alldieweil Lucien sie musterte. Sie betrachtete das Schachtischchen, wo die Figuren mitten im Spiel im Stich gelassen worden waren, und dann das Paisleymuster des Teppichs, bis sie es nicht länger ertrug. „Mylord, Sie starren mich an.“

„Verzeihung.“ Lässig streckte er die langen Beine aus und legte sie an den Knöcheln übereinander. „Irgendwie sind Sie noch verführerischer, als ich es in Erinnerung hatte.“

Sie versteifte sich und reckte voll entrüsteter Tugend das Kinn, während ihr gleichzeitig die Röte in die Wange schoss. „Weswegen wollten Sie mich sehen? Verzeihen Sie bitte, aber ich bin ziemlich in Eile."

„Ich interessiere mich für Sie, Alice. Ich möchte unsere Bekanntschaft fortsetzen."

Ihr Herz bebte. Sie starrte ihn an und senkte dann den Kopf. „Bei allem Respekt, Sir, aber das ist unmöglich."

„Grausame!" rief er milde aus und klang nicht im Mindesten überrascht. „Warum denn nicht?"

Tadelnd schaute sie ihn an. „Müssen Sie das wirklich fragen?"

„Wollen Sie etwa leugnen, dass wir uns zueinander hingezogen fühlen?"

Diese dreiste Frage, so lässig vorgebracht, verschlug ihr schier die Sprache. „Meinen Sie etwa, Sie könnten bei mir Erfolg haben, nachdem Sie bereits meine Schwägerin verführt haben?"

„Glauben Sie etwa, Sie könnten mir widerstehen?" entgegnete er mit einem boshaften Glitzern in den grauen Augen.

Mit bebenden Nasenflügeln sprang sie auf, um aus dem Zimmer zu rauschen, doch er packte sie noch rechtzeitig am Handgelenk. Streng wandte sie sich zu ihm um. „Lassen Sie mich los! Gerade als ich dachte, Sie wären doch ganz nett, entsetzen Sie mich aus heiterem Himmel! Sie, Sir, sind einfach indiskutabel! Die Sachen, die Sie sagen … Ihr ganzer Lebensstil … Sie sind skandalös, empörend und einfach … schlecht!"

„Ich weiß, ich weiß. Erkennen Sie denn nicht, dass ich Hilfe brauche, *mon ange?* Es liegt doch auf der Hand, dass ich die tugendsamste Miss Tugendsam von allen brauche, damit sie mich rettet."

„Retten Sie sich selbst! Wenn Sie mich hergerufen haben, nur um mit mir zu spielen, dann lassen Sie sich gesagt sein, dass ich mit Ihnen nichts zu schaffen haben möchte. Wahrhaftig …", sie versuchte sich von ihm loszureißen, doch je heftiger sie zog, desto fester umklammerte er ihre Hand, „… wenn ich je das Pech haben sollte, Ihnen in Gesellschaft zu begegnen, werde ich Sie schneiden!"

„Sie drohen mir mit der allerschlimmsten Strafe", erwiderte er ernst, doch in seinen Augen blitzte es. „Da muss ich mich wohl bessern, aber wie? Warten Sie, ich habe eine Idee."

„Warum überrascht mich das nicht?"

Er rückte mit einer Miene engelhafter Unschuld auf dem Stuhl vor. „Vielleicht könnte Ihre Tugendhaftigkeit ja auf mich abfärben. Vielleicht könnte ich mich unter Ihrem Einfluss zum Besseren verändern. Was sagten Sie letzte Nacht noch? Über die Liebe?"

„Ich hätte wissen müssen, dass Sie sich nicht zu schade sind, meine eigenen Worte gegen mich zu verwenden."

„Aber es stimmt doch, oder? Wollen Sie mich etwa nicht retten, Alice? Die Frauen möchten mich andauernd retten – natürlich hatte bisher keine Erfolg damit. Ich hatte gehofft, dass Sie Ihr Glück auch mal versuchen wollen."

Ausdruckslos schaute sie ihn an. „Das sind sehr hübsche und auch einfallsreiche Komplimente, Lord Luzifer, aber ich bin kein Dummkopf. Sie haben nicht die geringste Absicht, sich zu ändern, und was die Liebe betrifft, so wissen die Schwäne auf dem See und die Wölfe im Wald mehr darüber, als Sie je erfahren werden, so klug Sie auch sein mögen. Und wenn Sie mich jetzt bitte entschuldigen möchten …“

„Für Sie würde ich mich ändern, wenn Sie mir einen Grund zeigen könnten, warum es sich lohnt, ein guter Mensch zu sein.“ Er drückte ihre Hand an seine glatt rasierte Wange. „Leiten Sie mich an, Alice. Ich bin immer offen für neue Ideen. Sie auch?“

Schwankend hielt sie seinem Blick stand. „Es ist grausam, so mit mir zu spielen“, stieß sie hervor.

„Es ist mein voller Ernst.“ Die Intensität seines Blicks machte ihr allmählich Angst. Wieder versuchte sie sich aus seinem Griff zu befreien, aber vergeblich. Er drehte das Gesicht weit genug, um ihr einen Kuss in die Handfläche zu hauchen, und schloss einen Moment lang die Augen. „Glauben Sie nicht, dass ich mit leeren Händen zu Ihnen komme. Ich möchte Ihnen auch helfen, Alice.“ Er öffnete die Augen und schaute sie zärtlich an. „Sie sind noch zu jung, um es zu erkennen, aber ich weiß genau, was Ihnen bevorsteht.“

„Tatsächlich?“ flüsterte sie und starrte ihn beunruhigt an.

„Ich habe es schon tausend Mal mit angesehen. Am Ende werden Sie wie die anderen sein. Ich kann Sie beschützen, Ihre helle, wunderbare Seele. Sie sind gefangen und ahnen es nicht einmal, aber ich kann Sie befreien. Lassen Sie sich von mir unter die Fittichen nehmen. Wenn Sie erlauben, zeige ich Ihnen, wie Sie die anderen überlisten können. Ich lasse einfach nicht zu, dass man aus Ihnen eine weitere hübsche, leere Hülle in Spitzen und französischer Seide macht. Dazu sind Sie einfach zu schade.“

Seine leisen Worte verschlugen ihr den Atem. Ihr war, als

hätte er in ihre Seele geblickt. Wie gebannt betrachtete sie ihn. „Was wollen Sie von mir?“

„Dasselbe, was Sie auch wollen, meine Süße“, antwortete er und strich ihr sanft über die Hand. „Wir beide wünschen uns jemanden, der uns als die Person akzeptiert, die wir wirklich sind.“

„Und wer *sind* Sie, Lucien?“ wisperte sie mit zitternder Stimme.

„Bleiben Sie bei mir und finden Sie es heraus.“

„Na, das ist ja nicht zu fassen!“ unterbrach sie eine rüde Stimme von der Tür her. „Wird als Nächstes vielleicht das Aufgebot verlesen? Wurden die Blumen schon ausgesucht? Die Kirche?“

„Caro!“ Alice entzog Lucien hastig die Hand und spürte, wie ihre Wangen heiß wurden und dunkelrot anliefen. Völlig durcheinander sah sie ihn an.

Er betrachtete sie ruhig.

„Ach herrje, ich wurde zwar herbestellt – aber jetzt hoffe ich doch, dass ich nicht störe“, meinte Caro bösartig. Wie aus dem Ei gepellt, perfekt frisiert und elegant gekleidet, schlenderte die Baronin in die Bibliothek. Ihre Augen waren allerdings blutunterlaufen, und auch das viele Rouge auf ihren Wangen konnte nicht verbergen, wie bleich sie war. „Ich würde ja warten, bis ihr fertig seid mit eurem kleinen *Tête-à-Tête*, aber mein Sohn wartet auf mich. Bist du fertig, Alice?“

„Ich komme schon …“

„Nicht so schnell, meine Liebe.“ Lucien stand auf, während die Emotionen, die sich in seinem Gesicht gezeigt hatten, hinter einer Maske aus Arroganz und Weltgewandtheit verschwanden.

„Caro, komm und setz dich. Ich habe euch beide aus einem ernsten Grund herrufen lassen.“

Dann hat er Caro also tatsächlich auch einbestellt, überlegte Alice, während er zur Baronin ging.

„O ja, mir kam die Sache auch furchtbar ernst vor“, murmelte Caro spöttisch.

„Ich wäre dir dankbar, wenn du dich zu etwas Höflichkeit durchringen könntest“, erwiderte er und führte sie zu einem Stuhl.

Während sie sich setzte, warf Caro Alice einen hochnäsigen Blick zu. Sie stützte den Ellbogen auf die Seitenlehne und legte die Stirn auf die Fingerspitzen – der Inbegriff einer Person, die an den Folgen eines feuchtfröhlichen Abends leidet. Geschieht dir recht, dachte Alice und begegnete dem Blick voll Auflehnung.

„Miss Montague, bitte setzen Sie sich.“ Lucien stellte sich zwischen die beiden Frauen und straffte die Schultern. „Mir ist bewusst, dass Sie umgehend aufzubrechen wünschen. Daher will ich mich kurz fassen.“ Ein diabolisches Lächeln umspielte seine Lippen. Lässig schlenderte er zum Schachtisch. „Seit einiger Zeit steht mir der Sinn nach Gesellschaft“, sagte er. „Ich habe mir die Angelegenheit durch den Kopf gehen lassen und bin nun zu einem Entschluss gelangt.“

Er legte den Kopf schief und musterte das Schachbrett. Dann schlug er die weiße Königin mit dem schwarzen Springer. Er nahm die Elfenbeinfigur vom Brett, schaute erst Caro, dann Alice an und meinte: „Ich lasse nur eine von euch fort.“

Beide Frauen blickten ihn verständnislos an.

„Wie bitte?“ fragte Caro.

Alice saß stocksteif da und starrte ihn mit einer schrecklichen Vorahnung an. „Was soll das heißen?“

Höflich sah er sie an und erklärte, ohne mit der Wimper zu zucken: „Eine kann abreisen, die andere leistet mir eine Weile Gesellschaft, unterhält mich ein wenig – hier auf dem Land wird es nämlich manchmal ziemlich öde. Die Entscheidung überlasse ich Ihnen, Alice. Wer fährt heim zu Harry, wer bleibt auf Revell Court ... und bei mir?“

Ihr Gesichtsausdruck war köstlich, doch Lucien gelang es, nicht zu lächeln. Seine Miene blieb ruhig und undurchdringlich, aber weiß Gott – er begehrte Alice! Es war ihm egal, dass das, was er tat, einfach unerhört war. Er hatte seine Entscheidung getroffen und beabsichtigte nicht, es sich noch einmal anders zu überlegen. Dazu war ihm die Sache zu wichtig geworden.

Ihr wunderschönes Gesicht war bleich geworden; richtig schockiert sah sie aus. Lucien unterdrückte ein dunkles Lächeln. Nun würde sich ja herausstellen, ob sie wirklich so edel und wahrhaftig war. Er wusste genau, wie er sie zu fassen bekäme – an dem Versprechen, das sie ihrem Bruder auf dem Totenbett gegeben und von dem sie ihm so voreilig erzählt hatte, und an der Liebe zu ihrem Neffen.

Natürlich sollte es nur eine Prüfung sein, er wollte sie auf Messers Schneide gehen lassen. Sie unter Druck zu setzten war der einzig sichere Weg, um herauszufinden, was für ein Mensch sie wirklich war. Wenn sie sich selbst die Nächste war, wenn sie Harrys Sehnsucht nach seiner Mama überging, um sich selbst zu retten, wenn ihre ganze Tugend also nur geheuchelt war, würde der mysteriöse Bann, in den sie ihn geschlagen hatte, sofort gebrochen werden. Sein Herz und sein Verstand wären wieder frei, und er würde beide Frauen ziehen lassen.

Ah, aber wenn ihre Wahl selbstlos ausfiel, trotz aller Konsequenzen, die ihr blühten, wenn sie ihren Ruf und ihre Tugend riskierte – dann würde er sie bei sich behalten und anbeten und von ihr das Geheimnis der Unschuld lernen. So oder so konnte er nur gewinnen. Tatsächlich war es ein makelloser Plan, und Lucien war höchst zufrieden, dass er ihm eingefallen war.

Die beiden Frauen starrten ihn immer noch völlig fassungslos und überrascht an.

„Oh, du bist wirklich ein Teufel“, flüsterte Caro endlich.

Gleichgültig betrachtete er sie und schaute dann gleich wieder gespannt auf das junge Mädchen. „Nun, Alice, wer soll es sein – Caro oder Sie?“

Aus riesengroßen, dunklen Augen blickte sie ihn an, vollkommen ratlos. Ihr strenger Haarknoten betonte ihr fein geschnittenes Gesicht – die glatte Stirn und die hohen Wangenknochen, das feste Kinn und den langen Schwanenhals. Lucien warf ihr einen Blick zu, mit dem er andeutete, dass seine Absichten rein sexueller Natur waren. Das wird sie wohl dazu bringen, ihr wahres Gesicht zu zeigen, dachte er. Furcht, Sehnsucht und eine erschreckende Hoffnung hatten ihn völlig rücksichtslos gemacht.

„Sie scherzen, Mylord“, rang Alice sich ab.

„Es ist ihm völlig ernst“, hauchte Caro kopfschüttelnd. „Dieses Funkeln in den Augen kenne ich. In seinem Kopf fliegt irgendein böses kleines Teufelchen herum, das nicht eher zufrieden ist, bis es bekommen hat, was es will.“

„Nun?“ fragte er.

„Das ist ja absurd!“ Voll Empörung sprang Alice auf, doch ihre Augen waren vor Furcht dunkelblau, und sie war bleich geworden. „Komm, Caro, wir reisen ab.“

„Setzen Sie sich, Miss Montague“, befahl er. „Sie werden vor dieser Entscheidung nicht davonlaufen. Eigentlich sollten Sie dankbar sein, dass ich wenigstens eine von Ihnen gehen lasse, denn ich bin versucht, Sie beide hier zu behalten – und wer sollte den kleinen Harry dann trösten?“

„Lucien, hör auf.“ Caro erhob sich abrupt und musterte ihn abschätzend. „Mein Kind ist krank. Ich muss zu ihm.“

„Jetzt auf einmal?“ Verächtlich schüttelte er den Kopf. „Sprich mit Alice. Es steht in ihrer Macht, dich zu befreien.“

„Auf *sie* bist du also scharf. Lucien, sie ist noch Jungfrau.“

„Und das bleibt sie auch, wenn sie die richtige Entscheidung trifft.“

Die fragliche Dame stieß einen leisen Schrei aus. „Diese Unterhaltung ist höchst unschicklich! Mylord, Sie wissen ganz genau, dass Sie keine von uns gegen ihren Willen hier behalten können. Das wäre ja Freiheitsberaubung! Wir könnten Sie ins Gefängnis bringen.“

„Ach, ich würde mir da keine allzu großen Sorgen machen, meine Liebe.“ Caro verschränkte die Arme vor der Brust und schaute sie verächtlich an. „Lord Lucien stellt dich doch nur auf die Probe. Da bist du nicht die Erste, und du wirst auch nicht die Letzte sein. Vermutlich will er sehen, ob er dich verderben kann. So etwas macht dem Schuft Spaß – Leute abklopfen, in die Enge treiben, ihre Schwächen herausfinden. Von sich aus wird er dir nichts tun, aber wenn du stolperst, bist du verloren.“

„Aber meine Liebe, urteilst du da nicht ein wenig streng?“ tadelte er.

„Ich weiß, warum Sie das tun“, meinte Alice mit schwankender Stimme und machte trotzig einen Schritt auf ihn zu. „Sie wollen mich dafür bestrafen, dass ich mich in die Grotte geschlichen habe – aber ich werde niemandem von Ihrem ekelhaften Kult erzählen! Wem sollte ich denn etwas sagen? Es wäre mir peinlich, es überhaupt zu erwähnen!“

„Aber ich würde Sie doch nie für irgendetwas bestrafen, Alice“, erwiderte er. „Wer bin ich denn, um Sie zu bestrafen? Ihr Vater? Ihr Gatte?“

Bei letztem Wort wurde sie blass. „Sie können mich nicht zwingen, hier zu bleiben! Harry braucht ...“

„Seine Mutter“, unterbrach er sie.

„Mich braucht er auch!“ Sie rang sichtlich um Fassung. „Mylord, wenn Sie so versessen auf eine Freundschaft sind, dann, nun ja, dann dürfen Sie mich im Frühjahr in London besuchen ...“ Ihre Stimme erstarb, als sie sein leises, dunkles Lachen hörte.

„Das ist wohl kaum das, was ich im Auge hatte, *ma cherié.*“

„Sie wollen mich ruinieren!“ schrie sie auf.

„Aber, aber, meine Liebe, kein Grund, melodramatisch zu werden. Niemand wird Sie ruinieren. Ich denke, dass ich recht erfahren bin, ein Geheimnis zu wahren“, erklärte er. „Niemand wird je erfahren, dass Sie hier waren. Darauf gebe ich Ihnen mein Wort.“

„Ihr Wort – Draco? Dass ich nicht lache!“ Sie deutete auf die Tür. „Die Leute in der Eingangshalle haben mich gesehen.

Und wenn sie nun nach London fahren und dort überall herumerzählen, dass ich hier bin?"

„Erstens fahren sie gar nicht nach London, sondern auf ihre Landsitze – Sie wissen doch, dass sich der *ton* im Herbst aus der Stadt zurückzieht –, und zweitens, selbst wenn sie Sie erkannt haben sollten, wollen sie ja selbst nicht, dass ihr Name erwähnt wird. Wir auf Revell Court halten viel von Verschwiegenheit. Sie haben nichts zu befürchten."

„Tun Sie es nicht, Lucien, bitte. Sie wissen doch, dass es unmöglich ist."

„Warum? Glauben Sie etwa, ich gebe irgendetwas auf die Kritik der Gesellschaft?" entgegnete er scharf, ungeduldig geworden wegen ihrer offensichtlichen Zurückweisung. „Das Leben ist viel zu kurz, um sich an diese Regeln zu halten. Ich nehme mir, was ich will, und ich will Sie hier bei mir haben. Entscheiden Sie sich, verdammt."

Schockiert und hilflos starrte sie ihn an. Er erwiderte den Blick, beschwor wortlos die Erinnerung herauf, wie sie in seinen Armen dahingeschmolzen war, sich seinem Kuss geöffnet hatte, wie sie ihre eigene Leidenschaft entdeckt und seinen Kuss in süßem Begehren erwidert hatte.

Sie wandte sich ab, bleich und verstört, und bewegte sich Richtung Tür. „Ich gehe heim zu Harry, und Sie können mich nicht aufhalten. Caro, komm bitte."

„Meine Männer haben ihre Befehle!" rief Lucien ihr nach. „Ohne meine Erlaubnis lassen sie Sie nicht passieren."

Caro blieb, wo sie war, und betrachtete ihn. Lucien warf ihr nur einen kurzen Blick zu und folgte seiner Beute in den Flur hinaus. Er konnte kaum fassen, dass sie noch nicht Nein gesagt hatte. Weder hatte sie sich sofort geweigert, noch hatte sie die Aufgabe an Caro weitergereicht, womit er halb gerechnet hatte. Stattdessen kämpfte Alice darum, der Entscheidung auszuweichen, als wüsste sie tief im Innersten, dass ihre eigene Natur sie dazu verdammen würde, sich für das Richtige zu entscheiden. Fasziniert schaute er der schmalen Gestalt nach, die durch den dunklen Flur der Eingangshalle zustrebte. Er zwang sich, ihr nur langsam zu folgen.

Alice sah sich inzwischen zwei schwarz gekleideten Wachleuten gegenüber, welche ihr den Weg versperrten. „Lassen Sie mich hinaus!" schrie sie sie an, doch die Männer wichen keinen Zollbreit.

„Na, überzeugt?" erkundigte sich Lucien, der am Fuß der Treppe zu ihr stieß.

Sie wirbelte herum und blickte ihn zornig und mit geballten Fäusten an. „Wenn mein Bruder noch lebte, würde er Sie deswegen fordern!"

„Das Leben gehört den Lebenden, *cherié.*"

Sie schaute ihm in die Augen. „Warum tun Sie mir das an?"

Er verkrampfte sich, fühlte sich nackt unter ihrem Blick. Es verstörte ihn, dass sie anscheinend in der Lage war, ihm direkt ins Herz zu sehen. Mit seinem arrogantesten Lächeln suchte er, ihren forschenden Blick abzuwenden. „Weil es mich amüsiert. Hören Sie auf, der Antwort auszuweichen, Alice. Caro oder Sie?" Er holte seine Uhr heraus – es war an der Zeit, den Einsatz zu erhöhen. „Wenn Sie Ihre Wahl nicht in den nächsten zehn Sekunden treffen, behalte ich euch beide hier, dann muss der kleine Harry ganz allein leiden."

„Gehen Sie zum Teufel! Ich brauche Ihnen nicht zuzuhören!“ Sie rauschte den anderen Korridor hinunter, wo ihr aber wieder der Weg von drohenden Wachleuten verstellt wurde. Voll Zorn wandte sie sich zu ihm um. „Rufen Sie sie zurück, Lord Lucien.“

„Nein.“

„Das können Sie nicht machen!“

„Wenn Sie auf den guten Zwillingsbruder aus gewesen wären, hätten Sie zu Damien gehen müssen. Zehn. Neun. Acht.“

„Caro!“ Alice wandte sich an ihre Schwägerin, die ihnen inzwischen gefolgt war. „Der Mann ist verrückt! Man kann mit ihm nicht vernünftig reden! Du musst bei ihm bleiben!“

Ah, jetzt kommt es, dachte Lucien mit leiser Enttäuschung.

„Aber du weißt doch, dass Harry mich braucht, Alice. Deswegen bist du doch hergekommen, oder? Ich bin seine Mutter. Ich sollte bei ihm sein.“

„*Jetzt* machst du dir auf einmal etwas aus ihm?“

„Was fällt dir ein? Ich liebe meinen Sohn! Du bist das Problem, Alice. Immer stellst du dich zwischen uns!“

„Sieben. Sechs.“

Alice musterte die Baronin voller Zorn. „So ein Blödsinn! Du verschwindest dauernd und vergisst, dass er überhaupt existiert. Wenn ich nicht wäre, hätte das Kind außer den Dienstboten niemanden.“

„Fünf, vier …“ Wenn es irgendwer gewagt hätte, so mit meiner Mutter zu sprechen, als ich in Harrys Alter war, überlegte Lucien ironisch, vielleicht hätten ich und meine Brüder uns dann anders entwickelt.

„Es ist eine Schande, wie du das Kind behandelst“, fuhr

Alice fort. „Weißt du eigentlich, dass er nach deiner Abreise immer tagelang durcheinander ist? Sobald er anfängt zu weinen, läufst du davon. Begreifst du denn nicht, dass er weint, weil du gehst?“ Ihr Gesicht verkrampfte sich, so als wäre ihr der Sinn ihrer Worte erst aufgegangen, als sie sie geäußert hatte.

Fasziniert vom Widerstreit der Gefühle in ihrem Gesicht, zählte Lucien ein wenig langsamer. „Drei …“

Caro starrte Alice ebenfalls an, senkte den Kopf und wandte sich ab. „Überlass mir mein Kind, und ich verspreche dir, dass es diesmal anders sein wird.“

„Du versprichst es mir?“ fragte Alice bitter.

„Ja.“

„Zwei …“

Eine lange Pause trat ein, als Alice ihre Schwägerin durchdringend musterte.

„Eins.“ Lucien ließ die Uhr zuschnappen, und das leise Geräusch klang in der Stille wie Kanonendonner.

Lucien hielt den Atem an.

„Also gut“, sagte Alice fast unhörbar. „Ich bleibe.“ Stürmisch drehte sie sich zu ihm um, sodass er kaum Zeit hatte, seine Ungläubigkeit zu verbergen. „Aber wenn Sie mich auch nur einmal gegen meinen Willen anfassen, werde ich nicht zögern, Sie verhaften zu lassen und unter Anklage zu stellen. Wenn Sie auf einen Skandal aus sind, können Sie ihn haben, Mylord.“

Er schüttelte den Kopf, als wolle er sich von seiner Fassungslosigkeit befreien, und dann begann er strahlend zu lächeln. Seine Welt war soeben auf den Kopf gestellt worden, doch sein Herz stürmte himmelwärts. Wahrhaftig, er hatte sich eine würdige Gegnerin gesucht. „Ich betrachte mich als ausreichend gewarnt."

„Vor dem Gesetz hat er keine Angst", bemerkte Caro. „Nein, wenn er dir etwas antut, können wir uns den Konstabler sparen, meine Liebe. Wir gehen gleich zu Damien."

Die Erwähnung seines ehrbaren Bruders ließ Lucien innehalten. Damiens hartes, ehrliches Gesicht erschien vor seinem inneren Auge. Er konnte seinen Bruder fast sprechen hören. *Wage bloß nicht, das Mädchen dazubehalten. Du hast deinen Beweis, und nun lass sie gehen.* Lucien wusste, dass es die einzig richtige Handlungsweise wäre, diesem imaginären Befehl zu folgen. Er mochte sich ja als „Draco" verkleiden, aber Recht von Unrecht konnte er ebenso gut unterscheiden wie Damien auch. Und doch erschreckte ihn die Aussicht, Alice plötzlich zu verlieren. Wie konnte er sie gehen lassen, jetzt, wo er wusste, dass sie die Richtige war? Die Worte, die sie freigegeben hätten, wollten ihm einfach nicht über die Lippen. Er geriet ins Schwimmen, und das Herz hämmerte ihm wie wild in der Brust.

Alice Montague war jene seltenste aller Blumen, eine ebenso schöne wie integre Frau. Eine, der er im Lauf der Zeit vielleicht sogar würde vertrauen können. Die ganze Welt hatte er nach einer solchen Frau abgesucht. Jetzt befand sie sich in Reichweite. Wie konnte er sie sich da durch die Finger schlüpfen lassen?

Er konnte nicht anders. Bei Gott, er würde sie nicht gehen lassen. Freudige Erregung erfasste ihn, aber er hatte keine Ahnung, was er da eigentlich tat. Du bist vollkommen verrückt, mahnte ihn die Vernunft. Er hatte eine Aufgabe zu erfüllen.

Claude Bardou war noch am Leben und lief frei herum. Alice würde ihn nur ablenken.

Aber gerade Bardous Wiederauferstehung und seine eigenen entsetzlichen Erinnerungen hatten Lucien geschwächt und ihn die Hand nach dem Mädchen ausstrecken lassen. Er hielt es allein einfach nicht mehr länger aus. Von dem Augenblick an, da er in ihre blauen Augen geblickt hatte, war er von einer brennenden Sehnsucht nach etwas Reinem und Gutem überwältigt worden. Das einzige Verlangen, das dem auch nur annähernd gleichkam, war der Durst, den er gelitten hatte, als Bardous Männer ihm in dem dunklen Höllenloch zwei Tage lang nichts zu trinken gegeben hatten.

Jetzt war er kein Gefangener. Er war frei in seinen Handlungen, konnte jedes Mittel nutzen, um sich retten – selbst wenn das hieß, dass er die traurigen Überreste seiner Ehre den Flammen überantwortete. Alice mit Körper und Seele für sich zu gewinnen wäre es ihm wert.

Um sein Gewissen zu beruhigen, beschloss er, dass er sie gehen ließe, wenn ihm das innerhalb einer Woche nicht gelänge. Er besaß natürlich genügend Verhandlungsgeschick, um mehr zu fordern, als er zu bekommen erwartete. „In zwei Wochen lasse ich Sie in meiner Kutsche heimbringen, und zwar völlig unverletzt."

„Zwei Wochen!" stieß Alice entsetzt hervor. „Kommt nicht in Frage! Höchstens einen Tag!"

Lucien wandte sich an sie. „Zehn Tage."

„Zwei."

„Ach, kommen Sie. Es wird ein Riesenspaß, *chérie.* Bleiben Sie acht Tage."

„Drei – und keine Stunde länger!“ rief sie voll Angst.

„Dann also eine Woche – und ich werde nicht ganz so entschlossen versuchen, Sie zu verführen“, bot er ihr mit einem sündigen Lächeln an.

„Eine Woche?“ wiederholte Alice verzweifelt.

„Du solltest einschlagen, meine Liebe. Wenn er sich nämlich richtig Mühe gibt ...“ Caro seufzte bedeutungsvoll.

Von ihrer Bemerkung erzürnt, fuhr Alice sie an: „Du scheinst das alles ja recht amüsant zu finden, was?“

Sie zuckte mit den Schultern. „Ich habe dich nicht gebeten herzukommen. Du hättest es nicht tun sollen.“

Ungläubig starrte Alice sie an. „Ich bin gekommen, um dir zu helfen!“ rief sie schockiert aus.

„Dir ist es aber nur gelungen, uns beide in Verlegenheit zu bringen.“

„Wie kannst du zulassen, dass er mir das antut? Eigentlich solltest du hier bleiben!“

„Vielleicht.“ Caro schaute zur Decke, als wählte sie ihre Worte mit Bedacht. „Aber ehrlich gesagt, Alice, als deine Schwägerin und Anstandsdame bin ich der Ansicht, dass du es mir gegenüber an Respekt fehlen lässt. Das ist äußerst ärgerlich für mich, und ich kann mir niemand Besseren als Lucien Knight denken, um dir Manieren beizubringen. Ich habe es wirklich satt, dass du herumrennst und dich wie eine Säulenheilige gebärdest. Du hältst dich für so viel besser, aber wir werden ja sehen, was von deiner Überlegenheit noch übrig ist, wenn er mit dir fertig ist.“

„Du ... ich ... du bist ja noch schlimmer als er!“

„Tatsächlich? Nun“, begann Caro verbindlich, „wir wollen

nicht vergessen, wer dir ein Dach über dem Kopf bietet, meine Süße.“ Sie betrachtete Lucien. „Und was dich angeht, mein Bester, so mag es ja schön und gut sein, mit dem Leben anderer zu spielen, aber eines sollte dir klar sein.“

„Was denn, *ma chérie?*“ fragte er mit einem charmanten Lächeln.

„Wenn du sie mir schwanger zurückschickst, wirst du sie heiraten.“

Sein Lächeln erstarb. Der Puls rauschte ihm in den Ohren. Er musterte Caro einen Moment lang, wobei er seine Miene verlebter Nonchalance mühsam beibehielt. „Abgemacht“, erwiderte er.

Seine Bereitwilligkeit schockierte ihn selbst, und Alice war vollkommen entsetzt.

Sie atmete so heftig, dass er sich Sorgen machte, sie könnte in Ohnmacht fallen. Als er sie vorsichtig ansah, wirbelte sie herum, raffte die Röcke und rannte die Treppe hinauf. Sein Ahne schien aus dem Porträt zu blinzeln, als wolle er sagen: Gut gemacht, mein Junge.

Lucien war ganz seiner Meinung. Caro schaute ihn abschätzig an und rief nach ihrer Kutsche. Lucien schob die Hände in die Hosentasche und blickte unsicher die Treppe hoch, wo Alice verschwunden war. Insgeheim jubelte er über seinen Triumph und war im Übrigen ziemlich fassungslos, dass er damit durchgekommen war.

5. KAPITEL

Alice rannte zu ihrem Zimmer hinauf, schlug die Tür hinter sich zu und schloss ab. Dann schob sie noch einen Stuhl davor. Mit hämmerndem Herzen fuhr sie sich durch das Haar und ging unruhig im Zimmer auf und ab. *Das ist einfach unmöglich. Was soll ich nur tun?*

„Verdammt!“ rief sie. Heiße Tränen des Zorns stiegen ihr in die Augen. Sie trat ans Bett und begann höchst undamenhaft auf ihr Kissen einzuschlagen, wobei sie sich fast wünschte, es wäre Lucien Knights selbstzufriedenes, schönes Gesicht. *Grausamer, gemeiner, verworfener Mann!* Sie tigerte ein paar Mal durch das Zimmer, blieb schließlich stehen, legte die Stirn an den Bettpfosten und rang nach Fassung. *Wie kann er nur etwas so Skandalöses tun?* Aber was hätte sie von „Draco“ schon erwarten sollen? Tausend Fragen schossen ihr durch den Kopf. *Wenn du sie mir schwanger zurückschickst, wirst du sie heiraten ... heiraten ...* Die grässlichen Worte hallten wie eine Totenglocke in ihr wider. *Einverstanden,* hatte er zu sagen gewagt. Einverstanden! Und ich werde wohl nicht gefragt, dachte sie voll Zorn. Eines Tages wollte sie ein Kind, sicher, aber doch nicht vom Prinzen der Finsternis!

Als sie unten kurz darauf eine Kutsche vorüberrattern hörte, hob sie den Kopf und rannte zum Fenster. Voll Angst beobachtete sie, wie ihr Wagen durch das Tor von Revell Court rollte. Mitchell, ihr Kutscher, schaute mit einem besorgten Stirnrunzeln über die Schulter zurück. Alice versuchte seine Aufmerksamkeit zu erregen, doch er hatte seinen Blick schon wieder auf die Straße gerichtet. Sie fragte sich, welches Märchen

Caro, diese Verräterin, den Dienstboten erzählt hatte, um ihre Abwesenheit zu erklären.

Bekümmert starrte sie aus dem Fenster, bis die Kutsche die Brücke über das Flüsschen überquert hatte und zwischen den Bäumen verschwunden war. Auch als sie den Wagen nicht mehr sehen konnte, blieb sie noch dort stehen, wurde sich allmählich der tiefen Stille auf Revell Court bewusst. Die Gäste waren abgereist. Auf den Fluren war alles ruhig. Die Dienstbotenscharen bewegten sich lautlos durch das Tudorhaus. Es gab nur noch Lord Lucien und sie. Ein Zittern überlief sie. Unruhig blickte sie sich um und rieb sich die Arme. Sie vermisste Harrys Geplauder. Selbst der schlimmste Trotzanfall ihres Neffen wäre dem unheimlichen Schweigen hier vorzuziehen. Sie ging zum Bett, setzte sich und lehnte sich an das hölzerne Kopfende. Sie zog die Knie an und schlang die Hände um die Beine, fest entschlossen, in ihrem Zimmer zu bleiben, bis dieser silberäugige Teufel das Interesse verloren hatte. Mit etwas Glück würde sie irgendwie entkommen können.

Ein plötzliches Geräusch im Flur ließ sie zur Tür blicken. Ihr Herz setzte einen Schlag aus. Schwere Schritte durchbrachen die Stille.

So bald also kommt er. Sie wusste, dass sie ihn nicht auf ewig aussperren konnte. Leise rutschte sie vom Bett und sah sich nach einer Waffe um, mit der sie ihre Tugend nötigenfalls verteidigen könnte. Sie huschte zum Kamin, griff sich den Schürhaken und schlich dann zu der verbarrikadierten Tür. Sie hielt den Atem an, als es leise klopfte.

„Alice, mein Liebchen, kommen Sie raus, und spielen Sie mit mir!“ rief er verbindlich.

Sie packte den Schürhaken fester. „Gehen Sie weg! Ich will Sie nicht sehen!"

„Aber, aber, meine Liebe, ich weiß ja, dass Sie ärgerlich sind, aber ..."

„Ärgerlich?" brüllte sie und machte voll Zorn einen weiteren Schritt auf die Tür zu, von dem Umstand ermutigt, dass Lucien nicht hereinkonnte – und wenn doch, würde sie ihm den Schädel einschlagen. „Ärgerlich ist ein viel zu milder Ausdruck für das, was ich fühle, Lucien Knight! Was soll ich von Ihnen halten? In einem Moment zielen Sie mit einer Waffe auf mich, im nächsten lesen Sie mir Gedichtanfänge vor!"

„Ich nahm an, die Zeilen hätten Ihnen gefallen!"

„Sie wissen ganz genau, dass es darum nicht geht. Sie reißen die Kontrolle über mein Leben an sich und erwarten, dass ich Ihnen zu Füßen sinke!"

„Es wäre sehr hübsch, wenn Sie das täten ..."

„Wie können Sie es wagen, sich darüber lustig zu machen!" schrie sie mit hochrotem Kopf.

Pause.

Dann hörte sie ihn seufzen. „Wollen Sie sich die ganze nächste Woche wie ein Feigling da drin verstecken?" erkundigte er sich schließlich gelangweilt.

„Mir ist egal, was Sie denken, Sie ekelhafter Schuft. Ich bleibe keine Woche hier."

„Aha. Nun, wenn Sie nicht nur Ihr Wort brechen, sondern mich auch noch beleidigen müssen, meine Liebe, dann kommen Sie wenigstens heraus, um es mir ins Gesicht zu sagen."

„Ha!" erwiderte sie. „Meinen Sie etwa, ich bin so dumm, darauf hereinzufallen? Ich weiß genau, was Sie von mir wollen. Sowie ich diese Tür öffne, werden Sie sich auf mich stürzen!"

„Also hören Sie mal", entgegnete er empört. „Ich habe noch nie eine Frau angefasst, wenn sie es nicht wollte – oder ist es vielleicht gerade das, was Sie befürchten? Dass es nicht gegen Ihren Willen geschieht? Dass es auf Gegenseitigkeit beruht?"

„Sie sind empörend, Sir! Ich *verachte* Sie!"

Er lachte und seufzte dann. „Na gut, dann erbarmen Sie sich doch wenigstens meiner, Alice. Kommen Sie heraus. Ich beiße nicht. Oder besser noch, lassen Sie mich herein."

„Hier herein?" keuchte sie. Sie beide allein in einem Schlafzimmer? Wie konnte er so etwas überhaupt vorschlagen? Wofür hielt er sie denn? Sie erlaubte ihren Verehrern ja nicht einmal, ihre bloße Hand zu berühren. Hier und jetzt beschloss sie, dass sie Lucien Knight nicht gestatten würde, ihr den Hof zu machen, und wenn er sie auf Knien darum anflehte.

„Kommen Sie heraus zu mir, meine Süße. Ich verspreche, dass ich brav sein werde", schmeichelte er durch die stabile Eichentür. Sie starrte darauf. „Gehen Sie mit mir im Park spazieren. Wir werden nicht mehr viele warme, schöne Tage haben, ehe es kalt wird. Haben Sie schon hinausgeschaut? Die Blätter sind herrlich gefärbt, das Gras ist smaragdgrün und der Himmel so blau wie Ihre Augen. Lockt Sie das gar nicht?"

Nicht so sehr wie deine Stimme, dachte sie mit leisem Schaudern, denn das samtweiche Murmeln war die Versuchung schlechthin.

„Hier sind wir frei, Alice. Vollkommen frei."

Frei, fragte sie sich, was sollte das heißen? Sie wappnete sich gegen seinen gefährlichen Zauber, und plötzlich kam ihr eine

Idee. „Wenn Sie ein Pferd für mich hätten, könnten wir ja ausreiten“, schlug sie vor.

„Sehr schlau, meine Liebe“, meinte er mit einem weichen Lachen. „Sobald ich Sie auf ein Pferd setze, rasen Sie doch in gestrecktem Galopp zurück nach Hampshire.“

Diese Vorstellung entlockte ihr gegen ihren Willen ein Lächeln. Wenn sie ehrlich war, hegte sie irgendwo auch den Wunsch, bei ihm zu bleiben. Voll Bestürzung schüttelte sie den Kopf. „Wissen Sie“, begann sie trotzig, „was unsere Unterhaltung gestern Nacht angeht, so wollte ich Ihnen noch etwas sagen.“

„Ach ja?“

„Ja. Wir haben über die Leute gesprochen, die sich etwas aus uns machen.“

„Ah ja – beziehungsweise den Mangel an solchen Leuten.“

Mit blitzenden Augen stützte sie den Schürhaken auf dem nächsten Stuhl ab. „Zu Ihrer Information: Ich habe eine ganze Reihe von Verehrern, die von mir sehr angetan sind.“

Draußen herrschte Schweigen. Dann erklärte er ausdruckslos: „Aber sicher, *ma chérie.*“

Sie strahlte, froh, endlich einen Angriffspunkt gefunden zu haben. Endlich konnte sie ihn auch einmal verhöhnen. „Erstens ist da Roger Manners, ein Neffe des Duke of Rutland. Er hat schon drei Mal um mich angehalten. Er hat so viele Tugenden, dass man sie gar nicht alle aufzählen kann, und so wunderschöne dunkle Augen, dass ich richtig ins Schwärmen geraten könnte. Dann ist da noch Freddie Foxham, ein wahrer Dandy und fürchterlich drollig, ein sehr enger Freund von Beau Brummell …“

„Na, darauf kann man sich aber was einbilden."

„Und schließlich Tom de Vere, der bei fast jeder Fuchsjagd den Sieg davonträgt. Meine Verehrer sind mir seit meinem Debüt treu ergeben. Das sind eben wahre Gentlemen! *Die* würden mich nie entführen!"

„Dann begehren sie Sie bei weitem nicht so wie ich", knurrte er erbost.

Ihre Augen weiteten sich. „Zumindest waren ihre Anträge ehrbar!"

„Wirklich? Warum haben Sie dann keinen davon angenommen?"

Während sie noch auf die Tür starrte und nach einer vernichtenden Antwort suchte, wurde seine Stimme so sanft und schmeichelnd, dass sie fast schwach wurde.

„Ich weiß schon, warum", meinte er. „Weil Sie mehr wollen. Sie spüren, dass diese Männer Ihren wahren Wert gar nicht erkannt haben. Wenn ein Mann erst mal gemerkt hat, was für ein seltenes, kostbares Juwel Sie sind, würde er nicht zögern, das zu tun, was ich getan habe – sogar Sie entführen, wie Sie das nennen –, wenn das der einzige Weg ist, Sie zu bekommen. Verlangen Sie nicht von mir, dass ich es bereue, denn das werde ich niemals tun. Kommen Sie heraus, Alice! Ich schwöre Ihnen, dass ich brav sein werde."

Er hielt inne, und sie ließ sich auf den Stuhl sinken, mit dem sie die Tür verbarrikadiert hatte. Sie stützte den Ellbogen auf die Rückenlehne, legte die Wange in die Hand und sah hinaus in den herrlichen Herbsttag, fühlte sich dabei förmlich zerrissen. *Frei* …

„Sie tun sich selbst und mir unrecht, wenn Sie annehmen,

mein Interesse an Ihnen ist rein körperlicher Natur", fuhr er fort. „Ich habe gesagt, dass ich Sie gern näher kennen lernen möchte. Ich will mehr über Ihre Ansichten erfahren, darüber, was Sie sich vom Leben erhoffen, was Sie sich erträumen." Er zögerte. „Alice, ich möchte gern, dass Sie mir vertrauen."

„Wie sollte ich das, nachdem Sie mich so gründlich kompromittiert haben?"

„Ich würde Ihnen nie wehtun oder zulassen, dass Sie meinetwegen leiden müssen. Ich weiß schon, was ich tue."

„Sie sind selbstsüchtig."

„Ja, ja, das hatten wir schon", erwiderte er ungeduldig. „Aber wenn Sie mich kennen würden – wenn Sie mir eine Chance gäben –, würden Sie meine Beweggründe vielleicht begreifen."

Sie senkte den Kopf und schwieg einen Moment. „Ich will Sie nicht kennen lernen", sagte sie leise. Doch noch während sie diese Worte äußerte, erkannte sie, dass es eine Lüge war – eine kalte, defensive Lüge.

„Verstehe."

Sie zuckte zusammen, als sie den verletzten Spott hörte, der so deutlich aus seiner Stimme sprach. Ihr fiel sein empörtes Gesicht letzte Nacht ein, als sie sich den Kuss abgewischt hatte; sie wusste, dass sie ihn nicht nur verärgert, sondern auch verletzt hatte. Anscheinend hatte sie das wieder getan. Die Reue, die sie verspürte, war echt, aber sie brachte es nicht fertig, ihm mitzuteilen, sie habe es nicht so gemeint.

Aber wirklich, was verstecke ich mich eigentlich hier in diesem Zimmer, überlegte sie. Feigheit würde sie auch nicht weiterbringen. Sie war ihm gegenüber nicht fair – nicht einmal ehrlich. Sie verspürte ein Kribbeln im Magen, doch das war nicht ausschließlich auf Ärger und Misstrauen zurückzuführen, wie doch eigentlich zu erwarten gewesen wäre. Sie verfluchte sich deswegen, aber irgendwie erregte sie die Aussicht auf das nächste Wortgefecht mit ihm. Taktisch war sie ihm vielleicht unterlegen, aber sie war genauso stolz wie er. Und genauso einsam.

Sie erhob sich und begann verstört auf und ab zu gehen. Bin ich vielleicht selbst schuld an meiner Lage, habe ich ihn irgendwie ermutigt, fragte sie sich. Seinem Kuss letzte Nacht war sie ja erlegen.

„Alice?"

Sie wirbelte herum. „Ja?"

„Wissen Sie, was ich hier in der Hand halte?"

„Nein."

„Wollen Sie raten?"

„Eine Mistgabel?" meinte sie in einem gestelzten Versuch, eine heiterere Atmosphäre zu schaffen.

„Nein, meine Liebe", erwiderte er trocken. „Den Schlüssel zu Ihrem Zimmer."

„Was?" stieß sie entsetzt hervor.

„Ich würde ihn nicht gern verwenden."

„Sie haben einen Schlüssel zu diesem Zimmer?"

„Hmm-hmm."

Sie machte einen Schritt auf die Tür zu. Panik schnürte ihr die Kehle zu. „Sie bluffen!"

„Soll ich es beweisen?"

„Nein!" *Himmel hilf.* Sie stand mit dem Rücken zur Wand. Sie würde tun müssen, was er verlangte. Aber immerhin hatte er ja geschworen, ihr nichts zu tun. Obwohl sie ihm nicht über den Weg traute, hatte sie keine andere Wahl, als den Schuft beim Wort zu nehmen. Sie konnte ihre Würde nur bewahren, wenn sie freiwillig hinausging und ihm entgegentrat. Ihr ganzer Körper kribbelte vor eigensinniger, feindseliger Erregung, als sie den Stuhl beiseite schob und zur Tür ging.

So entschlossen sie war, ihre Furcht vor ihm zu verbergen – noch wichtiger war ihr, dass er nicht merkte, wie sehr sie sich körperlich zu ihm hingezogen fühlte. Diese Befriedigung gönnte sie ihm einfach nicht. All ihren Mut zusammennehmend, riss sie die Tür auf und starrte ihn wütend an.

Er lehnte neben der Tür an der Wand und lächelte sie charmant an. „Da ist sie ja, meine reizende junge Gesellschafterin. Vergessen Sie Ihren Mantel nicht, das Wetter hier in dieser Gegend ist wechselhaft."

„Sie wollen spazieren gehen?" fragte sie mit schmalen Augen. „Also gut. Alles, was Sie wollen, Mylord. Schließlich haben Sie nur ein paar Tage. Ich rate Ihnen, sie zu genießen, denn wenn sie vorüber sind, sehen Sie mich nie wieder." Sie drängte sich an ihm vorbei in den düsteren Flur.

„Wirklich alles, was ich will?" rief er ihr schalkhaft nach.

Sie verdrehte die Augen und ging einfach weiter.

Als er sie einen Moment später einholte, trug er ihre pelzbesetzte Pelisse. Sie hielt lang genug still, damit er ihr hineinhelfen konnte; obwohl sie ihn überaus finster musterte, lächelte er sie nur wissend an und sagte nichts.

Lucien war noch nicht lang im Besitz von Revell Court und hatte sich noch nicht daran gemacht, den Park der Natur zu entreißen, geschweige denn das umgebende Waldland. Er hatte genug damit zu tun gehabt, die Ställe in Ordnung zu bringen. Sowohl Garten als auch Wälder waren während der letzten Jahre vernachlässigt worden, als sich die Gesundheit des Marquis of Carnarthen rapide verschlechtert hatte, er seinen Familiensitz aber keinem Verwalter anvertrauen wollte, sondern sich um alles selbst kümmerte.

Sie überquerten die Terrasse, wo die Beete am Rand der verwitterten Balustrade von Efeu und Goldrute überwuchert waren. Mannshohe blaue Hortensien drängten sich um die drei bemoosten Stufen, die ins Gartenparterre hinunterführten. Lucien ging hinab, und Alice folgte ihm zu einem runden Brunnen. Zwei Tauben flogen bei ihrem Näherkommen auf. Alice blieb am Wasserbecken stehen und schaute abwesend auf die Seerosen hinab, die wie winzige Segelboote auf dem Wasser schaukelten. Sie betrachtete sie lange, als wolle sie sie sich genau einprägen. Lucien beobachtete Alice, während ihr der Wind in die Kleider fuhr und die Locken aufwirbelte, die unter ihrem sauberen Häubchen hervorlugten.

Ihr rotgoldenes Haar, die blauen Augen, der elfenbeinerne Teint und die keusche, stille Gelassenheit in ihrem Gesicht erinnerten ihn an Botticellis Venus, wie sie auf ihrer Muschel dem Meer entstieg.

„Wollen wir?“ murmelte er.

Abwesend blickte sie auf. „Ihr Garten ist wunderschön.“

Er zuckte mit den Schultern. „Er ist verwahrlost.“

„Ja, ein wenig, aber dennoch hat er eine einsame, geisterhafte Schönheit, die mir sehr gefällt. Ich wünschte, ich hätte meine Aquarellfarben dabei.“

Lucien zog die Augenbrauen hoch. „Sie haben eine künstlerische Ader, Miss Montague?“

Sie lächelte widerstrebend. „Ich male ein bisschen, ja.“

Er lachte leise, entzückt von dieser Enthüllung. Eine Künstlerin. Natürlich! Diese wunderschönen Hände. Der aufmerksame Blick. Die Leidenschaft, die sich hinter der kühlen, sittsamen Fassade verbarg. „Womit befassen Sie sich denn am liebsten?“ fragte er, während sie an einstmals konisch gestutzten, jetzt völlig aus der Fasson geratenen Eiben vorüberschlenderten.

„Porträts.“

„Wirklich?“

„Kohlezeichnungen sind meine Stärke, aber ich beschäftige mich auch gern mit Aquarellfarben und allen möglichen Handarbeiten, mit Japanlack und feinen Stickarbeiten.“

Abrupt drehte er sich zu ihr. „Mögen Sie die Natur? Man hat von einem Felsen hier in der Nähe eine herrliche Aussicht auf das Tal, die Ihr Künstlerauge entzücken dürfte, aber es ist ziemlich weit dorthin – etwa eineinhalb Meilen. Fühlen Sie sich dazu in der Lage?“

Sie nickte interessiert. „Zu Hause gehe ich auch jeden Tag spazieren.“

„Gut! Dann kommen Sie. Ich zeige es Ihnen.“ Bemüht, seine Begeisterung im Zaum zu halten, geleitete er sie zu einer Lücke in der Buchsbaumhecke, wo zwei Moschusrosen eine Art dorniges Drehkreuz bildeten, durch das es auf gelbbraune Felder und Wälder hinausging. Sie blieben stehen, um das köstliche, honigsüße Aroma der Rosen einzuatmen. Alice freute sich aufrichtig an der Schönheit der Blumen und umfasste anmutig eine der cremeweißen Blüten. Er pflückte eine Rose, brach die Dornen ab und hielt sie ihr hin. Schweigend nahm sie sie, musterte ihn misstrauisch und ging dann weiter. Lucien stand nur da, schaute ihr nach und betete darum, dass er jetzt nichts falsch machte.

Sie schlenderten über eine Wiese, während sich die hohen goldenen Gräser zum Gesang der Lerchen und Pieper im Wind wiegten, und folgten dann dem gewundenen Pfad in den Wald. Vögel hüpften von Ast zu Ast, Blätter wirbelten vor ihnen zu Boden. Während sie zusammen durch den Wald wanderten, glitt die Zeit dahin, immer schneller, bis ihm schwindelte, wie von einem Blick in die dahinjagenden Wolken. Langsam, ganz langsam, begann sie sich für ihn zu erwärmen.

Sie lächelte ihn öfter an, während sie über dies und das plauderten und einander auf Blumen am Wegesrand und Tiere aufmerksam machten. Sie sahen Eichhörnchen in den Bäumen und Fasane im Gebüsch, und einmal kreuzte vor ihnen ein Rudel Hirsche den schattigen Pfad.

Bei drei verschiedenen Gelegenheiten ertappte er sie dabei, wie sie ihn länger betrachtete, als schicklich war. Er fühlte sich wie bezaubert und unglaublich lebendig, als er sie im warmen Herbstlicht musterte, von ihrem rotgold glänzenden Haar wie geblendet. Ihre Unschuld schlug ihn in Bann, und ihre arglose Schlichtheit tat ihm irgendwie wohl. Er fühlte sich wie ein Mann, der endlich aus seinen Fieberträumen erwacht und ganz euphorisch bei den ersten Anzeichen wiederkehrender Kraft wird – zwar immer noch schwach, aber voller Hoffnung auf baldige Genesung. Die Düsterkeit in seiner Seele war jedoch hartnäckig. Genauso oft und rasch senkten sich die kalten, dunklen Schatten auf ihn herab, legten sich wie ein Grabtuch zwischen ihn und die Welt und hüllten Alice in graues Dämmerlicht, sodass er sie am liebsten in die Arme genommen hätte, bis sie vorübergezogen waren, aber er tat es nicht. Es war noch zu früh. Sie würde vor ihm zurückweichen. Er wusste ganz genau, dass er sie nur aus dem Zimmer hatte locken können, weil er gedroht hatte, die Tür selbst aufzuschließen. Er konnte es sich nicht leisten, sie noch einmal zu verschrecken.

Die ganze Zeit wanderte die Sonne nach Westen. Der Tag neigte sich seinem Ende zu, genau wie das Jahr. Daran erinnerte auch der Geruch der raschelnden Blätter, die er mit jedem Schritt aufstörte, als er Alice auf dem steilen, gewundenen Pfad folgte. Er war fest entschlossen, ihr Vertrauen zu gewinnen, verbarg seine Ungeduld jedoch hinter einem freundlichen Lächeln, als sie über die Schulter zurückblickte.

„Auch schon da, Faulpelz?“ neckte sie ihn. Ihre Wangen waren von dem Aufstieg in der Kälte ganz rosig.

„Faulpelz?“ wiederholte er.

„Nun, was haben Sie denn da hinten so lange gemacht? Die Steine unter Ihren Füßen gezählt?“ Sie wandte sich wieder um und raffte den Rock zum Aufstieg, wobei er einen Blick auf ihre hübschen Waden erhaschte.

„Ach, nur die Aussicht bewundert“, sagte er, während er den mädchenhaft wiegenden Schwung ihrer Hüften genoss. Doch als dieser Anblick gefährliche Gedanken in ihm weckte, ging er eilig an ihr vorbei und übernahm wieder die Führung. „Beeilung, meine Liebe. Wenn Sie trödeln, kriegen Sie keine Ration zugeteilt!“

„Welche Ration?“

„Sie bekommen nichts zu essen. Soldatenjargon. Sputen Sie sich, wir sind gleich da. Genau rechtzeitig für den Sonnenuntergang.“

„Sie waren in der Armee?“ rief sie aus.

„Fünf Jahre.“

„Sie scherzen!“

„Nein“, seufzte er. „Ich wollte, es wäre so.“

„Sie in der Armee!“ Sie lachte. „Die Vorstellung fällt mir schwer.“

„Mir auch.“

„Sie scheinen nicht der Typ zu sein, der Befehle befolgt. In welchem Regiment waren Sie denn?“

„Im 138. Infanterieregiment.“

„Oh“, sagte sie zweifelnd.

„Ich weiß – kein sehr fashionables Regiment.“ Er reichte ihr die Hand und zog sie über eine Baumwurzel, die über den Weg ragte. „Eigentlich wollten wir zur berittenen Garde, aber Damien wollte lieber kämpfen, statt in einer schicken Uniform in London herumzulungern – was mir vollkommen genügt hätte.“

„Sie sind gemeinsam in die Armee eingetreten?“

Er nickte. „Zuerst haben wir unter Cathcart in Dänemark gekämpft, dann wurden wir auf die Halbinsel geschickt.“

Sie lachte ungläubig. „Welchen Rang hatten Sie inne?“

„Captain.“

„Captain Lord Lucien!“ rief sie und lachte noch lauter. „Haben Sie sich ein Offizierspatent gekauft, oder wurden Sie auf Grund Ihrer Verdienste befördert?“

Halb überrascht, halb empört begann er zu grinsen. „Was für eine Unverschämtheit! Ich wurde befördert, darf ich Ihnen versichern. Zu Ihrer Information: Damien und ich haben die besten Seitenkompanien unseres Regiments befehligt. Ich war …“

„Nein, sagen Sie nichts. Lassen Sie mich raten.“ Amüsiert betrachtete sie ihn. „Ein Grenadier sind Sie nicht. Grenadiere sind große, treue Kerle und werfen sich als Erste in die Schlacht, zumindest heißt es das.“

Er zog eine Augenbraue hoch, nicht sicher, ob er soeben beleidigt worden war.

„Nein“, schloss sie, „Sie müssen Captain der leichten Infanterie gewesen sein. Die geistesgegenwärtigen Scharfschützen.“

„Wie haben Sie das bloß erraten?“

„Ich kenne mich eben aus“, erwiderte sie und wandte sich hochzufrieden ab.

Lächelnd blickte Lucien ihr nach. Er war völlig hingerissen. „Wie das?“

„Natürlich durch meinen Bruder. Er war im 43. Regiment.“

„Die glorreichen Dreiundvierziger“, meinte Lucien beeindruckt. „Ich habe gehört, wie tapfer Lord Glenwood sich bei Vittoria geschlagen hat. Er war ein mutiger Mann und ein guter Offizier.“

„Und ein guter Bruder“, fügte sie leise hinzu. „Haben Sie auch bei Vittoria gekämpft, Lucien?“

„Nein, ich schied schon im Jahr zuvor aus, nach Badajoz.“

„Badajoz“, murmelte sie ernst. „Phillip sagte, dies wäre die fürchterlichste Schlacht im ganzen Krieg gewesen.“

Lucien war sich nicht sicher, wie viel ihr Bruder ihr erzählt hatte. Als sie ihm einen Augenblick später sanft die Hand auf den Arm legte, schaute er schweigend darauf hinab. Es war das erste Mal, dass sie ihn freiwillig berührte.

„Captain Lucien, Sie wirken auf einmal so grimmig", befand sie. „War die Schlacht für Sie so schlimm?"

„Sie war für alle schlimm", entgegnete er achselzuckend und wandte den Blick ab, selbst irritiert von seiner ausweichenden Antwort. Er starrte in den dunklen Wald, während er vor sich die Bilder der Schlacht sah, schwarze Rauchfahnen über tausend Leichen in scharlachroter Uniform, die sich rings um die spanische Zitadelle auftürmten. Die britische Armee hatte die mit den Franzosen sympathisierende Stadt unterworfen. „Es war weniger die Belagerung selbst als das, was … danach geschah", stieß er hervor. Forschend musterte er sie. „Hat Ihr Bruder Ihnen berichtet?"

„Ein bisschen", erwiderte Alice düster.

„So etwas erzählt man jungen Damen normalerweise nicht … aber ich habe versprochen, Ihnen die Grausamkeiten dieser Welt nicht zu verschweigen, nicht wahr?"

Sie nickte. „Ich möchte es wissen."

„Als die Stadt fiel, hatten wir bereits so viele Verluste, dass die Truppen außer sich waren, in einem richtigen Rausch. Es waren unsere Leute, Engländer, die sich dann in reißende Bestien verwandelten. Sie haben die Stadt dem Erdboden gleichgemacht. Geplündert, vergewaltigt, gemordet. Wir Offiziere haben drei Tage gebraucht, um sie wieder unter Kontrolle zu bekommen." Er beobachtete ihre Miene. Sie schien spielend damit fertig zu werden. Zwar wirkte sie bekümmert, aber keineswegs hysterisch – und er hatte es bitter nötig, darüber zu sprechen. „Wir haben einen Galgen errichtet und die schlimmsten Missetäter hingerichtet. Danach habe ich die Armee verlassen – ich dachte, es müsste einen besseren Weg geben."

„Und dann sind Sie zum diplomatischen Korps gestoßen?"

Er nickte.

Nachdenklich betrachtete sie ihn. „Dafür bewundere ich Sie", sagte sie plötzlich. „Bestimmt haben Sie sich für diese Entscheidung von vielen Kameraden Kritik eingehandelt, aber Diplomatie ist immer besser als Krieg. Was für eine Willenskraft Sie haben müssen, sich so gegen die Mehrheit zu stellen. Ich wünschte, mein Bruder hätte sich wie Sie entschieden oder, noch besser, hätte dieselbe Willenskraft besessen ... Darf ich Ihnen berichten, warum Phillip in den Krieg zog?"

„Sie können mir alles erzählen", antwortete er, während er innerlich die leisen Schuldgefühle ob ihres fehlgeleiteten Kompliments abzuwehren versuchte. Seine Aufgabe im diplomatischen Korps war gewiss keine friedliche gewesen, aber natürlich durfte er ihr nichts von seiner Rolle als Spion verraten. Schon bei der Vorstellung schauderte ihn. Die Wahrheit würde sie ebenso vertreiben, wie sie Damien vertrieben hatte. Dieses Risiko konnte er nicht eingehen. Außerdem war es gefährliches Wissen. Zu ihrer eigenen Sicherheit wäre es besser, ihr nichts zu sagen.

„Caro ließ gewisse Bemerkungen fallen, mit denen sie die Männlichkeit meines Bruders in Zweifel zog", begann sie. Über ihr Gesicht huschte ein bitterer Ausdruck. „Aber sie wollte ihn nur aus dem Weg haben, damit sie sich in London danebenbenehmen konnte, ohne dass ihr Gatte ihr dabei über die Schulter sah. Leider hat Phillip sie nicht durchschaut. Stattdessen nahm er sich ihre Worte zu Herzen – und zog in den Krieg."

Lucien schüttelte den Kopf. „Männer tun aus Stolz eine Menge Unsinn", verkündete er bedauernd.

„Er kam mit fürchterlichen Säbelwunden nach Hause, die sich entzündet hatten. Peg – das ist unsere alte Kinderfrau, die sich jetzt um Harry kümmert – und ich haben ihn Tag und Nacht gepflegt, aber wir wussten, dass er sich nicht erholen würde. Phillip ahnte es auch, aber zumindest konnte er Harry noch einmal wiedersehen, und wir konnten uns verabschieden."

„Standen Sie sich nahe?"

Sie nickte. „Der frühe Verlust unserer Eltern hat uns zusammengeschweißt."

Lucien verkrampfte sich.

Sie wandte den Blick ab. „Es hat drei Wochen gedauert, bis er gestorben ist. Er war erst neunundzwanzig."

„Das tut mir Leid", flüsterte er.

Prüfend betrachtete sie ihn, während der Wind durch ihr Haar und ihre Kleider strich. „Besser nicht. Wenn er noch am Leben wäre, würde er Sie wegen dieser Angelegenheit zum Duell fordern und erschießen."

„Ah", sagte er bekümmert. Sie lächelte tadelnd und ging weiter.

Lucien hatte ein ziemlich schlechtes Gewissen, als er sie kurz darauf einholte. Dann stürmte er den Rest des Pfades hinauf, bis er einen hohlen, verkrüppelten Baumstamm erreicht hatte. Dahinter lag ihr Ziel. Er trat hinaus auf den Kalksteinfelsen, von dem aus man einen herrlichen Blick auf das

Tal in all seiner herbstlichen Pracht und die feurige Sonne am Horizont hatte.

Die Windböen, die über den Felsrand fegten, bliesen ihm das Haar aus dem Gesicht und blähten seinen langen schwarzen Mantel auf. „Hier, Madam", begann er mit großer Geste, als sie einen Augenblick später ebenfalls den Felsen erreichte, „haben Sie das Erbe meiner Ahnen."

Er wandte sich um und bot ihr die Hand. Sie schaute nervös in den Abgrund, ergriff jedoch seine Hand und stellte sich neben ihn.

„Oh, Lucien, wie herrlich", flüsterte sie und sog den Anblick der bernsteingelben, kastanienbraunen, kupferfarbenen und scharlachroten Hügel in sich auf.

„O ja", murmelte er mit Blick auf ihr zartes Profil und den milchweißen Teint, der im Schein der untergehenden Sonne aufleuchtete. Dann sah er wieder aufs Tal hinaus, damit sie ihn nicht dabei ertappte, wie er sie anstarrte. „Ich begreife nicht, wie ich Herr all dieser Herrlichkeiten werden konnte, aber es ist doch sehr angenehm."

Sie schirmte die Augen mit der Hand vor der Sonne ab. „Ich wusste gar nicht, dass die Marquis of Carnarthen mit den Herzögen von Hawkscliffe verwandt sind."

„Sind sie ja auch nicht", erwiderte er trocken. „Genauer gesagt, gibt es die Herren von Carnarthen nicht mehr. Der Titel erlosch, als die legitime Linie mit dem zehnten Marquis of Carnarthen ausstarb."

„Es gibt also eine illegitime Linie?"

Er stemmte die Arme in die Seiten. „Sie steht hier vor Ihnen, Madam."

Sie riss die Augen auf und legte die Finger an die Lippen. „Oh! Tut mir furchtbar Leid …“

„Nicht nötig“, antwortete er, erheitert von ihrem Unbehagen. „Mein Vater war der letzte Marquis of Carnarthen, ein komischer Kauz, und ich bin stolz darauf, sein Sohn zu sein, ob nun legitim oder nicht. Carnarthens Familiensitz in Wales und zwei weitere große Landsitze fielen bei seinem Tod an die Krone, aber zum Glück war Revell Court kein Fideikommiss – er konnte es vermachen, wem immer er wollte. Sie sehen schockiert aus.“

„Nun … ja! Ich dachte, der Duke of Hawkscliffe wäre Ihr Vater!“

„So steht es in meiner Geburtsurkunde“, erwiderte er achselzuckend. „Natürlich stimmt es nicht.“

„Sie erzählen mir also gerade, dass Sie ein … *Bastard* sind“, hauchte sie.

Er grinste. „Na und? Die Familie Carnarthen ist so gut wie jede andere. Sie stammt ursprünglich aus der Nähe von Mount Snowdon. Um die Herren von Carnarthen ranken sich sogar uralte walisische Legenden. Mein Vater hat mir erzählt, dass wir von Kriegsherren und Berserkerkriegern abstammen. Was sagen Sie jetzt?“

Unsicher betrachtete sie ihn. „Dass Sie mir wohl wieder irgendwelche Albernheiten auftischen.“

„So wahr ich hier stehe – es stimmt. Meiner Mutter hat er gesagt, Damien und ich seien die letzte Blüte unserer Linie. Zwillinge sind nämlich magische Wesen.“

Sie schnaubte halbherzig, als wüsste sie nicht recht, was sie davon halten sollte.

„Ich versichere Ihnen, es stimmt. Damien und ich hatten immer diese abergläubische Vorstellung – schon als wir kleine Jungen waren –, dass wir zu zweit unbesiegbar wären, dass uns nichts passieren könnte, solange der andere in der Nähe ist. Das ist der einzige Grund, warum ich zur Armee gegangen bin. Ich war sicher, dass Damien umkäme, wenn ich nicht bei ihm wäre. Aber als ich die Armee dann verlassen hatte, zeigte sich, dass er durchaus in der Lage war, auf sich selbst aufzupassen", fügte er mit einem wehmütigen Lachen hinzu, als wäre die Entfremdung von seinem Zwillingsbruder nicht der allergrößte Dorn in seinem Fleisch.

Unsicher, ob er sie auf den Arm nahm, fragte sie: „Und was sind Sie, Krieger oder Kriegsherr?"

„Aber das sind doch bloß Ammenmärchen, *ma chérie*", meinte er, hob ihre Hand an die Lippen und drückte einen Kuss darauf. „Trotzdem ist es eine seltsame Vorstellung, dass meine Mutter eines Nachts in die Grotte ging, dort meinem Vater begegnete, und *voilà* ..."

Sie keuchte und entriss ihm ihre Hand. Ihre Augen waren so groß wie Untertassen. „Ihre Mutter war in der Grotte?"

„Ich fürchte, ja. Andererseits, wenn sie nicht dort hinabgestiegen wäre, würde ich nicht existieren – und wo wäre ich dann? Die Herzogin mag ein wildes, extravagantes Frauenzimmer gewesen sein, aber sie war immer offen und sich selbst treu. Sie war ein Original, das muss man ihr lassen. Sie wirken immer noch schockiert."

Verwirrt starrte sie ihn an.

Er schob sich dichter an sie heran und senkte die Stimme zu einem verschwörerischen Flüstern. „Also gut, meine liebe

Miss Montague, ich weihe Sie in unser Familiengeheimnis ein, obwohl ich eigentlich dachte, der ganze *ton* wüsste Bescheid. Nur mein ältester Bruder, der gegenwärtige Duke of Hawkscliffe, und meine Schwester Jacinda stammen vom Herzog ab. Wir anderen sind leider Kuckuckseier im Familiennest. Der Herzog hat uns anerkannt, um das demütigende Eingeständnis zu umgehen, dass seine Frau ihm schon wieder Hörner aufgesetzt hatte."

Sie schaute ihn entsetzt an und wandte sich dann ab. „Ich glaube", sagte sie ernst, „dass es Zeit wird für unseren Tee."

Sein Lächeln erlosch. Er schob die Hände in die geräumigen Manteltaschen und blickte auf seine glänzenden schwarzen Stiefel hinunter. „Jetzt denken Sie wegen meiner Herkunft schlechter von mir."

„Nein ..."

„Doch. Ich sehe es Ihnen doch an."

„Nein, Lucien, das ist es nicht. Ich bin ... verlegen."

Misstrauisch betrachtete er sie.

„Ich werde einfach nicht schlau aus Ihnen", verkündete sie. „Bestimmt schmerzt Sie das, hat Sie Ihr Leben lang geschmerzt, und doch lachen Sie. Ich verstehe das nicht. Und ich bin es nicht gewohnt, über so intime Dinge zu sprechen, vor allem nicht mit einem Mann, den ich kaum kenne."

„Alice." Er neigte sich zu ihr und schaute ihr in die Augen, zwang sich dabei, die Hände in den Taschen zu lassen, obwohl er sich danach sehnte, sie in die Arme zu nehmen. Ihr fragender Blick war so ernst, so verletzlich. „Bitte seien Sie nicht verlegen. Das lag nicht in meiner Absicht. Ich unterhalte mich gern mit Ihnen."

Sie lächelte ihn unsicher an, während der Wind sanft mit ihren Locken spielte.

Er erwiderte das Lächeln, nahm die Hände langsam aus den Taschen und strich ihr das Haar sanft aus dem Gesicht. Ihr Lächeln verstärkte sich, und die Röte stieg ihr in die Wangen.

„Wie kann man das erklären?“ murmelte er. „Manche Leute kennen wir von klein auf und wissen doch gar nichts über sie. Und dann gibt es andere Leute …“ Unfähig, der Versuchung zu widerstehen, strich er ihr hauchzart über die Wange. Ihre kobaltblauen Augen flackerten, aber sie sagte nichts, hörte nur aufmerksam zu. „Andere Leute, denen wir gerade erst begegnet sind, bei denen wir das Gefühl haben, als würden wir sie schon unser Leben lang kennen.“

Sie hielt seinem Blick stand, rückte jedoch ein Stück von ihm ab. „Zu wie vielen Frauen haben Sie das schon gesagt?“

Er zuckte zusammen und runzelte verärgert die Stirn, obwohl er wusste, dass er die Bemerkung verdient hatte. „Ich spiele nicht mit Ihnen“, entgegnete er hart. „Es mag eine Zeit gegeben haben, in der ich das getan hätte, aber ich bin kein Junge mehr. Ich habe schon zu viel Tod, zu viel Schmerz gesehen, und alles, was ich jetzt will …“ Er brach ab.

„Was, Lucien? Was wollen Sie?“ flüsterte sie.

Sein Blick wanderte zu ihren Lippen. Lucien strich ihr von der Wange hinab zum Kinn und machte einen Schritt auf sie zu, bis keinerlei Raum mehr zwischen ihnen war. Er sah noch das Begehren und die Verwirrung in ihren blauen Augen, bevor er selbst die Augen schloss, den Kopf neigte und ihre Lippen mit den seinen liebkoste. Vorsichtig nahm er sie in die Arme, zitternd in jenem magischen Moment, da er spürte, dass sie sich an ihn schmiegte. Sie öffnete die Lippen, ließ seine Zunge in ihren warmen Mund eindringen. Sehnsüchte Verzückung überkam ihn. Er hielt ihr Gesicht mit den Händen umschlossen und labte sich an dem Kuss, kostete ihn mit einer Zärtlichkeit aus, die aus dem Wissen um ihre Unschuld resultierte. Sie klammerte sich an ihn, hier am Abgrund.

„Bitte", stöhnte sie und versuchte das Gesicht abzuwenden. Ihre Wangen waren rosenrot, ihre Augen fiebrig blau.

„Schau mich an." Er umfasste ihr Kinn und zwang sie, seinem hungrigen Blick zu begegnen. „Ich werde dir nicht wehtun", flüsterte er. „Das könnte ich niemals – eher würde ich sterben."

„Warum müssen Sie mich dann küssen?"

„Weil ich es nicht ertrage, so lange zu warten, bis du mich küsst."

Seine offene Antwort brachte sie aus der Fassung. „Sie haben tatsächlich erwartet, dass *ich* Sie küsse?" erwiderte sie, atemlos vor Empörung.

„Es erwartet? Nein, ich habe es mir gewünscht." Träge lächelte er sie an. „Mit jeder Faser meines Wesens."

Sie starrte ihn an, halb erregt, halb beunruhigt. „Aber ... ich weiß doch gar nicht, wie."

„O doch, das weißt du schon", wisperte er.

Sie entzog sich ihm nicht. Stattdessen errötete sie hilflos. Er neigte den Kopf, so nah, dass er ihren warmen Atem auf den Lippen spürte.

Gleich darauf neigte sie den Kopf ebenfalls. Sie senkte die Lider, während ihre Lippen nur noch wenige Millimeter von den seinen entfernt waren. „Ich weiß nicht, wie", protestierte sie noch einmal kaum hörbar, legte ihm dann die Hand auf die Schultern, schloss die Augen und küsste ihn so zart wie ein Engel.

Lucien hielt vollkommen still, erfüllt von einer solchen Freude, dass er lieber gestorben wäre, als zuzulassen, dass es ein Ende nahm. Sie schlang ihm die Arme um den Hals und küsste Lucien noch einmal, fester diesmal. Ihr schlanker Körper zitterte, als er ihr die Arme um die Taille legte. Sie war zögernd, vorsichtig, aber ihre Brüste bebten, und ihre Augen hatten sich zu einem sinnlichen Mitternachtsblau verdunkelt. Ihre Wimpern senkten sich herab, und die Welt versank um ihn, als sie ihn zu sich herunterzog und behutsam die Zungenspitze zwischen seine Lippen schob.

Schockiert und bezaubert unterwarf er sich ihrem Willen, wollte nichts mehr, als ihre Wünsche zu erfüllen. Sie stöhnte, als sie den Kuss vertiefte, die Finger in seine Haare grub. Sie strich an seinem Kinn entlang, seiner Kehle, tastete den Rand des Krawattentuchs ab, bis er alle Vernunft vergaß – und hielt dann plötzlich inne.

Als er die Arme nach ihr ausstreckte, stemmte sie die Hände gegen seine Brust und hielt ihn entschlossen auf Abstand. „Nein.“ In ihren Augen glomm es warnend auf. Ihre Lippen waren feucht und geschwollen. Ihre Wangen glühten rosig. „Das reicht“, keuchte sie.

Ihn verließ seine ganze Raffinesse, sein gesamter Verstand, er war nur noch Lust. Trunken von ihr, fiel ihm keine einzige Schmeichelei ein, mit der er sie zu sich hätte zurücklocken können. Sie ließ die Hand von seiner Brust gleiten und trat schwankend zurück.

„Alice“, keuchte er.

Sie ging weiter, den Pfad hinunter in den dunklen Wald. Er blieb stehen und rieb sich die Nasenwurzel, um wieder halbwegs zu sich zu kommen. Er fuhr sich mit der Hand durch die Haare und stieß ein leises, wie betrunkenes Lachen aus. Lieber Himmel, das hatte er gewiss nicht vorhergesehen. Er folgte ihr. Sie war ein paar Meter vor ihm und rannte förmlich zum Haus zurück.

„Alice!“

Keine Antwort. Sie blieb nicht einmal stehen.

„So warte doch!“

Sie tat seinen Ruf mit einem ärgerlichen Schulterzucken ab. Er musste rennen, um sie einzuholen, doch als er sie erreicht hatte, ignorierte sie seinen fragenden Blick. Ihre blauen Röcke blähten sich wie Segel, so schnell lief sie.

„Alice?“ fragte er zögernd.

„Bleiben Sie mir vom Leib.“

Er sah, dass ihre Wangen scharlachrot angelaufen waren, und erkannte, dass sie sich ihrer lustvollen Reaktion schämte. Ein verwegenes Grinsen breitete sich auf seinem Gesicht aus. „Mein Liebling, das braucht dir doch nicht peinlich …“

„Sie zwingen mich, das Versprechen zu brechen, das ich meinem Bruder gab. Ich wollte immer für Harry da sein. Ist Ihnen das eigentlich klar? Macht Ihnen das überhaupt etwas aus?“

Er packte sie am Arm, um sie aufzuhalten. Sie wirbelte herum.

„Hör auf“, meinte er ruhig, aber er bemerkte die Furcht in ihrem Blick – nicht vor ihm, sondern vor ihren eigenen Gefühlen. Sie war noch nicht bereit, ihre Leidenschaft zu akzeptieren – zumindest nicht ihre Leidenschaft für ihn.

„Ich bin nicht so! Ich bin nicht Ihr Spielzeug …"

„Das brauchst du mir nicht zu sagen, das weiß ich, Alice. Ich habe dir doch mitgeteilt, dass es mir ernst ist. Ernster als je zuvor in meinem Leben. Oder ist es das, was dir Angst macht?"

„*Sie* machen mir Angst. Sie, Lucien – Draco – wer immer Sie sein mögen. Ihnen ist doch nur an Ihnen selbst gelegen, an Ihrem Vergnügen! Wissen Sie eigentlich, wie egoistisch Sie sind? Sind Sie überhaupt in der Lage, es zu erkennen?" Sie riss sich von ihm los. „Wenn nicht, möchte ich Sie daran erinnern, dass Sie mich hier gegen meinen Willen festhalten. Ich will nicht hier sein, und ganz bestimmt möchte ich mich nicht auf einen … einen verlebten Schuft einlassen, der nur darauf aus ist, mich zu verderben!" Sie riss sich die weiße Moschusrose, die er ihr geschenkt hatte, aus dem Knopfloch, warf sie auf den Boden und eilte davon.

„Ich bin allein, Alice."

Seine scharfen Worte überraschten sie so, dass sie stehen blieb, als sie die Wiese erreichte. Misstrauisch drehte sie sich um. Er war vollkommen verkrampft und sein Blick verzerrt.

Lucien fühlte sich nackt vor ihr – war ungeduldig, frustriert –, aber er konnte sich einfach nicht bezähmen. Irgendwie musste er es ihr begreiflich machen.

„Verstehst du denn nicht?" Er versuchte das dunkle Flehen in seiner Stimme zu unterdrücken, aber es gelang ihm nicht. „Ich brauche … ich weiß nicht, was ich brauche. Ich weiß nur, dass ich allein bin. Vollkommen allein."

Da. Nun hatte er es gesagt.

Er schaute ihr in die Augen, lieferte sich ihr mit seiner ganzen Seele aus. Er sah, wie sie zitterte und mit sich rang, doch sie blieb hart.

Sie warf ihm einen vernichtenden Blick zu. „Das überrascht mich nicht."

Er zuckte zusammen.

Sie machte auf dem Absatz kehrt und verschwand.

6. KAPITEL

Ein paar Stunden später verließ Lucien Revell Court auf seinem andalusischen Hengst und ritt hinaus in die schwarze, windige Nacht. Das Pferd donnerte über die Brücke und flog dann voll Lust an der Bewegung den Hügel hinauf.

Er ritt tief in den Sattel gebeugt und mit kurzen Zügeln, und der Wind peitschte ihm durchs Haar. Der Wald ringsum wirkte richtig lebendig, überall knarrten Äste, und das Laub raschelte im Wind. Dem Pferd gefiel das gar nicht, es schnaubte die Böen an und warf den Kopf zurück.

Die Bauern behaupten, dass in Nächten wie dieser Geister unterwegs sind, fiel Lucien ein. Seine Stimmung war ebenso düster wie die Landschaft ringsum. Kein Mond schien, die Wolken, vom Wind gepeitscht, jagten wie eine Herde grauer Schafe an den Sternen vorüber. Die Kälte und die Geschwindigkeit, mit der sein Pferd dahingaloppierte, dämpften den Zorn und den Schmerz, die er immer noch empfand. In seinen Adern brannte noch die unerfüllte Leidenschaft. Alices Worte hatten ihn zutiefst verletzt, und doch hatte er wie ein Narr darauf gewartet, dass sie aus ihrem Zimmer kam, während er sich stundenlang mit Nichtigkeiten abgab, weil er sich auf anderes nicht konzentrieren konnte, bis eine Zofe ihm mitteilte, dass Alice sich das Abendessen aufs Zimmer kommen lassen wolle.

Anscheinend wappnete sie sich für eine Belagerung. Er war lang genug in der Armee gewesen, um Belagerungen zu verabscheuen. Immer endeten sie in einer Katastrophe. Aushungern konnte er sie vermutlich nicht, aber er weigerte sich, sie noch einmal mit Worten dazu zu bewegen, das Zimmer zu verlassen. Natürlich hatte er immer noch den Schlüssel; er könnte die Schlacht im Handumdrehen für sich entscheiden, aber ehrenhaft wäre ein solcher Sieg nicht. Wenn er einfach bei ihr hereinplatzte, würde sie ihn nur noch mehr verachten. Allmählich begann er einzusehen, dass er mit den üblichen Methoden überhaupt nichts ausrichten konnte. Auf was hatte er sich da bloß eingelassen? Er zügelte das Pferd, da er spürte, dass es sich fürs Erste ausgetobt hatte.

Der Hengst zeigte sich gleich zugänglicher. Dankbar tätschelte Lucien den samtenen Nacken – er verstand die Launen des Pferdes und glaubte, dass auch das Tier ihn verstand. In gemäßigtem Trab ließen sie die Wälder hinter sich und begaben sich hinaus in die offenen Moorlandschaften.

Nach halbstündigem Ritt kam auf dem nächsten Hügel sein Ziel in Sicht – ein einsames Gasthaus namens „George's Head". Es handelte sich dabei um ein bescheidenes Steingebäude mit Schieferdach und schmalen Fenstern mit weißen Rahmen. Im „George's Head" wurde eines der besten Biere weit und breit gezapft. Die abgeschiedene Lage und die Diskretion des Wirts Gus Morgan hatte Lucien dazu veranlasst, es als Briefkasten für Lord Castlereaghs geheime Kommuniqués und die Botschaften seiner weitreichenden Kontakte zu verwenden. Angespannt schaute er sich um, als er sich dem Gasthaus näherte, bereit, in Sekundenschnelle seinen Degen oder die Pistole zu ziehen. Er musste immer und überall mit einem Hinterhalt feindlicher Agenten rechnen.

Als er in den strohübersäten Innenhof einritt, stoben

gackernd die Hühner davon. Er blickte auf dem Hof umher und übergab dann sein Pferd Morgans halbwüchsigem Sohn. Lucien streifte sich die schwarzen Stulpenhandschuhe ab und schlenderte auf das Gasthaus zu. Von innen drang das raue Gelächter der Bauern, Rauch und der Duft von Wildbret nach draußen. Als er die Tür aufmachte und den warmen Schankraum betrat, senkte sich lastendes Schweigen herab.

Er nahm das bescheidene Etablissement in Augenschein. An den Tischen saßen etwa zwanzig Männer aus der Gegend, einfache Bauern und Pächter. Sie kannten ihn ganz genau und starrten ihn doch an, als wäre er der Leibhaftige. Er zog die Tür hinter sich zu und ging langsam zum Tresen, wo Gus Morgan gerade mit einem Zipfel seiner schmutzigen Schürze Gläser polierte und sie dann in einem Hängeregal verstaute. Der Wirt war ein robuster Hüne mit roten Wangen und glänzendem Schädel. Er stemmte die mächtigen Unterarme auf die Theke und nickte Lucien zu.

Er kannte die Prozedur.

„Wie wär's mit einer Halben, Mylord?" fragte Morgan.

„Wunderbar", antwortete Lucien und setzte sich, nur halb zur Theke gewandt, auf einen Barhocker, sodass er den Schankraum und die Tür immer noch gut im Blick hatte. Er stützte den Ellbogen auf der Theke auf, während Morgan ihm ein Bier zapfte. Kurz darauf stellte Morgan den Zinnkrug vor ihm hin, und Lucien hob ihn an die Lippen und genoss das würzige, bittere Bier.

Die anderen Gäste begannen sich darauf wieder zu regen, wobei ihre Gespräche nun allerdings im Flüsterton geführt wurden. Morgan ging kurz in die Küche, um dort ein paar

Anweisungen zu erteilen. Lucien schaute mit einem nachdenklichen Seufzen in seinen Bierkrug und wünschte sich beinah, er wäre der Typ, der seine Frauenprobleme einem mitfühlenden Wirt erzählt, aber so etwas lag ihm einfach nicht.

Konnte sie denn nicht verstehen, dass ein Mann, der ständig mit dem Tod rechnen musste, gar keine andere Wahl hatte, als jede sich bietende Gelegenheit beim Schopf zu ergreifen? Vielleicht war es ja unvernünftig von ihm, aber er wünschte sich, dass sie ihm bedingungslos die Arme öffnete, auch als Draco, dem Leiter eines heidnischen Kultes, und als dem Mann, der sie als Gefangene in seinem Haus hielt. Nur wenn sie zeigte, dass sie sogar das Schlimmste an ihm lieben konnte, durfte er ihr die Informationen anvertrauen, mit denen er sein Leben in ihre Hände gäbe.

Schließlich stellte er den leeren Krug ab. „Ein prima Bier, Mr. Morgan."

Der Mann nickte eifrig. „Aye, Sir, das beste in der ganzen Grafschaft", erwiderte er grinsend.

„Was gibt's heute zum Abendessen?"

„Fleischpastete, Sir."

Er verbarg seine Freude über diese Antwort. Es bedeutete, dass eine Botschaft für ihn eingegangen war. Normalerweise antwortete Morgan: „Fisch mit Kartoffeln", was hieß, dass keine Briefe auf ihn warteten.

„Soll ich Ihnen eine Portion bringen, Sir?"

„Nein, danke." Er erhob sich, wobei er sich der verstohlenen Blicke der anderen nur allzu bewusst war. Nachdem er ein paar Münzen auf den Tresen gelegt hatte, ging er langsam zur Tür, sich dabei die Handschuhe überstreifend. Dann trat er hinaus in die windige Nacht, gespannt auf das Kommuniqué. Er überquerte den Hof, betrat den Stall und ging durch den spärlich erleuchteten Gang bis zu der Box, wo der drahtige Sohn des Wirts sich immer noch mit seinem Hengst anzufreunden versuchte.

„Dein Vater sucht dich schon, Junge", sagte er und gab dem Burschen ein paar Münzen.

„Danke, Sir!" Der Knabe verbeugte sich und eilte ins Gasthaus hinüber.

Lucien tätschelte sein Pferd und überprüfte den Sattel. Kurz darauf hörte er, wie die Tür zum Stall aufging, und trat aus der Box, um die Botschaft entgegenzunehmen, die Morgan ihm brachte.

„Ausgezeichnet, Mr. Morgan", meinte er lächelnd und legte dem Wirt eine Börse mit zwanzig Goldstücken in die Hand.

Der Mann neigte den Kopf. „Immer zu Diensten, Sir."

„Danke. Das ist dann alles."

Morgan nickte und eilte in die Küche zurück.

Lucien hielt den schmalen, wachsversiegelten Brief vor das Stallfenster. Gerade riss der Himmel auf, und der Mond lugte hervor. Lucien erhaschte einen Blick auf den Absender und lächelte: *España* stand dort und der Name Sanchez. Letzterer war einer der vielen Decknamen seines alten Freundes Padre Garcia.

Bis zu jenem Tag wusste Lucien nicht, ob Padre Garcia wirklich ein Pfarrer war. Manche behaupteten, der Mann sei ein andalusischer Graf namens Santiago. Lucien wusste nur, dass der Spanier ein Wahnsinnskämpfer war. Padre Garcia und sein zäher Rebellentrupp hatten den Briten dabei geholfen, Napoleon aus Spanien zu vertreiben. Garcia hatte unzählige

Kontakte, und seine Informationen waren normalerweise verlässlich. Mit einem Lächeln für seinen spanischen Freund schob Lucien den Brief in die Brusttasche und führte sein Pferd in die Nacht hinaus.

Jede Kohle, die im Becken glühte, war eine purpurrote Rose, und in ihrem Traum war die Grotte bis auf sie beide verlassen: Lucien und sie.

Seidener Schlaf hüllte sie in dieser heimlichsten aller Fantasien ein, während draußen vor dem Schlafzimmerfenster der Wind tobte. *Seine muskulösen Oberschenkel und schmalen Hüften fühlten sich an wie warmer Stahl, als sie ihn auf Knien liebkoste, ihn auf den Bauch küsste, während er sanft über ihre Schultern und ihr Haar strich. Sie spürte, wie seine harte Männlichkeit ihre Kehle streifte. Er brauchte sie, und das bereitete ihr Freude.*

Sie war nackt unter der braunen Kutte und voll Begehren, war sich der groben Wolle auf ihrer Haut schmerzhaft bewusst. Sie wusste, dass er sie befriedigen würde. Als er ihr Gesicht berührte und sanft ihr Kinn anhob, sah sie auf und schaute ihm in die Augen.

Es war sein glühender Blick, die Heftigkeit, die in seinen silbergrauen Augen lag, selbst im Traum noch fordernd und kraftvoll, die sie plötzlich weckte. Erschrocken und mit rasendem Herzen richtete sie sich im Bett auf. Im Zimmer war es dunkel. Ihre Haut war fieberheiß, und sie zitterte vor Begehren. Sie schluckte und kam dann langsam zu sich. O Gott, dachte sie und schlug voll Scham die Hände vors Gesicht. Jedes lüsterne Detail ihres Traums stand ihr deutlich vor Augen. Sie fuhr sich mit der Hand durch die Haare und rang darum, die Kontrolle über sich wiederzuerlangen.

Sie musste hier weg. Wenn sie nicht sehr bald von hier verschwand, würde sie etwas tun, was eher Caros verruchtem Leichtsinn entspräche.

Der Lavendelduft der Laken, die weichen Decken reizten ihre Sinne nur noch mehr, sodass sie schließlich aus ihrem warmen Nest aufstand. Das Feuer war inzwischen heruntergebrannt, und die kühle Luft dämpfte ihre Erregung.

Sie war durstig und ging zum Tisch, wo das Tablett vom Vorabend noch stand. Sie nahm einen Schluck kalten Tee, der von ihrem Nachtmahl übrig geblieben war. Als sie den sirupsüßen Bodensatz kostete, musste sie an Luciens Lippen denken, und ein Zittern überlief sie.

Es hatte keinen Sinn, es abzustreiten. Sie wollte diesen furchtbaren Schuft, mit Haut und Haaren, und das versetzte sie in Panik.

Ich bin allein, hatte er gesagt, und sie hatte ihm eine herzlose Antwort gegeben, herzlos, feige und verlogen. Zu einem anderen hätte sie niemals so kalt gesprochen, doch als er so vor ihr gestanden und sich ihr mit atemberaubender Ernsthaftigkeit dargeboten hatte, war sie vollkommen außer Fassung geraten, schlimmer noch als damals, als sie in den Lauf seiner Pistole geblickt hatte.

Vorsichtig setzte Alice die Teetasse ab, ließ sich in der Dunkelheit in den Sessel sinken und lauschte auf den Wind, der durch die Fensterritzen pfiff. Eine Böe warf einen Schwung Laub gegen das Fenster, dass die Scheiben erzitterten. Ein paar große, silbrige Regentropfen fielen herab, aber die dunklen

Wolken gaben den kalten Herbstregen noch nicht frei. Sie wusste, dass er herabkommen würde, spürte ihn schon in der Luft. Hoffentlich geriet Lucien nicht in den Wolkenbruch. Kummer erfüllte sie bei dem Gedanken an ihn. Sie legte die Stirn auf die Fingerspitzen und schloss die Augen.

Verflixt, sie schämte sich mehr für ihre grausamen Worte als für ihren anstößigen Traum oder sogar den wilden Kuss draußen auf dem Felsen. Sie hatte ihm vorgeworfen, mit ihr zu spielen, aber sie wusste, dass sein schweigender Blick um mehr gebeten hatte als um die Freuden ihres Körpers. Er sehnte sich nach etwas, was sie genauso wenig verstand wie ihr eigenes Bedürfnis, es ihm zu geben.

Sie zog die Knie an und umschlang sie mit den Armen. Nachdenklich blickte sie in die ersterbende Glut – Alice war sich inzwischen nicht mehr so sicher, was richtig und was falsch war. Sie hatte das unbestimmte Gefühl, dass sie sich bei ihm entschuldigen müsste, aber das war absurd. Sie schuldete ihm gar nichts. Der Mann hatte sie gegen ihren erklärten Willen hier behalten. Und dennoch konnte sie nur seufzen, wenn sie an die Entrüstung dachte, welche die Gesellschaft, ja ihr eigener Stolz eigentlich von ihr forderte. Sie war weit davon entfernt, sie zu empfinden.

Stattdessen empfand sie Reue, weil sie ihn so verletzt hatte und weil sie nicht ehrlich war, was ihre eigenen Gefühle anging. In Wahrheit fühlte sie sich Lucien Knight verbunden, zutiefst verbunden.

In der Ferne grollte Donner, und dann begann der Regen zu fallen. Sie stand auf und begann unruhig im Zimmer herumzuwandern, stocherte in der Glut herum, bis kleine goldene, blaue, grüne Flämmchen züngelten. In diesem Moment hörte sie draußen Hufgetrappel. Sie schlich zum Fenster und beobachtete, wie Lucien auf einem großen Rappen durch das Tor gesprengt kam.

Die brennende Fackel im Hof trotzte dem Regen noch. Voll Bewunderung sah Alice, wie Pferd und Reiter in ihrem Licht erglühten. Lucien war ganz in Schwarz gekleidet, und sein Gesicht zeigte eine wilde, trostlose Miene. Ohne ihren Blick zu bemerken, schwang er sich aus dem Sattel, übergab die Zügel einem Stallburschen und hielt noch einmal kurz inne, um dem Tier voll Zuneigung über die Nase zu streichen. Die Geste rührte Alice zutiefst. Der Regen wurde stärker, rauschte auf das Pflaster herab. Rasch wandte Lucien sich um und eilte ins Haus.

Als er außer Sicht und die Fackel verloschen war, lehnte sie sich ans Fenster; die Schmetterlinge in ihrem Bauch wollten nicht aufhören zu flattern. Sie schaute zu, wie der Stallbursche das Pferd wegführte, und das Fenster beschlug von ihren Seufzern.

Jetzt, wo er zurück war, würde sie sich wohl allmählich wieder Sorgen machen müssen, ob er sich nachts mit seinem Schlüssel Zutritt zu ihrem Zimmer verschaffen würde. Andererseits bezweifelte sie, dass er in nächster Zeit überhaupt etwas mit ihr zu tun haben wollte, nicht nach ihren grausamen Worten. Zum Teufel, warum versteckte sie sich schon wieder in ihrem Zimmer? Sie wollte mit ihm zusammen sein. Er hatte Recht – sie war nicht frei, denn aus irgendeinem Grund wagte sie nicht, das zu tun, wonach ihr der Sinn stand. Sie hatte Angst vor den Konsequenzen – vor sich selbst. Sie hatte Angst vor den Wünschen, die er in ihr wecken könnte. Umgeben von der samtenen Dunkelheit der Nacht, dem leisen Rauschen des Regens und seinem sinnlichen Charme, wie sollte sie da ehrbar bleiben? Sie wollte wegen ihrer eigenen Sehnsüchte davonlaufen, irgendeinen Fluchtweg finden, obwohl das Anwesen von einer ganzen Armee schwarz gekleideter Wachen umstellt war. Lucien Knight war so gefährlich – und doch ließ er ihr Herz erglühen wie noch kein Mann vor ihm. Wie konnte sie ihn zurückweisen, nur weil er sie nicht auf konventionelle Weise umwerben wollte? Konventionelle Männer hatten sie schon immer gelangweilt.

Also gut, dachte sie ungeduldig und gab wider besseres Wissen nach, ich werde ihm eine Chance geben. Am nächsten Morgen wollte sie einen neuen Anfang wagen, denn an einem Sonntag würde doch bestimmt selbst ein Teufel mit silbernen Augen brav sein. Sie kroch ins Bett zurück und lag nach lange wach, während der Regen fiel und sie auf den nächsten Morgen wartete.

Kurz bevor der Wolkenbruch herunterkam, ritt Lucien durch das Tor von Revell Court. Er zog den Kopf ein und drückte den Mantel an sich, um Garcias Brief vor den Elementen zu schützen. Die Tür schwang vor ihm auf, als er auf das Haus zueilte.

Er übergab den tropfenden Mantel dem Butler. „Ich bin in meinem Büro, Mr. Godfrey, und möchte nicht gestört werden."

„Jawohl, Mylord", erwiderte der Butler und neigte den Kopf.

Lucien stürmte die Treppe hinauf, zwei Stufen auf einmal

nehmend, durch labyrinthartige Korridore, eine weitere Treppe hinauf, die diesmal ziemlich schmal war und ganz hinauf unters Dach von Revell Court führte.

Über ihm trommelte der Regen aufs Dach, und der Wind pfiff durchs Gebälk. Er hatte einen kleinen Abschnitt dieser staubigen Region über den Dienstbotenquartieren abgetrennt und zum privaten Arbeitsplatz erkoren. Er schloss die Tür zu seinem Büro auf, tastete nach der Zunderbox und entzündete die Kerze. Im flackernden Licht schloss er die Tür hinter sich und sperrte sie ab. Da seine Arbeit hochgeheim war, durfte nicht einmal Mr. Godfrey diese heiligen Hallen betreten, auch nicht, um die Bücher abzustauben, die das doch so nötig gebraucht hätten. Er setzte sich an den Schreibtisch, zog Garcias Brief heraus und erbrach das Siegel.

Er überflog die Seite und grinste amüsiert über die Raffinesse seines Freundes: Garcia hatte die verschlüsselte Botschaft als Rechnung eines Hoteliers an einen Zechpreller getarnt. Unter den erzürnten Worten des Señor standen drei Zahlenkolonnen, in denen sich die Botschaft verbarg. Jedes aufgelistete Datum, jede Mengenangabe und jeder Posten entsprach einer Seite in der katholischen Bibel, die Garcia ihm als Handbuch überreicht hatte. Die Zahlen einer Reihe bezogen sich jeweils auf eine Seite, Zeile und das entsprechende Wort in dieser Zeile. Eigennamen waren durch einen Kringel gekennzeichnet. Eine eingekreiste Eins stand beispielsweise für den Papst, die Zwei für Napoleon, die Drei für King George, die Vier für den Prinzregenten, die Fünf für den Zaren und so weiter.

Als sein Blick auf eine eingekreiste Siebenundsiebzig fiel, wurde er bleich. Jeder Agent hatte eine Codenummer – Luciens war einundzwanzig. Obwohl er nicht jede Zahl auswendig zuordnen konnte, wusste er, dass sich hinter der Siebenundsiebzig Claude Bardou verbarg.

Während „Señor Sanchez" ihm die Sachen um die Ohren schlug, die er während seines imaginären Aufenthalts in der spanischen Pension gegessen, getrunken oder zerbrochen haben sollte, tauchte Lucien seinen Federhalter in die Tinte und blätterte in der Bibel nach den Nummern. Rasch hatte er Garcias Botschaft entschlüsselt. Nun brauchte er sie nur noch aus dem Lateinischen zu übersetzen.

Sei gegrüßt, mein Freund. Ich hoffe, du befindest dich wohl. Ich möchte dich warnen, dass Bardou noch am Leben ist. Wie wir erfuhren, hat er eine kleine Gruppe treuer Anhänger versammelt. Was ihre Mission betrifft, habe ich widersprüchliche Auskünfte erhalten. Eine Quelle besagt, dass er den Wiener Kongress angreifen, die andere, dass er Napoleon von Elba befreien will. Wir müssen uns auf beides vorbereiten. Gott schütze dich. Garcia.

Lucien setzte sich zurück und rieb sich das Kinn. Sein Blick wurde hart. Garcia hatte die Möglichkeit, die Leonidowitsch präsentiert hatte – dass Bardou jetzt für die Amerikaner arbeitete –, nicht erwähnt. So weit also zu Gerüchten aus dritter Hand, dachte er. Dann schrieb er seinen Kollegen in Italien und Österreich. Die Vorstellung, Napoleon könnte von Elba nach Frankreich geschmuggelt werden, gefiel ihm gar nicht, aber noch mehr verstörte ihn die Bedrohung des

Wiener Kongresses, denn dort hielten sich zurzeit vier Verwandte von ihm auf.

Sein ältester Bruder Robert, der Duke of Hawkscliffe, war als einer von Castlereaghs Delegierten angereist und hatte seine Braut Bel mitgebracht, damit sie die Festivitäten rund um den Kongress genießen konnte, seine kleine Schwester Jacinda und deren Freundin Lizzie Carlisle, die Roberts Mündel war und für die Knight-Brüder fast wie eine Schwester. Voll Sorge schrieb er an Robert und Castlereagh und warnte sie eindringlich vor der drohenden Gefahr.

Als seine Briefe geschrieben und versiegelt waren, überlegte er, ob er sich an Sophia Voznesensky wenden und sie fragen sollte, ob sie etwas von Bardous neuer Mission wusste oder wo er sich aufhielt. Die dunkle Schöne war eine von Zar Alexanders tödlichsten Kreaturen, eine russische Agentin, zu deren Aufgaben es unter anderem gehört hatte, Bardou zu verführen, um Informationen aus ihm herauszuholen.

Bardou und Sophia hatten dann während der gesamten russisch-französischen Allianz nach dem Frieden von Tilsit zusammengearbeitet, und auch nachdem sich die beiden Nationen wieder entzweit hatten, blieb Bardou Sophia verfallen. Und so zäh und rücksichtslos Sophia auch sein mochte, es war ihr nie gelungen, Bardous Fängen wieder zu entkommen. Lucien wusste das, weil er einst eine kurze Affäre mit Sophia gehabt hatte. Kopfschüttelnd beschloss er, sie lieber nicht aufzusuchen. Es war für sie zu gefährlich. Bardou war wahnsinnig besitzergreifend, was diese Frau anging. Außerdem hatte Lucien ihr nie ganz getraut.

Als die bitteren Erinnerungen ihn zu quälen begannen,

spielte er mit dem Gedanken, zu Alice zu gehen und Trost bei ihr zu suchen. Wie sehr er sich danach sehnte, Linderung in ihrem Licht, ihrer Unschuld, ihrer Sanftheit zu finden. Aber sie hatte ihn heute bis ins Innerste verletzt. Er hatte auch seinen Stolz – jetzt musste sie zu ihm kommen.

Dichte Nebelschwaden hüllten London ein, als Rollo Greene ein Stück flussabwärts von Westminster am Themseufer stand, genauer gesagt am Verladekai in Lambeth. Er sah eine Bootslaterne durch den Nebel auf sich zukommen; sie warf einen schwachen Lichtschein auf die stumpfschwarze Flussoberfläche.

Auf die Minute pünktlich.

Er zog den Zylinder ins Gesicht, froh um den Degen, der in seinem Spazierstock verborgen war. Die Lagerhäuser, Brauereien und Sägewerke ringsum ragten still und dunkel auf. Allmählich konnte er die Masten und Fischnetze auf dem Boot ausmachen. Als es schließlich am Dock festmachte, fuhr er sich nervös mit der Zunge über die Lippen, versuchte aber seine Unruhe hinter einem breiten Lächeln zu verbergen.

Es verging ihm wieder, als aus den nebligen Schatten eine riesige Silhouette auftauchte. Der Mann, der da im Bug des Bootes stand, eine Zigarre zwischen den Lippen, maß fast zwei Meter und wog bestimmt an die hundertzehn Kilo. *Lieber Himmel.* Die Zigarre glühte in der Finsternis auf. Dann geriet das ganze Boot ins Schwanken, als der Hüne behände an Land sprang und sich den Seesack über die mächtigen Schultern warf.

Rollo schluckte, als der blonde Riese unausweichlich auf ihn zugehinkt kam. Irgendwie riss Rollo sich zusammen und trat aufrecht auf den Franzosen zu. Das fröhliche Grinsen klebte ihm nun aus lauter Angst noch im Gesicht. „Monsieur Bardou, nehme ich an?“

Der Riese bedachte ihn mit einem höhnischen Blick. Seine Augen waren blassblau, starr und gemein. Rollo verbeugte sich. „Ich bin Rollo Greene, Sir. Unsere geschätzten Freunde aus Virginia haben mich zu Ihrer Unterstützung geschickt.“

Bardou betrachtete Rollos Stock, als wüsste er genau, dass sich darin eine Waffe verbarg. Dieser Umstand schien ihn nicht zu beunruhigen. Er nahm die Zigarre aus dem Mund, stieß eine Rauchwolke aus und warf den Stummel auf den Kai.

„Haben Sie meine Papiere?“ fragte er mit flacher, rauer Stimme. Sein französischer Akzent trat deutlicher hervor, als Rollo erwartet hatte.

Er hatte schon gehört, dass Bardou von Bauern abstammte, in den Wirren der Französischen Revolution aufgestiegen war und sich eine leidliche Bildung angeeignet hatte. Und die reicht hoffentlich, um die Manieren eines Gentleman nachzuahmen, dachte Rollo – vor allem die eines deutschen Gentlemans. Die englische Aristokratie war zum Glück leichtgläubig, vor allem wenn man vorgab, mit dem alten preußischen Kriegshelden Blücher verwandt zu sein.

„Alles in Ordnung, Sir. Wenn Sie in die Kutsche steigen möchten, werde ich Sie in Ihr Hotel bringen. Ich habe eine Suite im Pulteney für Sie gemietet, das ist das beste Hotel in ganz London. Auch der Zar hat während seines Staatsbesuchs letzten Sommer dort gewohnt.“

Bardou schaute ihn misstrauisch an, musterte dann die Kutsche und blickte hinein, bevor er einstieg.

„Seltsames Gefühl, sich auf Feindesboden zu bewegen,

nicht wahr?" meinte Rollo in fließendem Französisch, als die Kutsche anfuhr. Er zog eine Flasche Wein und zwei Gläser hervor, goss ein und reichte Bardou ein Glas. „Aus Ihrer Heimat. Ich habe ihn Ihnen zu Ehren mitgebracht. Trinken Sie ruhig", drängte er lächelnd. „Unsere Freunde in Virginia wären kaum erfreut, wenn ich Sie vergiften wollte, Monsieur Bardou. Ich stehe Ihnen zu Diensten."

Skeptisch nahm Bardou das Glas und wartete darauf, dass Rollo zuerst trank. „Sie haben alles für meine Tarnung arrangiert?"

„In der Tat, Sir. Sie treten als Baron Karl von Dannecker aus Preußen auf. Ich habe einen jungen Mann mit guten Verbindungen gefunden, der bereit ist, Sie in die höchsten Kreise einzuführen."

„Geld?"

„Auf der Bank. Alles ist arrangiert."

Eine lange Weile blickte Bardou aus dem Fenster. „Und meine Sophia", sagte er schließlich sanft, „ist sie noch in London?"

„Ich habe sie vor einer Woche in Vauxhall gesehen, schön wie eh und je", seufzte Rollo.

„Was ist dieses Vauxhall?" erkundigte sich Bardou ernst.

„Ein Vergnügungspark am Fluss. Dort gibt es ein Theater, Tanz, Feuerwerke. Ich zeige es Ihnen. Höchst amüsant."

„Ich werde Sophia brauchen", meinte der andere. „Sie ist immer so ... nützlich."

Rollo runzelte die Stirn. Claude Bardou war von einer mächtigen Gruppe einflussreicher Pflanzer engagiert worden, Freunde von Präsident Madison, die sich an den Rotröcken für die Zerstörung Washingtons rächen wollten. Obwohl die amerikanischen Geldsäckel wegen der britischen Blockade leer waren, fühlten sich die Gentlemen derart in ihrem Südstaatenstolz verletzt, als ihre hübsche neue Hauptstadt niedergebrannt worden war, dass sie Bardou aus ihrem Privatvermögen bezahlten, das sie auf den Rücken afrikanischer Sklaven angehäuft hatten. Rollo wusste nicht, was diese Gentlemen davon halten würden, dass Bardou fremde Hilfe mit ins Spiel brachte.

„Monsieur Bardou, bei allem Respekt – Ihr Honorar ist bereits ausgehandelt. Glauben Sie wirklich, dass sich Madame Voznesensky bereit erklärt zu helfen?"

„Sophia macht, was ich ihr sage." Bardou schaute ihn an, und es bedurfte keiner Worte mehr, um Rollo zu bedeuten, dass er ihm dasselbe geraten haben wollte. Er nahm noch einen Schluck Wein.

Rollo erbleichte angesichts des leblosen Blicks in den blassblauen Augen des Mannes. Zeit für einen Themenwechsel. „Wo haben Sie Deutsch gelernt?" erkundigte er sich verlegen.

„In Westfalen. Ich hatte dort eine Zeit lang die Aufgabe, König Jérôme zu bewachen."

„Ah, Napoleons jüngsten Bruder, stimmt's?"

Bardou nickte. „Kennen Sie einen gewissen Lucien Knight, Mr. Greene?"

„Hab von ihm gehört, aber kennen tu ich ihn nicht." Rollo wusste nicht, was ihn zu dieser Lüge bewogen hatte, aber er folgte wie immer seinem Instinkt. „Warum fragen Sie?"

Bardou musterte ihn. Im Schein einer Straßenlaterne, an der sie vorüberrollten, wirkte sein Gesicht sehr brutal.

Wieder entstand ein unangenehmes Schweigen. Rollo räusperte sich. Ihm war schon klar geworden, dass er besser nicht allzu viele Fragen stellte. Das gefiel ihm nicht. Er zwang sich, seinen Mut zusammenzunehmen. „Mr. Bardou, wann wollen Sie mir Ihren Plan genauer erläutern?“

Bardou ließ sich diese Frage durch den Kopf gehen. „Fünfzehn Jahre habe ich gedient“, murmelte er, „und nun kann ich nicht in meine Heimat zurück. Dort würde man mich vor Gericht stellen und exekutieren. Ich tat nichts Böses. Ich diente nur meinem Land. Wissen Sie, wie das ist, Mr. Greene? Eine Niederlage ist sehr bitter. Das werden diese stolzen, arroganten Engländer nur zu bald erfahren.“

„Äh, ja.“ Gut ausgewichen, dachte er. Rollo hatte nichts weiter gegen die Engländer. Er war seit zwei Jahren in London stationiert, und obwohl er ein Patriot war und ihn die Blockade und die Zerstörung Washingtons erzürnten, hatte er fast gegen seinen Willen eine gewisse Zuneigung für die Engländer entwickelt. Schließlich stammten seine eigenen Ahnen aus Cornwall. Er mochte die Leute, die Frauen, das Bier.

Bardou nahm noch einen Schluck Wein. „Ihr erster Auftrag wird sein, einen Sprengstofffabrikanten ausfindig zu machen. Sie werden ihm erzählen, dass Sie ein Ingenieur sind und eine marode Brücke sprengen wollen. Sie werden bei ihm Salpeter ordern. Die Menge teile ich Ihnen mit, sobald ich mir die Ziele angesehen habe.“

„Oh, die Ziele haben Sie also schon ausgewählt?“ fragte er. „Welche sind es denn?“

Bardou lächelte ihn nur kalt an.

7. KAPITEL

Alice war bereits aufgestanden und angekleidet und freute sich auf den neuen Tag, als die Zofe erschien. Doch statt des Frühstückstabletts überbrachte ihr die rundliche Dienerin die Nachricht, Seine Lordschaft habe angeordnet, dass Miss Montague kein Essen mehr aufs Zimmer gebracht werden dürfe. Aha, jetzt will er mich also aushungern, dachte Alice mit einem innerlichen Grinsen. Sie konnte es kaum erwarten, ihn mit ihrer entgegenkommenden Stimmung zu überraschen.

Zusammen gingen sie in die Eingangshalle, wo die Zofe sie an einen livrierten Lakaien an der Tür weiterreichte.

„Ich bringe Sie zu Seiner Lordschaft, Miss." Der Diener verbeugte sich vor Alice und öffnete die Eingangstür. „Hier entlang bitte."

„Er ist draußen?"

„Seine Lordschaft trainiert in seiner Halle, wie jeden Morgen", erklärte der Lakai höflich. „Soll ich Ihnen Ihren Mantel holen?"

„Ist es weit?"

„Nein, Miss."

„Dann bringen Sie mich bitte hin."

Er nickte und begleitete sie nach draußen. Der Morgen war hell, kühl und voll Versprechen. Sie rieb sich die Arme, und als sie sprach, konnte man ihren Atem als weißen Hauch sehen. „Was für eine Halle ist das denn?"

„Eine Sporthalle, Miss. Mylord übt sich dort im Fechten und im Boxen."

„Im Boxen! Du liebe Güte, dann schickt es sich doch nicht, dass ich dort hingehe!" Eine junge Dame hatte in einem Heiligtum männlicher Leibesertüchtigung einfach nichts zu suchen. Es war Sonntagmorgen – sie sollte in die Kirche gehen, nicht in die Boxhalle eines Junggesellen!

Der Lakai betrachtete sie mitfühlend. „Er hat befohlen, dass Ihnen Ihr Frühstück dort serviert wird."

Warf er ihr also schon wieder den Fehdehandschuh hin, zwang sie wieder einmal zu skandalösem Tun – das sie insgeheim vielleicht ja auch wollte und nur nicht wagte? Sie gestand sich ein, dass sie durchaus neugierig war auf diese Welt, die eine junge Dame normalerweise nicht zu sehen bekam, und folgte dem Lakaien ohne weitere Bemerkung. Er führte sie über den Hof und einen Weg entlang, der um das Haus verlief. Die Gärtner waren fleißig bei der Arbeit, stutzten die Formschnitthecken und schnitten den Efeu zurück, der sich an den roten Backsteinwänden emporrankte. Sie tippten sich grüßend an die Mützen, als sie an ihnen vorbeikam. Weiter hinten entdeckte sie Pferdeweiden, Luzernefelder und Wiesen voller Heumieten. Jenseits der Wiesen begann der Wald, der im bunten Herbstkleid leuchtete.

Erdiger Stallgeruch wehte zu ihr herüber, als sie sich den großen Stallungen näherten, die aus demselben roten Backsteinwerk errichtet waren wie das Haus. Auf dem Dach des Hauptstalls thronte eine elegante kleine Kuppel, und durch das offene Tor konnte man ein paar von Luciens kostbaren Pferden den Kopf aus den Boxen strecken sehen. Anscheinend waren sie neugierig, was sich in der Welt so alles zutrug.

Als sie an eine Koppel kamen, blieb sie stehen, um den

schwarzen Hengst zu bewundern, der dort von einem Burschen an der Longe geführt wurde. Sie nahm das Spiel der Muskeln unter dem samtenen Fell wahr, während das edle Tier förmlich dahinflog. Widerstrebend löste sie sich von dem großartigen Schauspiel und folgte dem Lakaien zu einem weiteren Nebengebäude mit hohen Fenstern. Schon bevor der Lakai die Tür öffnete, hörte Alice das Klirren der Degen.

Eine männliche Stimme mit fremdem Akzent stieß in regelmäßigen Abständen scharfe Rufe aus. Der Lakai hielt ihr die Tür auf. Alice zögerte, doch als sie um die Ecke lugte, fiel ihr Blick auf einen mit Gebäck und silbernem Teeservice beladenen Tisch. Aha – der Köder. Ihr Gefühl für Sitte und Anstand sträubte sich zwar, doch sie war entschlossen, ihre Furchtsamkeit, die Leute wie Caro mit makelloser Tugend verwechselten, zu überwinden. Lucien war der Erste gewesen, der sie durchschaut hatte. Alice wappnete sich und betrat die Sporthalle, wobei sie so lässig zu wirken versuchte, als ginge sie in einen Putzmacherladen.

Der dunkelhäutige Fechtmeister und die fünf verwegenen Burschen, die mit Lucien fochten, schenkten ihr kaum einen Blick, als hätte man ihren Besuch vorher angekündigt und die jungen Männer angewiesen, sie zu ignorieren. Auch Lucien ließ sich nicht stören. Sie erhaschte einen Blick auf sein Gesicht und sah, dass die silbergrauen Augen glitzerten wie Diamanten, während die Morgensonne auf seinem Degen funkelte.

Alice umrundete die Halle vorsichtig an der Wand entlang, bis sie den Tisch mit ihrem Frühstück erreicht hatte. Ein Bediensteter schob einen Stuhl für sie zurecht, während Alice sich eine Tasse Tee eingoss. Sie bemühte sich nach Kräften, kühl und gelassen zu wirken. Wenn sie ihre Gesichtsfarbe nur ebenso unter Kontrolle gehabt hätte! Sie löffelte etwas Zucker in den Tee, hob die Tasse und wandte sich mit einer Miene höflichen Interesses zu den Gentlemen um, doch bei Luciens Anblick bekam sie weiche Knie und sank auf den Stuhl.

Wenn er schon beim Training so wild ist, will ich ihm nie bei einem richtigen Gefecht zuschauen, dachte sie, während das Klirren der Klingen durch den Raum hallte. Der spanische Fechtmeister stand an der Seite und erteilte Anweisungen und Befehle. Luciens eckiges Gesicht war angespannt, während er elegant und kraftvoll die verschiedenen Positionen durchexerzierte. Die fünf jungen Männer, die mit ihm trainierten, standen in regelmäßigen Abständen im äußeren Kreis. Lucien drängte jeden von ihnen in die Defensive, wirbelte wie der Blitz zwischen seinen Gegnern herum und schien nie einem den Rücken zuzukehren.

Seine schwarzen Breeches schmiegten sich an seine muskulösen Schenkel. Über seinem weißen Hemd trug er eine schützende Lederweste, die seine kräftigen Schultern und die schmale Taille betonte.

Lucien grüßte seine Gegner lässig und gab schwer atmend seine Waffe ab. Der Fechtmeister gratulierte ihm zu seiner hervorragenden Darbietung. Alice wartete voll Anspannung, dass er zu ihr kam, doch stattdessen ging er auf die andere Seite der Sporthalle, wo er von einem Diener ein Handtuch entgegennahm und sich das Gesicht abtrocknete, während der Fechtmeister ihm noch ein paar Ratschläge erteilte.

In wachsender Ungeduld saß Alice da und fragte sich, ob er vorhabe, sie völlig zu ignorieren. Aber warum sollte er sie dann zwingen, zu ihm zu kommen, wenn er immer noch zornig auf sie war wegen ihrer gestrigen Worte? Sie merkte, dass sie ihn anstarrte, wandte rasch den Blick ab und betrachtete die fünf jungen Männer, die unter Lachen und Scherzen ihr Trainingsprogramm absolvierten. Sie überlegte, wer sie wohl sein mochten. Ein paar kamen ihr vage vertraut vor, aber sie war sich nicht sicher, ob sie sie von London her kannte oder nur in der Grotte gesehen hatte. Als drei von ihnen verstohlen zu ihr herüberblickten und die Stimmen senkten, erkannte sie, dass sie über sie sprachen.

Schnell schaute sie in eine andere Richtung, wobei sie verlegen hoffte, dass sie ihre neugierigen Blicke nicht als unverschämte Gafferei empfunden hatten.

Sie rechnete schon gar nicht mehr damit, Beachtung zu finden, als Lucien sich mit einem Nicken bei dem Fechtmeister bedankte und, mit einem Handtuch nachlässig über die Schulter geworfen, durch die Halle auf sie zu schlenderte.

„Miss Montague, was für eine unerwartete Freude." Ein Lakai reichte ihm eine Wasserflasche.

„Und was für ein eindrucksvolles Schauspiel", antwortete sie mit einem schelmischen Lächeln.

„Danke." Er nahm einen Schluck Wasser und fuhr sich mit der Zunge über die Lippen. „Ich möchte Sie heute auf einen Besuch mitnehmen."

„Wohin denn?"

„Zu einem weisen alten Mann", erklärte er mit einem Augenzwinkern. „Ich brauche hier noch eine halbe Stunde. Sie bleiben am besten und sehen zu, dann machen Sie wenigstens keinen Unsinn."

Alice schwieg, leicht verstört von der Freude, mit der sie die herrische Aufforderung aufnahm. Er band derweil die Lederweste auf und streifte sie sich über den Kopf. Alice biss sich auf die Lippen und bemühte sich, nicht hinzuschauen, als er die Weste einem Diener überreichte. Das dünne weiße Hemd klebte Lucien förmlich am Körper – ein Anblick, der ihr den Atem raubte. Er zwinkerte ihr zu und kehrte zu seinen Männern zurück, um mit dem Training fortzufahren.

Der Fechtmeister wurde von einem vierschrötigen, missmutig dreinblickenden Mann abgelöst, der sich als Boxtrainer herausstellte, ein ehemaliger Faustkämpfer.

Herrje, dachte sie unangenehm berührt. Fechtübungen gingen ja noch an, aber sie war sich nicht sicher, ob sie Zeuge werden wollte, wie Lucien und seine Männer aufeinander eindroschen. Dann legte Lucien das Hemd ab, und ihr schwanden die Sinne.

Als Künstlerin faszinierte sie der Anblick, als Frau weckte er ihr Begehren. Wie gebannt starrte sie auf den flachen Bauch, die glatte Brust, das Spiel der Muskeln. Lucien begann sich etwas Leder um die Hände zu wickeln, um seine Knöchel zu schützen und den Aufprall gleichzeitig ein wenig abzumildern.

Ihr kam der Gedanke, dass sie bei all dem Kunstunterricht, den sie genossen hatte, nie Gelegenheit gehabt hatte, einen männlichen Akt zu zeichnen. Vor ihrer Ankunft auf Revell Court hätte sie schon bei dem bloßen Gedanken nach ihrem Riechsalz gegriffen, doch seit sie Lucien Knight kannte, schien alles möglich.

Mittlerweile hatten die Männer mit ihrem Boxtraining begonnen. Sie zuckte vor der Gewalt zurück, doch half es wenig, den Blick abzuwenden, denn vor den Geräuschen gab es kein Entrinnen: der harte Aufprall lederumwickelter Knöchel, das Aufstöhnen bei einem Magenhaken, der Cockneyakzent des alten Kämpfers, während er die jungen Männer anfeuerte. Lucien schickte einen seiner Assistenten mit einem sauberen Kinnhaken zu Boden. Obwohl der Junge gleich darauf grinsend wieder aufstand, schwor sie sich, dass sie Harry nie erlauben würde, sich in diesem Sport zu versuchen, wenn er älter wurde, genauso wenig wie sie ihm gestatten würde, zur Armee zu gehen.

Der rothaarige Bursche, den sie „Süden" nannten, war der Nächste. Er tänzelte in den Ring und konnte Lucien einen Schlag versetzen, bevor er selbst zu Boden ging. Dies wurde mehrmals wiederholt, bis Alice es nicht mehr ertrug.

Sie sprang auf. „Aufhören!"

Alle hielten inne und betrachteten sie verblüfft.

„Sie sollten wirklich aufhören, bevor noch jemand ernsthaft verletzt wird", meinte sie verlegen.

Lucien tauschte einen amüsierten Blick mit dem alten Kämpfer, während die jungen Männer sich räusperten und sich das Lachen verkniffen. Lucien kam auf sie zu, worauf sie noch röter wurde.

„Niemand wird verletzt, meine Liebe. Es ist doch nur ein Sport", sagte er.

„Aber ein brutaler."

„Ein Mann muss das tun, wenn er die Ehre seiner Dame verteidigen will", erklärte er mit funkelnden Augen. „Ich bin wirklich unglaublich gerührt, dass Sie sich solche Sorgen um meine Sicherheit machen."

„Eigentlich bin ich eher ihretwegen besorgt", erwiderte sie und nickte zu den jungen Burschen hinüber, die ziemlich unverhohlen lauschten. Als sie zu ihnen hinschaute, grinsten sie.

„Unsinn, meinetwegen sollten Sie sich Sorgen machen", entgegnete er entrüstet. „Ich kämpfe hier schließlich allein gegen eine Übermacht von fünf. Außerdem sind die Jungs viel jünger als ich. Damit liegen sämtliche Vorteile bei ihnen."

„Nun, ich will auch nicht mit ansehen, wie Sie Prügel beziehen!"

Er lächelte spitzbübisch. „Na also! Es macht Ihnen doch etwas aus. Ich glaube fast, Sie fangen an, mich zu mögen, wenn auch gegen Ihren Willen. Und jetzt setzen Sie sich wieder hin und versuchen Sie, dem Spiel etwas abzugewinnen, mein Mädchen." Er schlug die Knöchel aufeinander und stolzierte zu seinen Gefährten zurück. „He, Jungs, sie sagt, ihr sollt mich nicht ins Gesicht schlagen."

Die jungen Draufgänger lachten, während Alice sich ein Lächeln verbeißen musste. Er raubt mir wirklich den letzten Nerv, dachte sie mit einem kleinen Seufzen.

Lucien wusste nicht, welcher Engel Alice in der Nacht besucht hatte, um ein gutes Wort für ihn einzulegen. Ein Wunder schien geschehen zu sein, denn sie war tatsächlich nett zu ihm. Dies veränderte die Sachlage. Wenn sie es fertig brachte, einen Schritt auf ihn zuzugehen, war er mehr als bereit, ihr auf halbem Wege entgegenzukommen. Kompromisse fielen ihm nicht leicht, aber vielleicht war es wirklich ein wenig unvernünftig zu erwarten, dass sie ihn als „Draco" in all seiner bösen Pracht akzeptierte. Er hatte beschlossen, dass er ihr eine Art Charakterzeugnis übergeben wollte.

Nachdem er hastig gebadet und frische Sachen angezogen hatte, nahm er mit ihr denselben Pfad durch den Wald, den sie schon am Vortag gegangen waren. Nach dem Regen war es dort ziemlich matschig. Sie waren unterwegs zu dem winzigen Dörfchen im Tal, wo sie seinen ehemaligen Hauslehrer besuchen wollten, Seymour Whitby.

Wenn Lucien diesmal ein wenig langsamer ausschritt, so lag das daran, dass er sich im Training besonders verausgabt hatte. Das Bewusstsein, dass Bardou sich irgendwo da draußen herumtrieb, hatte ihn dazu veranlasst, bis an die Grenzen zu gehen – und natürlich die Tatsache, dass *sie* zugesehen hatte. Von dem Moment an, da sie auf Zehenspitzen in die Halle geschlichen war, hatte er ihren Blick auf sich ruhen gespürt – und dabei hatte er geglaubt, sie würde sich den ganzen Tag in ihrem Zimmer einsperren und schmollen. Es war ihm gelungen, sich nicht anmerken zu lassen, wie sehr er darüber frohlockte, dass sie seinen Köder geschluckt hatte.

Die hungrige Bewunderung in ihrem Blick hatte ihn mit freudigem Begehren erfüllt. Es war wirklich unglaublich, wie sehr er sich nach ihrer Zuwendung verzehrte, aber er konnte es nicht ändern. Eigentlich hatte er vorgehabt, sich ihr gegenüber distanziert zu geben, aber ein Blick in ihre blauen Augen hatte genügt, um ihn alle Vorsätze vergessen zu lassen. Ihre bloße Nähe genügte, um seine unguten Gefühle wegen Bardou zu lindern.

Während sie in einvernehmlichem Schweigen durch den Wald gingen, rückte er die Ledertasche mit Büchern zurecht, die er über der linken Schulter trug. Sie enthielt die letzten Werke, die er für Mr. Whitby in London bestellt hatte. Alice hatte den Korb mit den Milchbrötchen, dem Sandkuchen und einer Flasche Wasser aus den heißen Quellen von Revell Court übernommen. Mr. Whitby schwor auf Wasserkuren. Die Heilkräfte, sagte er, wirkten bei seiner Arthritis wahre Wunder.

Am Felsen hielten sie kurz inne, um den Blick zu genießen. Der Himmel hatte sich bezogen, und es sah nach Regen aus. Während sie Seite an Seite ins Tal hinunterschauten, spürte er ihre Nervosität, als erinnerte sie sich daran, wie leidenschaftlich sie ihn gestern an dieser Stelle geküsst hatte.

Er warf ihr einen hoffnungsvollen Seitenblick zu, da er ganz und gar nichts dagegen gehabt hätte, noch einmal geküsst zu werden, doch sie wandte sich ihm nicht zu. Er lächelte in sich hinein und betrachtete sie voll leisem Entzücken. So anmutige lange Wimpern und die Lippen rosenrot. Am liebsten hätte er sie in die Arme gezogen, doch er beherrschte sich, denn er war fest entschlossen, diesmal nichts falsch zu machen. Heute war er darauf bedacht, ihr zu zeigen, wie nett er sein konnte, wenn er wollte.

Sie drehte sich um und ging den Pfad hinunter, und er folgte ihr gehorsam.

„Lucien?“ sagte sie nachdenklich.

Seinen Namen von ihren Lippen zu hören jagte ihm freudige Schauer über den Rücken. „Ja?“

„Darf ich Sie mal was fragen?“

„Ja“, meinte er vorsichtig, während er ihr auf einen umgestürzten Baumstamm half, der ihnen den Weg versperrte.

Mit schwingendem Körbchen sprang sie auf der anderen

Seite hinunter. „Ich bin neugierig. Warum hat Ihr Vater Ihnen Revell Court hinterlassen und Lord Damien gar nichts?"

„Er hat dafür gesorgt, dass Damien zum Earl ernannt wird."

„Wirklich?"

„Ja. Wie ich schon erwähnte, hatte Carnarthen keinen rechtmäßigen Erben. Er war meiner Mutter so ergeben, dass er nie geheiratet und auf sein vierhundert Jahre altes Geschlecht gepfiffen hat. Sie war die Liebe seines Lebens, er hat sich einfach geweigert, eine andere zu ehelichen. Jedenfalls hatte er im Oberhaus eine Menge Freunde, die seine Situation kannten und ahnten, dass ihnen so etwas durchaus auch hätte passieren können. Nach seinem Tod taten sie sich zusammen und reichten bei der Krone eine Petition ein, mit der sie beantragten, dass ein neuer Titel eingerichtet werden sollte, damit das alte Geschlecht nicht ausstürbe, selbst wenn der Name nicht erhalten bliebe. Weil Damien zwölf Minuten älter als ich ist, geht der Titel an ihn. Natürlich wurde die Entscheidung auch von Damiens Ruhm als Kriegsheld und als tapferem, integrem Mann beeinflusst – ganz zu schweigen davon, dass er dem Premierminister unter vier Augen versprochen hat, seine Familie würde die nächsten drei Generationen immer die Torys wählen."

„Verstehe. Lord Carnarthen muss vollkommen verrückt nach Ihrer Mutter gewesen sein, um sein Erbe der Liebe zu opfern", sagte Alice ehrfürchtig.

„War er. Er hatte sie als junges Mädchen kennen gelernt, noch bevor sie den Duke of Hawkscliffe heiratete, sie aber nicht weiter beachtet. Er erzählte mir die Geschichte letztes Jahr kurz vor seinem Tod."

„Ach, mein Beileid."

„Danke. Aber es war das Beste für ihn. Er war sehr krank."

„Gut, dass Sie bei ihm waren. War Lord Damien auch da?"

„Nein, Damien konnte nicht von der Halbinsel weg. Außerdem zieht Damien es vor, seine wahre Herkunft zu verleugnen und so zu tun, als wäre er wirklich Hawkscliffes Sohn."

Sie schaute ihn teilnahmsvoll an.

„Ich ziehe die Wahrheit vor. Möchten Sie die Geschichte hören?"

„Ja, gern."

„Meine Mutter war ein Jahr in Paris, um vor ihrem Debüt ihre Ausbildung zu vollenden. Carnarthen war damals einundzwanzig, ein Dandy auf Kavalierstour. Er hat meine Mutter zum ersten Mal gesehen, als sie mit ihren Mitschülerinnen im Park von Versailles beim Zeichenunterricht saß."

„Wie romantisch", meinte sie lächelnd.

„Ja, aber leider hat er sich kaum um sie gekümmert, er war viel zu sehr damit beschäftigt, französischen Kurtisanen nachzulaufen. Als er sie das nächste Mal traf, war sie schon eine verwegene junge Matrone. Er erkannte, dass er den Fehler seines Lebens begangen hatte, als er sie sich durch die Finger hatte schlüpfen lassen. Sie waren füreinander bestimmt, aber natürlich war es da zu spät." Den Ratschlag, den Carnarthen ihm gegeben hatte, erwähnte er allerdings nicht: *Wenn du die Richtige gefunden hast, mein Junge, dann halt sie fest und lass sie nie mehr gehen. Gut möglich, dass du nur diese eine Chance hast.* „Er bat sie, sich von Hawkscliffe scheiden zu lassen", fuhr Lucien fort, „aber das wollte sie nicht, weil sie wusste, dass der

Herzog die Kinder behalten hätte. Zu diesem Zeitpunkt waren Robert und Jack schon geboren. Dann kamen Damien und ich auf die Welt. Hawkscliffe hatte seine diversen Geliebten, meine Mutter hatte Carnarthen. So ging alles seinen Gang, bis Damien und ich vier waren."

„Und dann?"

„Carnarthen hatte einen hohen Posten bei der Marine, er musste immer mal wieder für längere Zeit zur See fahren. Als ich vier war, kam er zurück, um festzustellen, dass meine Mutter sich in seiner Abwesenheit getröstet hatte ..."

Alice hielt den Atem an. „Mit ihrem Mann, dem Herzog?"

„Nein. Nein, das wäre ihr viel zu zahm gewesen", erwiderte er trocken. „Diesmal war es Sir Phillip Preston Lawrence vom Drury Lane Theatre, ein Schauspieler, der mehr für sein Aussehen als für seine Kunst berühmt war. Und wieder einmal wurde sie schwanger."

„Liebe Güte!" rief sie errötend.

„Kennen Sie Lord Alec, meinen kleinen Bruder?"

„Natürlich, den kennt doch jeder. Mein Freund Freddie Foxham kauft keine Weste, ehe er sich vergewissert hat, dass Lord Alec den Schneider gutheißt."

„Ja, das ist Alec. Liegt wohl an seinem Schauspielererbe", verkündete er mit einem Lachen. „Sie täten gut daran, Ihren Freund zu warnen – er sollte sich lieber nicht mit Alec zum Kartenspiel hinsetzen. Alec hat ein Höllenglück."

„Danke für den Rat, ich werde ihn warnen", erwiderte sie lächelnd. „Was für eine interessante Familie Sie haben! Sagen Sie, macht es Ihnen denn nichts aus, dass Lord Damien zum Earl erhoben wird und Sie nicht?"

„Nein, gar nichts", entgegnete er sofort. „Er hat es verdient. Außerdem bin ich es durchaus gewohnt, in Damiens Schatten zu stehen. Es macht mir nichts aus."

„Aber Lucien", protestierte sie. „Sie stehen doch überhaupt nicht in seinem Schatten!"

„Doch, natürlich. Sie sind nur höflich. Ich habe immer in seinem Schatten gestanden." Er wartete, während sie um eine schlammige Stelle herumging.

„Also wirklich, Lucien."

„Es stimmt, da können Sie jeden fragen. Es gibt Damien und ‚den anderen'. Dieser ‚andere', das bin ich. Es macht mir wirklich nichts aus – allerdings muss ich zugeben, dass man sich schon manchmal ein wenig überflüssig fühlt."

Mit einem leisen, zärtlichen Lachen legte sie ihm die Hand auf den Rücken. „Ich finde überhaupt nicht, dass Sie überflüssig sind. Wenn es Sie tröstet: Für mich wird immer Lord Damien ‚der andere' sein."

„Das ist wirklich ein Trost, Miss Montague." Er lächelte sie reuig an. „Sogar ein sehr großer."

„Gut." Sie grinste keck und ging voraus. „Kommen Sie."

„Und was ist mit Ihnen?"

„Was soll mit mir sein?"

„Erzählen Sie mir etwas, was sonst keiner von Alice Montague weiß."

Sie schaute ihn an. „So etwas wie ein dunkles Geheimnis?"

„Ja, genau!"

„Tut mir Leid, damit kann ich nicht dienen."

Lucien lächelte und lief weiter, wobei er sich die Bemerkung verkniff, dass er davon mehr als genug für sie beide habe.

„Dann erzählen Sie mir eben etwas Schönes. Berichten Sie mir von Ihrem schönsten Tag."

„Das ist leicht. Mein zehnter Geburtstag. Da habe ich mein erstes Pferd bekommen – kein Pony –, was hieß, dass ich schrecklich erwachsen war. Alle waren sie da."

„Alle?"

„Mama, Papa, Phillip, die Kinderfrau Peg." Sie zuckte mit den Schultern. „Das war mein letzter Geburtstag, bevor meine Mutter krank wurde."

Er spürte den unterdrückten Kummer in ihrer Stimme und blickte auf. „Was ist mit ihr passiert?"

Als er das traurige, versonnene Lächeln sah, drückte es ihm schier das Herz ab.

„Sie war eine lebensfrohe, wunderschöne Frau, sechsunddreißig Jahre alt", erwiderte sie. „Eines Tages bekam sie einen Husten, der immer schlimmer wurde, bis sie ein paar Monate später nicht mal mehr die Treppe hochgehen konnte, ohne zu keuchen. Die Ärzte wussten nicht, was sie davon halten sollten. Erst dachten sie, es wäre die Schwindsucht, dann nahmen sie an, es sei eine Brustfellentzündung, obwohl die anderen Symptome jeweils fehlten. Schließlich entdeckten sie, dass es sich um einen versteckten Tumor in der Brust handelte, der sich in ihre Lunge ausgebreitet hatte. Sie konnten nichts tun. Sie gaben ihr Schierling gegen die Schmerzen. Aber davon wurde sie nur noch kränker."

„Es tut mir so Leid, Alice", murmelte er bekümmert.

„Mir auch. Sie war bis zum Ende voll Humor und Anmut. Ich erinnere mich noch, wie ich an ihrem Bett saß und ihr die Gesellschaftsspalte der ‚Morning Post' vorlas. Sie hat Witze über den *ton* gemacht und mir erzählt, wie großartig ich bei meinem Debüt aussehen würde." Sie schwieg einen Moment. „Zwei Jahre später ist mein Vater gestorben. Er fiel von einem Pferd, das er nicht hätte reiten sollen, als er über ein Hindernis springen wollte, das zu hoch für ihn war, vor allem nachdem er eine ganze Flasche Gin getrunken hatte."

Lucien blieb stehen und starrte sie an. Sie warf ihm einen zögernden Blick zu, als wäre sie sich nicht sicher, ob sie noch mehr erzählen sollte.

„Weiter", drängte er sie sanft.

„Papa konnte ihren Tod nicht verwinden. Sie haben sich sehr geliebt. Ich glaube, er war froh, als es zu Ende war. Ich vermisse die beiden so." Sie wandte den Blick ab. „Wenn ich Harry anschaue, sehe ich sie alle immer noch vor mir. Es sind seine Augen. Ich bin so froh, dass ich ihn habe, Lucien. Ich würde alles für ihn tun." Ihr brach die Stimme, und Tränen stiegen ihr in die Augen.

„Ich weiß", flüsterte er und zog sie rau in die Arme. Er hielt sie einen Moment fest umschlungen, schloss die Augen und drückte einen glühenden Kuss auf ihr Haar.

In dem Augenblick, da er sie in den Armen hielt, wandelte sich etwas Grundlegendes in ihm. Er war sich nicht sicher, was es war. Im einen Moment betete er darum, einen Weg zu finden, wie er ihren Schmerz lindern könnte, im nächsten fühlte er sich, als wäre ein Schmiedehammer auf ihn herabgesaust und hätte ein riesiges Loch in die große, dicke Mauer gehauen, die er rings um sein Herz errichtet hatte. Licht strömte herein – gleißendes, erlösendes Licht.

Er rückte ein Stück von Alice ab, umfasste ihr zartes Gesicht und hob es an, damit sie ihn anschaute. Mit den Daumen wischte er die Tränen weg, die ihr die Wangen hinunterrollten.

„Wenn Sie je etwas brauchen sollten, irgendetwas", flüsterte er eindringlich, „dann will ich, dass Sie zu mir kommen. Verstehen Sie?"

„O Lucien ...", begann sie und versuchte sich von ihm zu lösen, aber er hielt sie sanft fest.

„Es ist mir ernst damit. Sie brauchen nicht allein zu sein. Ich bin Ihr Freund. Ich bin immer für Sie da. Und für Harry."

„Warum?" erwiderte sie mit einer letzten Spur Trotz. „Was kümmert Sie das?"

Ihre Frage führte ihm vor Augen, dass sie ihm immer noch nicht traute. Er schüttelte den Kopf, weil ihn seine Eloquenz wieder einmal verlassen hatte. „Weil ich Sie mag", erklärte er schlicht.

„Sie kennen mich doch kaum."

„Ich kenne Sie gut genug. Sie brauchen mir jetzt nicht zu glauben, Alice. Sie werden schon noch erkennen, dass es stimmt. Kommen Sie", sagte er rau und zwang sich, sie nach einer verlegenen Pause freizugeben. Er war erschüttert von der Heftigkeit, mit der er sich wünschte, sie vor allem Kummer zu bewahren. „Wir sind fast da."

Immer noch ganz überwältigt von seinem erstaunlichen Bekenntnis, folgte Alice ihm einen Moment später. Lucien ging vor ihr den Pfad hinunter – breitschultrig, voll Autorität. Er schien sich immer mehr auf sie zu konzentrieren, und Alice wusste nicht, ob sie darüber erschrocken oder überglücklich sein sollte. Eigentlich hätte sie seinem Treueid überhaupt nicht getraut, wenn er nicht Harry darin eingeschlossen hätte. Das hatte sie nicht erwartet.

Sie traten aus dem Wald und stießen auf einen Feldweg, der sich auf fünf oder sechs Cottages zuschlängelte. Der auffrischende Wind trug den Geruch von Kaminfeuern heran. Im Wald sind wir vor dem Wind geschützt, dachte sie und hielt das karierte Tuch fest, das über den Korb gebreitet war und nun davonzuwehen drohte. Sie blickte zu den dunklen Wolken auf, die von Westen heranzogen, und zu dem plötzlich bleigrauen Himmel.

„Wir bleiben nicht lang", sagte Lucien. „Es sieht nach Regen aus."

Sie nickte. Als sie den Weiler erreicht hatten, führte Lucien sie zu einem reizenden Cottage mit Strohdach und hübschen weißen Fensterläden. Sie gingen durch das halbhohe Törchen und den chrysanthemenbestandenen Gartenweg entlang. Dann klopfte er an die Haustür, wartete aber nicht ab, bis jemand kam. Stattdessen öffnete er die Tür und steckte den Kopf hinein. „Mr. Whitby?"

„Ah, Master Lucien", ertönte eine zittrige, sehr korrekte Altmännerstimme. „Hier bin ich. Verzeihen Sie, ich bin wohl eingenickt."

Alice versuchte einen Blick ins Innere zu werfen, sah aber wenig außer Luciens breiten Schultern.

„Tut mir Leid, dass ich Sie aufgeweckt habe", meinte er voll Zuneigung.

„Aber das macht doch nichts, mein lieber Junge, überhaupt nichts."

„Ihre Bücher sind gekommen“, verkündete Lucien, „und außerdem habe ich jemanden mitgebracht.“

„Ach ja?“

Lucien stieß die Tür weiter auf und trat beiseite, um Alice mit einer eleganten Geste ins Haus zu bitten. Neugierig betrat sie das Cottage und fand sich prompt einem gebrechlichen alten Mann gegenüber, der in einem Sessel saß, eine Brille trug und sie scharf musterte.

„Mr. Whitby, darf ich Ihnen Miss Alice Montague vorstellen, die Tochter von Baron Glenwood. Miss Montague, es ist mir eine große Freude, Sie mit dem Helden meiner Kindheit bekannt zu machen, meinem geschätzten Hauslehrer Mr. Seymour Whitby.“

Alice knickste. „Guten Tag, Sir.“

Mit großer Anstrengung kämpfte er sich hoch, sich auf seinen Stock stützend. Alice wollte schon Einwände erheben, weil er bei ihrem Eintritt aufstand, aber Lucien fasste sie am Arm und schüttelte den Kopf. Es drückte ihr das Herz ab, als sie erkannte, dass ein Gentleman immer ein Gentleman blieb, und wenn er hundert Jahre alt war. Sie ging zu dem alten Mann und stützte ihn unter dem Vorwand, ihn zu begrüßen. Er drückte ihr die Hand, wobei er sich schwer auf sie lehnte.

„Ich freue mich, Sie kennen zu lernen“, sagte sie warmherzig.

Er hob das Kinn und warf ihr einen scharfen Blick zu. Langsam verzog sich sein Mund zu einem herzlichen Lächeln. „Mein liebes Kind, Sie sind ebenso freundlich, wie Sie hübsch sind. Darf ich Ihnen eine Tasse Tee anbieten? Ich fürchte, dass meine Haushälterin gerade in der Kirche ist, aber ich denke, wir kriegen das schon hin – so schließen Sie doch die Tür, Master Lucien."

„Verzeihung", murmelte Lucien mit einem jungenhaften Lächeln und machte die Tür zu.

„Das versuche ich dem Burschen nun schon seit vierundzwanzig Jahren beizubringen", erklärte Mr. Whitby augenzwinkernd. „Mathematik, Griechisch – das meistert er ohne Probleme, doch er will einfach nicht lernen, die Tür zuzumachen."

Alice lachte und schaute Lucien an, durchaus angetan von dem, was sie da hörte.

„Mr. Whitby war in der wenig beneidenswerten Position, mich und meine Brüder unterrichten zu dürfen, bevor wir ins Internat gingen", erläuterte Lucien.

„Was für eine Aufgabe!"

„Herakles hatte seine zwölf Arbeiten, ich meine fünf jungen Knights."

Sie lachte entzückt. „Ich freue mich schon darauf, mir von Ihnen darüber erzählen zu lassen, aber setzen Sie sich doch bitte! Eine Tasse Tee wäre jetzt genau das Richtige – bitte erlauben Sie, dass ich ihn zubereite. Ich bestehe darauf. Wir haben Ihnen Milchbrötchen und Sandkuchen mitgebracht, und Ihr Schüler hat ein paar Bücher für Sie dabei. Möchten Sie ein Kissen, Mr. Whitby? Lucien, reichen Sie mir das Kissen vom Sofa. Und rücken Sie den Sessel näher ans Feuer." Wie geheißen, schob er den Stuhl zurecht und gab ihr das Kissen. Sie stopfte es dem alten Herrn in den Rücken, als der sich wieder in seinen Sessel sinken ließ.

„Ach je, machen Sie sich doch keine Umstände", protestierte Mr. Whitby, entzückt von dem Aufwand, den sie mit ihm trieb.

Lucien begegnete ihrem Blick und sah sie voll tief empfundenem Dank an. Dann schob er einen Polsterschemel neben den Sessel, setzte sich darauf und packte die Bücher aus. Während die Männer über die Bücher diskutierten, begab Alice sich in die Küche, wo sie einen großen Wasserkessel auf dem schwach glühenden Herdfeuer vorfand, wie sie es von einer fähigen Haushälterin erwartet hätte. Sie nahm den Blasebalg und fachte das Feuer an, um das Wasser zum Kochen zu bringen. Caro hätte diese Aufgabe für weit unter ihrer Würde befunden, aber Alice machte es nichts aus. Sie hatte Spaß daran, für andere zu sorgen.

„Was für ein Sturm letzte Nacht", sagte Lucien gerade zu dem alten Herrn, als sie in den Salon trat, um die Teebüchse zu holen.

„Der Wind hat bei mir einen Fensterladen losgerissen", erwiderte Mr. Whitby.

„Wirklich? Wo denn?"

„Hier, im Salon. Mrs. Malone hat ihn heute Morgen an die Hauswand gelehnt."

Lucien stand auf. „Ich befestige ihn wieder."

Mr. Whitby protestierte, doch Lucien winkte ab.

Alice lächelte ihm anerkennend zu. „Der Tee ist bald fertig."

„Ich bin gleich wieder da." Er schenkte ihr ein Lächeln, das sie bis ins Innerste erwärmte, und schloss beim Hinausgehen die Tür hinter sich. Sie wurde sich ihrer roten Wangen und des leisen Lächelns auf ihren Lippen erst bewusst, als sie Mr. Whitbys Blick auf sich ruhen spürte.

„Nun, das ist ja alles überaus eigenartig“, meinte der alte Herr und schaute sie über seine Brillengläser hinweg an.

„Was denn, Sir?“ Sie versuchte ihre Verlegenheit zu verbergen, indem sie eifrig den Sandkuchen und die Milchbrötchen auspackte.

„Master Lucien hat noch nie eine junge Dame zu mir mitgebracht.“ Er zog die buschigen weißen Augenbrauen hoch und betrachtete Alice erwartungsvoll. „Hat er Sie schon gefragt?“

„Wie bitte, Sir?“

„Hat er schon um Sie angehalten? Ihnen einen Heiratsantrag gemacht, mein Mädchen?“

Fassungslos starrte Alice ihn an. Prickelndes Staunen erfüllte sie. Zitternd senkte sie den Blick, während ihre Wangen noch röter wurden. Sie wagte es nicht, die seltsamen Umstände zu erklären, die sie in Luciens Haus geführt hatten. „Mr. Whitby, Lord Lucien und ich sind nur Freunde.“

Er schnaubte. „Dann haben Sie wohl nicht bemerkt, wie er Sie anschaut, Miss Montague. Sie haben sich doch von seinen Winkelzügen nicht etwa verwirren lassen, oder?“

Sie war erstaunt und seufzte lächelnd. „Alles, was er tut, verwirrt mich.“

„Ich will gern zugeben, dass sich der Junge manchmal schwer dabei tut, offen und aufrichtig zu sein, aber das liegt nur daran, dass er sich nie sicher sein konnte, wie er in der Welt aufgenommen wird. Es ist die alte Sache, dass er sich dauernd mit Master Damien vergleicht“, erklärte er auf ihren fragenden Blick hin. „Er hatte immer das Gefühl, nicht ganz ebenbürtig zu sein, vor allem nachdem er als Kind so krank war, während Damien vor Gesundheit nur so strotzte.“

„Lucien war krank?“ fragte sie erstaunt.

„Ja, er kann von Glück reden, dass er noch am Leben ist. Hat er Ihnen das nicht erzählt?“

Mit großen Augen schüttelte sie den Kopf.

„Ach herrje. Bestimmt würde er mich einen alten Esel nennen, der sich in Sachen einmischt, die ihn nichts angehen, aber unter uns: Er hatte als Kind Asthma. Deswegen konnte er lange Jahre nicht mit Damien und den anderen mithalten. Er hat viel Zeit allein verbracht oder mit mir. Er hat nie richtig gelernt, sich einzufügen, zumindest hat er sich nie wohl gefühlt dabei. Aber ich will Ihnen mal was sagen: Als Konsequenz hat er eine ganze Menge gelesen. Er war seinen Klassenkameraden um drei Jahre voraus, als er schließlich nach Eton ging. Damien hat die Muskeln abbekommen und Lucien den Verstand“, verkündete er ihr mit einem verschwörerischen Lächeln.

Schockiert betrachtete sie ihn. „Aber jetzt leidet er doch nicht mehr daran, oder?“

„Nein, nein, das hat sich verwachsen, als er älter wurde, Gott sei Dank.“ Traurig schüttelte er den Kopf. „Aber da hatten sich die Rollen schon gefestigt. Damien hatte sich zu Luciens Beschützer ernannt – die Zwillinge standen sich immer sehr nahe –, was, wie Sie sich sicher vorstellen können, Luciens Stolz sehr abträglich war. Seit er gesund ist, hat er sich in allem, was er tat, vor allem im Sport, das Äußerste abverlangt. Es reicht ihm nicht, anderen ebenbürtig zu sein, nein, er muss immer besser sein als die anderen.“

„Um sich zu beweisen?“ murmelte sie.

„Genau. Sie sehen also, meine Liebe, dass Sie sehr sanft und geduldig mit ihm sein müssen, aber ich versichere Ihnen, dass er es wert ist. Er fühlt sich nicht oft zu jemandem hingezogen, schließt nicht leicht Freundschaft, aber wenn er es tut, ist er unerschütterlich in seiner Treue. Mir sind alle meine Jungen ans Herz gewachsen, aber ich muss zugeben, dass Lucien mein besonderer Liebling war. Weiß Gott ...", er seufzte, „... das brauchte er auch."

Sie ließ sich das noch durch den Kopf gehen, als Lucien später mit einem Windstoß zur Tür hereinkam.

„Man beachte bitte, dass ich die Tür schließe", meinte er und ließ den Worten die Tat folgen. „Ihr Fensterladen hängt wieder, Sir. Leider wird das Wetter immer schlechter." Er zog den Mantel aus und warf ihn aufs Sofa.

Alice nahm die Teebüchse und eilte in die Küche, wo das Wasser im Kessel angefangen hatte zu brodeln. Sie wärmte die Teekanne vor und maß vier Löffel Ceylontee ab. Während der Tee zog, suchte sie in der fremden Küche, bis sie Teetassen, kleine Tellerchen, Löffel, Zucker und Milch gefunden hatte. Kurz darauf kehrte sie mit dem Teetablett in den Salon zurück.

Plötzlich schüchtern geworden, war sie nicht in der Lage, Lucien in die Augen zu schauen, als sie ihm Teetasse und Teller reichte. Der alte Mann lächelte in sich hinein, als er die beiden beobachtete. Alice setzte sich und sog den Dampf aus ihrer Teetasse ein. Während die Männer weiter über Bücher sprachen, ließ sie sich noch einmal durch den Kopf gehen, was Mr. Whitby über Luciens einsame Kindheit gesagt hatte. Ihre Hände zitterten, so überwältigt war sie von Mr. Whitbys Enthüllungen. Ihr war nun klar, wie tief die Worte *Ich bin allein* bei Lucien wirklich gingen. Sie blickte von ihrer Teetasse auf und betrachtete sein fein geschnittenes Gesicht.

Er lächelte gerade, während er mit dem alten Herrn über irgendeine Theorie von Hippokrates diskutierte. Es schien unmöglich, aber wie viel deutlicher musste er denn noch werden? Dieser schöne, charmante Mann suchte verzweifelt jemanden, der ihn liebte.

Plötzlich stieg ihr vor lauter Reue ein Kloß in die Kehle, weil sie ihn gestern so verletzt hatte. Jetzt wusste sie, wie schwer es ihm fiel, auf andere zuzugehen. Was hatte sie nur getan? Sie hatte ihn absichtlich verletzt – und nur aus Feigheit. Am liebsten wäre sie zu ihm hinübergelaufen und hätte ihn, so fest sie konnte, in die Arme genommen. Plötzlich schaute er auf und merkte, dass sie ihn beobachtet hatte. In diesem Augenblick verriet ihr Blick all ihre Gefühle.

„Wir sollten lieber aufbrechen, wenn wir zurück sein wollen, ehe das Unwetter losbricht." Er schaute bedeutungsvoll aus dem Fenster. Errötend folgte Alice seinem Blick und sah, dass es draußen ziemlich dunkel geworden war.

Sie nickte stumm. Während sie sich von Mr. Whitby verabschiedeten, bemühte sie sich nach Kräften, ihren inneren Aufruhr zu verbergen. Einer spontanen Regung folgend, drückte sie dem alten Herrn einen Kuss auf die Wange.

Draußen zog Lucien seinen Mantel enger um sich und betrachtete besorgt den Himmel. „Es ist kalt geworden. Gut möglich, dass ein Sturm aufzieht. Vielleicht sollten wir ihn lieber hier abwarten."

„Unser Besuch hat Mr. Whitby erschöpft, Lucien. Bestimmt regnet es nur ein bisschen."

Er musterte sie nachdenklich und nickte dann. Sie eilten den Pfad zu Mr. Whitbys Gartentürchen hinunter, wo ihnen

Mrs. Malone begegnete, die Haushälterin, die soeben aus der Kirche kam. Sie grüßten sie und gingen dann Seite an Seite den Feldweg hinunter.

In der Ferne läuteten die Kirchenglocken. Der Wind blies stürmisch, als wollte er das alte Leben, so wie Alice es gekannt hatte, hinwegfegen. Sie hielt das Gesicht in den reinigenden Sturmwind, sah, wie eine Krähe kreischend durch die Lüfte geworfen wurde, und dann fielen die ersten Tropfen. Überrascht schauten sie einander an.

„Kommen Sie.“ Lucien ergriff ihre Hand, während der Wind durch sein schwarzes Haar fuhr. Es begann ein wenig stärker zu regnen, und Hand in Hand rannten sie den Weg hinunter in den düsteren Wald.

8. KAPITEL

„Nun los, los“, sagte er und zog sie hinter sich her. Sie eilten durch den Wald, sprangen über einen quer liegenden Baumstamm, rannten an den aufragenden Kalksteinformationen vorbei. „Hinauf“, drängte er und schob sie den steilen Pfad hoch.

Zuerst hatte das Blätterdach sie noch vor dem leichten Regen geschützt. Die Blätter fielen herab, während der Wind von allen Seiten herabstieß. Im Wald wurde es dunkel, und bald begann sich alles im Wind zu bewegen. Die Bäume bogen sich im Sturm, das Laub wirbelte herunter, Äste knackten. Alice sah Lucien Trost heischend an. Aufrecht und selbstsicher schritt er durch den Wald, während sich sein schwarzer Mantel hinter ihm im Wind blähte. Er wirkte fast übernatürlich ruhig, so als wäre er Herr über den Sturm.

Ein Bild kam ihr in den Sinn: Ebenso unerschütterlich mochte er auch unter schwarzen Rauchwolken in die Schlacht marschiert sein. Es beruhigte sie, wenn sie daran dachte, dass die leichte Infanterie das Terrain zu nutzen verstand. Eine ihrer Hauptaufgaben bestand darin, das Gelände für die späteren Marschsäulen des Regiments auszukundschaften, sichere Routen zu finden und mögliche Gefahren aufzuspüren. Ein bloßes Unwetter würde einem Captain Lucien Knight keine Angst einjagen, doch konnte sie dasselbe nicht von sich behaupten, gestand Alice sich ein, als sie in der Ferne Donner grollen hörte. Sie wurde immer nervöser und hielt sich nah bei ihm, so nah, dass sie seine Körperwärme spürte. Der Himmel, wie sie durch die schwankenden Baumwipfel erkannte, war bleigrau geworden.

Sie hatten die Hälfte des Rückwegs bereits hinter sich, als das Nieseln ohne Vorwarnung zu einem schweren Wolkenbruch wurde. Binnen kurzem waren sie klatschnass. Der Regen rauschte lautstark auf den Laubteppich im Wald nieder und verwandelte den steilen Pfad in einen einzigen Schlammfluss, den sie sich hinaufkämpfen mussten. Alice konnte nicht fassen, dass mindestens noch eine Meile vor ihnen lag, bis sie in Sicherheit waren. Sie war bis auf die Haut durchnässt, ihre pelzbesetzte Pelisse, ihr Kleid, ihre Handschuhe und ihre Halbstiefel waren vollkommen ruiniert – wie sie selbst, wenn irgendwer herausfand, dass sie ohne Anstandsdame bei Lucien Knight gewohnt hatte. Dann ertönte direkt über ihnen ein ohrenbetäubender Donnerschlag. Mit einem spitzen Angstschrei stolperte sie auf Lucien zu. Dieser legte stützend den Arm um sie. „Schon gut."

Sie klammerte sich an ihn, konnte seine beruhigenden Worte über dem Tosen des Unwetters aber kaum hören. Mit aschgrauem Gesicht schaute sie auf. „Laufen wir!"

Er nickte und nahm sie fest bei der Hand. Der Pfad hatte ein Plateau erreicht und schlängelte sich durchs Gebüsch. Sie rannten immer weiter. Der Wind setzte ihnen nach, jagte sie durch den dunklen Wald, ließ Blätter, Rinde und kleine Zweige auf sie herabfallen und warf ihnen Äste in den Weg. Vor dem nächsten Anstieg wurden sie langsamer, denn der Weg war steil wie eine Treppe, und im Matsch lagen überall große Felsblöcke herum.

Lucien ging voran. Er stieg vor ihr den Hügel hinauf, drehte sich alle paar Meter um und zog sie hoch. Alice kämpfte sich tapfer voran, obwohl sie sich vor Furcht ungeschickt zu bewegen begann. Ihr klapperten die Zähne, ihr Gesicht war matschbespritzt, und ihre Knie zitterten. Der Sturm tobte durchs Tal wie ein heulender Geist. Als ein Blitz herabfuhr und gleich darauf ein Donnerschlag ertönte, der die Welt erbeben ließ, stieß Alice einen Schrei aus, zuckte vor Angst zusammen und rutschte im Matsch aus. Sie spürte, wie sie den Halt verlor, und schrie nach Lucien.

Er war nur ein Stück vor ihr, aber außer Reichweite, und wirbelte herum, gerade als sie das Gleichgewicht verlor. Sie sah nur noch seinen entsetzten Gesichtsausdruck, als sie hinfiel und im Matsch den Hügel hinunterrollte. Sie schlug sich das Knie an einem Felsen auf und prallte schließlich so heftig gegen einen Baum, dass ihr die Luft wegblieb.

Im nächsten Moment war Lucien bei ihr, wo sie reglos auf der Seite lag.

„Alice!" Er fiel neben ihr auf die Knie. Sobald er sie berührte, konnte sie wieder atmen.

Scharf sog sie die Luft ein und schaute ihn in einer Mischung aus Furcht und Demütigung an. Sein Gesicht war kreidebleich, seine Miene wild.

„Nicht bewegen, nur atmen", sagte er in erzwungener Ruhe.

Ihr Blick war tränenverschleiert. Sie kämpfte sich ein wenig hoch und betrachtete angewidert den Matsch und die Blätter, die an ihr klebten.

„Bleiben Sie liegen …"

„Aber ich bin so *dreckig!*"

„Gott sei Dank haben Sie sich nicht den Hals gebrochen", flüsterte er. „Haben Sie sich den Kopf angeschlagen?"

„Nein, nur die Schulter", erwiderte sie mit zitternden Lippen. Sie rieb sich die linke Schulter.

„Lassen Sie mich mal sehen, ob sie gebrochen ist", befahl er kurz angebunden.

Sie wimmerte ein wenig, als er Schulterblatt und Schlüsselbein bis zum Halsansatz abtastete. Der Regen strömte ihm das Gesicht herab, und sein Atem kondensierte zu einer weißen Wolke. Alice schaute ihn voll Elend an. Sie kam sich so dumm vor.

Seine Gesichtszüge entspannten sich allmählich vor Erleichterung. „Was tut Ihnen noch weh?"

„Das Knie."

Sie war viel zu erschüttert, um Einwände zu erheben, als er ihr den Rock bis zum Knie hochschob. Er presste die Lippen zusammen, und Alice schaute ihn voll Angst an, als sie den Blutfleck bemerkte, der sich auf ihrem weißen Strumpf ausgebreitet hatte.

„Können Sie es bewegen?"

Vorsichtig beugte und streckte sie das Knie ein paar Mal und nickte dann.

„Sie müssen es sich ganz schön heftig angestoßen haben." Lucien begegnete ihrem Blick und entdeckte die Tränen in ihren Augen. Sofort wurde seine Miene weich. „Meine Süße", flüsterte er und nahm sie in die Arme. „Psst, weinen Sie doch nicht."

Wie er sie so fest hielt und vor Regen und Sturm beschützte, konnte sie seinen Herzschlag spüren.

„Himmel, haben Sie mich erschreckt." Er holte ein Taschentuch aus der Weste und wischte den Schmutzspritzer aus ihrem Gesicht. Seine Hand zitterte ein wenig, als er ihr den Regen aus den Augen tupfte. „Legen Sie die Arme um mich“, befahl er rau.

Wegen seines Tons und weil er ihrem Blick auswich, überlegte Alice, ob er wohl wegen ihrer Ungeschicklichkeit zornig war, sie war aber zu bekümmert, um ihn direkt zu fragen. Sie gehorchte widerspruchslos. Er nahm sie in die Arme und richtete sich mit ihr auf. Dann machte er sich an den Aufstieg, sicheren Schritts und unermüdlich. Anfangs war sie nervös, obwohl sie natürlich wusste, dass sie den Hügel mit ihrem Knie nie hätte bewältigen können, doch nach einiger Zeit merkte sie, dass sie in guten Händen war. Lucien ging mit gesenktem Kopf, um gegen den Regen geschützt zu sein, aber sie spürte die Kraft in seinem Körper, die sie schützend umgab, während er sie sicher durch Wind und Sturm trug.

Ehrfürchtig und dankbar betrachtete sie ihn. Seine Wangen waren rot vor Kälte, und sein schwarzes Haar war klatschnass. Oben auf dem Hügel hielt er kurz an, um zu verschnaufen, und dann marschierte er mit neuer Kraft weiter. Die Arme um seinen Hals geschlungen, lehnte sie den Kopf an seine Schulter und schmiegte sich bei jedem Donnerschlag enger an ihn. Endlich hatten sie den Ausblickfelsen erreicht. Alice runzelte die Stirn, als er darauf zuging.

„Lucien, jetzt im Moment möchte ich die Aussicht eigentlich nicht bewundern …“

„Psst, seien Sie still.“

Der Regen prasselte auf sie nieder, während er über den Hügel fegte. Ihr war klar, dass der Kalkstein unter seinen Füßen rutschig sein musste. Bevor sie ihn fragen konnte, was er da tat, hatte er schon einen gefährlichen kleinen Pfad betreten, der sich am Abhang entlangschlängelte und der ihr zuvor gar nicht aufgefallen war. Es ging fast senkrecht hinunter. Sie riss die Augen auf und klammerte sich an Lucien, denn unter ihnen lag der Abgrund. Ein Stück weiter unten entdeckte sie einen Felsabsatz, zu dem sie offensichtlich unterwegs waren. Sicher ein Unterschlupf, dachte sie, aber lieber Gott, wenn Lucien jetzt ausrutscht, wenn er eine falsche Bewegung macht, sind wir beide verloren. Allein hätte er sich vielleicht noch irgendwo festhalten können, aber mit ihr im Arm würden sie beide unweigerlich abstürzen.

Lucien schien sich keine Sorgen zu machen. Zwei oder drei Mal hielt sie noch vor Schreck den Atem an, und dann hatte er den sicheren Felsabsatz erreicht.

Als er sie sanft auf die Füße stellte, starrte Alice ihn an, immer noch zu verstört, um ihm wegen der ausgestandenen Todesängste Vorwürfe zu machen.

„Schauen Sie“, sagte er und wies auf eine Stelle hinter ihr. Seine silbergrauen Augen glänzten, sein Gesicht war schlammbespritzt.

Sie drehte sich um und entdeckte, dass der Felsabsatz in eine Höhle überging. Der Ausblickfelsen bildete eine Art überhängendes Dach.

„Es ist mit Revell Court über die Grotte verbunden“, erklärte Lucien schwer atmend. „Dort drin ist es stockdunkel, aber wenigstens sind wir dort vor den tobenden Elementen sicher. Wie geht es Ihrer Schulter?“

„Sie tut weh.“

Er runzelte die Stirn, schob sich durch den Höhleneingang

und zündete eine Laterne an, während Alice dastand und vor Kälte zitterte. Er hob die Laterne und streckte der jungen Frau die Hand entgegen.

„Glauben Sie, dass Sie laufen können, oder soll ich Sie tragen?"

„Ich kann gehen. Mein Knie schmerzt nicht mehr so stark."

„Stützen Sie sich auf mich, wenn es nötig wird. Wir haben noch zwanzig Minuten Fußmarsch vor uns."

„Es ist so dunkel hier", murmelte Alice und hängte sich bei ihm ein, während sie den Felsengang hinuntersah. Der schwache Schein der Laterne reichte kaum einen Fuß weit.

„Haben Sie keine Angst", flüsterte er. Er zog den Mantel aus und legte ihn ihr über die Schultern.

„Lucien, Sie brauchen Ihren Mantel doch", protestierte sie. „Sie holen sich noch den Tod …"

„Psst. Sie klappern ja schon mit den Zähnen. Lassen Sie uns gehen. Halten Sie sich dicht bei mir."

Sie gehorchte, genoss die Körperwärme, die sich immer noch in dem schweren Wollmantel hielt.

„Bewegen Sie sich vorsichtig vorwärts", wies er sie an und hielt die Laterne höher.

Sie verschwanden in dem dunklen Loch, als hätte der Berg sie verschluckt, kämpften sich durch die feuchten, glitschigen Spalt. Alice zuckte zusammen, als sie irgendetwas herumflattern hörte. Sie brauchte nicht zu fragen, worum es sich handelte.

„Was ist Ihr Lieblingslied?" erkundigte sich Lucien fröhlich, der ihre Unruhe spürte.

„Äh, ich weiß nicht. Warum?"

„Nun, soweit ich weiß, hat jede wohlerzogene junge Dame wenigstens ein Lied im Repertoire, mit dem sie auf Gesellschaften glänzen kann. Irgendwann einmal müssen Sie diese Qualen doch auch durchlitten haben, Miss Montague."

Alice rang sich ein Lächeln ab. „Ich versichere Ihnen, ehe es zu solchen Darbietungen kommt, laufe ich immer davon."

„Schlimmer als ich können Sie nicht sein. Ich bin vollkommen unmusikalisch."

„Das glaube ich nicht!"

„Also gut – dann lüge ich eben", räumte er mit einem spitzbübischen Lächeln ein. „Singen Sie wirklich nicht gern?"

„Gegen Musik oder Gesang habe ich nichts einzuwenden. Mir behagt nur die öffentliche Demütigung nicht."

Er lachte, und sie lächelte über das Geräusch, das von den Höhlenwänden zurückgeworfen wurde und durch den dunklen Felsengang hallte.

„Eine private übrigens auch nicht", fügte sie bekümmert hinzu und schaute zu ihm auf. Sein Gesicht schimmerte im Licht der Laterne. „Zum Beispiel, wie ein Bauernkind den Hügel hinunterzurollen."

Er lachte und legte ihr den Arm um die Schultern. „Aber, aber, meine Arme", flüsterte er und streichelte sie sanft. „Ich bin nur dankbar, dass Sie sich nichts Schlimmeres getan haben. Singen Sie mir ein Lied vor."

„Ganz bestimmt nicht. Eine Demütigung ist schon schlimm genug. Lucien, was meinen Sie, wie viele Fledermäuse wohnen hier in dieser Höhle? Hunderte?" Sie schluckte, als schon wieder etwas Schwarzes über sie hinwegflatterte. „Tausende?"

Statt zu antworten, begann er leise zu singen. Seine Stimme

war so warm und köstlich wie eine Tasse heißer Kakao. Es war das süßeste Lied, das sie je gehört hatte – die Melodie war voll Sehnsucht, und der Text handelte von einem Ritter, der von den Kreuzzügen zur Dame seines Herzens zurückkehrt. Alice lauschte wie verzaubert und vergaß bald die Dunkelheit und alle Fledermäuse, die Kälte und sogar ihre schmerzende Schulter. Dann sang er die letzte Strophe und verstummte. Das Lied verklang mit einem leisen Flüstern im Felsengang.

Alice betrachtete Lucien. Nach einem Augenblick schaute er sie unsicher wie ein Knabe an, doch als er ihren anbetenden Blick bemerkte, begannen seine Augen zu funkeln.

Sie hielt seine Hand fest. „Singen Sie mir noch ein Lied vor."

„Würde ich ja, meine Liebe, aber wir sind da."

Sie blickte in die Dunkelheit vor ihnen. Als er die Laterne hob, sah sie ein großes Tor, das passgenau in den Felsen eingearbeitet war. Lucien machte sich sanft von ihr los und ging darauf zu. Er griff in eine Nische im Fels und tastete darin herum, bis er den Schlüssel gefunden hatte, schloss das Tor auf und ließ sie passieren.

Prickelnd lief es ihr über den Rücken, als sie erkannte, dass dieser Tunnel ein potenzieller Fluchtweg für sie war, falls sie planen sollte, von Revell Court zu entfliehen. Wenn es morgen aufklarte, könnte sie sich vielleicht davonstehlen, während Lucien sich mit seinen Männern im Fechten übte. Bei dem Gedanken begann ihr Herz wie wild zu klopfen – irgendwie kam es ihr wie Verrat vor. Sie wusste, dass sie vom Haus aus in die Grotte fände. Von dort aus könnte sie das Tor aufschließen und nach draußen entkommen. Sie könnte in dem kleinen Weiler, wo Mr. Whitby wohnte, Hilfe suchen – bestimmt würde jemand sie zur nächsten Poststation bringen, und von dort aus käme sie heim nach Glenwood Park und zu Harry.

Ernüchtert von dieser Idee, schaute sie sich verstohlen um, während sie den restlichen Weg zur Grotte zurücklegten. Dann warf sie ihm einen ziemlich schuldbewussten Blick zu. Er musterte sie durchdringend. Offensichtlich hatte er gesehen, wie sie zum Tor zurückgeschaut hatte. Er starrte ihr in die Augen, schien ihre Fluchtgedanken dort lesen zu können, sagte aber kein Wort.

Als sie schließlich in die Grotte traten, stieg die Erinnerung an den erotischen Traum in Alice auf, der sich so schamlos um Lucien gerankt hatte. Sie wurde feuerrot und wich seinem Blick aus.

Als er den Tunnel betreten hatte, war ihm doch sicher bewusst gewesen, dass sie ihn als mögliche Fluchtroute in Betracht ziehen würde. Und dann erkannte sie, dass er dieses Risiko eingegangen war, um sie vor dem Unwetter in Sicherheit zu bringen. Während der Zauber seines Liedes noch in ihr nachhallte, sah sie sich in der Grotte um. Durch Spalten in der Decke fiel perlgraues Tageslicht in die hohe Felsenhalle – und Regen in fadendünnen Rinnsalen. Dampfschwaden stiegen von heißen Quellen auf. Der tropfende Regen hallte weich in der großen Höhle wider, ein regelmäßiges, beruhigendes Geräusch. Obwohl sie schon in der Grotte gewesen war, wirkte sie auf sie diesmal ganz anders.

Ihr kam es so vor, als hätte sie, nachdem sie den unterirdischen Tunnel verlassen hatte, eine vollkommen neue Welt betreten, die der alten zwar ähnelte, aber doch vollkommen neu war – oder vielleicht betrachtete sie sie nur mit neuen Augen. Das hier ist keine Grotte des Bösen, sondern eine Höhle geheiligter Mysterien, dachte sie, während ihr Blick über den kunstvoll gearbeiteten Drachen und die hohen korinthischen Säulen schweifte.

Erstaunt betrachtete sie Lucien, der soeben die Kerzen in einem hohen Metallkerzenständer entzündet hatte. Er brachte den Kandelaber herüber und stellte ihn neben den heißen Quellen ab.

„Was machen Sie da?" fragte Alice vorsichtig.

„Ähm, wie soll ich es taktvoll ausdrücken?" Er zog sich nachdenklich die Lederhandschuhe aus. „Meine liebe Miss Montague, Ihnen klappern die Zähne. Sie haben die letzte halbe Stunde nur gezittert, Sie haben sich an der Schulter verletzt, und Sie sind von oben bis unten voller Matsch. Sie, meine Liebe, gehen jetzt baden."

Sie riss die Augen auf, starrte auf das große Becken in der Grottenmitte und dann wieder auf ihn. „Etwa da drin?"

„Genau da."

„Aber, Lucien ..."

„Es empfiehlt sich einfach, Alice. Ich lasse nicht mit mir reden. Die heiße Quelle hier hat dieselben Heilkräfte wie die in Bath. Und jetzt ziehen Sie die nassen Kleider aus, bevor Sie sich noch den Tod holen – und sehen Sie zu, dass Sie Ihre Wunden säubern. Ich überlasse Sie jetzt sich selbst und hole Ihnen Seife, Handtücher und trockene Sachen. Sie haben ja wohl ein Kleid zum Wechseln mitgebracht, oder? Die Zofe wird schon wissen, was Sie von Ihren Sachen brauchen." Er drehte sich um und ging entschlossen davon.

„Aber, Lucien ...“

Als er stehen blieb und zu ihr zurückschaute, war die nagende Sehnsucht in seinem Blick nicht zu verkennen. „Was denn?“ fragte er ungeduldig.

Sie bemerkte, dass auch er zitterte. „Ich bin nicht sicher, ob ich das tun sollte“, sagte sie bestürzt.

„Seien Sie vernünftig, Alice. Aber es bleibt natürlich Ihnen überlassen.“ Damit ließ er sie allein.

Sie biss sich auf die Lippen und blickte zum Becken hinüber, uneins mit sich. Die heißen Quellen waren wirklich unglaublich verlockend, wie sie da vor sich hin dampften. Die Alternative war ein lauwarmes Sitzbad in ihrem Schlafzimmer, bei dem sie nicht einmal den Schlamm aus ihren Haaren bekäme. Sie betrachtete sich und verzog das Gesicht. Sie war triefnass, ganz zerschlagen, und sie fror erbärmlich. Der Schlamm an ihren Kleidern und Schuhen war festgetrocknet. Vermutlich würde es eine halbe Stunde dauern, bis die Dienstboten Wasser erhitzt und die Badewanne gefüllt hätten, und bis dahin hätte sie dann wirklich Schüttelfrost.

Sie zog die Handschuhe aus und ging zaudernd zu den in den Felsen gehauenen Stufen, die ins Becken führten. Sie schaute sich in der dunklen, verlassenen Grotte um, als würde sie von ihrer Mutter oder ihrer strengen ehemaligen Gouvernante beobachtet, die sie schon für den bloßen Gedanken ausschelten würden. Alice bückte sich und tauchte prüfend die Finger ins Wasser. Es fühlte sich herrlich an, warm und belebend.

Nun, ich will nicht krank werden, überlegte sie. Mit verstohlener Hast legte sie die Kleider ab, damit Lucien, wenn er zurückkam, nicht mehr sah, als er sehen sollte. Sie schlüpfte aus seinem schweren Mantel und ihrer pelzbesetzten Pelisse und knöpfte mit zitternden Händen das Mieder ihres Reisekleides auf. Sie kämpfte sich aus den feuchten Ärmeln und ließ Kleid und Unterrock zu Boden gleiten. Dann streifte sie die Schuhe ab.

Schließlich legte sie noch Strumpfband und Strümpfe ab, untersuchte die blutige Wunde am Knie und tauchte dann, nur noch im ärmellosen weißen Hemd, den Zeh ins Wasser. Ach, wie herrlich, dachte sie wohlig. Nun zögerte sie nicht länger; sie stieg die Stufen hinunter, hinein in das warme, sprudelnde Wasser in dem luxuriösen Becken. Der Schein der Kerzen spiegelte sich im Wasser vorn an den Stufen, aber die Dunkelheit weiter hinten machte sie nervös.

Als sie die unterste Stufe erreicht hatte, war das Wasser etwa vier Fuß tief. Sofort spürte sie die wohltuende Wirkung; sie fühlte sich von Kopf bis Fuß entspannt, schwerelos, umschmeichelt. Erleichtert ließ sie sich in die wohlige Wärme sinken. Nachdem sie sich an die Hitze und an das merkwürdige Gefühl gewöhnt hatte, in einem natürlichen Becken zu schwimmen, tauchte sie unter und wusch sich Schlamm und Regen aus den Haaren.

Wagemutig geworden, glitt sie ein Stück unter der Wasseroberfläche dahin. In diesem Becken zu schwimmen war wie fliegen. Es erweckte sie förmlich – als sie wieder an die Oberfläche stieß, merkte sie, dass sie sich atemberaubend frei fühlte. Freier als je zuvor in ihrem Leben. Ohne es überhaupt beabsichtigt zu haben, hatte sie den Käfig verlassen, in dem sie so viele Jahre gelebt hatte. Während sie darüber nachdachte, stellte sie sich hin, drehte ihr hüftlanges rotgoldenes Haar zur Kordel zusammen und drückte das Wasser aus.

Und in diesem Moment entdeckte sie am Fuß der Treppe eine dunkle Silhouette, die sich aus den Schatten löste und auf sie zukam. Es war Lucien. Er hatte sie beobachtet, aber sie empfand keine Angst. Alice hielt ganz still und schaute ihn an.

Sein glühender Blick glitt über ihre Gestalt, heftete sich auf ihre Brüste, versengte sie. Sie keuchte erschrocken auf, als sie erkannte, dass ihr dünnes weißes Musselinhemd ganz durchsichtig geworden war. Es schmiegte sich an sie, enthüllte jede Kurve und sogar die rosigen Brustspitzen. Ihr Herz raste, doch sie hob das Kinn und begegnete seinem begierigen Blick – und unterdrückte den Impuls, ihre Blöße zu bedecken.

Stattdessen ließ sie den Haarstrang los, sodass er ihr sanft den Rücken hinunterfiel. Die nackte Begierde, die sich in seiner angespannten Miene spiegelte, ging mit einer solch ritterlichen Bewunderung einher, dass sie keine Angst verspürte, nicht das Gefühl hatte, vor ihm zurückweichen zu müssen. Sie hielt vollkommen still und ließ ihn schauen, denn in jenem magischen Moment seelischer Erkenntnis wurde ihr klar, dass ihr ein Mann wie Lucien noch nie begegnet war und – wichtiger noch – nie wieder begegnen würde.

Während er sie atemlos staunend betrachtete, war ihm, als hätte die Welt aufgehört, sich zu drehen. Sie war die schönste Kreatur, die er je gesehen hatte, eine jungfräuliche Wassernymphe, deren zarte Haut glühte und glänzte, während sich das lange Haar um ihre Arme und die schmale Taille wand und das dünne Musselinhemd wie weiße Seerosen um ihre Hüften wallte. Er konnte kaum noch atmen, so sehr hatte ihn ihre Schönheit in Bann geschlagen. Im nächsten Augenblick allerdings kamen ihm Bedenken, weil er ein solches Risiko eingegangen war, um sie vor dem Sturm in Sicherheit zu bringen. Nun wusste sie Bescheid über den Tunnel, sie kannte den Fluchtweg. Die Vorstellung, sie könnte fliehen, erfüllte ihn mit Verzweiflung.

Er zwang sich, den Blick zu senken, trat langsam vor und legte Kleider und Handtücher sorgfältig am Beckenrand ab. Das Herz schlug ihm bis zum Hals. Plötzlich war er ganz durcheinander, wusste gar nicht mehr, was er da eigentlich tat. Er ließ sich auf ein Knie nieder und bot ihr stumm ein Stück Seife dar.

Sie schwamm gemächlich zu ihm hinüber. Er zitterte ob der warmen, feuchten Berührung, als sie ihm die Seife aus der Hand nahm.

Er wollte sie fragen, ob es ihrer Schulter besser gehe, aber er brachte kein einziges Wort hervor. Er suchte nach Worten, um ihr ein Kompliment zu ihrer erstaunlichen Schönheit zu machen, doch bloße Worte vermochten die Ehrfurcht nicht auszudrücken, die er empfand. Seine Reaktion erschütterte ihn zutiefst; er wusste nicht mehr, wer hier verführte und wer verführt wurde.

„Danke", murmelte sie. Langsam und mit einem leise einladenden Lächeln ließ sie sich ins Becken zurückgleiten. Fast keuchend vor Begierde beobachtete er, wie sie die Seife an ihrem nackten Arm rieb. Er sehnte sich danach, ihr das heilende Quellwasser von den Lippen, von der Haut zu lecken. „Lucien, Sie zittern ja."

Schwer atmend sah er sie an und wusste, dass er sie jetzt, in diesem Moment, haben könnte.

Es wäre ganz einfach. Er brauchte nur zu ihr ins Wasser

zu steigen und sie langsam zu verführen, sie mit den Freuden der Sinne zu überwältigen. Ihr die Unschuld rauben und sie dadurch für immer an ihn fesseln. Aber zu seinem eigenen Erstaunen widerstand er der Versuchung. Nicht so. Nicht hier in der Grotte – nicht bei ihrem ersten Mal. Sie war noch nicht bereit. Sicher, er könnte ihr gänzlich unbekannte Freuden schenken, aber sie würde es bedauern, sobald der flüchtige Moment der Erfüllung vorüber war. Sie würde ihn verachten. Schlimmer noch, er würde sich selbst verachten. Sosehr er sie auch begehrte, er wollte sie nicht durch Tricks gewinnen. Am Ende wäre sie dann bloß so verderbt wie er. Falls er je beweisen wollte, dass ihm die Ehre etwas bedeutete, auch wenn er eine Schlange und ein Spion war, dann musste er jetzt damit beginnen, jetzt und hier, bei Alice. Seine Seele konnte er nur retten, wenn er all seine Verführungskünste vergaß und ihr den tiefsten, wahrsten – und verletzlichsten – Teil seiner Selbst offenbarte. Vielleicht konnte er dann ihr Vertrauen gewinnen. Er wusste, dass er es jetzt noch nicht verdient hatte. Der schreckliche Moment, als sie gefallen war, hatte ihm blitzartig klar gemacht, dass dies, egal was er vorher gedacht hatte, kein Spiel war – er hatte eine schöne, ehrbare junge Frau vor sich, und er trug die Verantwortung dafür, was aus ihr wurde.

„Kommen Sie auch?“ fragte sie, auf dem Rücken treibend, und spritzte mit den Zehen eine Fontäne warmen Wassers nach ihm.

Seine Augen loderten beim Anblick ihres blassen, gut entwickelten Körpers auf. Unter großer Willensanstrengung stieß er hervor: „Jetzt nicht.“

Sie lächelte. „Aber Sie sind doch genauso schmutzig, wie ich es war, und sicher ist Ihnen auch kalt. Haben Sie keinen Muskelkater von all dem Fechten und Boxen?“

„Ich gehe später rein, wenn Sie fertig sind.“

„Warum?“

Er richtete sich auf und starrte sie nur an, bis ihr unschuldiges Lächeln erlosch. Verständnis blitzte in ihren blauen Augen auf, und dann lief sie dunkelrot an. Sie wandte den Blick ab, plötzlich wieder ganz mädchenhafte Scheu.

Er schloss die Augen und betete um innere Kraft, als sie tauchte und von ihm wegschwamm, um ihr Bad im Kerzenschein bei den Stufen abzuschließen.

9. KAPITEL

Etwa eine Stunde später saß Alice erfrischt und ausgeruht vor dem Spiegel in ihrem Zimmer. Sie trug das elegantere der beiden Kleider, die ihr jetzt noch zur Verfügung standen. Ihr Reisegewand war vollkommen ruiniert. Für tagsüber hatte sie das einfache pastellblaue Musselinkleid, doch jetzt am Abend war natürlich das etwas weiter ausgeschnittene grüne Samtgewand angemessener. Es war eines ihrer Lieblingskleider, weil der Samt weich und bequem war und der Rock wunderschön fiel. Der Ausschnitt war eckig und wie die langen engen Ärmel mit elfenbeinfarbener Spitze besetzt, und an der hohen Taille prangte eine schwarze Satinschleife. An den Füßen hatte sie passende grün-schwarze Samtschuhe. Sie saß da, baumelte mit den Füßen und kämmte sich mit träumerischer Miene das Haar.

Vor sich sah sie immer noch Lucien, wie er sich in der Grotte entkleidet hatte, um ebenfalls ins Becken zu steigen. Er hatte sich das Hemd über den Kopf gezogen, sodass sie einen Blick auf seine schmale Taille, die breiten Schultern und den muskulösen Rücken hatte werfen können. Bei dem Gedanken wurden ihr die Knie weich.

Ein dezentes Klopfen an der Tür riss sie plötzlich aus ihren Träumereien. Als sie aufstand und öffnete, verbeugte sich ein Lakai vor ihr.

„Guten Abend, Miss. Seine Lordschaft bittet Sie, ihm vor dem Dinner in der Bibliothek Gesellschaft zu leisten. Er wies mich an, Ihnen das zu geben." Er streckte ihr ein Tablett entgegen, auf dem ein Schlüssel lag.

Sie runzelte die Stirn und nahm den Schlüssel. „Wofür ist der?"

Der Lakai wurde rot. „Äh, für Ihr Zimmer, Miss."

„Oh", meinte sie und lief ihrerseits rot an. Ihr Herz begann laut zu klopfen. Was hatte das zu bedeuten? Handelte es sich wieder um ein Kräftemessen, wie bei ihrem letzten Zusammentreffen in der Bibliothek? „Hat er etwas gesagt?" erkundigte sie sich.

„Nein, Miss. Soll ich Sie jetzt in die Bibliothek führen?"

Sie schaute ihn an. „Inzwischen kenne ich den Weg."

Als sie die Bibliothek ein paar Minuten später betrat, konnte sie von Lucien nichts weiter sehen als seine Stiefel und eine Hand, die, ein Glas Rotwein haltend, lässig über die Lehnstuhllehne ragte. Er saß mit dem Rücken zu ihr vor dem Kamin, in dem ein Feuer loderte. Vorsichtig ging sie zu ihm.

Er stützte die Wange auf die Faust. Schweigend blickte er sie an, als sie näher kam. Im Schein des Kaminfeuers glänzten seine Augen voll Sehnsucht. Seine Lippen sahen zart und weich aus, ein wenig schmollend, als wollten sie unbedingt geküsst werden.

„Hallo", murmelte sie, die Hände locker im Rücken verschränkt, und stellte sich vor ihn hin.

„Wie geht es Ihrer Schulter?" brummte er und starrte sie an.

„Viel besser. Lucien?"

„Ja, Alice?" erwiderte er müde.

„Warum haben Sie mir den Schlüssel gegeben?"

„Soll ich ihn wieder an mich nehmen?" erkundigte er sich, senkte dann den Blick und rieb sich die Stirn. „Weil ich nicht möchte, dass Sie Angst haben. Vor mir."

„Ich habe keine Angst", erwiderte sie.

Er hob den Kopf. „Ich weiß, dass Sie über den Tunnel Bescheid wissen. Und den Schlüssel haben Sie jetzt auch. Wenn Sie fliehen möchten, werde ich Sie nicht aufhalten."

Sie dachte kurz nach. „Habe ich Sie verärgert?"

„Was meinen Sie damit?"

„Meine Unbeholfenheit heute. Weil ich gestolpert bin wie ein schwerfälliges Ding. Ich komme mir so töricht vor ..."

„Ich bin es, der hier töricht war, Alice. Bitte machen Sie sich keine Gedanken. Es ist alles meine Schuld", flüsterte er und richtete sich auf.

„Wie das?"

„Ich hätte dafür sorgen müssen, dass wir den Sturm in Whitbys Cottage abwarten. Ich hätte Sie festhalten müssen. Ich hätte Sie nie zwingen dürfen, hier bei mir zu bleiben", verkündete er schließlich, kaum hörbar. „Aber ich konnte einfach nicht anders."

Alice machte einen Schritt auf ihn zu. „Ich weiß. Sie haben genug davon, immer allein zu sein. Sie haben es mir gesagt."

„Sie haben keine Ahnung", entgegnete er fast feindselig und schüttelte den Kopf. „Ich habe keine Ahnung, was ich mit Ihnen eigentlich will. Sie sind ganz anders als alle anderen, die ich jemals ..." Abrupt hielt er inne. „Haben Sie je zu viel Wein getrunken, Alice?" Er hielt das Glas hoch und ließ den rubinroten Wein darin kreisen.

„Ich neige nicht dazu, es zu übertreiben."

„Nein, natürlich nicht", antwortete er trocken. „Dann lassen Sie mich erklären, dass man umso durstiger wird, je mehr man trinkt. Aller Wein der Welt kann den Durst nach Wasser nicht stillen. Wasser. Wein macht einen fröhlich, aber zum Leben braucht man Wasser. Reines, sauberes, süßes Wasser." Er seufzte und schwieg einen Moment. Fast bitter starrte er ins Feuer. „Ich bin ausgedörrt, vertrocknet wie ödes Land. Ich brenne wie eine verdammte Seele. Ich habe solchen Durst."

„Ich weiß", flüsterte sie. Langsam kniete sie vor seinem Stuhl nieder, nahm seine Hand und sah in jugendlicher Ernsthaftigkeit zu ihm auf.

Er beobachtete jede Bewegung mit streng kontrollierter Begierde. „Es ist schon in Ordnung, wenn Sie weglaufen wollen. Ich könnte es Ihnen nicht zum Vorwurf machen."

„Ich habe keine Angst."

„Sollten Sie aber", erwiderte er, umso schärfer, als ihm sein Zynismus abhanden zu kommen drohte. „Das Leben mit mir steckt voller Gefahren. Sie sollten lieber zusehen, dass Sie verschwinden, solange es noch geht …"

„Pssst, Lucien. Ich möchte Ihnen etwas sagen." Sie verschloss seine Lippen mit den Fingerspitzen, bis er sich wieder beruhigt hatte und nun bereit war, ihr zuzuhören. „Ich muss mich wegen gestern bei Ihnen entschuldigen, als Sie mir Ihr Herz geöffnet haben und ich es … mit Füßen trat."

Er zog eine Augenbraue hoch.

Sie ließ die Hand von seinem Mund gleiten. „Ich habe schon den ganzen Tag nach den richtigen Worten gesucht, um Ihnen mitzuteilen, wie schrecklich Leid mir meine Bemerkung von gestern tut – dass es mich nicht überrascht, wenn Sie allein sind. In Wahrheit kann ich mir überhaupt nicht erklären, warum Sie nicht schon längst von einer Frau geschnappt wurden. Um ganz ehrlich zu sein, Lucien …", sie senkte das Kinn und wurde rot, „... ich bin auch allein.“ Sie spürte, wie er sie anstarrte. Sie nahm allen Mut zusammen und schaute ihn unsicher an. „Hassen Sie mich? Ich wollte doch gar nicht so ...“

Er beugte sich abrupt vor, hob sanft ihr Kinn und schnitt ihr alle weiteren Worte mit einem Kuss ab.

Als sich ihre Lippen trafen, entrang sich ihr ein kleiner atemloser Seufzer. Sie schloss die Augen. Er schob die Hand unter ihren Nacken und drängte ihre Lippen auseinander. Ihr Herz begann zu rasen. Sie musste nicht weiter angespornt werden, empfing eifrig seinen Kuss, streichelte sein Gesicht mit den Fingerspitzen. Er schmeckte nach Portwein. Sie kostete davon, nahm seine Zunge noch tiefer in sich auf. Ihre Hände zitterten, als sie ihm übers Kinn strich und die Finger durch sein seidiges Haar gleiten ließ. Mit einem leisen Stöhnen des Begehrens nahm er sie in die Arme, ertastete die Konturen ihres Körpers unter dem Samtgewand, umfasste ihre Hüften. Mit aller Macht suchte sie die Leidenschaft zu zügeln, die er in ihr entfachte.

„Ich ertrage das nicht. Ich will keine Spielchen mehr“, flüsterte er drängend und beendete den Kuss. Neben wilder Leidenschaft entdeckte sie in seinem Blick auch echte Furcht. „Ich muss wissen, was du tun wirst. Bleibst du freiwillig, oder willst du durch diesen verflixten Tunnel entkommen? Wenn du nicht bleiben möchtest, werde ich dich nicht halten – nicht nach allem, was heute geschehen ist. Und wenn du kein Interesse an mir haben solltest, will ich lieber gar nicht erst damit anfangen, Zuneigung zu dir zu entwickeln.“ Er hielt inne, selbst erschrocken über seine glühenden Worte.

„Was wollen Sie ... willst du denn?“

„Dass du bleibst, natürlich“, sagte er mit roten Wangen,

zum Äußersten getrieben. „Bleib noch die Woche, wie wir es vereinbart haben, nicht weil du musst, sondern weil du es möchtest – und weil du wie ich herausfinden willst, ob zwischen uns wirklich etwas ist oder ob es nur eine … schöne Illusion ist.“

Überrascht und voll Zärtlichkeit sah sie ihn an. Sie erkannte ergriffen, dass aus seinem Interesse an ihr unbegreiflicherweise etwas Ernstes geworden war. Sie wagte kaum, es zu glauben.

Er wich ihrem erstaunten Blick aus und seufzte voll Selbstekel. „Himmel! Ich höre mich ja wie ein vollkommener Narr an. Du kannst genauso gut abreisen. Soll ich eine Kutsche vorfahren lassen?“

„Nein!“ erwiderte sie hastig. Sie kniete immer noch zwischen seinen Beinen am Boden. Nun schlang sie ihm die Arme um den Hals und drückte ihm einen tröstenden Kuss auf die Wange. Voll Elend schloss er die Augen und rückte ein wenig näher. Alice strich ihm mit den Lippen von der Wange zum Ohr. „Lucien?“

„Ja, Alice?“

Ihr Herz dröhnte, doch sie nahm allen Mut zusammen, um ihm die Hand hinzustrecken – so gefährlich und unberechenbar er auch war. „Ich glaube, es ist echt.“

Als er ihre leisen, zögernden Worte hörte, begann er in ihren Armen zu zittern, hob langsam die Lider und warf ihr einen gequälten Blick zu. Sie flüsterte seinen Namen, während er sie auf seinen Schoß zog und sie dann glühend küsste. Falls sie noch irgendwelche Zweifel gehegt hatte, was seine Ernsthaftigkeit betraf, so wurden sie von der flammenden Sehnsucht in seinem Kuss endgültig zerstreut.

„Liebe Güte, du weiß nicht, was du mit mir anstellst, Mädchen“, murmelte er nach ein paar Sekunden, seine Leidenschaft eisern im Zaum haltend. Er umfasste ihr Gesicht und strich ihr mit den Daumen sanft über die Wangen. „Ich will dir nicht wehtun. Ich möchte dir keine Angst machen.“

„Du machst mir keine Angst. Ich will dich kennen lernen.“

„Ja“, flüsterte er und nickte langsam. Sie in den Armen haltend, ließ er sie nach unten gleiten, bis sie quer über seinem Schoß lag, die Knie über der Armlehne. Wieder und wieder küsste er sie und streichelte durch den Samt ihre Oberschenkel.

„Wie geht es deinem armen, armen Knie?“ fragte er und neigte den Kopf, um einen sanften Kuss darauf zu drücken.

So fasziniert war sie von dieser spielerischen Sinnlichkeit, dass sie keinen Ton hervorbrachte. Er lächelte verständnisvoll und strich an ihrem Bein weiter nach unten. Dann schlüpfte er mit der Hand unter ihr Kleid und liebkoste ihren Knöchel. Sie errötete zwar, legte aber keinen Protest ein. Sie fühlte sich ihm in diesem Moment sehr nah und wusste, dass er genauso empfand. Dankbarkeit leuchtete aus seinen Augen, als hätte Alice ihm durch ihre Bereitschaft, auf Revell Court zu bleiben, ein großes Geschenk gemacht. Er hatte ja keine Ahnung, dass sie keine zehn Pferde von hier weggebracht hätten. Jetzt nicht mehr. Er schob einen Finger in ihren Samtschuh und spielte mit ihrem bestrumpften Fuß. Sie kicherte und wand sich, als er sie zu kitzeln begann.

„Weißt du eigentlich, wie hübsch jeder Zoll von dir ist, Alice Montague?“ raunte er und neigte den Kopf, um sie auf den Hals zu küssen, während er mit der Hand weiter ihren Körper erforschte.

Sie küsste sein Haar, während er sich weiter nach unten vorarbeitete, ihr heiße Küsse aufs Dekolletee hauchte, bis ihr ganz schwindlig wurde. „Dasselbe könnte ich von dir sagen."

„Aber du hast doch noch gar nicht alles von mir gesehen", meinte er anzüglich.

„Noch nicht."

Mit hochgezogenen Augenbrauen blickte er auf.

Sie schenkte ihm ein freches Grinsen. „Vielleicht male ich dich. Du könntest mir Modell stehen, *au naturel.*"

„Was für ein ... schockierender Vorschlag", murmelte er.

„Jetzt tu doch nicht so, als wärst du schüchtern. Da kenne ich dich aber besser."

„Behaupte ich ja auch nicht. Die Frage ist, ob *du* schüchtern bist, meine Süße. Zufällig habe ich gerade etwas sehr Unanständiges im Sinn."

„Du? Nie im Leben!"

„O doch", wisperte er und fuhr ihr provozierend mit der Rückseite der Hand über die Brüste.

Die Röte stieg ihr in die Wangen, als ihre Brustspitzen unter seiner Berührung hart wurden. Ihre Haut war erhitzt und überaus empfindlich geworden. „Was genau schwebt dir da vor?"

Wenn sie ihn zurückgewiesen hätte, wäre er vielleicht nicht noch dreister geworden, aber sie genoss es viel zu sehr, als dass sie ihn hätte aufhalten wollen. Er legte die Finger direkt auf ihre Brustspitze und liebkoste sie genüsslich. „Ich will dir ein paar Freuden zeigen. Vertraust du mir?" hauchte er und strich unter dem Rock an ihrem Bein aufwärts.

„In welcher Hinsicht?" stieß sie hervor, erzitterte, als seine warme Hand über ihr Knie glitt und sich langsam nach oben weiterbewegte.

„In der Hinsicht, dass du mir erlaubst, dich zu berühren, und nicht befürchtest, dass ich die Kontrolle über mich verliere. Das werde ich nämlich nicht, weißt du. Ich will, dass du in meinen Armen die Furcht verlierst."

Sie schluckte, und ihr Herz hämmerte noch lauter. „Nun ja, wenn du mir versprichst ..."

„Du hast mein Wort."

„Dann glaube ich, dass es wohl ginge, Lucien", stimmte sie schwach zu.

Sie riss die Augen auf, als er die Hand zwischen ihre Schenkel schob. Ein unglaubliches Gefühl durchzuckte sie. Luciens Augen glitzerten, und Alice wusste nicht, ob sie sich vielleicht schämen sollte. Als er sie an dieser Stelle berührte, hatte er ihre Erregung ja spüren müssen. Scharf sog sie den Atem ein, erzitterte am ganzen Körper, als er mit den Fingern ganz leicht über ihre empfindsamste Stelle strich, auf und ab, und jeden Zoll ihrer jungfräulichen Weiblichkeit erweckte, bis sie leise stöhnte und sich an seine Schulter sinken ließ.

Die Hitze und der köstliche Druck, den er ausübte, machten sie ganz schwach. Sie hatte die Arme um seinen Hals geworfen und klammerte sich nun an ihn, atemlos und voll Begierde. Sie stieß einen wortlosen Laut des Erstaunens, der Erleichterung aus, als Lucien den Finger tiefer eintauchte.

„Wie fühlt sich das an?" fragte er heiser und ließ sie nicht aus den Augen.

Sie konnte nur leise stöhnen. Diese Antwort gefiel ihm; er lächelte. Dann glitt er mit den Fingern zu der winzigen, pochenden Knospe. Er beugte sich zu ihr und nahm ihre Lippen in einem tiefen, betörenden Kuss, während er sie mit quälender Langsamkeit weiter liebkoste, bis sie sich auf seinem Schoß wand und sich ihm entgegendrängte.

„Willst du mehr?“ raunte er.

Sie brachte nur ein Wimmern hervor. Zitternd hielt sie sich an ihm fest, während er mit zwei Fingern langsam in sie eindrang. *Lieber Gott, ja.* Genau das war es, was sie gebraucht hatte. Es war tausend Mal besser als in ihrem Traum, und doch erkannte sie erstaunt, dass diese berauschende Berührung nur ein Vorspiel zum Entzücken einer echten Vereinigung war.

Sein Kuss folgte dem Rhythmus seiner Hand. Sie spürte seine harte Männlichkeit an ihrer Hüfte, was sie unerträglich erregte. Aber er hielt Wort und zügelte sein eigenes Begehren, sodass sie sich in die Freuden, die er ihr schenkte, fallen lassen konnte. Ihr Herz hämmerte, als wollte es bersten. Ihr war schwindelig, sie fühlte sich schwerelos. In dem Moment, da er den Daumen sanft auf ihre Knospe legte, während seine Finger sich weiter in ihr bewegten, kam der ekstatische Höhepunkt. Sie stieß einen Schrei aus und klammerte sich an Lucien, während der ihr raue Liebesworte zuflüsterte, die sie nicht verstand.

Weiß glühend zuckte die Leidenschaft durch sie hindurch wie ein Feuer, das außer Kontrolle geraten war, und ließ sie atemlos, keuchend, erschöpft zurück.

„Lieber … Himmel“, stieß sie ein paar Minuten später aus. Sie legte den Kopf auf die Armlehne und blickte zu ihm auf. „Das war unglaublich.“

Er lächelte sie an. „Stets mit Freuden zu Diensten, Madam.“

Sie stützte sich auf den Ellbogen ab. „Warum nur hat dir noch keine Frau Fesseln angelegt?“

„Das haben schon viele versucht. Ich renne immer davon.“ Mit dem Finger malte er Sterne auf ihren Bauch. „Vielleicht habe ich ja nur auf dich gewartet.“

Erstaunt betrachtete sie ihn. „Was für ein wortgewandter Charmeur du doch bist.“

„Danke.“

Sie lächelte und blies sich eine Locke aus dem Gesicht. „Das war nicht als Kompliment gemeint.“

„Ah. Nun, bei dir meine ich jedes Wort ernst.“

Sie schüttelte den Kopf. „Seltsam, als ich dachte, du spielst nur mit mir, ist es mir nicht schwer gefallen zu glauben, dass du mich begehrst, aber jetzt, wo es dir ernst ist, fühle ich mich etwas überwältigt.“

„Eigentlich war es mir von Anfang an ernst.“

Sie riss die Augen auf. „Wirklich?“

Er nickte und spielte mit der schwarzen Satinschleife an ihrer Taille.

„Verstehe. Also hast du einen Wüstling gespielt, der nur so tut, als wäre es ihm ernst – und wusstest dabei genau, dass du als übler Schurke dastehen würdest, während es dir in Wirklichkeit vollkommen ernst war?“

„Genau.“

Sie lachte trocken und schüttelte den Kopf. „Ganz schön verwickelt. Faszinierend, was für verschlungene Wege dein Verstand geht.“

Er warf ihr einen beleidigten Blick zu. „Und ich nahm an, du findest *mich* faszinierend.“

„Das auch“, räumte sie lächelnd ein. „Aber versprich mir jetzt, dass Schluss mit den Spielchen ist, ja?“ sagte sie leise. „Wir sind jetzt Freunde, nicht wahr? Wir müssen versuchen, offen zueinander zu sein.“

Er nickte, plötzlich ernst geworden.

„Ich habe eine Menge Fragen …“

„Ich bitte dich inständig, sie nicht zu stellen.“

„Wie bitte?“

„Bitte, stell mir einfach keine Fragen. Weder zur Grotte noch zu den Wachen … Frag mich gar nichts.“

„Aber warum denn nicht?“ rief sie aus, überrascht, dass er erraten hatte, was ihr Sorgen bereitete.

„Weil ich dir dann keine Lügen erzählen muss.“

Sie starrte ihn an.

„Vertrau mir“, flüsterte er.

„Ich soll dir … einfach vertrauen? Mehr hast du nicht zu sagen?“

Er nickte nur.

„Ich bin mir nicht sicher, ob ich das kann.“

„Dann lauf weg, Alice“, fuhr er sie an. Seine Miene hatte sich verfinstert. „Du hast die Wahl. Ich habe dir gesagt, was ich empfinde.“ Er schob sie von seinem Schoß auf den Stuhl, stand auf und lief auf die Tür zu.

„Lucien!“

Er drehte sich um. Das Licht der Flammen flackerte über seine stolze Gestalt. „Es ist nun einmal so, dass manche Leute Verpflichtungen auf dieser Welt haben, die ein kleines Mädchen aus Hampshire nicht begreifen kann Ich hatte gehofft, du würdest das verstehen.“

„Ach, hältst du mich etwa für dumm?" erwiderte sie und sprang auf.

„Nicht für dumm, für naiv. Behütet. So gefällst du mir auch. Ich will nicht mit dir streiten. Für mich bist du ... ein Engel. Eine Göttin. Aber diese Dinge haben mit dir nichts zu tun. Ich kann mit dir nicht darüber sprechen, das geht nicht. Das ist die einzige Regel, wenn du bei mir bleiben willst. Respektiere meine Zurückhaltung."

„Zurückhaltung oder Geheimniskrämerei?"

„Nenn es, wie du möchtest. Kannst du damit leben – zumindest eine Woche lang? Könntest du es vielleicht versuchen?"

Sie verschränkte die Arme vor der Brust und betrachtete ihn aus schmalen Augen.

Er seufzte tief und schaute zur Wand. „Nun, überleg es dir. Ich gehe zum Dinner. Kommst du?"

Als sie nicht antwortete, drehte er sich um und ging hinaus.

Als er weg war, ließ sie ihrer Empörung freien Lauf. Ein kleines Mädchen aus Hampshire? Keine Fragen stellen? Er hatte sie abgefertigt wie ein Kind, und sie, Dummkopf, der sie war, wollte ihn trotzdem nicht verlassen. Sie wollte ihn. Dass er sie zum Bleiben gezwungen hatte, war unerhört, doch im Lauf des Tages war sie irgendwie dazu gekommen, es als wunderbare Möglichkeit zu interpretieren. Sie dachte an den armen Harry, der krank mit den Windpocken daniederlag, und verspürte Gewissensbisse, aber er hatte ja seine Mama und Peg. Und außerdem war das, was Alice zu Lucien gesagt hatte, im Wesentlichen richtig: Sie war allein. Sie hatte zwar ihre Verehrer, aber die kannten sie gar nicht richtig. Allesamt wären sie eine sichere Wahl, aber ihr Blut brachten sie nicht gerade in Wallung.

Lucien Knight schon. Vielleicht würde er ihr irgendwann so weit vertrauen, dass er ihr seine Geheimnisse verriet.

Ein paar Minuten stand sie noch da und ließ sich ihr Dilemma durch den Kopf gehen, doch dann begann ihr der Magen zu knurren. Sie setzte sich Richtung Speisezimmer in Bewegung, als ihr Blick auf den Spieltisch fiel. Das dort aufgebaute Schachspiel war seit gestern Morgen, als Lucien ihr und Caro die Falle gestellt hatte, unberührt geblieben. Alice betrachtete den geschnitzten schwarzen Springer, mit dem Lucien die weiße Dame geschlagen hatte.

Ein verschmitztes Lächeln breitete sich auf ihrem Gesicht aus, als sie merkte, dass er damit seine eigene Verteidigung vernachlässigt hatte. Wenn er das jetzt sehen könnte! Sie nahm einen bescheidenen weißen Bauern zur Hand und bewegte ihn sanft über den schwarzen Springer. Er hat Recht, dachte sie voll neuer Kraft und Gelassenheit, ich bin wohlbehütet. Aber das ruhige Landleben auf Glenwood Park hatte sie vor allem eine Tugend gelehrt: Geduld.

Mit Geduld, hatte ihre Mutter immer gesagt, kann man jede Schlacht gewinnen. Und heute erst hatte ihr Mr. Whitby, dieser liebe alte Herr erklärt, dass sie bei Lucien all ihre Geduld – und Sanftheit – würde aufbieten müssen. Sie nahm den schwarzen Springer in die Hand, gab ihm einen Kuss und setzte ihn auf der anderen Seite des Spielbretts anmutig ab. Dann ging sie mit einem Lächeln, das es an Bosheit durchaus mit Luciens aufnehmen konnte, in den Speisesaal.

In der eleganten Suite des Pulteney-Hotels starrte Rollo Greene entsetzt auf den blonden Hünen, der vor dem Spiegel saß und sein weißes Krawattentuch ein letztes Mal zurechtzupfte und dann eine geladene Pistole in das unter seinem schwarzen Frack verborgene Halfter schob.

„Doch nicht am Guy-Fawkes-Abend, Bardou, um Gottes willen!“ stieß Rollo hervor. „Das ist ein großer Feiertag! Die Straßen sind voller Leute, voller Kinder!“

„Ihre Aufgabe ist es, mir beizustehen, Greene. Erzählen Sie mir nicht, wie ich meine Mission zu erledigen habe“, erwiderte Bardou kühl.

„Jetzt hören Sie mal zu, Sir! In Amerika hält man nicht viel davon, Zivilisten zu massakrieren!“

Bardou lachte. Er wandte sich ab und stolzierte zu Sophia. Die russische Schönheit lehnte mit verschränkten Armen an der Wand, geschmeidig, misstrauisch und geheimnisvoll wie eine Siamkatze.

Rollo sah, wie in ihren mandelförmigen Augen Furcht und Feindseligkeit aufblitzten, als Bardou näher kam, aber sie versuchte nun nicht mehr, seinen Aufmerksamkeiten auszuweichen, wie sie das früher getan hatte – sie hatte sich mittlerweile in ihr Schicksal ergeben. Dennoch zuckte sie zusammen, als Bardou sie um die Hüften packte, an sich zog und den Kopf in ihrer Halsbeuge vergrub.

Rollo verzog das Gesicht und schaute zu Boden. Er hätte ihr gern geholfen, aber er konnte es sich einfach nicht leisten, Bardou in dieser Sache die Stirn zu bieten, wo er schon allen Mut aufbieten musste, um ihn wegen des Guy-Fawkes-Abends umzustimmen. Der große Festtag, mit dem die Vereitelung des Sprengstoffanschlags auf das britische Parlament im Jahre 1605 gefeiert wurde, wurde jedes Jahr am fünften November mit allerlei Feuerwerk begangen. Bis dahin waren es noch zwei Wochen.

Bardou hatte ihm die Details seines Plans immer noch nicht verraten, aber Rollo ging allmählich auf, dass der ehemalige napoleonische Spion weitaus Übleres vorbereitete, als seine Auftraggeber vorgesehen hatten. Offensichtlich war Bardous Hass auf die Engländer weitaus größer als der Zorn der Pflanzer aus Virginia. Die hatten in sehr viel kleinerem Maßstab geplant, wünschten sich einen Schlag gegen das britische Militär, vorzugsweise die Marine.

Rollo war klar, dass Unbeteiligte sterben würden, wenn man Bardou nicht aufhielt, und wenn bekannt würde, dass eine Gruppe mächtiger Amerikaner hinter der geplanten Gräueltat steckte, würde sein Präsident in Schimpf und Schande versinken und sein Land müsste schlimme Konsequenzen hinnehmen. Ganz zu schweigen davon, dass Rollos eigene Karriere am Ende wäre, weil er diesen Auftrag vermasselt hatte.

„Bardou, ich bitte Sie doch nur, den Zeitpunkt für Ihren Angriff noch einmal zu überdenken“, säuselte er. „Ich bin sicher, dass die Herren in Virginia keinen so rabiaten Angriff auf Londons Einwohner wünschen …“

„Halten Sie das Maul!“ brüllte Bardou, ließ seine Geliebte los und stürzte sich auf ihn.

Rollo riss die Augen auf, als Bardou in drei mächtigen Schritten bei ihm war, ihn bei den Rockaufschlägen packte und gegen die Wand drückte.

„Ich gebe die Befehle, Sie befolgen sie“, knurrte er. „Bleiben Sie mir aus dem Weg, sonst landen Sie am Grund des Flusses.“ Er ließ ihn los. „Und jetzt raus mit Ihnen.“

Rollos Herz schlug derart heftig, dass er befürchtete, es würde ihm den Dienst versagen. Ihm tat alles weh. Er sah Sophia an, doch die erwiderte seinen Blick nur ausdruckslos, und dann schaute er in Bardous irrsinnige hellblaue Augen.

„Raus, habe ich gesagt“, knurrte der Mann.

Rollo wartete nicht länger ab. Er floh.

Claude Bardou starrte die Tür an, die Greene hinter sich zugeschlagen hatte, und wandte sich dann an Sophia. „Ich trau ihm nicht.“

„Du traust niemandem, Claude. Dazu bist du nicht in der Lage. Du traust ja nicht mal mir.“

„Vor allem dir nicht“, erwiderte er mit gepresstem Lächeln. „Geh ihm nach. Schnell. Los.“

Sie seufzte genervt. „Muss das sein?“

„Ich wittere Verrat. Wenn er mich betrügt, bring ihn um.“

„Claude, ich kann den Amerikaner nicht umbringen. Er ist doch dein Verbindungsmann!“

„Ich brauch ihn nicht mehr. Tu, was ich dir sage, Sophia. Tu es für mich“, murmelte er. In seiner leisen Stimme schwang ein eisig warnender Ton mit.

Sie starrte ihn einen Moment lang rebellisch an, zog ihre Waffe heraus, prüfte sie und schob die Pistole dann wieder ins Halfter zurück, zu dem scharfen Dolch.

„Halt mich auf dem Laufenden. Und, Sophia“, fügte er hinzu, „versuch nicht abzuhauen.“

„Nie im Leben, Liebling.“ Sie nahm ihren langen, pelzgefütterten Mantel über den Arm und ging. Beim Hinausgehen warf sie ihm einen bösen Blick zu.

Kurz darauf klopfte es an die Tür. Wie pünktlich diese Engländer doch sind, dachte Bardou spöttisch. Er platzierte das Monokel im rechten Auge, strich sich über die kurzen Haare und ging zur Tür, wobei er sich innerlich auf die Rolle des preußischen Barons Karl von Dannecker einstimmte.

Claude Bardou hatte es nicht für nötig befunden, seinen amerikanischen Geldgebern zu verraten, dass er nicht nur politische Rache üben wollte, sondern auch eine persönliche Rechnung zu begleichen hatte. Und dafür war es erforderlich, dass ihn Ethan Stafford in die Londoner Gesellschaft einführte. Zwei Mal schon hatten sie sich unter den *ton* gemischt, und Bardou hatte vorsichtige Erkundigungen nach seinem verhassten Feind eingezogen. Bardou hatte entschieden, der einzige Weg, wie er Napoleons demütigende Niederlage verwinden könne, bestehe darin, den unentschiedenen Privatkrieg mit Lucien Knight zu gewinnen. Der einzige Mann, der sich nicht hatte brechen lassen – sein Gefangener, der, so unglaublich es auch sein mochte, die Oberhand behalten hatte.

Wenn er Lucien Knight nur auslöschen könnte – alles andere würde er ertragen: den Fehlschlag der Mission, der er sein Leben geweiht hatte, Bonapartes schändliche Abdankung, dass er selbst nie wieder nach Frankreich heimkehren könnte. Lucien Knight verkörperte für Bardou all das, was er an den Engländern hasste. Knights unerträglicher britischer Gleichmut hatte sich kaum zerstören lassen, welche Folterqualen sich Bardou auch ausgedacht hatte.

Er konnte sich einfach nicht damit abfinden, dass dieser feine adlige Spion auf der Insel der Sieger ein langes, erfülltes Leben vor sich hatte, während sein eigenes Leben, seine Zukunft zerstört waren. Um seinen Feind aufzuspüren, brauchte Bardou Ethan Stafford, der ihn in die Londoner Gesellschaft einführen sollte, damit er möglichst viel über Lucien Knight in Erfahrung brachte und herausfand, wie er ihn am besten zu fassen bekäme. Obwohl er von Bardou fünf Wochen gefangen gehalten worden war, hatte Knight ihm beinahe nichts erzählt. Da die körperlichen Schmerzen ihn nicht mürbe gemacht hatten, hatte Bardou sich überlegt, wie er ihm geistige Qualen zufügen könnte. Leider hatte Knight weder Frau noch Kinder, aber er besaß vier Brüder, von denen zwei hier in London weilten.

Bardou zögerte, Lucien Knights Zwillingsbruder anzugreifen, den formidablen Colonel Lord Damien Knight. Aber der flotte Lord Alec, der jüngste Bruder der Knight-Sippe, wäre ein leichteres Opfer. Noch besser allerdings eigneten sich Frauen. Schade, dass die kleine Schwester Lady Jacinda in Wien war, sie wäre für seine Zwecke genau richtig gewesen. Bardou blieb nichts anderes übrig, als auf die anderen Frauen in Luciens Leben zurückzugreifen. Heute Abend wollte er sich der neuesten Geliebten seines Feindes vorstellen lassen, einer gewissen Lady Glenwood.

Seine dunklen Absichten hinter einem kühlen Lächeln verbergend, öffnete er die Tür. „Guten Abend, Mr. Stafford."

Ethan Stafford verbeugte sich. „Von Dannecker. Sind Sie für unseren Ausflug nach Vauxhall bereit?"

„Ich freue mich schon den ganzen Tag darauf", erwiderte er, zog seinen Mantel über und verschloss die Hoteltür.

Der junge Engländer fand das ganze Arrangement zweifellos seltsam, aber jeder Mann hatte seinen Preis. Auch wenn der charmante Mr. Stafford einen leisen Verdacht hegen mochte, dass Baron von Dannecker nicht das war, was er zu sein vorgab, war er viel zu vorsichtig – und viel zu entschlossen, sein prächtiges Haus und die schöne Kutsche zu behalten –, um Fragen zu stellen.

Ein paar Minuten später rasten sie in Staffords fashionablem Wagen durch die Straßen Londons. Nachdem er die Taschen wieder einmal voll Gold hatte, war der junge Mann bester Stimmung. Stafford stellte seine Künste in der Handhabung eines Viererzugs bei so halsbrecherischer Geschwindigkeit zur Schau, dass sie im Handumdrehen den Fluss erreicht hatten und in der Fähre zum Vergnügungspark übersetzten.

Stafford zeigte ihm die laternenerleuchteten Pfade, wo sich in wärmeren Nächten Liebende verabredeten, und den künstlichen Wasserfall, der jeden Abend um Punkt neun angestellt wurde und die Besucher stets in helles Erstaunen versetzte. Sie betraten den hell erleuchteten Hauptpavillon, in dem das Orchester saß. Bardou musterte die bunt herausgeputzte Menge, immer wachsam hinter seiner Miene hochmütigen, reservierten Stolzes.

„Ah, da ist Lady Glenwood ja", meinte Stafford und warf ihm einen schlauen Seitenblick zu. „Hab ich doch gesagt, dass sie hier anzutreffen sein wird."

Bardou folgte Staffords Blick und entdeckte eine spärlich bekleidete vollbusige Schönheit mit dunklen Locken. Bardou zog in anzüglichem Interesse die Augenbrauen hoch. Die Baronin war von Verehrern umgeben.

„Tolle Figur, was?" murmelte Stafford und hieb ihm den Ellbogen in die Rippen.

Bardou sah ihn ausdruckslos an. „Aber wie ich höre, ist sie

mit jemandem liiert ... wie war der Name noch mal? Lucien Knight. Kennen Sie den Mann?"

Stafford blinzelte überrascht. „Natürlich." Er senkte die Stimme. „Es war doch auf einer von Lord Luciens Partys, wo Rollo Greene mich darauf ansprach, ob ich Ihnen ... helfen möchte."

„Ach wirklich?" erwiderte Bardou und verbarg seinen Zorn. *Ich wusste es.* Dieser kleine Fettsack hatte ihn angelogen, ihm erzählt, er würde Lucien Knight nicht kennen! Zum Glück hatte er Sophia hinter ihm hergeschickt. Manchmal stand Fortuna eben auch auf seiner Seite.

Partys, dachte er verächtlich. Diese Engländer waren so arrogant, so siegesgewiss! Es erfüllte ihn mit diebischer Freude, dass Lucien Knight auf seinem Landsitz rauschende Feste feierte, statt auf der Hut zu sein. Solange Bardou genau wusste, wo Knight sich aufhielt und was er tat, lag alles in *seiner* Hand, konnte er losschlagen, wenn es *ihm* passte. Er hatte nicht die Absicht, Knight auf seinem Landsitz anzugreifen, denn es war dumm, dem Feind einen Heimvorteil zu gewähren. Nein, Lady Glenwood würde sich vielleicht als genau das richtige Mittel erweisen, um Knight zurück nach London zu locken, wo Bardou ihn schon erwartete.

„Ist er in sie verliebt?" erkundigte er sich lässig bei Stafford.

„Anscheinend hat er sich so nach ihr verzehrt, dass er sie seinem eigenen Bruder ausspannte. Keine Ahnung, ob man das Liebe nennen kann, aber irgendwas muss es ja schon bedeuten, oder? Ich persönlich glaube, dass sie mit beiden nur spielt. Bei der Figur könnte sie glatt damit durchkommen", fügte er leise hinzu.

Bardou stimmte ihm zu, als sie zu der Schönen hinüberschlenderten. Ihre geschminkten Lippen plapperten ohne Unterlass. Als die beiden Männer in den Kreis traten, runzelte Bardou die Stirn. Die Frau redete zu schnell, er verstand sie nur schlecht. Er hatte Schwierigkeiten, ihr zu folgen.

„Ich *konnte* einfach nicht auf dem Land bleiben! Ich hab's versucht, ehrlich! Aber schließlich kann sich ein Kind genauso gut in London erholen wie in Hampshire, nicht wahr?"

Die Dandys ringsum lachten und stimmten ihr zu, während sie ihr in den Ausschnitt starrten.

„Wann holen Sie denn Ihre hübsche Schwägerin in die Stadt?" erkundigte sich einer.

„Ach, Miss Montague ist sehr krank, die Ärmste", erklärte sie mit bedauerndem Schnalzen. „Sie ist an ihr Zimmer in Glenwood Park gefesselt. Influenza. Der Arzt sagt, dass sie mindestens eine Woche nicht aufstehen darf – Sie müssen also mit mir vorlieb nehmen, *mon chéri!*"

„Lady Glenwood", ließ sich Stafford vernehmen. „Mein Freund hier kommt aus Preußen ..."

„Aus Preußen, was?" Die angetrunkenen Herren stimmten ein großes Hallo an. „Ein Toast auf General Blücher!"

„Danke, meine Herren", erwiderte Bardou steif. Sein Lächeln wurde nur ein wenig starr, doch innerlich tobte er vor Zorn auf diese fröhlichen Narren, die ihr Glas auf den vermaledeiten Preußengeneral erhoben.

Stafford lachte nur und nickte Lady Glenwood zu. „Was ich sagen wollte, der Baron ist zum ersten Mal in unserem wunderbaren Land, und ich möchte ihm unsere schönsten englischen Rosen vorführen. Mir ist keine eingefallen, die ihn mehr bezaubern könnte als Sie, Mylady. Darf ich Sie miteinander bekannt machen?"

„Was für ein Schmeichler Sie doch sind, Stafford. Natürlich." Die Frau richtete ihr strahlendes Lächeln auf Bardou. So abgehärtet er auch war, für einen kurzen Augenblick war er bezaubert.

Sie mochte eine verhasste *Anglaise* sein, aber sie war genau sein Typ. Außerdem würde sie sich als sehr nützlich erweisen.

„Lady Glenwood, darf ich Ihnen Baron Karl von Dannecker aus Berlin vorstellen", sagte er förmlich. „Von Dannecker, die schöne Lady Glenwood."

„Guten Tag, Mylord. Willkommen in England", meinte sie fröhlich. „Ich weiß nicht, ob ich Sie bezaubern kann, wie Stafford mir befiehlt, aber ich werde auf alle Fälle einen Versuch wagen."

„Lady Glenwood, es ist Ihnen bereits gelungen", antwortete Bardou und beugte sich über ihre Hand, um einen Kuss darauf zu hauchen.

„Reizend", murmelte sie. Er hatte ihr Interesse geweckt. Dreist musterte sie ihn von Kopf bis Fuß und begegnete dann seinem Blick, der in diesem kurzen Moment ebenso viel Lust verriet wie der ihre. „Ich habe die Preußen immer sehr bewundert", schnurrte sie. „Sie sind so ... groß. So ... stark." Der dünne Dandy neben ihr kicherte über ihren flirtenden Tonfall. Caro verdrehte die Augen. „Baron von Dannecker, gestatten Sie, dass ich Ihnen meinen kleinen Bruder vorstelle, Viscount Weymouth. Niles, der Baron von Dannecker."

Bardou nickte dem sehnigen, ungepflegten Kerl zu, der schwankend vor ihm stand. Weymouths Teint war krankhaft bleich, und seine kleinen braunen Augen sahen ganz glasig aus. „Guten Tag“, murmelte er und kicherte dann in sein Weinglas.

Opium, dachte Bardou und verkniff sich ein höhnisches Grinsen.

„Niles, benimm dich. Achten Sie nicht auf ihn, Baron, er ist vollkommen betrunken“, verkündete Caro und kniff ihren Bruder liebevoll ins Kinn, als wäre er ein kleines Kind. „Lassen Sie sich nicht auf ihn ein, er bittet Sie sonst nur um ein Darlehen.“ Sie rümpfte angeekelt die Nase, als Weymouth sich weltvergessen am Kopf kratzte und seine Fingernägel dann genau unter die Lupe nahm.

Selbst Bardou war angewidert. „Lady Glenwood, würden Sie mir einen Tanz gewähren?“

„Aber ja, gern.“

„Tu lieber, was er sagt, Schwesterherz“, flüsterte Weymouth. „Diese Preußen lassen nicht mit sich spaßen.“

Bardou schaute ihn warnend an und bot ihr den Arm. Lächelnd legte sie die Hand darauf. Weymouths wieherndes Lachen folgte ihnen, als Bardou sie zur Tanzfläche geleitete. Als sie sein leichtes Hinken bemerkte, betrachtete sie ihn neugierig und blieb stehen.

„Wir brauchen nicht zu tanzen, wenn Sie das nicht möchten“, meinte sie höflich.

„Aber ich möchte Sie nicht enttäuschen“, entgegnete er leise.

Anzüglich blickte sie zu ihm auf. „Aber mein lieber von Dannecker, ich glaube nicht, dass das möglich wäre.“

10. KAPITEL

Drei Tage vergingen. Wunderbare Tage. Lucien und Alice wurden unzertrennlich. Die beiden interessierte nicht, ob die Welt jenseits der Kalksteinfelsen, die das Tal umgaben, überhaupt noch existierte. Sie respektierte seine Bitte, keine Fragen zu stellen, er versuchte nicht, sie zu verführen, und so errichteten sie eine vorläufige Gemeinschaft, die einfach, keusch und voller Freuden war. Ihre Tage waren erfüllt vom milden Herbstlicht und ländlichen Vergnügungen: angeln, reiten, Hasen und Fasane jagen. Sie ernährten sich von den Früchten des Feldes, lebten im Überfluss der Ernte wie die Könige, tranken Wein und redeten sich vor dem Kaminfeuer bis in die frühen Morgenstunden heiser. Manchmal spielten sie Schach, manchmal lasen sie Gedichte. Am Dienstag regnete es, da spielten sie in dem herrlichen alten Ballsaal Kegel und erforschten dann das weitläufige Gebäude, denn nicht einmal Lucien hatte bisher alle Zimmer gesehen. Zu anderen Zeitpunkten hielten sie einander nur in den Armen und schauten einander schweigend in die Augen und staunten übereinander und das zwischen ihnen wachsende Band. Und beinah, dachte Alice, wären wir uns gar nicht begegnet.

Sie konnte sich gar nicht mehr vorstellen, wie ihr Leben ohne ihn gewesen war. Sie musste wie Dornröschen jahrelang geschlafen und darauf gewartet haben, dass sein Kuss sie erweckte. Sie hatte das Gefühl, als wäre er schon immer Teil ihres Lebens gewesen. Am Mittwochabend hatte sie auf dem Ledersofa in der düsteren Bibliothek gelegen; ihr Kopf in seinem Schoß, während er ihr übers Haar strich und sie in den Schlaf sang. Ihr letzter Gedanke, bevor sie einschlummerte, war, dass sie sich unrettbar, unwiderruflich in ihn verliebt hatte. Die Freude darüber wurde nur von den dunklen Gefahren überschattet, die im Schweigen von Revell Court und seinem rätselhaften Herrn lauerten. *Wer keine Fragen stellt, bekommt auch keine Lügen zur Antwort.*

Sie wusste, dass Lucien sich etwas aus ihr machte, aber seine Gefühle für sie hatten ihm den Appetit auf Ausschweifungen offenbar nicht verdorben: Es liefen Vorbereitungen für ein weiteres Bacchanal in der Grotte. Der Wein wurde fässerweise angeliefert. Im Hof beobachtete sie, wie ein paar der schwarz gekleideten Wachen ihre Gewehre reinigten. Das Bild ließ sie nicht mehr los, suggerierte ihr, dass auf Revell Court noch dunklere Dinge vor sich gingen als die Orgien in der Grotte. Irgendetwas Unheimliches – und ihr Geliebter mit den Augen voller Geheimnissen steckte mittendrin.

Sie war sich selbst nicht sicher, ob sie Lucien krimineller oder gotteslästerlicher Aktivitäten verdächtigte, konnte nicht einmal entscheiden, was in ihren Augen schlimmer war. Sie wagte nicht zu fragen, da sie Angst hatte, den Zauber ihrer Liebe zu zerstören und jene gefährliche Seite in Lucien zu wecken, mit der sie an ihrem ersten Abend in dem Raum hinter den Drachenaugen konfrontiert gewesen war. Er war der vollkommene Liebhaber – vorausgesetzt, sie widersprach ihm nicht. Eine Regel gab es, ein Tabu. Von ihren Ängsten gepeinigt, schritt sie in ihrem Zimmer auf und ab, während er sich mit seinen fünf Assistenten im Fechten übte. Am Tag zuvor hatte sie sich mit den jungen Männern angefreundet, aber bald gemerkt, dass es sinnlos war, ihnen Informationen entlocken zu wollen. Sie war

lingsbruder, falls du dich erinnerst." Er schlenderte zu ihr, stellte sich hinter ihren Stuhl und drückte ihr zärtlich die Schulter. Sie streichelte seine Hand.

„Aber du bist *du.* Du bist mein Lucien. Was kümmert mich der andere? Lass mich doch dein Porträt zeichnen", beharrte sie und blickte schmeichelnd zu ihm auf. Er errötete ein wenig über die liebevollen Worte, die sie im Beisein seiner Männer geäußert hatte, doch die eilten sofort zu ihrer Unterstützung.

„Erlauben Sie es ihr doch", bestürmte Marc ihn grinsend und präsentierte sein Porträt. „Schauen Sie her, wie gut sie mich getroffen hat!"

„Bei ihr sieht sogar Talbert gut aus", meinte O'Shea. „Dazu braucht es weiß Gott eine Menge Talent!"

„He!" protestierte Talbert.

„Aye, lassen Sie sich von ihr zeichnen, Draco", warf Jenkins fröhlich ein. „Wir könnten Ihr Porträt dann als Zielscheibe benutzen."

„Ha, ha", erwiderte er.

„Na los, tun Sie der Lady doch den Gefallen", drängte Marc ihn lachend.

„Ach ja, bitte!" bat Alice reizend.

Lucien scheute davor zurück, aber er konnte ihr kaum etwas abschlagen. „Na, von mir aus", knurrte er schließlich. Wenigstens würde sie ihm dann ihre ganze Aufmerksamkeit widmen.

Begeistert klatschte sie in die Hände. Sie nahm ihn bei der Hand und zog ihn zu dem Stuhl, auf dem er ihr Modell sitzen sollte. „Hör auf, so finster dreinzublicken, sonst zeichne ich dich genau so."

Lucien seufzte. Er hätte früher nachgegeben, aber er mochte es wirklich nicht, wenn man ihn bei Licht so genau betrachtete. Und nun war er doch gespannt darauf, wie sie ihn sah – wer er in ihren Augen wohl war.

„Habt ihr nichts zu tun, meine Herren?"

Die Burschen grinsten anzüglich und ließen die beiden allein, nachdem sie sich nochmals bei ihr bedankt hatten.

„So ist es doch besser, oder?" murmelte Lucien.

„Sie sind sehr nett."

„Und ich bin unersättlich. Ich will dich für mich allein."

„Ich Arme", spottete sie, setzte sich auf den Schemel und nahm Block und Zeichenkohle zur Hand. Sie studierte sein Gesicht, doch als sie seinen glühenden Blick spürte, schnaubte sie damenhaft. „Versuch nicht, mich in Versuchung zu führen, mein Lieber", befahl sie erhaben, während ihre Hand über die Seite glitt. „Ich arbeite."

Er lächelte sie reuig an und legte den Arm lässig über die Stuhllehne, ließ sich von der Sonne wärmen, die durch die Fenster schien, und vom leisen Kratzen der Kohle auf dem Papier einlullen. Eine Viertelstunde saßen sie in einvernehmlichem Schweigen da.

Besitzergreifend ließ er den Blick über sie wandern, sog ihre Schönheit in vollen Zügen ein, wie sie da im Sonnenschein vor ihm saß. Ihr Temperament passt zu den roten Strähnen in ihrem Haar, dachte er liebevoll. Sie hatte die blonden Brauen konzentriert zusammengezogen. Die üppigen Wimpern, die kobaltblauen Augen konnten ihn vollkommen überwältigen. Auf ihren feinen Zügen fanden sich ein paar zarte Sommersprossen. Ihre Brüste waren vollkommen, und ihre exquisit gerundeten

Hüften schienen gerade dazu da, Kinder in die Welt zu setzen. Seine Kinder.

Lieber Himmel, so schnell und vollkommen hatte er sich eigentlich nicht ergeben wollen. Die Geschwindigkeit, mit der er sich in sie verliebt hatte, beängstigte ihn, aber irgendwie schien er nichts daran ändern zu können. Im Gegenteil, er wollte nur immer mehr von ihr.

Plötzlich schaute sie auf, legte den Kopf schief und betrachtete ihn genau. „Irgendetwas stimmt nicht."

Sofort verkrampfte er sich schuldbewusst, unsicher, was sie meinte. Alice legte Kohle und Block weg, wischte sich die Hände an einem Lumpen ab und ging zu ihm hinüber.

„Was ist denn?" fragte er besorgt.

Sie zog an seinem Krawattentuch. „Das hier ... und das", erklärte sie und zog an seiner Weste. „Du hast zu viel an."

„Oho", murmelte er grinsend, plötzlich hellwach geworden.

„Könntest du ein paar Sachen ablegen?"

„Für die Kunst tu ich doch alles", erwiderte er, während sein Herz einen Schlag auszusetzen schien.

„Lass es lieber mich tun." Sie warf ihm einen verspielten Blick zu und begann, sein Krawattentuch zu lösen.

Er lehnte sich mit einem trägen Lächeln zurück. „Tu mit mir, was du willst."

„Oh, das habe ich vor." Sie schob seine Beine auseinander, stellte sich dazwischen und zog ihm die Krawatte langsam herunter. Danach knöpfte sie seine Weste auf. Er beugte sich vor, damit sie ihm das Kleidungsstück besser ausziehen konnte, und streifte dabei mit dem Gesicht ihre Brüste. Sie trat zurück und legte sich die Weste über den Unterarm.

Fast keuchend vor Erregung, blickte er auf ihre wiegenden Hüften, ihr elegantes Hinterteil, als sie sich bückte und die Weste über eine Stuhllehne breitete.

„Zufrieden?“ fragte er.

„Noch ... nicht.“ Kopfschüttelnd kehrte sie zu ihm zurück. Schweigend trat sie wieder zwischen seine Beine und zerrte ihm fast brutal das Hemd aus der Hose.

Er lächelte dunkel. Gott, wie sie ihn erregte.

Langsam knöpfte sie das Hemd auf und schob es ihm dann über die Schultern, ihn dabei liebkosend. Er starrte sie an, erregt, bereit. Sie beugte sich vor und küsste ihn auf die Schulter, als sie ihm das Hemd ausgezogen hatte, und arbeitete sich dann an seinem Hals empor. Er legte den Kopf in den Nacken und gab sich dem köstlichen Gefühl hin, das ihre Lippen auf seiner Haut auslösten. Zärtlich strich sie ihm über Brust und Arme, krallte die Finger in sein Haar und machte ihn sich mit ihren Berührungen zum Sklaven.

Dann schloss sie ihn in die Arme und küsste ihn auf die Stirn. „Du bist ein schöner Mann, Lucien“, hauchte sie.

Er packte sie am Handgelenk und blickte voll sehnsüchtiger Begierde zu ihr auf. „Wann, Alice? Wie lange muss ich noch warten?“

Sie musterte ihn vorsichtig und entzog sich ihm dann anmutig. „Kommt darauf an.“

Er starrte sie an, erwartete ihre Anweisungen, während sie sich wieder auf dem Schemel niederließ. „Du brauchst nur zu sagen, was du willst.“

„Ich befürchte, wenn ich mich ganz auf dich einlasse, glaubst du, dass ich wie Caro bin.“

„Lieber Himmel, niemals!“

Sie senkte die Wimpern und dachte nach. Überaus züchtig sah sie aus und sehr, sehr vorsichtig. „Lucien?“

„Ja?“

„Was würde denn geschehen, wenn ich … nachgäbe?“

„Was passieren würde?“ wiederholte er, um Zeit zu schinden, damit er die richtige Antwort gab. *Sei vorsichtig – mach ihr keine Angst. Um Gottes willen, sag jetzt das Richtige.*

„Ja.“

Er zermarterte sich den Kopf, während ihn ein Schauer der Erregung durchfuhr, weil sie in Erwägung zog, sich ihm hinzugeben. „Nun, es würde kurz wehtun, *ma chérie,* und dann würdest du eine große Freude erleben.“

„*Nach* der Freude!“ rief sie aus und verbarg sich voll Scham hinter ihrem Skizzenblock.

„Danach? Nun ja …“ Er grinste frech, doch sein Herz hämmerte vor Aufregung. „Nun, ich nehme an, dann müsste ich dich heiraten.“

Sie lugte über den Rand ihres Blocks. „Du müsstest?“

„Ach, Alice“, erwiderte er reuevoll und mit weicher Stimme, „du weißt doch, dass ich verrückt nach dir bin!“

„Ist das also ein Heiratsantrag?“

Er starrte sie lange an. „Nun ja, wohl schon. Äh, warum nicht?“ Er schluckte. „Was hältst du … das heißt, äh, willst du?“

In ihrem Lächeln lag eine Spur Mitleid, doch ihre Augen funkelten amüsiert. „Wie viele Sprachen sprichst du gleich noch mal?“

Seine Miene verfinsterte sich. „Du hast vielleicht schon Dutzende von Heiratsanträgen bekommen – und bestimmt ist der hier der ungeschickteste ..."

„Ja, allerdings", stimmte sie zu.

„... aber für mich ist es der erste, den ich je mache, also übe bitte Nachsicht, meine Liebe."

„Natürlich", antwortete sie und spitzte die Lippen, um das spöttische Lächeln zu verbergen.

Er verengte die Augen zu Schlitzen. „Du kleine Hexe." Er stand auf, trat zu ihr und küsste sie. Dann wischte er ihr mit einem zärtlichen Stirnrunzeln einen Zeichenkohlefleck von der Nase. „Ziehe erst gar nicht in Erwägung, Nein zu sagen. Ich weiß, dass du berühmt dafür bist, aber hier geht es schließlich um *mich*", fügte er mit strengem Blick hinzu.

„Den bösen Lord Luzifer?"

„Genau den." Er betrachtete ihre Skizze und hielt inne, überrascht von der Ähnlichkeit. „Na, so was." Er ergriff eine Ecke des Zeichenblocks, um ihn zu sich herumzudrehen, doch sie schlug seine Hand weg.

„Nicht hinschauen!"

„Du bist begabt", meinte er, überaus beeindruckt.

„Es ist noch nicht fertig", murmelte sie und hielt den Zeichenblock vor sich hin, sorgfältig darauf achtend, dass die Kohle nicht verschmierte.

Ein Lächeln spielte um seine Lippen. Er wusste, dass es ihn erwischt hatte – selbst wenn sie verärgert war, fand er sie bezaubernd. Sanft hob er ihr Kinn an und blickte ihr forschend in die Augen. „Hör zu. Wenn wir am Samstag nach Schottland aufbrechen, nachdem die letzten Gäste abgereist sind, könnten wir nächsten Mittwoch verheiratet sein."

Sie riss die Augen auf. „Nach Schottland!"

„Ja, nach Gretna Green."

„Du willst durchbrennen?" Sie entzog sich ihm und musterte ihn empört.

„Natürlich", erwiderte er, sofort wieder verunsichert.

So unberechenbar wie das englische Wetter, wurde Alice plötzlich ganz prüde. „Geh da rüber und setz dich hin", befahl sie ihm streng.

Er runzelte störrisch die Stirn, tat aber, was sie von ihm verlangte. „Du wirst ja ein fürchterlicher Drachen werden, wenn du mal alt bist."

„Und du ein geiler alter Bock."

„Ich weiß, dass es fashionabler ist, mit Ehedispens zu heiraten, aber den gibt mir der Bischof nie", sagte er. „Der hält mich für den Teufel."

„Was ist mit einer ganz normalen Hochzeit? Mit Aufgebot und allem?" fragte sie. „Oder hat das für dich etwa nicht genug Flair?"

Grinsend schüttelte er den Kopf. „Das ist doch für die Bauern." In Wirklichkeit schauderte ihn bei der Vorstellung, sein Name könnte drei Wochen lang in der ganzen Gemeinde öffentlich aushängen. Vielleicht war Claude Bardou schon da, um nach ihm Ausschau zu halten.

„Verstehe." Alice setzte sich seufzend zurecht, legte die Wange auf die Faust und betrachtete ihn. „Vermutlich gibt es Schlimmeres als eine Hochzeit in Gretna Green. Was mich auf meine nächste Frage bringt."

„Ja?"

Sie setzte sich auf, stützte die Ellbogen auf die Knie und

faltete lose die Hände. Mit hochroten Wangen und gesenktem Blick fragte sie: „Was ist, wenn … ein Baby kommt?"

Verblüfft starrte er sie an. Der Junggeselle in ihm hätte am liebsten die Beine in die Hand genommen, doch von irgendwoher stahl sich plötzlich ein seltsames Lächeln in sein Gesicht. „Der Teufel soll mich holen, aber ich glaube, das wäre gar nicht mal so schlecht. Was meinst du?"

Als ihr die Tränen in die Augen schossen, erkannte er, dass seine Frage einen wunden Punkt getroffen hatte, aber etwas verriet ihm auch, dass es Freudentränen waren.

„Würde dir das gefallen, Alice? Wünschst du dir Kinder?"

Sie stieß einen zitternden Laut aus, der halb Lachen, halb Weinen war, und legte die Hand vor den Mund.

„Aber natürlich", flüsterte er. Allmählich begann er zu begreifen. „Du hast praktisch deine ganze Familie verloren. Das ist es, was du dir mehr als alles auf der Welt wünschst, nicht wahr? Eine eigene Familie."

Sie brach fast in Tränen aus. Er ging zu ihr hinüber, kniete sich neben ihren Schemel und nahm sie in die Arme. „Du bist mir so unendlich kostbar", wisperte er.

Sie entzog sich ihm und wischte rasch ein paar Tränen weg. „Ich weiß, dass dir deine Partys wichtig sind. Ich war mir nicht sicher, ob du etwas mit Kindern zu tun haben möchtest …"

Er schnitt ihr das Wort ab, indem er sie küsste, und rieb seine Nase an der ihren. „Weißt du denn nicht, dass ich da bin, wo du auch bist? Wenn du Kinder möchtest, dann will ich auch welche." Dann fügte er hinzu: „Außerdem weiß ich, wie es ist, wenn man einen Vater hat, der einen kaum beachtet. Das würde ich meinem eigenen Kind nie antun." Er hielt inne und schüttelte den Kopf. „Lieber Himmel, ich kann nicht glauben, dass ich das sage."

„Ist es dir denn ernst damit?"

„Von Herzen ernst." Er streichelte ihren Arm. „Ich schenke dir jedes Jahr ein Baby, wenn dich das glücklich macht. Wir können jetzt gleich damit anfangen!"

„Lucien!"

„Ja, schon gut."

„Ich bin so glücklich, dass du genauso denkst wie ich."

Er hob ihre Hand an die Lippen und küsste sie.

„Aber, Lucien, es gibt noch ein Problem."

„Was denn, Liebling? Was es auch sein mag, ich bring es in Ordnung", murmelte er.

„Würdest du wirklich zulassen, dass deine Kinder den Vorgängen in der Grotte ausgesetzt sind?"

Sein zuversichtliches Lächeln erlosch.

„Ich will keinen Mann heiraten, der ein halber Fremder ist. Ich mache dir einen Vorschlag: Tue drei Dinge für mich, dann heirate ich dich ohne Bedenken. Erstens musst du mir mitteilen, was hier vor sich geht. Ich habe das Gefühl, dass du in Schwierigkeiten steckst, oder vielleicht bist du in irgendein Verbrechen verwickelt."

„Du hältst mich für einen Verbrecher?" fragte er fast schreiend und sprang auf.

„Nun?"

„Alice!"

„Du hast auf dem ganzen Gelände Männer mit Gewehren postiert! Ein ehrbarer Mann braucht keine Wachen ..."

„Verdammt noch mal!" Einunddreißig Jahre lang hatte er

den Konventionen getrotzt und sich über Anpassung lustig gemacht – das machte sich jetzt bemerkbar. Er starrte sie abweisend an, fassungslos, dass sie sich derart einmischte. „Was fällt dir ein?“ donnerte er in erhabenem Zorn. „Sehe ich aus, als würde ich dich brauchen, um mein Leben richtig zu führen?“

Sie zuckte zusammen und senkte den Blick. „Ich versuche doch nur, dir zu helfen.“

„Mir helfen? Unter den Pantoffel willst du mich kriegen, aber das funktioniert nicht. Wenn du mich nicht so akzeptieren kannst, wie ich bin, dann verschwenden wir vielleicht nur unsere Zeit.“

„Ach, du nervtötender … Du behauptest, du wärst ganz allein, und dann möchtest du nicht aus deinem Versteck kommen, um bei mir zu sein, was du mit Leichtigkeit könntest, wenn du es nur versuchen würdest!“

„Die Wachen sind hier, weil ich Feinde habe. Deswegen bin ich noch lang kein Verbrecher!“

„Gewalttätige Feinde?“

Er schnaubte. „Glaubst du etwa, ich verbringe so viel Zeit beim Training, weil es mir Spaß macht?“

„Bist du in Gefahr, Lucien?“

Er seufzte und gab dann mit leisen Gewissensbissen nach, als er bemerkte, wie bleich sie geworden war.

„Kann dir deine Familie nicht helfen? Lord Damien oder Hawkscliffe …“

„Keine Sorge, Alice. Ich kann mich um mich selbst kümmern – und um dich auch. Meine Familie hat mit dieser Sache nichts zu tun. Bitte sag mir jetzt, was du sonst noch von mir willst. Ich kann es kaum abwarten.“

Sie blinzelte rasch und fasste sich wieder. „Ich möchte, dass morgen Abend die letzte Versammlung in der Grotte stattfindet, und dann soll die Gruppe aufgelöst werden. Ich werde nicht dulden, dass unsere Kinder mit solchen Leuten konfrontiert sind, falls wir … zusammenbleiben. Und schließlich will ich, dass du dich mit Damien aussprichst. Ich weiß, dass dir eure Entfremdung das Herz bricht."

„Das ist ja alles lieb gemeint … aber nein."

Sie warf den Block beiseite, sprang auf und verschränkte kalt die Arme vor der Brust. „Und wenn ich nun darauf bestehe? Wenn ich ankündigte, weder in dein Bett zu kommen noch dich zu heiraten, ehe du die Grotte geschlossen und geschworen hast, dass diese schrecklichen Leute nie wieder nach Revell Court zurückkehren?"

Schweigen senkte sich herab, als er sich dieses Ultimatum durch den Kopf gehen ließ. „Ich würde das für eine Erpressung halten, die einer Caro würdig wäre. Die Alice Montague, die ich liebe, würde nie ihren Körper gebrauchen, um ihren Willen durchzusetzen."

Ihre Augen weiteten sich vor Überraschung.

„Was denn?"

„Du hast gerade gesagt, dass du mich liebst."

„Und?"

Sie starrte ihn nur mit leicht geöffnetem Mund an, erwiderte jedoch nicht, dass sie ihn ebenfalls liebe. „Ist es nicht ein bisschen zu früh dafür?" fragte sie stattdessen schwach.

Zutiefst getroffen, schaute er sie an. „Vermutlich schon." Dann wandte er sich ab, um zu verbergen, wie verletzt er war, und sammelte seine Kleidungsstücke ein. Er warf sich das weiße Hemd über die Schulter und stolzierte an ihr vorbei zur Tür. Vielleicht liebte sie ihn ja nicht – bestimmt nicht, er hatte es ja auch nicht verdient –, aber als er ihren staunenden Blick bemerkte, wusste er, dass sie ihn begehrte. Zumindest das war ihm geblieben – wie üblich. Er knallte die Tür hinter sich zu.

Zum Teufel mit dem Weib!

Sophia Voznesensky ist eine halbe Wölfin, dachte Rollo. Erbarmungslos war sie ihm seit London auf der Spur, obwohl er auf den verborgensten, verschlungensten Pfaden, die er kannte, nach Westen gereist war. Nachdem sie ihm zwei volle Tage dicht auf den Fersen gewesen war, preiste Rollo Greene sich glücklich, dass er mittlerweile ein Dorf Vorsprung hatte, während er ihr unter dunkelgrau bewölktem Himmel zu entkommen suchte. Seine Finger waren rot und wund, seine Handschuhe zerfetzt, als er seine Wasserflasche am Dorfbrunnen auffüllte und dann in den Dorfkrug trat und ein Gläschen Gin bestellte, um sich aufzuwärmen und zu beruhigen. Er blieb, so lange er es wagte, bevor er seinen armen, schmerzenden Hintern wieder in den Sattel hievte. Er lenkte sein Pferd zurück auf die Hauptstraße, schaute sich nervös um und dankte Gott, dass die schöne Russin, die ihm auf ihrer langbeinigen grauen Stute folgte, nirgends zu sehen war.

Angewidert setzte er sein Pferd in Trab; er musste daran denken, wie ihm beinahe die Augen aus dem Kopf gefallen wären, als er die üppige Sophia zum ersten Mal erblickt hatte. Der kalte, gefühllose Ausdruck in ihren Augen war ihm erst mehrere Tage später aufgefallen. Er hatte mit dem Gedanken gespielt, sie herankommen zu lassen und sie dann zu überreden, sich mit ihm gegen Bardou zu verbünden, doch sie fürchtete ihren französischen Liebhaber viel zu sehr, um den Versuch zu wagen. Also blieb Rollo nichts anderes übrig, als um sein Leben zu reiten. Trotzdem, er lief lieber vor Sophia als vor Bardou davon.

Inzwischen hatte Sophia sicher erraten, wohin er unterwegs war – nach Revell Court. Ihm war rasch klar geworden, dass er seine Auftraggeber niemals rechtzeitig von Bardous schrecklichem Plan würde verständigen können, aber er wusste, dass er irgendetwas unternehmen musste. Er wollte verhindern, dass Frauen und Kinder während der alljährlichen Festivitäten in die Luft gesprengt wurden. In seiner Verzweiflung hatte er beschlossen, sich an Lucien Knight zu wenden. Rollo hatte vor ein paar Tagen einen Brief von Lucien bekommen, in dem ihn dieser zu einem Treffen gebeten hatte – sicher wusste Lucien schon, dass etwas in der Luft lag. Rollo hatte eigentlich beschlossen, den Brief zu ignorieren, sich aber anders besonnen, als er erfuhr, dass Bardou einen Akt willkürlicher Zerstörung plante.

Lucien war nun seine einzige Hoffnung. Er war der Einzige, der auf einen Tunichtgut wie Rollo Greene hören würde. Und er war der Einzige, der Bardou daran hindern konnte, London am Guy-Fawkes-Abend in Schutt und Asche zu legen. Rollo betete nur darum, dass er Lucien rechtzeitig erreichte, bevor ihn der russische Todesengel einholte.

Auf die göttliche Vorsehung vertrauend, spornte er sein Pferd an.

In jener Nacht saß Lucien in seinem Schlafzimmer und starrte hinaus auf den dunklen Horizont und das sternenübersäte

Firmament und grübelte verletzt und zornig auf sich selbst darüber nach, wie er sich an diesem Nachmittag vor Alice erniedrigt hatte. Er hatte einfach nicht wahrhaben wollen, wie sehr sie in den letzten Tagen die Kontrolle über ihre Beziehung übernommen hatte. Die ganze Liaison war eine Laune von ihm gewesen, zu seinem Spaß gedacht, und plötzlich war aus dem Verführer der Verführte geworden. Ob sie es wohl genießt, wenn ich vor ihr auf den Knien rutsche, fragte er sich und nahm einen Schluck Brandy, der reichlich bitter schmeckte. Gefühlsmäßig war er nun in ihren Händen, und das machte ihm höllisch Angst.

Wenn sie nur gesagt hätte, dass sie mich liebt, dachte er, noch immer tief verletzt ob dieser Verweigerung. Ah, aber seine kleine Künstlerin war eben so ehrlich, dass sie ihn lieber mit der Wahrheit verletzte, als ihn mit einer Lüge zu beschwichtigen. Das respektierte er ja auch an ihr. Und doch konnte er sich des Gedankens nicht erwehren, dass sie sich etwas aus ihm machte. Vielleicht war es reines Wunschdenken. Er saß da und rang mit sich, bis er abrupt beschloss, es jetzt herauszufinden.

Er trank den letzten Schluck Brandy, um sich noch etwas Mut zu machen, stand auf und machte sich auf den Weg durch die zahllosen Flure. In der lastenden Stille rauschte ihm das Blut in den Ohren, als er in den Gang trat, der zu ihrem Zimmer führte.

Er hielt die Ungewissheit, diese innere Verwirrung nicht mehr aus. Er fand es furchtbar, sich so verletzlich zu fühlen. Es lief einfach allem zuwider, was er im Krieg gelernt hatte: in Deckung bleiben, die Gefühle unterdrücken. Wenn sie seine

Liebe nicht erwidern konnte, hatte es keinen Sinn, das alles durchzumachen. Ich muss es einfach wissen, dachte er, als er vor ihrer Tür stand. Wenn sie nicht für immer bei ihm bleiben wollte, würde er sein eigenes Leiden nicht weiter verlängern und sie stattdessen am nächsten Morgen heim nach Glenwood Park zu ihrem kostbaren Harry schicken.

Während er vor der Tür zögerte, ahnte er, dass dieser Moment das Schicksal von ihnen beiden entscheiden würde. Er hatte ihr den Schlüssel freiwillig überreichen lassen, sie hatte es in der Hand, ihn einzulassen oder auszusperren.

Kalter Schweiß brach ihm aus. In schmerzlicher Furcht schloss er die Augen. *Lieber Gott, bitte. Ich brauche sie.* Es war ein Akt der Verzweiflung; in seiner schrecklichen Einsamkeit tastete er blind nach ihrer Liebe. Wenn sie ihn jetzt nicht hineinließ, würde er wohl nie wieder den Mut aufbringen, sich jemandem zu öffnen.

Er wappnete sich für das Schlimmste, griff nach dem Türknauf, drehte ihn – und atmete auf, als der Knauf nachgab, die unverschlossene Tür aufschwang und ihm Zutritt in ihr dunkles, mondbeschienenes Zimmer gewährte.

Als die Tür knarrte, setzte Alice sich mit heftig klopfendem Herzen auf. Sie hatte irgendwie gespürt, dass er draußen vor der Tür stand, hatte mit weit geöffneten Augen auf der Seite gelegen, kaum zu atmen gewagt und abgewartet, was er tun würde. Er trat ein, stand als Silhouette in der Tür.

Sie bekam kaum Luft, war wie versteinert von seinem Blick. Er schüchterte sie ein. Luciens Gesicht war nackt, seine Augen glitzerten im Mondlicht voll sinnlicher Begierde. Sie warf ihm einen Blick zu; auch in ihr regte sich Verlangen. Seine schwarzen Hosen schmiegten sich an seine Beine. Er trug weder Weste noch Rock noch Krawatte. Sein weißes Hemd stand am Hals offen, die Ärmel aufgerollt. Er war beängstigend, überwältigend, schön.

Langsam kniete sie sich aufs Bett und schaute ihn an. Er zitterte leicht, sie konnte seine Sehnsucht spüren. Sie wusste, weswegen er hier war, und sie ahnte auch, dass er niemals wiederkehren würde, wenn sie ihn jetzt fortschickte. Ihr Herz hämmerte. Wortlos streckte sie ihm die Hand entgegen.

Er regte sich nicht.

„Komm", flüsterte sie. „Komm zu mir."

Er schien sie zu mustern. Dann schloss er leise die Tür hinter sich und ging zu ihr hinüber. Er stand neben ihrem Bett, auf dem sie in ihrem Nachthemd kniete. Er rührte sich nicht, doch im Licht des Mondes und des schwach glimmenden Feuers erkannte sie, dass er sich nach Berührung sehnte.

„Ich hätte dich nicht bitten dürfen, mir blind zu vertrauen, wo wir doch beide wissen, dass ich das nicht verdiene", sagte er angespannt. „Ich werde die Grotte schließen, sobald mir das möglich ist. Ich kann es dir nicht erklären … aber verlass mich nicht."

Sie umfasste sein starkes Kinn. Er drückte die Wange in ihre Hand und küsste Alice auf das Handgelenk.

„Ich hätte nicht so tun dürfen, als hinge meine Liebe für dich von irgendwelchen äußeren Umständen ab", wisperte sie. „Das tut sie nicht. Es tut mir Leid, dass ich dir wehgetan habe. Ich liebe dich. Und ich will dich."

Mit einem leisen, erstickten Stöhnen zog er sie in die Arme, bemächtigte sich ihrer Lippen in einem drängenden Kuss. Sie ergab sich ihm, bereit, so leichtsinnig bereit, sich ihm ganz zu schenken, ohne es auch nur einmal zu bedauern. Atemlos wartete sie ab, als er ihr das Hemd abstreifte, ihre Brüste bloßlegte.

Sie legte den Kopf mit einem Seufzer zurück, als er den Kopf zu ihrem Busen neigte. Ihre Haut war kühl, doch seine Lippen waren sengend heiß und verbrannten sie. Benommen strich sie ihm über das schwarze Haar.

Er streichelte ihre Schenkel, ließ die Hand nach oben wandern, presste den Finger auf die Stelle zwischen den Beinen. Sie zog ihm das Hemd vom Leib, strich ihm über den Rücken, bis er das erhitzte Gesicht von ihren Brüsten hob. Sie spürte, wie sein Herz hämmerte, als sie seine herrliche Brust liebkoste und mit den Handflächen über seinen glatten Bauch fuhr. Als sie den Hosenbund erreicht hatte, schaute sie fragend auf und begegnete einem glühenden Blick.

Sie wartete, spürte, wie seine Hände zitterten, als er seine Hosen öffnete. Sie schob sie ihm ein Stück über die Hüften, und dann entrang sich ihm ein leises Stöhnen, als sie mit der Hand unter seine Kleider schlüpfte und ihn so berührte, wie er es sich wünschte. Voll Entzücken schloss er die Augen, während sie ihn streichelte, ihn in steigender Lust auf Ohr, Hals und Schultern küsste, bis er erschauerte und sie rasch zum Innehalten brachte, indem er sie an den Schultern packte.

„Leg dich hin", befahl er keuchend.

Vor Begierde bebend, ließ sie sich auf den Rücken sinken. Er schob ihr das Nachthemd über die Hüften, ließ Küsse auf ihre Schenkel herabregnen und vergrub dann das Gesicht zwischen ihren Beinen. Sie verkrampfte sich, bog den Rücken durch, erzitterte in ungläubiger Ekstase. Fast meinte sie, den Verstand zu verlieren, als er auch noch mit dem Finger in sie hineinglitt und sie anfeuerte, den Rhythmus mit den Hüften aufzunehmen. Vor schamloser Erregung keuchend, stützte sie sich auf die Ellbogen, um ihn dabei zu beobachten, wie er sie liebkoste. Sie konnte nicht fassen, dass sie sich diese Herrlichkeiten so viele Tage versagt hatte. Wenn sie nur gewusst hätte ... Ihr Herz schlug heftig, und sie hatte das Gefühl, als käme ein Sturm, der sich lange in ihr aufgestaut hatte, zur Entladung.

Als er plötzlich aufhörte, glaubte sie, sterben zu müssen. Atemlos vor Begierde sah sie zu, wie er sich zwischen ihre Beine schob. Er kniete über ihr, und dann ließ er sich auf sie herab, sich mit den Händen zu beiden Seiten abstützend. Sein Gesicht lag im Schatten, als er ihr in die Augen blickte und sich langsam auf sie herabsinken ließ.

Es fühlte sich himmlisch an, seinen Körper auf sich zu spüren. Seine Lippen suchten die ihren, und sie schlang ihm die Arme fest um den Hals. Nun begann er sie wieder zwischen den Beinen zu streicheln, bis sie von seinen Berührungen vollkommen berauscht war. Als sie spürte, wie seine harte Männlichkeit sich langsam zwischen ihre Schenkel schob, geriet sie vor Erregung außer sich und legte instinktiv die Beine um seine schmalen Hüften. Er küsste sie voll tiefer Leidenschaft, strich ihr über die Wangen und das Haar, umfasste ihren Nacken mit seiner großen, sanften Hand. Einen Moment hielt er inne und betrachtete sie voll nackter Sehnsucht – die Fassaden, die Masken waren alle gefallen. Es herrschte eine fast ehrfürchtige Stille.

Gebannt von diesem mächtigen Blick, flüsterte sie seinen Namen, strich ihm mit den Händen über den makellosen Rücken, umklammerte seine Hüften und presste ihn in wildem Begehren an sich. Mit einem leisen Stöhnen gab er ihr, wonach sie verlangte, und begann langsam in sie einzudringen.

Sein Kuss war so tief, so überwältigend, dass sie nicht einmal aufkeuchen konnte, als er innehielt und dann das zarte Hindernis ihrer Jungfernschaft mit einem raschen Stoß überwand. Ihr entfuhr ein Schrei, doch Lucien erstickte ihn mit seinem Mund. Dann spannte er alle Muskeln an, um sich nicht in ihr zu bewegen, bis der Schmerz nachließ. Er hörte allerdings nicht auf, sie zu küssen und zu liebkosen, sie mit Gesten darum zu bitten, jetzt tapfer zu sein und zu warten, bis ihr Körper bereit war, ihn aufzunehmen.

„Entspann dich“, flüsterte er heiser. „Entspann dich für mich, meine Süße. Hab keine Angst.“ Wieder und wieder küsste er sie. „Du bist so schön, meine Geliebte. Du hast nichts zu befürchten. Du gehörst jetzt zu mir. Für immer. Alles, was ich habe, gehört dir. Mein Körper, mein Herz, mein Name.“

„Lucien, mein dunkler Engel.“ Sie umfasste sein Gesicht und starrte ihm in die Augen.

Er senkte den Kopf und küsste Alice. Einen Moment spielte er nur mit ihr, streifte ihre Wangen und ihre Nase mit den Lippen, doch als er zu ihrem Mund zurückkehrte, öffnete sie ihm begierig die Lippen und hieß ihn fieberhaft willkommen.

Der Feuerschein schimmerte auf ihnen, als er den Kopf senkte und sie auf Schultern und Brüste küsste und dabei Koseworte murmelte, bis sich die Verkrampfungen lösten. Er streichelte ihr Haar, ihre Arme, ihren Bauch und ließ weiche, zarte Küsse auf sie herabregnen. Ganz allmählich entspannte sie sich, bis sie spürte, dass ihr Körper von sich aus nachgab und ihn ein paar Zoll weiter aufnahm.

„O Gott", stöhnte sie leise und schlang die Arme um ihn, schockiert, dass sie die Freuden neu entdeckte, nur dass sie diesmal noch tiefer und reicher waren. „*Lucien.*"

„Ja", flüsterte er, „jetzt kennst du es auch."

Voll Anbetung schaute Lucien auf sie hinab. Er fühlte sich wie erlöst durch ihre Kapitulation. Ihre elfenbeinweiße Haut war erhitzt, ihre Wimpern ruhten auf den Wangen, während sie seine langsamen, geduldigen Stöße genoss. Ihr rotblondes Haar ergoss sich über die Kissen wie gesponnene Sonnenstrahlen. Er liebte ihr Haar. Er liebte jeden Zoll an ihr.

Er verschlang seine Finger mit den ihren, schob ihr die Hände über den Kopf und verschloss ihre Lippen mit einem feurigen Kuss, während er heiß in sie hineindrängte. Sie stöhnte auf, löste die Hände aus seinem leichten Griff und liebkoste ihn, strich ihm über die Arme, fuhr ihm durchs Haar. Immer wieder musste er seine Leidenschaft zügeln und konzentrierte sich darauf, ihr jeden Wunsch zu erfüllen. Er sah ihre schlanke, elegante Figur unter sich, während er sich zwischen ihren weißen Schenkeln reckte.

Da bewegte sie die Hände nach unten und umklammerte drängend seine Hüften. Er bemerkte, wie sich ihre zarten Züge kurzzeitig verzerrten, und erkannte, dass sie bereit für mehr war. Er strich liebkosend über ihre kleine Knospe, worauf sie stöhnte, die Hüften anhob und ihn endlich ganz in sich aufnehmen konnte. So verharrte er einen Augenblick, bewegte sich nicht, genoss es, wie eng sie ihn umschloss. Sein Atem ging stoßweise, so strengte es ihn an, sich im Zaum zu halten. Er stützte sich auf die Ellbogen und drücke sie an sich.

Sie schlang ihm die Arme um den Hals und flüsterte ihm leise ins Ohr: „Ich liebe dich."

Staunend betrachtete er sie. „Ach, meine Süße", stieß er hervor, „ich dich auch."

Sie streckte sich und küsste ihn. Die Zeit versank, als sie sich liebten, sich zusammen bewegten, sich ineinander verloren. Er empfing ihren Kuss, während seine Stöße schneller wurden. Sie stöhnte, und er verschärfte das Tempo, stützte sich auf die Hände, nahm sie in kurzen Stößen und verlor endlich die Kontrolle über sich. Sie ächzte und wand sich unter ihm, hatte ihn um die Hüften gepackt und drängte sich jedem Stoß entgegen.

„Lucien, o Gott, es ist so … ach, bitte", wimmerte sie mit verzückter Miene.

„So ist es gut, mein Liebling", keuchte er, wie gebannt von ihrer unschuldigen Leidenschaft.

Immer wilder wurde das Liebesspiel, bis das Zimmer von ihrem Stöhnen und leisen Schreien erfüllt war und sie endlich zusammen den Höhepunkt erreichten. Er spürte, wie sie zuckte, und erzitterte, als die Erlösung kam. Sie schmiegte sich an ihn, und er drückte sie an sich, strich ihr übers Haar und wartete, dass sich sein Puls beruhigte.

Vorsichtig zog er sich zurück und nahm sie dann wieder in die Arme. Lange Zeit lagen sie eng umschlungen und schweigend da und sahen sich in die Augen.

„Gretna Green?“ flüsterte sie schließlich in der Dunkelheit.

„Gretna Green“, bekräftigte er mit einem Nicken.

„Ach, Lucien, ob wirklich alles gut wird?“

Mit einem schläfrigen Lächeln beugte er sich über sie und küsste sie auf die Stirn. „Mein Liebling, es wird ganz wunderbar.“

11. KAPITEL

Sie schliefen eng umschlungen ein, und als sie aufwachten, war ein weiterer leuchtender Herbsttag angebrochen, der voll Versprechen steckte. Obwohl schon die helle Vormittagssonne ins Zimmer strahlte und es jede Menge zu tun gab, verweilten sie noch ein wenig im Bett und genossen die traute Zweisamkeit.

„Ich möchte, dass wir heute zu Mr. Whitby gehen und ihm unsere guten Neuigkeiten überbringen", meinte Alice und ergriff seine Hand. „Er wird sich ja so freuen. Er hat es die ganze Zeit gewusst."

„Was? Unsinn!" spottete Lucien, der noch ganz zerzaust und schlaftrunken war.

„Doch! Erinnerst du dich noch, wie du hinausgegangen bist und den Fensterladen repariert hast? Da hat er mir erzählt, dass du in mich verliebt bist."

„Was?" rief er.

Sie lachte und schmiegte sich an ihn. „Wirklich, das hat er gesagt!"

„Woher will er das gewusst haben?"

Sie zuckte mit den Schultern und sah ihn mit glänzenden Augen an. „Keine Ahnung. Du hast doch gesagt, dass er ein weiser alter Mann ist."

„Verflixt! Was fällt ihm ein, sich da einzumischen! Und ich dachte, ich hätte meine Gefühle bestens verborgen."

„Mich hast du jedenfalls hinters Licht geführt", erwiderte sie spitzbübisch und rieb ihren Fuß zärtlich an seinem Bein.

Er packte sie mit einem spielerischen Knurren um die Mitte

und zog sie auf sich. Sie saß rittlings auf ihm, die Hände gegen seine Schultern gestemmt.

„Sieh an, sieh an. Unser züchtiges Fräulein Tugendsam", verkündete er, schaute sie lüstern an und ließ dann grinsend den Kopf zurücksinken. „Nimm mich."

Sie pikte ihn in die Seite. „Wann gehen wir zu Mr. Whitby?"

„Ich habe heute eine Menge zu tun ..."

„Lucien!" Sie beugte sich hinunter und legte ihm die Arme um den Hals. „Du musst dich heute *ganz* nach meinen Launen richten, wenn du nicht wie ein schamloser Schurke dastehen willst!"

„Ich werd dir zeigen, was schamlos ist", flüsterte er und rollte sie auf den Rücken. Sie fing an zu lachen, als er sich auf sie schob. „Schamlos", murmelte er, „fängt oft ganz unschuldig an ... so etwa." Er zog eine Augenbraue hoch, neigte den Kopf und drückte ihr einen Kuss auf das Tal zwischen ihren Brüsten.

„Lucien, mir tut ohnehin schon alles weh!" Sie packte ihn am Ohr und zog ihn wie einen frechen Schuljungen daran hoch.

„Au! Lass sofort los, du alter Drachen!" rief er lachend.

Sie lächelte ihn an.

Er küsste sie auf die Nase, ließ von Alice ab und betrachtete sie reuig. „Vielleicht ist es besser so – heute ist ein hektischer Tag." Seufzend stieg er aus dem Bett und trat zu dem Häufchen Kleider am Boden.

Alice riss sich vom Anblick seines herrlichen Körpers los. „Heißt das, du musst Vorbereitungen für das Fest treffen?"

Er nickte, während er seine schwarze Hose anzog.

„Wird es die letzte sein?" fragte sie.

„Hoffentlich." Er streifte das Hemd über den Kopf, trat wieder ans Bett, beugte sich über sie und küsste sie. Einen Augenblick schaute er sie nur mit einem weichen Lächeln an. Liebevoll erwiderte sie seinen Blick.

„Niemals, so lange ich lebe, vergesse ich die letzte Nacht und wie schön du warst", flüsterte er.

Bei diesen zärtlichen Worten überlief sie ein Zittern. Er küsste ihr die Hand, ließ sie widerstrebend los und brach auf. Sie drückte die Hand, die er geküsst hatte, träumerisch ans Herz und sah ihm nach. An der Tür wandte er sich noch einmal kurz um.

„Ruh dich aus", riet er ihr. „Du wirst dich daran gewöhnen müssen, lang aufzubleiben." Er zwinkerte ihr frech zu, ging aus dem Zimmer und schloss die Tür hinter sich.

Die Wangen hochrot ob dieser liederlichen Andeutung, sank Alice seufzend aufs Bett zurück, ganz schwindlig vor Seligkeit. In überschäumender Liebe presste sie das Kissen an sich und dankte Gott für den neuen Tag, die Sonne, die Jahreszeiten, die Welt und ihn. Nach diesem herrlichen Beginn ging es den restlichen Tag allerdings nur noch bergab.

Im Lauf des Nachmittags konnte sie förmlich spüren, wie die Spannung in der Luft stieg. Fünf Mal sagte Lucien, er habe jetzt nur noch eine Sache zu erledigen, dann könnten sie Mr. Whitby besuchen. Seine Geschäfte fraßen den Tag immer weiter auf – er ließ sie genau dann allein, als sie am verletzlichsten war und dringend Bestätigung von dem Mann gebraucht hätte, dem sie in der Nacht zuvor ihre Unschuld geschenkt hatte.

Sie nahm auf ihrem Zimmer einen leichten Imbiss zu sich,

packte ihre Sachen, damit sie gleich morgens nach Gretna Green aufbrechen konnten, machte ein Schläfchen und musste dann, als sie wieder aufgestanden war, feststellen, dass er immer noch beschäftigt war. Inzwischen war Alice zornig geworden. Sie stapfte die Treppe hinunter und fragte Mr. Godfrey, ob er wisse, wo sie Seine Lordschaft finden könne. Bereitwillig antwortete der Butler, er halte sich in der Sporthalle auf. Mit finsterer Miene warf Alice sich den formlosen Umhang über, den sie von einem Dienstmädchen geborgt hatte, nachdem ihre Pelisse im Regen ruiniert worden war. Die ersten seiner ekelhaften Gäste waren schon angekommen, doch Alice kehrte ihnen einfach den Rücken und stolzierte hinaus zur Sporthalle.

Sie blickte in den stürmisch grauen Himmel auf. Lasst euch jetzt bloß nicht einfallen zu regnen, riet sie den Wolken. Ich will einfach nicht, dass diese schrecklichen Leute auch nur eine Stunde länger bleiben müssen, weil die Straßen aufgeweicht sind, und ich möchte mich auf der Reise nach Gretna Green auch nicht aufhalten lassen.

Als sie an der Sporthalle ankam, riss sie die Tür auf und blieb abrupt stehen. Zu ihrer Überraschung waren die ganzen Wachen dort versammelt, die fünf Burschen, mit denen er immer trainierte, und die meisten Lakaien. Lucien stand an der Stirnseite der Halle und gab seinen Leuten mit energischer Stimme Anweisungen für den kommenden Abend.

„Die zweite Person, nach der ihr Ausschau halten müsst, ist eine russische …“ Jäh hielt er inne, als er Alice bemerkte, die unsicher in der Tür stand. „Was ist denn, meine Liebe?“ In seinen Augen blitzte ein warnendes *Nicht jetzt!*

Sie zögerte. „Ich gehe jetzt zu Mr. Whitby“, sagte sie schließlich vorwurfsvoll. Vor all den Männern war sie ein wenig verlegen.

„Sehr schön, meine Liebe. Grüß ihn von mir.“ Er lächelte sie mechanisch an und wartete, dass sie ging.

Finster starrte sie ihn an, wirbelte herum und stürmte zur Tür hinaus. Das war einfach unerträglich!

Warum durften seine Dienstboten wissen, was hier wirklich vor sich ging, während sie, die sie bald Dame des Hauses werden sollte, keine Ahnung von diesen Geheimnissen hatte? Warum weihte er diese munteren fünf Burschen ein? Wie konnte er ihnen mehr vertrauen als ihr? Eine Welle der Verwirrung überrollte sie, in die sich Panik mischte. Jetzt, wo sie ihm zu Willen gewesen war, wollte er sie da abschütteln?

Ach, was für ein ärgerlicher Tag! Sie fühlte sich einsam, frustriert und ungeliebt, und außerdem hatte sie Kopfschmerzen. Vielleicht lag es daran, dass ihre Periode kurz bevorstand. Sie wollte einfach nur, dass er sie in den Arm nahm.

Entnervt von ihrer eigenen Unschlüssigkeit, machte sie sich auf den langen Weg zu Mr. Whitbys Cottage. Allein der Gedanke an den lieben alten Herrn tröstete sie. Er würde sich über ihren Besuch freuen. Der Spaziergang half ihr auch, einen klareren Kopf zu bekommen. Sie hatte nicht mehr das geringste Interesse an der Versammlung auf Revell Court.

Als sie eine Weile später an Mr. Whitbys Tür klopfte, hieß Mrs. Malone, die Haushälterin, sie willkommen. Wie beim letzten Mal saß der alte Mann mit einem Buch auf dem Schoß im Salon vor dem knisternden Kaminfeuer, die Brille auf der Nase.

„Miss Montague, was für eine nette Überraschung!“ rief er

aus, als sie ins Zimmer trat und ihn begrüßte. Erwartungsvoll schaute er hinter sie. „Wo ist Ihr Schatten?“

„Er ist nicht mitgekommen“, erwiderte sie mit einem trüben Lächeln und streifte sich die Handschuhe ab. Die Verärgerung stand ihr deutlich ins Gesicht geschrieben. „Seine Lordschaft feiert mal wieder ein Fest. Ich habe ihn den ganzen Tag kaum gesehen.“

„Ach herrje“, sagte der alte Mann bestürzt.

„Nun wissen Sie, warum ich Sie besuche: Mir war nach etwas kultivierter Gesellschaft.“ Sie legte den Umhang über die Sofalehne und setzte sich auf den Schemel neben ihn, nahm seine knotigen Hände und drückte sie sanft. „Und dabei habe ich solche Neuigkeiten für Sie, Mr. Whitby!“

„Was gibt es denn, mein Kind?“

Sie spürte, wie ihr die Röte in die Wange stieg. „Sie hatten Recht – Lucien hat um meine Hand angehalten.“

Der alte Hauslehrer begann über sein ganzes faltiges Gesicht zu strahlen. „Wann denn?“

„Gestern! Wir wollen morgen nach Gretna Green aufbrechen.“

Sie blieb eine halbe Stunde und redete aufgeregt über ihr zukünftiges Leben als Lady Knight. Außerdem horchte sie den alten Mann über die herzogliche Familie aus, der sie nun bald angehören sollte. Sie wollte unbedingt von ihnen akzeptiert werden, auch wenn sie nur die Tochter eines Barons war.

„Mein liebes Kind, Sie haben nichts zu befürchten“, versicherte er ihr mit einem leisen Lachen. „Sie werden Sie mit offenen Armen aufnehmen.“

Als ihr nach einer Weile auffiel, dass seine Kraft nachließ, verabschiedete Alice sich herzlich von ihm, hüllte sich wieder in ihren Umhang, zog die Handschuhe an und eilte durch den Wald nach Revell Court zurück, während sich die Herbstnacht herabsenkte.

Mit wehendem Umhang erreichte sie den Garten, ging am Moschusrosenstrauch vorbei und betrat das Haus durch die Hintertür, wo sie von einem Lakaien in Empfang genommen wurde. Auf ihre Bitte hin führte er sie über die Dienstbotentreppe nach oben in ihr Zimmer, damit sie den Lüstlingen, die durch den Haupteingang strömten, nicht begegnen musste.

„Bitte richten Sie Lord Lucien aus, dass ich wieder da bin und ihn sehen möchte", befahl sie dem Lakaien, als sie bei ihrem Zimmer ankam.

„Äh … es tut mir sehr Leid, Miss, aber Seine Lordschaft ist bereits in die Grotte hinuntergegangen und hat betont, dass er nicht gestört werden möchte. Es sei denn, es ist ein Notfall."

„Nun, ein Notfall ist es nicht", seufzte sie und verdrehte die Augen.

„Verzeihen Sie, Miss, er hat außerdem angeordnet, dass Sie den Abend über in Ihrem Zimmer bleiben sollen."

„Ach ja?" Sie verschränkte die Arme vor der Brust. „Zum Teufel mit ihm! Ich habe nicht das geringste Bedürfnis, mir dieses Spektakel noch einmal anzuschauen", murmelte sie und meinte dann laut zu dem Dienstboten: „Ich würde gerne etwas essen. Könnten Sie mir außerdem ein Migränepulver bringen?"

„Ja, Miss", erwiderte der Lakai und verbeugte sich erleichtert.

Sie entließ ihn mit einem Kopfnicken. Sie kannte die Kopfschmerzen schon, die sich allmonatlich mit ihrer Regel einstellten. Wie üblich kam sie auf den Tag pünktlich. Sie unterdrückte ein enttäuschtes Seufzen und trat ans Fenster, von wo aus sie auf die Gäste blicken konnte, die aus ihren Kutschen in den fackelerhellten Hof traten, genau wie sie es letzte Woche getan hatten, als sie an diesem seltsamen Ort angekommen war.

Die Fackeln in dem eisernen Halter loderten hoch auf in die Nacht; sie sah die Flammen vor ihrem geisterhaften Spiegelbild im Fenster auf und ab tanzen.

Ein paar Stunden waren vergangen, und in der Grotte lief alles wie am Schnürchen. Lucien hielt sich in dem Beobachtungsstand hinter den Drachenaugen auf und blickte brütend auf die Menge hinab. Er war fest entschlossen zu erfahren, wo Claude Bardou war und was er vorhatte, und dazu brauchte er den dicken kleinen Amerikaner Rollo Greene.

Die Wachen hatten ihn verständigt, als Greene durchs Tor geritten gekommen war, doch in den vielen unterirdischen Gängen hatten sie seine Spur verloren. Lucien wartete ab; er nahm an, dass sich der geile alte Bock mit irgendeiner betrunkenen Frau davongeschlichen hatte.

Missbilligend schaute er auf die Orgie hinunter. Nachdem er gerade die erste Nacht mit Alice verbracht hatte, kamen ihm die anonymen Paarungen in der Grotte bedeutungslos und entwürdigend vor. Er zog es vor, daran zu denken, wie Alice allein und in aller Unschuld in der heißen Quelle gebadet hatte. Wie sehr er sich wünschte, er könnte bei ihr sein statt hier unten in der Grotte! Aber je eher alles vorüber war, desto eher konnte er seine Agententätigkeit aufgeben und sich ganz und gar ihr widmen. Sie hatte natürlich vollkommen Recht. Seine Arbeit brachte sein Leben fortlaufend in Gefahr, und er würde lieber heute als morgen damit aufhören, als zu riskieren, dass die Gefahr sich auch auf sie oder ihre Kinder ausweitete.

Ihm fiel gerade ein, dass er dem Außenministerium ja auch als normaler Diplomat dienen könnte, als Marc und O'Shea in den Raum gestürzt kamen.

„Mylord! Wir haben Rollo Greene gefunden!"

„Wo denn?"

„Er ist tot!" rief O'Shea. „Er treibt mit dem Gesicht im Fluss!"

Lucien stieß einen Fluch aus. „Wie ist es passiert?"

„Von hinten erstochen", erwiderte Marc angespannt. „Das Messer steckt noch in der Wunde; es hat einen großen grünen Edelstein am Heft – soweit ich weiß, ist das Sophia Voznesenskys Markenzeichen."

„Verdammt!" fluchte Lucien. „Sie muss irgendwie durchs Tor geschlüpft sein. Wir müssen sie finden. Sofort. Bardou muss sie geschickt haben, damit sie Rollo daran hindert, mit mir zu reden." Er holte tief Luft. „Ich will, dass alle Ausgänge bewacht werden. Teilt den anderen draußen mit, dass sie wachsam sein sollen. Sie hat ihren Auftrag erledigt und wird nun verschwinden wollen. Seid extrem vorsichtig. Sie ist groß, dunkelhaarig und hat braune Augen. Lasst euch von ihrer Schönheit nicht blenden. Sie schneidet einem die Kehle durch, sobald man ihr den Rücken kehrt."

„Ja, Sir."

Sie eilten davon, um seine Befehle auszuführen. Auch Lucien

verließ den Beobachtungsstand, untersuchte kurz den Schauplatz des Mordes an Rollo Greene und machte sich dann ebenfalls auf die Suche nach Sophia. Der Amerikaner trieb mit dem Gesicht nach unten zwischen zwei vertäuten Gondeln. Das Wasser hatte sich leicht rot verfärbt.

Er befahl den Wachen, Greene vor Morgengrauen im Wald zu vergraben. Die örtliche Gerichtsbarkeit bereitete ihm weiter keine Sorgen – der Tod eines amerikanischen Geheimagenten, ermordet in Kriegszeiten auf feindlichem Territorium, würde kaum Aufsehen erregen.

Nach aufreibender zwanzigminütiger Suche brachten sein Sicherheitschef, ein vierschrötiger Schotte namens McLeish, und zwei seiner besten Männer die sich heftig wehrende Sophia in den Beobachtungsraum.

„Wir haben sie erwischt, als sie gerade über die Mauer klettern wollte", knurrte der Schotte, der die Frau kaum bändigen konnte.

Sophia Voznesensky war eine stürmische Schönheit, groß und Aufsehen erregend. In ihren dunklen Augen zeigte sich Furcht. Als Lucien auf sie zukam, verstärkte sie ihre Bestrebungen, sich loszureißen, sodass die drei Wachen sie mit vereinten Kräften festhalten mussten.

Lucien baute sich vor ihr auf, packte sie an der herrlich weißen Kehle und drängte sie gegen die Wand. Er lachte, als er ihre russischen Flüche hörte.

„Sophia, Sophia, dein Benehmen ist einfach haarsträubend. Kommst einfach in mein Haus und bringst meine Gäste um. Das schickt sich doch nicht für eine Dame!"

„Lass mich in Ruhe!"

„Hat dein *cher ami* Bardou die Nerven verloren? Hat er dich ausgeschickt, damit du die Schmutzarbeit für ihn erledigst?"

„Zum Teufel mit dir, Argus!" spie sie ihm entgegen, seinen Decknamen benutzend. „Aus mir kriegst du nichts raus! Er bringt mich um, wenn ich mit dir rede! Du weißt, dass er dich mehr hasst als alle anderen Engländer zusammen!"

„Verrat mir, warum du Rollo Greene ermorden solltest", meinte er ruhig, „und zwar ein bisschen plötzlich."

„Du würdest einer Frau doch nichts antun!" rief sie, doch als Lucien ihr die Kehle noch etwas fester zudrückte, spürte er, dass ihr Puls vor Angst raste.

„Im Gegenteil, meine Liebe. Einer *Dame* würde ich nichts tun. Dich könnte ich ersäufen wie eine Ratte. Mr. McLeish, sicher haben Sie Madame Voznesensky nach Waffen durchgesucht?"

„Äh, nein, Mylord", erwiderte der Schotte. „Sie hat sich zu heftig gewehrt."

„Haltet sie fest", befahl Lucien den anderen beiden. „McLeish, Sie haben die Ehre."

„Oh, Argus", schmollte Sophia und räkelte sich wollüstig, „willst du das nicht machen? Du hast so sanfte Hände."

„Vergiss es, Sophia. Einst hast du Russland geliebt, aber jetzt dienst du nur noch Bardou."

„Glaubst du, ich hätte irgendeine Wahl?" entgegnete sie scharf und versetzte dem Schotten einen Schlag mit der Faust. „Nehmen Sie gefälligst die Hände weg!" An Lucien gewandt fuhr sie fort: „Wenn Bardou einen um einen Gefallen bittet, dann tut man es oder man stirbt. Du wirst mich schon umbringen müssen, denn wenn ich Bardou verrate, bin ich so gut wie tot!" stieß sie hervor und trat McLeish kräftig gegen das Schienbein.

Stöhnend ging der Schotte zu Boden.

„Sophia", meinte Lucien erbost.

„Dann soll er mir nicht wehtun, Lucien. Durchsuch du mich. Ich werde brav sein, ehrlich", flüsterte sie, verschränkte die Arme über dem Kopf und bot sich ihm mit einem schwülen Blick dar.

Lucien musterte sie, schaute ihr in die Augen und verzog das Gesicht. Er ahnte, was in ihr vorging. Vielleicht hoffte sie ja, dass die Nacht, die sie einstmals miteinander verbracht hatten, ihm irgendetwas bedeutete. Eine müßige Hoffnung. „Sag mir, was du weißt, dann beschütze ich dich vor Bardou."

„Du kannst mich nicht vor ihm beschützen. Das kann niemand."

„Dies ist deine Chance, dich von ihm zu befreien. Welchen Auftrag haben ihm die Amerikaner erteilt? Welche Informationen wollte Greene mir verkaufen? Vertrau mir, Sophia! Ich bringe dich in Sicherheit."

„Das kannst du nicht. Das wirst du nicht." Sie schüttelte seine Hände ab, als er begann, sie zu abzutasten. „Lasst mich in Ruhe! Ihr alle! Ich bin eine Agentin des Zaren! Ich verlange, dass ihr mich sofort zur Russischen Botschaft nach London bringt. Ich habe meine Rechte!"

„Gar nichts hast du", knurrte Lucien.

In der darauf folgenden Befragung wechselten Verbalattacken und Sophias nervtötende Verführungsversuche einander ab. Sophia wehrte auch weiterhin jede Anstrengung ab, ihr die Waffen abzunehmen – und Gott allein wusste, wie viele Pistolen und Messer sie unter ihren Röcken verbarg. Lucien hatte Angst, sie zu stark zu bedrängen, weil er glaubte, er könnte sie noch dazu überreden, zu ihnen überzulaufen, doch er wurde nervös, als immer mehr Zeit verstrich und er mit allem Schreien und Drohen keinen einzigen Schritt weiterkam.

So entschlossen war sie in ihrer Weigerung, ihm auch nur das Geringste zu verraten, dass er allmählich befürchtete, er würde wirklich unangenehm werden müssen. Er versuchte weiterhin nach Kräften, sie so einzuschüchtern, dass sie mit ein paar Informationen herausrückte.

„Warum hast du Greene umgebracht? Was wusste er denn Wichtiges?"

„Ich habe keine Ahnung", erwiderte sie und starrte ihn zornig an.

„Wo ist Bardou? Hier in England?"

„Ich weiß nicht."

„Warum beschützt du dieses Monster?" schrie er ihr ins Gesicht.

„Ich beschütze mich selbst! Er bringt mich um!"

„Was glaubst du denn, was ich mit dir anstelle, Sophia? Sieh dich um. Wo ist dein Liebhaber jetzt? Er ist nicht hier, um dich zu retten. Hier kann dir niemand helfen, weder Bardou noch sonst jemand. Deine einzige Hoffnung bin ich."

„Du machst mir keine Angst", brüllte sie zurück. „Du bist nicht wie er. Warst du nie. Du würdest mir nicht einmal im Zorn antun, was er nur so zum Vergnügen macht." Sie schloss die Augen, als wäre sie plötzlich erschöpft, und lehnte den Kopf an die Wand. „Oh, küss mich, Lucien. Ich erinnere mich noch gut an unsere Nacht in Prag ... es ist schon so lang her, dass jemand mir diese Freude bereitet hat."

„Sophia, das ist niederträchtig."

Sie hob die Wimpern und lachte, ein kehliger Laut der Verzweiflung. „Lass mich gehen, Lucien. Ich bin so oder so verdammt."

In die Mönchskutte gehüllt, stahl Alice sich den Korridor entlang, wobei sie den Dienstboten möglichst aus dem Weg ging. Im Gegensatz zur letzten Woche wusste sie genau, wohin sie musste – und warum. Hatte er denn wirklich erwartet, dass sie gehorsam auf ihrem Zimmer blieb, während er als Lord Draco in der Grotte das Szepter schwang und sich all die ekelhaften Adeptinnen auf ihn stürzten? Nur eine Närrin würde untätig danebenstehen, wenn ihr zukünftiger Gatte von unmoralischen Weibern belagert wurde. Es konnte nicht schaden, darauf zu achten, dass er sich benahm. Migränepulver und Abendessen hatten sie weit gehend von ihrem Unwohlsein befreit. Nun war sie bereit, um ihren Mann nötigenfalls auch zu kämpfen.

Als sie diesmal die Treppe in die Grotte hinunterstieg, hatte sie keine Angst vor Talbots Mummenschanz, und die Leute, die ihrem Vergnügen in den unmöglichsten Konstellationen und Verrenkungen nachjagten, ignorierte sie einfach. Das Gesicht tief in den Falten ihrer Kapuze verborgen, huschte sie durch die überfüllte Grotte. Sie wollte erst sehen, was Lucien tat, bevor sie sich zeigte. Natürlich wäre er zornig auf sie, aber wenn er sie nicht den ganzen Tag ignoriert hätte, wäre sie vielleicht nicht gezwungen gewesen, ihm nachzuschleichen wie ein eifersüchtiges Eheweib.

Als sie ihn nirgendwo erblickte, machte sie sich auf den Weg zu dem Beobachtungsstand im Drachen. Die Wachen wollten sie erst nicht durchlassen, aber als sie ihnen hochmütig erklärte, vor ihnen stehe die zukünftige Gattin ihres Herrn, mussten sie nachgeben. Sie konnten kaum mit ihr Schritt halten, als sie die Wendeltreppe hinaufeilte. Obwohl sie verärgert war, weil er sie den ganzen Tag vernachlässigt hatte, durchfuhr sie freudige Erregung, weil sie gleich bei ihm wäre. Sie hörte Geschrei, als sie sich dem oberen Ende der Wendeltreppe näherte. Als sie das Vorzimmer betrat, stellte sie fest, dass die Tür zum Beobachtungsstand offen war. Die Wangen vor Vorfreude gerötet, eilte sie zum Durchgang – nur um entsetzt zurückzuprallen, als sie entdeckte, dass sich in Luciens Armen eine wunderschöne dunkelhaarige Frau wand.

Er stand hinter der Frau, hatte einen Arm um ihre Taille gelegt und tastete mit der anderen unter ihren Kleidern herum. Dieselbe Prozedur hatte sie letzte Woche über sich ergehen lassen müssen. Alices Augen wurden vor Schock ganz glasig.

Als spürte er ihren Blick, schaute Lucien auf und erstarrte. Panik flackerte in seinen Augen auf – als fühlte er sich irgendwie ertappt dabei ... wie er sie betrog.

In diesem schrecklichen Moment, da die Zeit stillzustehen schien, zog die Frau ein Messer unter ihren Röcken hervor, schwang es blitzschnell nach oben und schlitzte Luciens Seite auf. Mit einem markerschütternden Schrei rannte sie auf Alice zu.

12. KAPITEL

„Nein!" schrie Lucien und stürzte vor.

Alice warf sich zur Seite, als die Frau mit erhobenem Messer an ihr vorbeilief und ihr Gesicht dabei nur um wenige Zoll verfehlte. Die Frau hastete durch das Vorzimmer und verschwand die Treppe hinunter, bevor Luciens Männer überhaupt reagieren konnten. Im nächsten Augenblick brach die Hölle los.

„Lucien!" kreischte Alice.

„Er ist verletzt!"

„Sie hat Seine Lordschaft verletzt!" schrie die Wache.

„Ihr nach!" herrschte Lucien sie an. Die vier jungen Burschen und ein paar Wachen stürmten die Treppe hinab, um die Frau zu verfolgen. Lucien hielt sich die Seite und ging zu Alice. „Alles in Ordnung?"

Sie nickte, starrte entsetzt auf das Blut, das zwischen seinen Fingern hervorquoll und sich auf seinem weißen Hemd ausbreitete. „O Gott!"

„Was zum Teufel hast du hier zu suchen?" schrie er sie an.

„Lucien ... du blutest ja", hauchte sie.

„Ich hab dir doch gesagt, dass du oben bleiben sollst! Du hättest tot sein können!" Er wandte sich an die Wachen: „Schafft sie hier raus."

„Es tut mir Leid!"

Fluchend ließ er sie stehen und eilte seinen Männern nach.

„Lucien!" rief sie, aber er war schon auf der Treppe.

Alice rannte ihm nach, schüttelte den Wachmann mit den schärfsten Worten ab, die sie je geäußert hatte. Nichts würde sie aufhalten. Sie hastete die Treppe hinunter und lief zurück in die Grotte. Sie sah noch, wie er die Stufen hinaufeilte, und warf sich in die Menge.

Mit zusammengebissenen Zähnen stürmte Lucien die Treppe hoch und durch die Priapos-Tür und rannte dann gebückt unter den überhängenden Felsen am Flussufer entlang. Verdammt, er wäre im beinahe geglückt, Sophia zum Reden zu bringen, als Alice aufgetaucht war. Ihm war sofort klar gewesen, welcher Anblick sich ihr geboten haben musste und was für Schlüsse sie daraus ziehen würde. Einen Augenblick war er von seiner Aufgabe abgelenkt gewesen, und das hätte ihn leicht das Leben kosten können. Wenn Sophia gewollt hätte, hätte sie mich töten können, überlegte er grimmig, während er die Treppe ins Haus hinaufeilte. Der Blutverlust hatte ihn geschwächt, und ihm wurde schwindlig, als er den Flur zur Eingangshalle hinunterlief. Bevor er die Tür erreicht hatte, hörte er einen seiner Männer schreien: „Fasst sie! Sie hat Lord Lucien erstochen!"

Ein Schuss krachte, und dann ein zweiter.

Er stieß ein fürchterliches Gebrüll aus und rannte aus der Tür. Sophia hielt gerade direkt auf das Eisentor von Revell Court zu, als wollte sie darüber klettern, doch noch während er „Feuer einstellen!" rief, ertönten weitere Schüsse.

Sie warf die Arme in die Höhe und ging zu Boden, mitten im Lauf von einer Kugel getroffen.

„Feuer einstellen!" schrie Lucien wieder. Er rannte ihr nach und warf sich neben ihr auf die Knie. Im flammenden Licht der Fackeln sah er, dass ihr Rücken von Kugeln durchlöchert war.

„O Gott. Sophia.“ Sein Herz hämmerte, aber er wusste bereits, dass sie nicht mehr zu retten war.

Ihre Wange ruhte auf dem Pflaster, und sie starrte ihn an, während ihr ein dünner Faden Blut aus dem Mundwinkel rann. Ihre Augen waren glasig vor Angst, und er wusste, dass sie nur noch wenige Momente zu leben hatte. Er wagte nicht, sie zu bewegen, da er befürchtete, es nur schlimmer zu machen.

„Argus“, keuchte sie.

„Ich bin hier“, erwiderte er leise auf Russisch. Er berührte ihr Haar. „Es tut mir Leid“, stieß er hervor.

Bei diesen Worten schloss sie wie erleichtert die Augen. „Jetzt bin ich frei … von ihm, Argus.“

Er legte die Hand auf die ihre. „Was hat er vor, Sophia? Tu es für mich. Sag es mir. Für dein Land und meines.“

Sie rang mit sich. Ihr schönes Gesicht war kreidebleich und schmerzverzerrt. „Er hat … Sprengstoff. Für den Guy-Fawkes-Abend, Lucien. Die … Amerikaner wollen sich rächen … für die Zerstörung Washingtons. Aber sein … Ziel … kenne ich nicht. Vielleicht … Parlament“, presste sie hervor.

Lieber Himmel! Der Guy-Fawkes-Abend war nächsten Samstag – nur noch eine Woche! Vielleicht plant Bardou eine Wiederholung der Geschichte, überlegte Lucien. 1605 hatte eine Gruppe katholischer Verschwörer den ehemaligen Soldaten Guy Fawkes angeheuert, damit er das Parlament samt König und Adel in die Luft sprengte, doch die Verschwörung war rechtzeitig aufgedeckt worden – und genau das würde Bardou auch passieren, so wahr ihm Gott helfe. „Ist er schon in London?“

Sie nickte beinah unmerklich.

„Wo hat er sein Hauptquartier?"

„Lagerhaus ... am ... Fluss."

„Sophia, am Fluss reiht sich ein Lagerhaus ans andere."

„Sei ... vorsichtig, Argus. Er ist ... hinter dir her." Ihr verzerrtes Flüstern endete mit einem fürchterlichen Stöhnen.

„Psst, ruhig, ruhig", flüsterte er, hielt ihr die Hand und strich ihr übers Haar. Der Tod war nahe.

Er schloss die Augen, als er das schreckliche Rasseln in ihrer Kehle hörte, und senkte den Kopf. Ihre letzten Worte hingen noch in der Luft. *Er ist hinter dir her.*

Als Lucien die Augen wieder öffnete, glühte ein Feuer in ihnen, und in seinem Herzen brannte ein höllisches Inferno. *Lass ihn nur kommen.* In ihm brodelte der Zorn, rief jenes wilde Tier in ihm hervor, in das er sich nach fünf Wochen Folterhaft verwandelt hatte. Ihre Brutalität hatte seine Grausamkeit geweckt, als ihm endlich die Flucht geglückt war. Still und leise hatte er sich in der Dunkelheit von Mann zu Mann geschlichen und jedem die Kehle durchgeschnitten. Aber Bardou war in jener Nacht nicht da gewesen. Er war unterwegs, um Patrick Kelley mit Hilfe der Informationen zu töten, die er Lucien unter der Folter abgepresst hatte. Bardou hatte sich der Vergeltung entzogen.

Und jetzt, dachte Lucien, kann ich mich endlich rächen.

Als er aufschaute, kam Alice unsicher auf ihn zu. Sie muss beschützt werden, beschloss er. Wenn Bardou herausfand, dass sie seine Frau war, würde er sie ohne Zögern angreifen und töten, vor allem jetzt, wo Luciens Männer Sophia erschossen hatten. Er sah die Verwirrung in ihrem Blick, als sie versuchte, seinen zweifellos mörderischen Gesichtsausdruck zu entschlüsseln.

Er senkte den Blick; er wollte nicht, dass sie diesen Teil von ihm kennen lernte.

Er streckte die Hand aus und drückte Sophias starre Augen sanft zu.

Eine schreckliche Stille trat ein. Die Flammen loderten in die Nacht und tauchten Luciens Haare und Schultern in einen goldenen Schimmer. In seinem schönen Gesicht lag ein strenger, abwesender Ausdruck, und sein Schweigen war so bedrohlich, dass Alice nichts zu sagen wagte. Sie starrte ihn an, alle Vorwürfe vergessend.

Rings um die Frau breitete sich eine rote Lache aus. Die Wachen beobachteten Lucien und Alice besorgt, die Gewehre schlaff in den Händen. Als Lucien langsam den Blick hob, erkannte Alice entsetzt, dass die Frau tot war.

Verstört legte sie die Hand auf den Mund. Ihr schlechtes Gewissen regte sich. *Das ist meine Schuld. Wenn ich nicht so eifersüchtig gewesen wäre, wäre ich nicht nach unten gegangen und hätte Lucien nicht abgelenkt. Die Frau hätte ihn nicht mit dem Messer verletzt und wäre nicht auf der Flucht erschossen worden.* Alice starrte auf die Leiche hinunter, und ihr war vor Entsetzen ganz schwindelig. Jemand hatte ihretwegen den Tod gefunden.

Lucien sprang auf. „Wer hat geschossen?" fragte er so ruhig und bedrohlich, dass es ihr kalt den Rücken hinunterlief.

Niemand antwortete.

„Wer hat euch befohlen, das Feuer zu eröffnen?"

„A...aber Mylord, man hat uns gesagt, sie hätte Sie erstochen", erwiderte eine der Wachen.

„*Sehe ich aus, als wäre ich tot?*“ brüllte er die Männer an.

Alice zuckte zusammen.

„N...nein, Sir“, antwortete der Wachmann mit gesenktem Kopf.

Alice fasste sich rasch und trat auf ihn zu. „Lucien ...“

„Geh ins Haus. Ich will mit dir reden. Du hast dich meinen Anordnungen widersetzt.“ Seine Stimme war hart. Dann wandte er sich an seine Männer: „Ich will, dass derjenige, der dafür die Verantwortung trägt, morgen verschwunden ist. Er soll sich von Mr. Godfrey auszahlen lassen und nie wieder hier auftauchen. McLeish, kümmern Sie sich um die Leiche. Schnell.“

„In Ordnung, Mylord.“

Als Lucien und sie ins Haus gingen, sah sie, dass der Blutfleck auf seinem Hemd immer noch größer wurde. „Deine Wunde ...“

„Oben“, befahl er und schüttelte sie ab.

Alice presste die Lippen zusammen, als er vor ihr die Treppe hinaufstieg. Auf dem Flur befahl sie einer Zofe, heißes Wasser, Scheren und Verbandszeug ins Schlafzimmer Seiner Lordschaft zu bringen, und eilte ihm dann nach.

In seinem Zimmer nahm er einen Verbandskasten aus der Truhe am Fußende des Bettes. „Weißt du, dass ich dich heute Abend eigentlich in dein Zimmer sperren wollte, um sicherzugehen, dass du dich nicht einmischst? Aber ich hatte dir ja schon den Schlüssel gegeben und mir gesagt, nein, ich muss ihr vertrauen. Darauf läuft es immer wieder hinaus. Kann ich dir vertrauen oder kann ich es nicht, Alice? Im Augenblick bin ich mir da nicht so sicher.“ Zornig knöpfte er sich das Hemd auf und löste den blutgetränkten Stoff von seiner Wunde.

Sie erschauderte, als sie die vier Zoll lange Schnittwunde über seinen Rippen erblickte.

Das Blut und der Geruch des Alkohols aus der Verbandskiste, den er gerade auf einen sauberen Lappen goss, erinnerte sie in lebhaften Details an die schrecklichen Verletzungen ihres Bruders. Lucien stieß eine Reihe Flüche aus, als er das alkoholgetränkte Tuch an seine Seite presste. Da wurde sie lebendig. Sie würde diesem verdammten Narren helfen, ob er nun wollte oder nicht. Sie drückte ihn auf die breite, stabile Truhe hinab.

„Gib mir Nadel und Faden“, knurrte er. „Das muss genäht werden.“

„Ich mach das.“

„Von wegen. Ich bin doch kein Taschentuch, auf dem du deine Stickkünste austoben kannst, und außerdem kann ich gut darauf verzichten, dass du mich bemutterst. Es ist nur eine Fleischwunde. Ich will wissen, was du zu deiner Verteidigung vorzubringen hast.“

„Ist doch jetzt egal! Zuerst müssen wir deine Wunde versorgen. Lass mich helfen.“

„Ich mach das selbst.“

„Du kommst ja gar nicht hin.“

„Doch. Und jetzt gib mir endlich die Nadel!“

„Halt den Mund und leg dich *hin!*“ befahl sie heftig. „Wer, glaubst du wohl, hat sich um meinen Bruder gekümmert, als er voller Wunden aus der Schlacht heimkehrte?“

Er starrte sie einen Moment störrisch an. „Also gut, von

mir aus“, erwiderte er. Er verzog das Gesicht, betrachtete seine Wunde, nahm einen Schluck Brandy und erhob keine Einwände mehr. Die Zofe brachte die Sachen, um die Alice gebeten hatte, und Lucien legte sich zurück und gestattete ihr widerstrebend, ihn wieder zusammenzuflicken.

Keiner sagte etwas, während sie die Wunde säuberte und dann saubere Tücher dagegenpresste, bis die Blutung nachließ. Dann fädelte sie die Nadel ein, reinigte sie mit Brandy und nähte den Schnitt zu. Sie war ganz auf diese Aufgabe konzentriert und verdrängte ihre Schuldgefühle.

Die nächste halbe Stunde arbeitete sie, so rasch sie konnte, tupfte die Wunde dabei immer wieder ab, bis ihre Hände voller Blut waren. Himmel, sie hätte ihn verlieren können, und es wäre allein ihre Schuld gewesen. Sie unterdrückte das Bedürfnis, ihn in den Arm zu nehmen und festzuhalten, da sie das für gefühlsduselig hielt, und sie brauchte ja einen klaren Kopf.

„Also“, begann er nach einer Weile, „dir ist also eingefallen, mir ein bisschen nachzuspionieren. War es das wert?“

Sie reagierte nicht.

„Ich habe dich nicht betrogen.“

„Ich dachte mir schon, dass du das behaupten würdest, als ich euch beide sah“, fuhr Alice ihn an. „Willst du jetzt bitte still sein und mich meine Arbeit tun lassen? Ich bin schon aufgeregt genug.“

„Ich würde dich nie betrügen. Ich habe sie nur nach Waffen abgetastet.“

„Wie mich letzte Woche?“ Sie musterte ihn und zog den Faden ein wenig zu rasch durch.

„Aua! Das war Absicht“, murmelte er mit einer Grimasse.

Schließlich untersuchte sie die fein säuberlichen Stiche noch einmal und stellte fest, dass alles sicher saß.

„Jetzt muss ich dich verbinden ..."

„Genug!" Ungeduldig schüttelte er sie ab. Er glitt von der Truhe und stolzierte an ihr vorüber.

„Lucien." Sie seufzte.

Er stemmte die Hände in die Seiten. „Ab sofort erwarte ich von dir, dass du gehorchst. Verstanden?"

„Nein." Sie warf das Handtuch hin, mit dem sie sich nach dem Waschen die Hände abgetrocknet hatte, ergriff den Brandy und nahm einen Schluck direkt aus der Flasche, um ihre zerrütteten Nerven zu beruhigen.

„Wie bitte?" Sein Blick verfinsterte sich.

„Ich bin doch nicht deine Marionette!" Sie verschränkte die Arme vor der Brust. „Wer war sie?"

„Vergiss, dass du sie je gesehen hast." Er ging zum Verbandskasten und begann die Wunde ohne ihre Hilfe zu bandagieren.

„Es vergessen? Lucien, die Frau ist tot, und ich bin schuld. Wir müssen doch irgendeine offizielle Stelle verständigen."

„Das werden wir nicht tun", entgegnete er langsam.

Sie wurde kreidebleich. „Ich habe gehört, was du zu deinen Männern gesagt hast. Sie sollen die Leiche loswerden. Du kannst das doch nicht einfach vertuschen! Wir müssen den Friedensrichter holen. Wer sie auch sein mag, die Frau braucht eine Beerdigung in geweihtem Boden. Man kann sie doch nicht einfach im Wald verscharren. Ihre Familie muss verständigt werden ..."

„Halt dich da raus, Alice."

„Das werde ich nicht."

„Hast du nicht schon genug angerichtet?"

Mit schmerzlich berührtem Blick trat sie auf ihn zu. „Und du, hast du nicht schon genug Geheimnisse? Wie weit willst du denn noch gehen, um deine Aktivitäten in der Grotte zu verheimlichen? Auf deinem Fest ist gerade eine Frau gestorben! Auch wenn du nicht gleich den Friedensrichter holst und ihm die Sache erklärst, kommt es doch irgendwann heraus. Und wenn man dann herausfindet, dass du die Sache vertuscht hast, wird das so verdächtig aussehen, dass man dich vielleicht für ihren Tod verantwortlich macht. Willst du das?"

„Niemand wird mich für ihren Tod verantwortlich machen", erwiderte er in warnendem Tonfall und kehrte ihr den Rücken zu.

„Warum denn nicht? Du bist doch nicht über das Gesetz erhaben! Was Recht ist, muss auch Recht bleiben."

Er gab keine Antwort, stand nur still da und starrte ins Feuer.

Als sie erkannte, dass ihn das alles überhaupt nicht beeindruckte, versuchte sie es anders. „Lucien, wir fahren morgen nach Schottland, um dort getraut zu werden. Ich möchte nicht, dass ihr Tod unser gemeinsames Leben überschattet …" Sie wartete darauf, dass er etwas sagte, und als er weiter schwieg, füllten sich ihre Augen mit Tränen. Sie ballte die Hände zu Fäusten und ging auf zittrigen Beinen zur Tür.

Er wirbelte herum. „Wohin gehst du?"

„Wenn du nicht das Richtige tun willst, tue ich es", verkündete sie erstickt. „Ich bin schuld am Tod dieser Frau …"

Lucien lehnte sich gegen die Tür und versperrte ihr den

Weg. Er starrte sie mit einem wilden Glitzern in seinen wolfsgrauen Augen an. „Hör sofort auf, dir die Schuld zu geben", befahl er leise und harsch. „Die Verantwortung liegt bei mir, nicht bei dir."

Wieder traten ihr Tränen in die Augen. „Was bist du nur für ein Mann, dass du so tun willst, als wäre das alles nie passiert? Geh mir aus dem Weg. Ich zeige den Tod der Frau jetzt an ..."

„Das ist nicht nötig, Alice", flüsterte er eindringlich.

Verständnislos schaute sie ihn an.

„Hör mir gut zu", begann er, „diese Frau war eine russische Spionin. Sie hat in der Grotte einen amerikanischen Agenten getötet. Deswegen habe ich sie befragt."

„*Wie bitte?*"

„Ich bin kein Diplomat, Alice. Ich bin ein Geheimagent der Krone. Ein Spion. Und die Grotte dient als Tarnung für etwas, das wir im Außenministerium als Horchposten bezeichnen."

Schockiert starrte sie ihn an.

„Du wolltest die Wahrheit. Hier hast du sie." Er seufzte. „Jetzt habe ich mein Leben in deine Hände gelegt. Wenn du irgendjemandem etwas verrätst, könnte das meine Sicherheit gefährden."

„Ein Spion", wiederholte sie. „Du bist ein Spion."

Sie sank auf dem Stuhl neben der Tür. Nun wurde ihr alles klar.

Er ging neben ihr in die Hocke. „Die Russin hat einen gefährlichen französischen Spion unterstützt, der sich gerade in London aufhält und gegen uns arbeitet. Siehst du? Ich bin kein gefühlloser Mensch. Es lag nur daran, dass Sophia den Feind unterstützt hat. Deswegen machen wir uns keine Sorgen wegen ihres Todes. Wenn ein Agent in Feindesland stirbt, kümmert das niemanden. Wenn ich in Frankreich gestorben wäre, hätten sie mich auch nur irgendwo verscharrt. So ist das eben", flüsterte er und streichelte ihren Oberschenkel, als wollte er sie beruhigen. „Du darfst dir keine Vorwürfe machen oder dich sorgen, was wohl passieren wird. Alles, was zählt, ist, dass du in Sicherheit bist."

Sie betrachtete ihn einen Moment, zog ihn dann in die Arme und hielt ihn fest. „Ach, mein Liebling." Sie küsste ihn auf die Wange. „Danke, dass du es mir endlich erzählt hast."

„Du bist nicht zornig?"

„Nein."

„Und auch nicht ... angewidert?"

„Lieber Himmel, warum denn? Du bist noch außergewöhnlicher, als ich geahnt habe." Sie küsste ihn auf die Haare und spürte, wie er in ihren Armen bebte.

Zittrig küsste er sie auf den Hals. „Ich wusste nicht, wie du reagieren würdest. Damien hat mir meine Berufswahl immer noch nicht verziehen", meinte er bitter. „Ich hatte Angst, dass ich dich auch verlieren könnte."

Sie umfasste sein Kinn, beugte sich vor und küsste ihn auf die Stirn. „Mein liebster, bester Dummkopf", hauchte sie. „Du darfst dich nie davor fürchten, mir die Wahrheit zu erzählen." Sie umarmte ihn vorsichtig. „Oh, ich kann es einfach nicht fassen, dass diese furchtbare Frau dich mir beinahe genommen hätte! Etwas so Entsetzliches habe ich noch nie gesehen! Gott sei Dank bist du nicht schlimmer verletzt worden."

„Mir geht es gut." Er rückte ein Stück von ihr ab und schaute sie staunend an. „Uns bleibt nicht mehr viel Zeit. Morgen muss ich dich nach Hawkscliffe Hall schicken, unseren Familiensitz in Yorkshire, bis ich die Sache erledigt habe. Wenn ich dir ein paar meiner Wachleute mitgebe, bist du dort absolut in Sicherheit."

„Und Gretna Green?"

„Das müssen wir wohl verschieben. Tut mir Leid, Liebste. Die Situation ist kritisch, und es ist meine Aufgabe, den Mann zu fassen."

„Dann nimm mich nach London mit ..."

„Bestimmt nicht. Dieser Mann ist ein ausgesprochen unangenehmer Zeitgenosse. Die Russin war seine Geliebte, er wird ihren Tod rächen wollen. Wenn er von uns erfährt, könnte er versuchen, dir etwas anzutun oder dich irgendwie zu benutzen, um an mich heranzukommen."

Bestürzt fragte sie: „Ist er wirklich so gnadenlos?"

Lucien nickte grimmig. „Noch schlimmer."

„Nun ... vielleicht solltest dann nicht du derjenige sein, der ihn verfolgt. Du bist schon verwundet. Wenn seine Geliebte dich schon so verletzen konnte, was wird er selbst dir dann noch alles antun? Warum schickst du nicht einen Boten ins Außenministerium und bittest deinen Vorgesetzten, wer es auch sein mag ..."

„Lord Castlereagh."

„Bittest Lord Castlereagh darum, jemand anderen mit der Aufgabe zu betrauen, weil du schon verletzt bist und außerdem heiraten möchtest? Bestimmt gibt es noch andere fähige Agenten, die sich um diesen Mann kümmern können. Und wir kommen doch noch nach Gretna."

Er grinste. „Erstens ist Castlereagh in Wien, zweitens habe

ich eben diesen Befehl und drittens ...", seine Miene verfinsterte sich, „... ist das zwischen mir und Claude Bardou auch eine persönliche Sache."

Ihr gefiel die Grausamkeit nicht, die sein Gesicht verhärtete, wenn er jenen Namen erwähnte. Argwöhnisch musterte sie ihn und schüttelte den Kopf. „Irgendwie habe ich ein ungutes Gefühl. Schau dich an. Überleg mal, was dir heute Nacht beinah widerfahren wäre. Lucien, als deine zukünftige Frau weiß ich nicht, ob ich will, dass du das tust."

„Ich muss es aber machen", entgegnete er mit mordlustig blitzenden Augen. „Und ich *will* es auch."

„Du willst es?"

„Ja", murmelte er. „Ich möchte, dass dieser Mann stirbt."

„Ach. Und wenn er stattdessen dich tötet? Was soll denn dann ich machen?"

Er starrte sie lange an und zuckte mit den Schultern. „Ich habe keine Ahnung."

„Wie bitte?" Vielleicht hatte sie erwartet, dass er ihre Ängste beschwichtigte, ihr versicherte, es bestehe keinerlei Gefahr, dass er in Erfüllung seiner Pflicht getötet würde, aber er bot ihr keine tröstlichen Lügen.

Abrupt stand sie auf. Ihr schwirrte der Kopf, und ihr Magen krampfte sich vor Angst zusammen. Sie rieb sich die Stirn und versuchte das Ganze erst einmal zu verarbeiten.

„Alice? Alles in Ordnung mit dir?"

„Natürlich nicht." Sie kämpfte gegen die wachsende Hysterie an. „Du weißt, was ich durchgemacht habe. Ich habe meine Mutter verloren, meinen Vater, meinen Bruder – und nun erzählst du mir, es wäre durchaus möglich, dass ich auch noch dich verliere! Ich glaube nicht, dass ich das ertragen könnte."

Müde erhob er sich und schaute sie an.

Ihre Augen hatten sich mit Tränen gefüllt. „Liebst du mich denn nicht?"

„Natürlich tue ich das. Ich liebe England, und ich liebe dich."

„Aber dein Hass auf ihn ist stärker."

Er schwieg.

Sie schluckte. „Liebe oder Hass, Lucien? Du kannst nicht beides haben. Entscheide dich."

„Alice, nun sei doch nicht so starrköpfig ..."

„Entscheide dich!" schrie sie ihn an. Sie zitterte am ganzen Körper. „Vor einer Woche hast du mich dazu gezwungen zu entscheiden, ob Caro oder ich heim zu Harry fahren. Jetzt bist du an der Reihe. Er oder ich?"

„Keine Ultimaten mehr, Alice. Wir haben uns geliebt. Vielleicht trägst du schon mein Kind unter dem Herzen ..."

„Bei mir läuft alles genau nach Plan, Lucien. Ich habe bereits meine Regel. Und jetzt entscheide dich!"

„Tu mir das nicht an", flüsterte er.

„Ich will nicht wieder trauern müssen. Ich möchte nicht wieder all meine Kleider schwarz färben und zusehen, wie ein weiterer Sarg in die Erde hinabgesenkt wird. Ich kann einfach nicht, Lucien."

Er stöhnte verzweifelt auf. „Wenn ich Bardou nicht töte, wird er uns niemals in Frieden lassen. Du hast keine Ahnung, wozu dieser Mann fähig ist. Man muss ihn aufhalten, und ich bin derjenige, der das kann!" Sein Zorn lud die Atmosphäre zwischen ihnen wie bei einem Gewitter auf. „Wir sind Todfeinde. Verstehst du? Wenn ich ihm nicht nachjage, wird er mich hetzen, wenn er seinen Anschlag auf England durchgeführt hat. Bardou ist ebenso versessen auf mein Blut wie ich auf das seine!“

„O Gott!“ rief sie aus. „Dann musst du eben nach Hawkscliffe Hall mitkommen!“

„Ich soll mich vor ihm verstecken? Nie im Leben!“

Sie zuckte zusammen. „Du hast deine Wahl also getroffen.“

„Genau. Ich entscheide mich für die Rache!“ bekräftigte er trotzig.

„Dann fasse ich den Entschluss, dass ich dich nie wieder sehen will“, stieß sie hervor und rannte aus dem Zimmer, blind vor Tränen.

13. KAPITEL

Der Morgen graute. Kein Laut war zu hören. Lucien beobachtete, wie sein Landauer sich anschickte, Revell Court zu verlassen. Alice saß darin, in ihren Umhang gehüllt. Er betrachtete ihr bleiches, verstörtes Gesicht, aber sie schaute ihn nicht an, sah im Vorüberfahren kalt durch ihn hindurch. Dieser Blick trieb ihm den Dolch nur noch tiefer ins Herz hinein. Er konnte einfach nicht fassen, dass sie ihn vor eine solche Wahl gestellt hatte, aber er wollte auch nicht glauben, dass er sie für immer verloren hatte.

Die Kutsche blieb im Hof noch einmal stehen, damit die Wachen das Tor öffneten. Er kniff die Augen zusammen, zog den Mantel enger um sich und kämpfte gegen den Impuls an, ihr nachzulaufen.

Ich hole sie zurück, wenn alles vorbei ist.

McLeish salutierte, als er auf seinem kastanienbraunen Wallach vorüberritt. Lucien nickte. Er hatte den zähen Schotten und zwei seiner verlässlichsten Wachen abgestellt, um Alice nach Glenwood Park zu geleiten und dort zu bewachen, bis die Sache mit Bardou auf die eine oder andere Weise ausgestanden war. Zwar hätte er sie lieber auf den weiter entfernten und festungsartig ausgebauten Landsitz seiner Familie geschickt, aber sie hatte sich rundheraus geweigert. Da er ihr gegenüber ein schlechtes Gewissen hegte, hatte er sich nicht durchsetzen wollen. Er ahnte, dass ihr jetzt nur noch ihr geliebtes Heim und ihr Neffe Harry Trost schenken konnten. Zugegeben, er neigte zur Paranoia, wahrscheinlich bestand keinerlei Anlass zur Sorge. Die einzigen Leute, die überhaupt wussten, dass sie bei ihm in Revell Court gewesen war, waren sie beide und Caro. Und Basingstoke, das verschlafene kleine Dorf in Hampshire, lag so weit ab vom Schuss, dass sie dort durchaus sicher war, vor allem, weil McLeish sie begleitete.

Als das große schmiedeeiserne Tor scheppernd aufschwang, ließ der Kutscher die Peitsche knallen, und der Landauer zog an. Lucien biss die Zähne zusammen und unterdrückte mit Gewalt seine Gefühle, als die Kutsche sie davontrug.

Ich hole sie zurück, wenn alles vorbei ist, schwor er sich noch einmal, vorausgesetzt natürlich, ich überlebe die Sache. Letzte Nacht nach dem furchtbaren Streit hatte er gar nicht erst versucht, sich wieder mit ihr zu versöhnen, denn wenn er es nicht überlebte, wäre es besser für sie, wenn sie ihn hasste. Ihr Zorn würde sie die Nachricht von seinem Tod leichter verwinden lassen.

Er sah der Kutsche nach, als sie über die Brücke ratterte und dann den Hügel hinauffuhr. Selbst nachdem sie seinen Blicken entschwunden war, stand er noch immer in der trostlosen grauen Morgendämmerung, das Kinn gesenkt, die Hände in die Manteltaschen geschoben. Ein leises Zittern des Zorns überlief ihn. Er blickte auf, und seine Miene verfinsterte sich. Es war an der Zeit, Bardou zu jagen und zu töten.

Er war bereit. Das Tier in ihm erwachte und dürstete nach Rache.

Die warmen Lichter, die in den Fenstern ihres Zuhauses schimmerten, trieben Alice die Tränen in die Augen, als der Landauer abends die Auffahrt nach Glenwood Park entlangrollte. Sie hatte einen trostlosen Tag verbracht, aus dem Fenster gestarrt und an Liebeskummer gelitten. Die einzige Abwechslung auf der öden Reise waren die paar Pausen gewesen, die sie an den Poststationen eingelegt hatten. Endlich war sie zu Hause angekommen. Sie konnte es gar nicht erwarten, Harry in die Arme zu schließen. Schon bei dem Gedanken an seinen sauberen Geruch, seine kleine Gestalt in ihren Armen stiegen ihr erneut Tränen in die Augen. Wenigstens hatte sie nach allem, was geschehen war, noch ihr geliebtes Heim und die Menschen, die sie liebten – Harry, Peg, Nellie und die anderen. Für diesen schlichten Trost war sie nie dankbarer als jetzt gewesen.

Sie fragte sich, welche Lüge Caro ihnen wohl aufgetischt hatte, um ihre Abwesenheit zu erklären. Rasch wischte sie sich die Tränen ab, als die Kutsche vor dem eleganten Herrenhaus zum Stehen kam. Sie hatte keine Ahnung, welche Begründung sie sich für McLeish und die beiden Wachen einfallen lassen sollte. Der Landauer stand kaum, als die Haustür auch schon aufflog und Peg herausgeeilt kam, ein paar Schritte hinter ihr Nellie und Mitchell. Als sie aus der Kutsche stieg, umarmten sie sie, begrüßten sie und machten großes Aufheben um sie.

„Ach, mein Kind, endlich sind Sie zu uns zurückgekehrt! Gott sei Dank, dass es Ihnen wieder gut geht! Ich habe mir solche Sorgen gemacht!" Peg nahm Alice bei den Schultern und betrachtete im Schein der Wagenlaternen prüfend ihr Gesicht. „Sie sehen immer noch geschwächt aus. Konnten Sie schon etwas bei sich behalten?"

„Es gibt nichts Schlimmeres als schlechten Lachs – nichts!" verkündete Mitchell mit einer Grimasse.

Das also hat Caro ihnen erzählt, dachte Alice.

„Oh, Miss Alice, können Sie mir je verzeihen, dass ich Sie

im Stich gelassen habe? Ich habe Ihre Ladyschaft gebeten, bei Ihnen bleiben zu dürfen, aber sie hat's verboten!“ sagte Nellie ängstlich. „Dort war es so seltsam! Aber sie meinte, wenn ich ihr frech komme, würde sie mich entlassen!“

Alice bemerkte den scharfen Blick, den Peg Nellie zuwarf, konnte ihn aber nicht deuten. „Natürlich vergebe ich dir, Nellie, mir geht es inzwischen wieder gut. Danke, dass ihr euch alle solche Sorgen um mich gemacht habt. Es tut so gut, wieder zu Hause zu sein“, stieß sie hervor und drückte Mitchells Arm, während Peg und Nellie sie beide umarmten. Rasch fasste sie sich wieder und drehte sich zu Luciens Kutscher um. „Es ist zu dunkel zum Zurückfahren. Bitte nehmen Sie unsere Gastfreundschaft an.“ Sie wechselte einen bedeutungsvollen Blick mit McLeish.

„Danke, Miss“, erwiderte der Schotte und tippte sich an den Hut.

„Mitchell, wollen Sie bitte so freundlich sein, Unterkünfte für Lord Luciens Dienstboten herrichten zu lassen und ihnen dann bei den Pferden zu helfen?“

Der Angesprochene verbeugte sich und ging rasch davon, um sich um die Unterbringung von Mensch und Tier zu kümmern.

„Kommen Sie jetzt, ab ins Haus mit Ihnen“, verkündete Peg energisch. „Sie haben sich kaum von dieser Tortur erholt, da will ich nicht, dass Sie sich als Nächstes eine Grippe holen.“

„Ihre Ladyschaft erzählte, ein halbes Dutzend von Lord Luciens Gästen habe sich an dem Fisch vergiftet“, meinte Nellie vertraulich, als sie ins Haus gingen.

„Ja, äh, wir waren alle ziemlich krank“, antwortete Alice

und verabscheute sich dafür, dass sie ihre treue Zofe und die geliebte alte Kinderfrau belog, aber was blieb ihr anderes übrig? Sie hatte nicht die Absicht, ihnen zu verraten, dass sich Lord Luzifer letzte Woche mit ihr die Zeit vertrieben hatte.

„Übrigens, wir haben die Nachbarn abgewimmelt“, berichtete Peg. „Alle glauben, dass Sie letzte Woche mit einer Grippe im Bett gelegen haben.“

„Oh! Das erleichtert mich zwar, aber es tut mir Leid, dass ihr für mich lügen musstet.“

„Wir konnten schlecht die Wahrheit sagen, damit hätten wir ja Ihren Ruf aufs Spiel gesetzt. Und da drin haben wir etwas, was Ihre Laune bestimmt hebt“, kündigte Peg mit seltsam aufgesetzter Fröhlichkeit an.

„Mein Lämmchen?“ rief Alice aus.

„Nein, meine Liebe – schauen Sie nur.“ Peg hielt ihr freudig die Tür auf.

„Was ist es denn?“ Alice trat in die hell erleuchtete Eingangshalle und entdeckte dort sechs üppige Blumensträuße. „Oh … wie herrlich!“ Nach dem öden grauen Tag taten ihr die prächtigen Farben und der süße Duft wohl. Sie sah Treibhausrosen und Orchideen, Nelken, Astern und Rittersporn. „Wo kommen die denn her?“

„Ihre Herren Verehrer haben sie geschickt.“ Peg schloss die Tür und zwinkerte ihr zu. „Sie wissen ja, wie die drei immer versuchen, sich gegenseitig zu übertrumpfen.“

„Roger, Freddie und Tom?“ fragte sie, während sie den Umhang ablegte.

„Wer sonst? Ich nenne es den Rosenkrieg“, erwiderte Peg und lachte. „Als sie von Ihrer ‚Grippe‘ erfuhren, waren sie angeblich ganz außer sich. Ein paar Ihrer Freundinnen haben ebenfalls Blumen geschickt – Miss Patterson und die Misses Sheldon aus London."

„Wie lieb von ihnen." Alice zerriss es schier das Herz, weil sich offensichtlich so viele Leute etwas aus ihr machten. Es war schrecklich, sie anzulügen – oder eher, dass Caro sie angelogen hatte –, aber es musste sein, wenn sie ihren Ruf bewahren und die Verbindung zwischen ihr und Lucien vor diesem französischen Spion geheim halten wollte. Vielleicht ist das mit der Krankheit gar nicht so weit von der Wahrheit entfernt, überlegte sie, denn Lucien Knight hatte sie wie ein Fieber überkommen.

Nellie nahm den Umhang entgegen und hängte ihn auf.

„Danke. Es ist wirklich wunderbar, wieder zu Hause zu sein. Nellie, machst du bitte Tee?"

„Kommt sofort!"

„Bringst du ihn auch nach oben, wenn er fertig ist?" fragte Alice. „Ich bin entweder in meinem Zimmer oder bei Harry im Kindertrakt."

„Oje", murmelte Nellie und schaute Peg besorgt an.

Alice hatte das Gefühl, als bliebe ihr das Herz stehen. „Ist alles in Ordnung? Stimmt irgendetwas nicht mit ihm?"

„Es geht ihm gut, meine Liebe", entgegnete Peg und schürzte dann die Lippen. „Aber er ist nicht hier."

Alice starrte sie erschrocken an.

„Lady Glenwood hat ihn nach London mitgenommen."

„Geht es ihm gut? Hat er einen Londoner Arzt gebraucht?"

„Nichts dergleichen", beruhigte Peg sie, während sie mit ihrer Schürze spielte, was sie immer tat, wenn sie nervös war.

Alice erkannte, dass sie so mit ihrem eigenen Herzeleid beschäftigt gewesen war, dass sie gar nicht bemerkt hatte, wie verstört ihre Dienstboten wirkten. „Was ist hier geschehen?" rief sie.

„Leider fand Ihre Ladyschaft es auf dem Land ... nun, ein wenig langweilig", berichtete Peg behutsam. „Ich konnte sie gerade noch dazu bewegen, so lange zu warten, bis die Ansteckungsgefahr vorüber war."

„Liebe Güte." Alice presste die Hand an die Stirn und schaute Peg ungläubig an. „Willst du damit sagen, dass sie einem Kind mit Windpocken die vierstündige Reise nach London zugemutet hat, nur weil sie sich *langweilte?*"

„Ich fürchte, ja."

„Peg! Warum hast du sie denn nicht begleitet?" fragte sie zornig.

„Weil sie mich entlassen hat, Kind."

Alice keuchte erschrocken auf. „*Wie bitte?*"

„Ich hoffe, es stört Sie nicht, dass ich hier geblieben bin und auf Sie gewartet habe."

Völlig fassungslos starrte Alice sie an. „Sie hat dich entlassen?" rief sie.

Peg nickte, und man sah ihr deutlich an, wie verletzt und empört sie war.

„Aber wie? Warum?"

„Nun, wir sind wegen Harry dauernd aneinander geraten. Es ist mir gelungen, die schlimmsten Katastrophen abzuwenden, aber ich will offen sein ...", sie hob das Kinn, „... diese Frau ist ein Trampel."

„Master Harry hatte Fieber, und die Baronin hat ihn geschlagen, weil er geweint hat“, fügte Nellie hinzu. „Sie hat etwas sehr Schlimmes gesagt, Miss Alice. Sie meinte, sie wolle nicht, dass Harry auch einmal so ein Weichling wie sein Papa wird.“

Alice blieb der Mund offen stehen. „*Das* hat sie über meinen Bruder gesagt?“

„Allerdings“, bestätigte Peg. „Und als ich hörte, wie schlecht sie von unserem armen, guten Master Phillip redet, da konnte ich den Mund nicht mehr halten. Ich habe ihnen beiden erklärt, dass Lord Glenwood ein tapferer Mann war und ein Held, der für sein Land gestorben ist, und dann, fürchte ich, habe ich Lady Glenwood mitgeteilt, was ich von ihr halte.“

Nellie nickte befriedigt. „Allerdings, Mrs. Tate.“

„Wir hatten einen ziemlich heftigen Streit. Da hat sie mich dann entlassen. Am nächsten Morgen fuhr sie mit Harry nach London.“

Alice konnte es kaum fassen; sie umarmte ihre alte Kinderfrau. „Peg, es tut mir so Leid! Das ist alles meine Schuld. Danke, dass du geblieben bist und abgewartet hast, bis ich wieder da bin. Ich weiß nicht, was ich getan hätte, wenn ich heimgekommen wäre und ihr wärt alle weg gewesen.“

„Ich konnte nicht weggehen“, erwiderte Peg, der plötzlich Tränen in die Augen stiegen. „Ich bin eine alte Frau. Ich wüsste nicht, wohin ich gehen sollte …“

„Still, liebste Peg.“ Alice küsste das faltige Gesicht. „Du warst das ganze Leben meine Stütze. Glenwood Park ist genauso dein Zuhause wie meins. Man kann dir nicht kündigen. Das geht doch gar nicht.“ Sie packte Peg sanft an den Schultern und schaute sie entschlossen an. „Gleich morgen früh fahren wir nach London, und ich werde Lady Glenwood zur Rechenschaft ziehen, weil sie dich so fürchterlich beleidigt hat und Harry gegenüber so gedankenlos und grausam war."

Damit umarmte sie Peg noch einmal. Insgeheim wurde sie von ihren Schuldgefühlen fast überwältigt. Während sie sich auf Revell Court schamlos mit Lucien Knight vergnügt hatte, hatte ihre Schwägerin die stille Welt von Glenwood Park erstürmt und völlig durcheinander gebracht.

Lucien hatte sie gewarnt, dass ein Aufenthalt in London gefährlich sein könnte, aber zum Teufel mit seinen Befehlen! Sie hatte es satt, sich von ihm herumkommandieren zu lassen. Niemand außer Caro wusste überhaupt, dass sie sich auf Revell Court aufgehalten hatte. Sie war bereit, dieses Risiko auf sich zu nehmen. Außerdem wollte sie nicht nur die Sache mit Peg in Ordnung bringen, sondern auch unbedingt nach Harry sehen. Der arme Kerl, dachte sie verzweifelt. Ohne seine Kinderfrau Peg, ohne seine Tante Alice, die sich um ihn kümmerten, war er bestimmt ganz einsam und verängstigt – nichts als fremde Ärzte und von ihrer gefühllosen Schwägerin keinerlei Trost. Ihn zu schlagen, weil er geweint hatte, dachte sie schaudernd.

„Sie hat überhaupt keine Ahnung, wie man mit einem kleinen Kind umgeht, aber wer bin ich, ihr das zu sagen?" meinte Peg schniefend.

„Nur jemand, der schon Kinder großgezogen hat, als sie noch nicht einmal geboren war!" antwortete Alice und tätschelte ihr die Hand. „Bitte begleite mich morgen nach London. Bestimmt ist Harry ohne dich vollkommen verloren."

„Wie gut mir das tut, was Sie da sagen, Kindchen", flüsterte Peg und tupfte sich die Augen mit dem Schürzenzipfel ab. „Es wäre schrecklich für mich, wenn man mich nicht mehr brauchte. Ach, zum Kuckuck!“ Sie schniefte und strich die Schürze glatt, wie um sich zu fassen. „Also dann, den Tee.“

„Ich mach ihn schon“, mischte Nellie sich ein.

„Vergessen wir den Tee. Ich glaube, wir alle könnten jetzt ein Schlückchen Brandy vertragen“, verkündete Alice und ging zum Spirituosenschrank. Irgendwie müssen wir uns davonstehlen, ohne dass McLeish und die Wachleute es mitbekommen, überlegte sie, während sie sich und den anderen ein Gläschen einschenkte. Luciens Männer hatten Befehl, dafür zu sorgen, dass sie in Glenwood Park blieb, aber sie hatte nicht die Absicht, sich in ihrem eigenen Heim einsperren zu lassen. „Hier kommen zwei Gläschen Brandy.“

„Ach, das geht doch nicht.“

„Für die Gesundheit. Ich bestehe darauf.“

„Danke, Miss Alice“, sagte Nellie schüchtern.

Alice warf ihr einen aufmunternden Blick zu und stieß mit ihr an. Sie mochten Dienstboten sein, aber sie waren ihre Familie. „Wir sollten Lord Luciens Dienern etwas zu essen hinausschicken. Haben wir Bier für sie?“

„Bier nicht, aber Wein.“

„Gut“, erwiderte Alice mit einem verstohlenen kleinen Lächeln. Sie wusste genau, wo das Laudanum aufbewahrt wurde.

McLeish und seine Gefährten würden heute Nacht lang und tief schlafen.

Der dichte Londoner Nebel dämpfte den schwachen Schein der Straßenlaternen und hüllte Lucien ein, der soeben auf seinem schwarzen Hengst die Pall Mall entlangritt. Das Hufgeklapper hallte hohl von den Häuserwänden wider. Mann und Pferd waren völlig erschöpft.

Am Stadtrand hatte er sich von Marc und den anderen getrennt. Sie hatten sich in ihre Junggesellenunterkünfte begeben, während Lucien unterwegs zum Knight House war. Gerade bog er rechts in die St. James's Street ein. Das hochherrschaftliche palladianische Anwesen am Green Park war das Juwel im Familienschatz. Offiziell gehörte es Robert, seinem ältesten Bruder, dem Duke of Hawkscliffe, doch der Rest der Knight-Sippe war dort immer willkommen. Lucien und Damien wohnten dort, seit sie vor ein paar Monaten aus dem Krieg zurückgekehrt waren. Robert und Belinda, die frisch Vermählten, weilten noch in Wien, daher waren die Zwillinge ihren ehelichen Vergnügungen keinesfalls im Weg. Lucien war überaus neugierig auf Roberts Braut. Die Hochzeit des Herzogs hatte einen ziemlichen Skandal verursacht, da Belinda eine stadtbekannte Kurtisane und Roberts Geliebte gewesen war, bevor er sie gebeten hatte, seine Frau zu werden. Nach allem, was man hörte, war sie eine atemberaubende Schönheit.

Er seufzte. Er hatte sich so darauf gefreut, Alice seiner Familie vorzustellen. Und nun würde er es aufschieben müssen – aber er würde sie auf alle Fälle zurückholen. *Wenn sie dich wieder nimmt.* Sein Kopf schmerzte zu sehr, als dass er diese Möglichkeit in Betracht ziehen wollte. Kurz darauf bog er in St. James's Court ein, wo Knight House in all seiner Pracht hinter einem hohen, mit scharfen Spitzen bewehrten schmiedeeisernen Zaun stand. Himmel, jetzt brauchte er sein Bett. Seine Wunde müsste bestimmt auch frisch verbunden werden. Er rechnete fast damit, dass sein Verband voll frischem Blut war, da seine Seite sich anfühlte, als stünde sie in Flammen. Der Ritt heute war für seine zwanzig Stiche wohl zu viel gewesen, aber er hatte sein Pferd und sich nicht geschont – die Zeit drängte zu sehr. Nachdem er den ganzen Tag über kaum etwas gegessen hatte, weil ihn Alices Zorn so aufregte, und fast eine Flasche Whisky geleert hatte, um die Wundschmerzen zu lindern, hatte er nun höllisches Kopfweh. Seine Augen brannten, sein Herz schmerzte, und ihm tat von dem langen Ritt alles weh.

Steif stieg Lucien aus dem Sattel und öffnete selbst das Tor, verärgert, dass es nicht verschlossen war. Zum Teufel mit Alec, dachte er. Sein jüngster Bruder war ein sorgloser Draufgänger mit einer Vorliebe für das Glücksspiel. Finster starrte er auf das Haus, sah das Licht, das durch die Fenster im Erdgeschoss fiel. Schon hörte er den Lärm von irgendeiner rauen Feier im Haus. Der prüde Robert wäre entsetzt, dachte er, als er das Tor mit seinem Schlüssel hinter sich absperrte.

Ein Stallbursche hatte die Geräusche gehört und kam nun aus den Ställen herbeigeeilt. Lucien übergab ihm die Zügel, tätschelte dem erschöpften Tier noch einmal dankbar den Hals und ging dann müde die Vordertreppe hinauf und ins Haus hinein. Dort war er von dem strahlenden Kronleuchter und dem weißen Marmor in der Eingangshalle förmlich geblendet.

„Guten Abend, Lord Lucien", begrüßte ihn Mr. Walsh, der überaus kompetente Butler von Knight House. Dessen höfliches Lächeln verwandelte sich alsbald in ein Stirnrunzeln. Besorgt nahm er ihn in Augenschein. „Brauchen Sie etwas, Sir?"

Lucien war klar, dass er einfach höllisch aussehen musste. Müde fuhr er sich mit der Hand durchs Haar. „Souper, Migränepulver, heißes Wasser für ein Bad, Verbandsmaterial und eine Wundsalbe. Ich habe mir einen kleinen Kratzer eingehandelt."

„Tut mir Leid, das zu hören, Sir. Kommt alles sofort."

„Sind das Alec und seine Freunde beim Kartenspiel, die da so lärmen?" fragte er und nickte zum Speisesalon hinüber, während er dem Butler seinen Mantel gab. In seiner trübseligen Verfassung könnte er ein wenig Aufmunterung seitens seines frechen kleinen Bruders gut brauchen.

„Nein, Sir, Lord Damien ist mit ein paar Offizieren der Garde hier."

„Ach, die Helden von Badajoz", murmelte er. „Ich gehe in mein Zimmer."

Als er die Treppe hinaufstieg, fühlte er sich mit jedem heiseren Lachen, das aus dem Speisezimmer drang, verlassener. Er betrat sein Zimmer und ging ans Bett, ohne eine Kerze zu entzünden, setzte sich und stützte den schmerzenden Kopf in die Hände. Seltsam, die Woche mit Alice hatte ihn vergessen lassen, wie leer man sich fühlte, wenn man ganz allein war auf der Welt. Damiens raue Kameradschaft mit den anderen Offizieren brachte Lucien wieder schmerzlich zu Bewusstsein, wie isoliert er selbst war. Er betrachtete das Bett und fragte sich, wie er ohne Alice darin schlafen sollte.

Obwohl er vollkommen durcheinander war, hatte der Hunger seine Sinne geschärft. Während des langen Ritts hatte er sich verschiedene Pläne durch den Kopf gehen lassen, wie er Bardou am besten fassen konnte. Es gab viel zu tun, aber es war schon spät. Gleich morgen früh würde er anfangen.

Er legte sich erschöpft hin und wartete in der Dunkelheit

darauf, dass ihm die Dienstboten etwas zu essen und die anderen Dinge brachten, um die er gebeten hatte. Er fragte sich, ob es Alice in Hampshire genauso schlecht ging wie ihm.

„Na, so etwas – Miss Montague!" rief Hattersley aus und hieß sie und Peg im eleganten Stadthaus der Montagues in der Upper Brook Street willkommen. Es war Sonntagnachmittag. „Ach, wie schön, kommen Sie doch herein!" Der freundliche Butler war ein gepflegter kleiner Mann mit Glatze und zwinkernden blauen Augen. „Dem Himmel sei Dank, es geht Ihnen wieder gut. Wir haben uns alle solche Sorgen gemacht."

„Danke, Mr. Hattersley. Ich freue mich auch, Sie zu sehen", erwiderte Alice warm.

Im Morgengrauen waren sie Peg und Nellie nach London aufgebrochen, mit Mitchell als Kutscher – während Luciens Wachleute tief und traumlos schliefen. Alice hatte sie mit Laudanum betäubt.

„Mrs. Tate", begrüßte der Butler Peg. Die beiden treuen Dienstboten wechselten einen Blick, mit dem sie sich gegenseitig ihrer Anteilnahme versicherten.

„Ich bin gekommen, um diesen Unsinn aus der Welt zu schaffen", verkündete Alice etwas leiser. „Ist Ihre Ladyschaft zu Hause?"

„Das ist sie in der Tat, Miss. Im Frühstückszimmer."

„Und wie geht es unserem kleinen Patienten?"

Er lächelte. „Zum Glück sind Master Harrys Pusteln im Abheilen begriffen."

Alice schaute den Flur hinunter und entdeckte einen winzigen Blondschopf, der um die Ecke lugte. Ihre Augen leuchteten auf. „Harry?“ fragte sie und nahm den breitkrempigen Hut ab.

Er trat in die Tür und nahm den Daumen in den Mund. Zu ihrer Überraschung hatte er statt der einfachen weiten Gewänder, die Kinder beiderlei Geschlechts bis zu ihrem vierten Geburtstag normalerweise trugen, schon richtige Jungenkleidung an – eine winzige Hose, eine kleine Weste, sogar eine kleine gestärkte Krawatte. Süß sah er aus – aber eigentlich war er noch viel zu klein für derart unbequeme Sachen.

„Ach du liebe Güte! Wer ist denn der vornehme junge Gentleman?“ rief Alice aus. „Das kann doch nicht mein kleines Lämmchen sein. Harry, komm und gib mir einen Kuss. Hast du mich denn vergessen? Ich bin’s doch, deine Tante Alice, und schau, wer noch da ist – deine Kinderfrau Peg.“

Da kam er zu ihnen gerannt. Alice kniete sich rasch hin, breitete die Arme aus und umarmte ihn, einen Kloß in der Kehle. Sanft küsste sie ihn auf die Wange. „Ich habe dich so vermisst“, flüsterte sie.

„Wir waren beide krank“, erklärte er ihr, worauf Alice innerlich zusammenzuckte – nun musste sie auch noch Harry anlügen. Sie hatte keine Ahnung, wie Lucien es ertrug, bis zum Hals in Lügen zu stecken – auch wenn er es für England tat.

Harry gab ihr einen nassen Kuss auf die Wange, zeigte ihr stolz ein paar verkrustete Pusteln und rannte dann zu Peg. „Nana!“

„Guten Tag, Master Harry“, begrüßte Peg ihn gelassen, als wäre alles wieder ganz normal. Alice bewunderte die Selbstbeherrschung der älteren Frau. Als er die Arme ausstreckte und hochgehoben werden wollte, lachte Peg und hievte ihn hoch.

Er klammerte sich an ihrem Hals fest, als wollte er nie wieder loslassen. „Na, gefällt es dir in der Stadt?“ fragte sie ihn.

Als Harry anfing, von den herumstreunenden Katzen zu erzählen, die im Garten lebten, warf Peg Alice einen bedeutsamen Blick zu. Alice nickte, bereit zur Schlacht. Sie strich über Harrys feines Haar.

„Ich sage deiner Mama, dass wir da sind.“

Der Knabe schaute sie seltsam an.

„Was ist denn, Lämmchen?“

Er legte den Kopf an Pegs Schulter. „Mama ist ganz schön gemein.“

Alice riss die Augen auf und wusste nicht, was sie darauf erwidern sollte. Sie betrachtete Peg. „Vielleicht solltest du Harry hinauf ins Kinderzimmer bringen.“

Peg nickte. Das Geschrei, das sich sicherlich bald erhob, würde den kleinen Jungen nur aufregen.

„Mrs. Tate, gestatten Sie! Sie können den Knaben doch nicht bis in den zweiten Stock tragen“, protestierte der Butler.

„Ich bin kräftig wie ein alter Ackergaul, Mr. Hattersley“, wehrte Peg ab.

„Herrje, Sie verrenken sich ja noch den Rücken!“

Nellie folgte ihnen nach oben, um Alices Sachen auszupacken.

Alice sah ihnen vom Fuß der Treppe aus liebevoll nach, bis sie verschwunden waren, wappnete sich dann und ging langsam den Korridor zum Frühstücksraum hinunter. Sie hielt inne, fachte ihren schwelenden Zorn noch einmal an, um sich Mut zu machen. Innerlich glühte sie, als sie daran dachte, wie sie Caro in der Grotte erlebt hatte – betrunken, zerzaust, sich

Lucien schamlos an den Hals werfend. Die Frau war auf sie losgegangen, hatte sie angeschrien und sie dann einfach ihrem Schicksal überlassen.

Es würde ihr schwer fallen, einen kühlen Kopf zu bewahren, bei all dem Unrecht, das Caro ihr und ihren Lieben angetan hatte, aber was auch geschah, ihr Hauptanliegen war, dass Caro Peg wieder einstellte. Das war alles. Nicht nur wegen Peg, sondern auch um Harrys willen. Ohne anzuklopfen, trat sie in das Frühstückszimmer, um die Überraschung auf ihrer Seite zu haben.

„Guten Tag, meine Liebe."

Lady Glenwood ruhte auf einem verschnörkelten Diwan und blickte von ihrer Zeitung auf. Rasch verbarg sie ihren Schock hinter einem katzenhaften Lächeln. „Schau an, pünktlich wie die Maurer! Genau eine Woche – wie es mit unserem gemeinsamen Freund vereinbart war." Sie warf die Zeitung beiseite.

Beherrscht schloss Alice die Tür.

Caro hatte sich äußerlich ziemlich verändert. Die Baronin hatte ihre püppchenhaften Locken aufgegeben und trug ihr Haar nun zu einem glatten Knoten aufgesteckt. Ihr Promenadenkleid machte einen sittsamen, zurückhaltenden Eindruck: Es war aus braunem Samt gearbeitet und mit schwarzen Paspeln aufgeputzt, und unter den langen, engen Ärmeln und am hochgeschlossenen Ausschnitt lugte elfenbeinfarbene Spitze hervor. Endlich kleidet sie sich etwas besser, dachte Alice, und dann ging ihr die tiefere Bedeutung auf. Caro hatte begonnen, Halbtrauer zu tragen. Normalerweise trug eine Witwe zwei Jahre lang nichts als tiefstes Schwarz, und Phillip war erst ein gutes Jahr tot. Alice empfand das als letzte Schmähung ihres Bruders.

Es fiel ihr schwer, sich zurückzuhalten. Aber Phillip hätte ihr zugestimmt, dass es jetzt vor allem auf Harry ankam. Und Harry brauchte seine Kinderfrau. Sie verschränkte die Arme hinter dem Rücken und hob das Kinn. „Ich möchte mit dir über Peg Tate reden."

„Wie grimmig du aussiehst, meine Liebe. Irgendetwas fehlt ... hmmm." Plötzlich legte sie in gespielter Überraschung die Hand an die Wange. „O nein! Könnte es vielleicht deine Unschuld sein? Wo ist dein Heiligenschein geblieben?"

Alice starrte sie kalt an.

Caro lachte glockenhell und erhob sich anmutig. „Lass dich mal anschauen, meine Liebe. Unsere Miss Tugendsam ist gar nicht mehr so tugendhaft, was? Mach dir keine Sorgen. Keiner weiß, was du getrieben hast – keiner außer mir natürlich. Ah, arme kleine Alice, nun bist du also auch auf die Erde gefallen, wie deine böse Schwägerin. Ich sehe es dir an, aber beunruhige dich nicht, ich werde es niemandem erzählen. Das ist unser kleines Geheimnis, von dem nur wir Mädchen und Lucien Knight wissen. Verrat mir, wie es dir gefallen hat."

„Was meinst du?" fragte sie warnend.

„In seinem Bett", flüsterte Caro.

Alice biss sich auf die Zunge, um zu verhindern, dass sie etwas sagte, was sie hinterher bereute.

„Ist er nicht wunderbar? Vor allem dieses Geräusch, das er macht, dieses *Knurren,* kurz bevor er ... na, du weißt schon", murmelte sie spröde.

Alice hatte das Gefühl, als wäre sie gerade von einem Degen durchbohrt worden, und starrte sie nur mit einem flammenden Blick an.

„Na, na, was haben wir denn da? O ... wie dumm von dir", wisperte sie. „Du hast dich doch nicht etwa in diesen Wolf verliebt?"

Alice brachte keinen Ton heraus und konnte sie nur voll Wut und Elend anstarren.

„Aber du hast es getan, nicht wahr? Ja, natürlich. Eigentlich war von dir nichts anderes zu erwarten." Caro legte die Hände übereinander, warf den Kopf in den Nacken und lachte in zierlichem Spott. „O Alice, du arme, arme Närrin."

Alice blieben die Worte im Hals stecken und erstickte fast an ihnen. In Gedanken suchte sie fieberhaft nach einem anderen Thema, denn sie konnte diese Tortur keine Sekunde länger durchstehen. „Wie ich höre, hast du Harry geschlagen", stieß sie mit zusammengebissenen Zähnen hervor.

„Ach ja? Hat dir das dieser alte Bullenbeißer erzählt? Nun, zerbrich dir nicht den Kopf über meinen Sohn – er ist *mein* Sohn. Es wird Zeit, dass man ihm ein wenig Disziplin beibringt."

„Und ausgerechnet du, die selbst keine Disziplin kennt, willst ihn das lehren?" erkundigte sie sich bitter.

Caro warf ihr einen warnenden Blick zu und stand auf, um sich aus dem silbernen Service, das auf dem Tisch stand, eine Tasse Tee einzugießen. „Jawohl, und dazu erhalte ich Unterstützung von dem Mann, der vielleicht bald Harrys neuer Stiefpapa wird. Es gibt einen neuen Mann in meinem Leben – und was für einen! Ein großer, blonder preußischer Kerl. Vielleicht heirate ich ihn, wenn mir danach ist, und dann gehen Harry und ich mit von Dannecker nach Berlin."

Alice wurde kreidebleich. „Das ist doch nicht dein Ernst! Du kannst Harry nicht wegbringen!"

„Keine Sorge, meine Liebe, du darfst auch mit, wenn du möchtest. Aber komm nicht auf die Idee, mir von Dannecker auszuspannen, so wie du es bei Lucien getan hast."

Alice rang nach Fassung. Sie zwang sich, Caros wilde Pläne erst einmal zu ignorieren und sich dem ursprünglichen Grund für diese Konfrontation zuzuwenden. „Caro, du musst Peg Tate wieder einstellen. Wie konntest du sie nur entlassen? Sie ist seit fünfundzwanzig Jahren im Dienst unserer Familie, ganz zu schweigen davon, dass Harry sie anbetet. Du kannst sie nicht einfach rauswerfen ..."

„Doch, das kann ich, und mit dir könnte ich dasselbe machen, wenn ich es wollte. Nach allem, was du durchgemacht hast, weißt du jetzt bestimmt, wo dein Platz ist. Von deinem Sockel dürftest du jedenfalls heruntergepurzelt sein."

Alices Nasenflügel bebten vor Zorn, doch sie beherrschte sich. Sie hob zwar das Kinn, verkniff sich aber jede Bemerkung.

„Ich habe in deiner Abwesenheit ein paar Veränderungen durchgeführt", fuhr Caro fort. „Es wird Zeit, dass du dich darauf einstellst." Die Teetasse in der Hand, wandte sich die Baronin um und sah sie kühl an. „Ich habe mein Leben und meinen Haushalt wieder selbst in die Hand genommen. Von jetzt an möchte ich mit dem Respekt behandelt werden, der mir zusteht. Du, Harry und diese alte Hexe, ihr müsst lernen, mir den fälligen Respekt zu erweisen."

„Respekt muss man sich normalerweise verdienen", knurrte Alice.

„Das ist genau die Art freche Antwort, die ich mir von dir nicht mehr bieten lasse, du kleine Hure!" sagte Caro bösartig.

„Wie kannst du es wagen?"

„Nun, das bist du doch, oder? Ich weiß es. Ich weiß, was du getan hast, also kehre mir gegenüber nicht die Unschuld heraus, sonst kannst du aus meinem Haus ausziehen und selbst sehen, wo du bleibst. Vergiss nicht, dass ich dir verbieten kann, Harry zu besuchen."

Alice starrte sie entsetzt an. „Das würdest du nicht tun."

„Lass es doch darauf ankommen!"

Alice blinzelte und versuchte, diese schreckliche Drohung zu begreifen. „Was willst du von mir?"

„Ah, das ist schon besser. Wie viel netter wir es beide doch haben, wenn wir uns verstehen!" Caro lächelte ausdruckslos und nippte an ihrem Tee. „Also. Zuerst einmal müssen wir dafür sorgen, dass du dich in der Gesellschaft zeigst, damit auch jeder weiß, dass du dich von deiner Influenza erholt hast. Frauen wie wir müssen unbedingt den Schein wahren."

Alice musste an sich halten, um darauf nichts zu erwidern. Ich bin nicht wie du, dachte sie. Egal was ich mit Lucien gemacht habe, ich werde nie wie du sein.

„Die Mitglieder des *ton* sind zurzeit noch dünn gesät, aber heute Abend veranstaltet Gräfin Lieven ein Konzert, und am Freitag gibt es in den Argyle Rooms einen Ball. Du wirst an beiden teilnehmen."

„Ich kann nicht. Die Monatsblutung", murmelte sie.

„Verstehe. Dann bist du heute Abend entschuldigt, aber am Freitag gehst du mit mir auf den Ball. Bis dahin wirst du dich ja wohl erholt haben."

„Und Peg?"

Hochmütig blickte Caro in ihre Teetasse. Es bereitete ihr offensichtlich Freude, ihre Macht auszuspielen. „Wenn du mir versprichst, über alles, was auf Revell Court geschehen ist, Schweigen zu bewahren, will ich ihr eine zweite Chance geben."

Angewidert schaute Alice sie an. Der Baronin war offensichtlich klar geworden, dass der *ton* sie beide schneiden würde, wenn herauskäme, dass Alice Luciens Geliebte gewesen war und Caro, ihre eigene Schwägerin, bewusst zu ihrem Untergang beigetragen hatte, statt sie zu beschützen. Caro mochte ihr Ruf als skandalträchtige Abenteuerin gleichgültig sein, aber sie würde bestimmt nicht gern als eine Schurkin dastehen, die so kleinlich und eifersüchtig war, dass sie ihre eigene Schwägerin ins Unglück stürzte. Vielleicht wollte Caro auch nicht, dass ihr neuer preußischer Liebhaber erfuhr, was für eine Frau sie war.

„Versprichst du mir das?" hakte Caro nach.

„Ich habe nicht die Absicht zu verraten, dass ich Lucien Knight überhaupt kenne", entgegnete Alice. „Vor meiner Abreise haben wir uns darauf geeinigt, dass wir uns wie Fremde behandeln wollen, als hätten wir uns nie kennen gelernt." Schmerz durchzuckte sie bei diesen Worten, doch ihre Miene blieb ausdruckslos.

„Gut", erwiderte Caro. „Dann ist das unser kleines Geheimnis. Zum Zeichen meines guten Willens werde ich Mrs. Tate erlauben zu bleiben – aber du bist dafür verantwortlich, dass mir diese alte Hexe vom Leib bleibt. Und sag ihr, dass ich eine Entschuldigung von ihr verlange."

Peg würde vor Zorn schäumen, wenn sie hörte, dass sie vor Lady Glenwood zu Kreuze kriechen sollte, aber für Harry würde sie es tun, das wusste Alice genau. „In Ordnung."

Caro lächelte strahlend und strich sich übers Haar. „Na also, das war doch gar nicht so schwer, oder?“

In diesem Moment läutete es an der Tür.

„Ah, das wird von Dannecker sein. Wir fahren aus in den Hyde Park.“ Caro stellte die Teetasse ab, eilte zum Spiegel, der über dem Kaminsims hing, und kniff sich in die Wangen, um ein mädchenhaftes Erröten hervorzuzaubern. Dann lief sie hinaus in den Gang, gerade als Mr. Hattersley die Tür öffnete.

Alice folgte ihr wachsam, neugierig auf den Mann, der, Caros Drohungen zufolge, Harrys Stiefvater werden könnte. Von Dannecker war ein Hüne von einem Mann, größer noch als Lucien, und kräftiger, mit Schultern wie Granitfelsen. Obwohl die dunklen Kleider mit Zurückhaltung gewählt sind, würde sich das wettergegerbte Mannsbild wohl in einem Kettenhemd viel wohler fühlen, vermutete Alice. Seine Muskelpakete schienen den streng geschnittenen Frack und das enge, gestärkte Krawattentuch förmlich sprengen zu wollen.

„Karl!“

Neben ihm wirkte Caro wie eine Zwergin, als sie zu ihm eilte, ihn umarmte und sich auf Zehenspitzen stellte, um ihn auf die Wangen zu küssen. Er hatte ein eckiges Gesicht mit breiter Stirn und gespaltenem Kinn, sein strohblondes Haar war glatt nach hinten gekämmt. Im rechten Auge trug er ein Monokel.

Als er Alice an der Tür zum Frühstückszimmer lehnen sah, fiel ihm das Monokel plötzlich aus dem Auge und schwang am Band vor seiner Brust, während Caro weiter ein großes Aufheben um ihn machte. Als Alice seinem Blick begegnete, ließ etwas in seinen blauen Augen sie erschaudern und sich näher an die Tür drücken. Er hatte einen schmalen, grausamen Mund, tiefe Ringe unter den Augen und auf der Haut einen leichten Ölfilm.

„Ah, Karl, das ist meine Schwägerin, Miss Montague. Alice, das ist Baron Karl von Dannecker“, verkündete Caro stolz, während sie sich besitzergreifend bei ihm unterhakte und schamlos seinen mächtigen Bizeps streichelte.

Alice nickte dem Mann zu. Er verbeugte sich und blickte dann die Treppe hoch, die Harry soeben vorsichtig herunterkam.

„Tante Alice! Komm und schau dir die Kätzchen im Garten an!“ rief der Junge.

„Ich komme, Harry. Wenn Sie mich bitte entschuldigen würden.“ Sie knickste kurz, eilte Harry auf der Treppe entgegen und nahm ihn bei der Hand. „Du weißt doch, dass du nicht allein die Treppe runtergehen sollst, Harry.“

„Ich hab am Fenster gestanden und von dort die Kätzchen gesehen. Nana Peg hat gesagt, wir könnten ihnen ein bisschen Milch geben.“

„O Harry!“ rief Caro. „Komm und begrüß Lord von Dannecker und gib Mama zum Abschied ein Küsschen.“ Caro beugte sich vor und streckte dem Kind die Arme entgegen, vermutlich um ihrem Liebhaber zu beweisen, was für eine gute Mutter sie war.

Harrys begeistertes Geplapper verstummte. Er betrachtete bekümmert Alice, die ihm unmerklich zunickte. Ein Kind, das seine Mutter nicht respektierte, war niemals gut erzogen, auch wenn die Mutter eine hinterhältige Schlampe war. Er seufzte und ging pflichtbewusst zu seiner Mutter. Alice tat das Herz weh, als sie beobachtete, wie vorsichtig er die Frau umarmte, als hätte man ihm eingeschärft, dass er Mamas Frisur und Gewand unter keinen Umständen zerdrücken dürfe.

Harry reichte von Dannecker kaum über das Knie, aber er drehte sich zu dem Mann um, legte die Hand an die Hüfte und vollführte eine elegante kleine Verbeugung. Dann rannte er zu Alice zurück. Sie nahm ihn auf den Arm und hielt ihn fest, als wollte sie Harry vor von Danneckers gefühllosem Blick schützen.

Bis zum Guy-Fawkes-Abend waren es nur noch sechs Tage, und Claude Bardous Vorbereitungen liefen wie am Schnürchen. Seine Mannschaft war mittlerweile auch da, angereist auf demselben irischen Fischerboot, das auch ihn nach England geschmuggelt hatte. Seine Männer hatten die glänzende Kanone – eine Achtzehnpfünder –, die reichhaltig bestückte Munitionskiste und den tragbaren Ofen für die Brandladung mitgebracht.

Die ganze Stadt wird brennen, dachte er mit einem schmallippigen Lächeln. Er holte gerade Lady Glenwood ab, und die trotzige Art, in der die junge Schwägerin seinen Blick erwiderte, als sie das Kind auf den Arm nahm, gefiel ihm ganz und gar nicht.

Obwohl diese Miss Montague ebenso zart und sittsam aussah wie jede andere junge Dame, erkannte er in ihrem Blick eine Charakterstärke, die ihn nachdenklich stimmte. Bardou wandte sich um und schüttelte das seltsame Gefühl ab, dass das Mädchen seine Maskerade als preußischer Adliger irgendwie durchschauen könnte. *Absurd.* Rasch geleitete er Lady Glenwood zu Staffords Kutsche, die er sich von dem Grünschnabel geborgt hatte.

Sobald sie im Wagen saßen und unterwegs waren, schlang Caro ihm die Arme um den Hals und küsste ihn ein wenig sinnlicher als bei ihrer Begrüßung. Bardou hatte Küsse noch nie sonderlich gemocht, aber er spielte bereitwillig mit, da sie ihm überaus nützlich war. Sie war der Köder, mit dem er Knight am Guy-Fawkes-Abend aus London locken wollte. Allerdings spürte er, dass sie ihm nicht alles über ihre Beziehung zu Lucien Knight erzählt hatte. Immer, wenn er den Skandal um sie und die Knight-Zwillinge ansprach, wich sie mit neckischer, nervtötender Fröhlichkeit aus.

Bardou hatte sie nicht allzu sehr bedrängt, da er sie nicht verärgern wollte; doch als er spürte, wie sie immer stärker in seinen Bann geriet, beschloss er, sie ein bisschen härter zu bedrängen. Er beendete den Kuss und schaute ihr in die Augen, die vor Lust ganz glasig waren. „Mein Liebling, du weißt, ich bin verrückt nach dir", murmelte er. Für einen Franzosen war es nicht ganz einfach, Englisch mit einem falschen deutschen Akzent zu sprechen.

„O Karl", hauchte sie und ließ die Hände über seinen ganzen Körper wandern. „Ich empfinde dasselbe für dich. Bei dir fühle ich mich so lebendig!"

„Du weißt, mir ist es ernst mit dir, Carolina", erwiderte er und streichelte sie. Als sie vor Freude über das ganze Gesicht zu strahlen begann, hätte er beinahe Gewissensbisse bekommen. Was für ein Dummkopf diese Frau doch war! „Aber wenn wir zusammen sein wollen", fuhr er streng fort, „muss ich wissen, was hinter diesem schrecklichen Klatsch über dich steckt, der mir überall zu Ohren kommt. Ich will nicht als Witzfigur dastehen. Ich muss wissen, was zwischen dir und diesen verdammten Knight-Zwillingen wirklich geschehen ist."

Sie senkte die Lider.

„Du hättest Damien Knight doch beinahe geheiratet, nicht wahr?"

„Für mich war es nur ein Flirt, Karl."

„Hast du dem anderen deswegen erlaubt, dich zu benutzen?"

„Lucien Knight hat mich doch nicht *benutzt!*" entgegnete sie empört. „Zu deiner Information: Er war so verrückt nach mir, dass er seinen eigenen Bruder betrog, aber er langweilte mich sehr bald. Das hat ihn schwer getroffen. Er ist immer noch zornig auf mich, aber was soll's? Ich habe eben das Interesse an ihm verloren."

„Dann ist er in dich verliebt?" fragte er, frustriert, weil er sich des Gefühls nicht erwehren konnte, dass sie ihn anlog. „Ich möchte nur wissen, ob ich deinetwegen vielleicht Schwierigkeiten mit ihm bekommen könnte, gegen die ich mich wappnen muss."

Sie lächelte und schlang wieder die Arme um ihn. „Ach, Karl, wie süß! Würdest du mich wirklich vor den Avancen meines eifersüchtigen ehemaligen Geliebten beschützen?"

Und in diesem Augenblick glaubte er zu ahnen, was sich hinter ihrem zuckersüßen Lächeln verbarg. *Natürlich.* Hinter seinem Rücken traf sie sich immer noch mit Lucien Knight, ging vielleicht sogar noch in jenen Nächten mit ihm ins Bett, an denen Bardou nicht bei ihr war.

Das also verheimlicht sie vor mir, dachte er. Das Miststück hielt sich vermutlich für sehr schlau, zwei Männer gleichzeitig an der Leine zu haben. Wenn Bardou wirklich von Dannecker gewesen wäre, hätte ihn ihr Verhalten natürlich erzürnt, doch so lächelte er nur, hochbeglückt von seiner Theorie, dass sie immer noch mit dem Feind schlief. Für ihn hieß das, dass sein Plan funktionieren würde.

„Würdest du mich wirklich erretten, wenn ich eine Jungfrau in Nöten wäre?“ fragte sie und fuhr sich mit der Zunge einladend über die Lippen. „Würdest du mich beschützen, mein starker, starker Wikinger?“

„Mit Leib und Leben“, versicherte er, während er insgeheim über ihre Unwissenheit die Nase rümpfte. Die Wikinger waren Nordmänner, keine Deutschen.

„Mmmmm“, murmelte sie, presste sich an ihn und küsste ihn. Er wurde hart, als sie mit der Hand an seine Hose glitt, doch dann fiel ihm Sophia ein. Sie war immer noch nicht zurückgekehrt, und allmählich begann er sich zu fragen, ob sich seine russische Geliebte aus dem Staub gemacht hatte.

Das würde sie nicht wagen, dachte er. Sie hatte ihm von unterwegs aus geschrieben, dass sie Rollo Greene zu Lucien Knights Landsitz verfolge, und das würde eine Frau, die davonlaufen wollte, nicht tun. Allerdings regte sich in dem Eckchen von Bardous Seele, in dem noch ein paar Gefühle für andere hausten, allmählich die Sorge, dass ihr etwas zugestoßen sein könnte. Es gab keine andere Frau, die wie Sophia war. Sie war die Einzige, die ihn und seine dunklen Bedürfnisse je verstanden hatte. Dann aber tat er seine Befürchtungen ab. Sophia war schon immer in der Lage gewesen, sich selbst zu helfen. Er zweifelte nicht daran, dass sie den ekelhaften kleinen Amerikaner getötet hatte – Sophia bekam immer ihren Mann. Er konnte sich darauf verlassen, dass sie ihre Aufgabe erfüllt hatte – und das war schließlich alles, was zählte.

Damit schlug er sie sich aus dem Kopf und brachte Caro ins Pulteney-Hotel, wo er die Geliebte seines Feindes wie eine Hure nahm und ihr zwischen seinen rachsüchtigen Stößen das Bekenntnis abrang, er sei ein besserer Liebhaber als Lucien Knight. Zwar hätte sie nie gewagt, etwas anderes zu behaupten, aber es freute ihn trotzdem.

14. KAPITEL

In tiefe Schatten gehüllt, blickte Lucien von der dunklen Galerie in den glitzernden Ballsaal hinunter, suchte die Menge mit der Geduld eines Jägers ab, der sein Wild verfolgt. Er konnte einfach nicht fassen, dass schon vier Tage vergangen waren. Vier Tage lang hatte er ohne Unterlass nach Bardou Ausschau gehalten, und nun war bereits Freitagabend. Morgen war Guy-Fawkes-Abend, und er hatte seinen Feind *immer* noch nicht aufgespürt.

Während der letzten Tage hatte er seine Aktivitäten mit der Bow Street und Londons Konstablern abgestimmt. Er hatte den Leuten eine Zeichnung und eine Beschreibung des Franzosen gegeben, aber bisher hatte niemand ihn gesehen. Er hatte die Garde verständigt und dafür gesorgt, dass die Sicherheitsvorkehrungen in Westminster Hall und anderen öffentlichen Gebäuden verstärkt wurden, und er hatte die alten Keller unter dem Parlament nach Sprengstoff durchsuchen lassen. Es war jedoch nichts gefunden worden. Während Detektive und Konstabler die Lagerhäuser am Fluss durchstöberten, hatte Lucien damit begonnen, Bardou in der vornehmen Gesellschaft zu suchen.

Bardou war zwar kein Gentleman, aber arrogant genug zu glauben, er könnte den *ton* narren, wenn er nur die richtigen Kleider trug. Es konnte einen rasend machen. Er spürte ihn förmlich in der Nähe, gerade außer Sichtweite. Der verfluchte Bauer lachte sich vermutlich irgendwo über Luciens verzweifelte Versuche, ihn aufzuspüren, kräftig ins Fäustchen. Natürlich würde er sich erst dann zeigen, wenn er dazu bereit war.

In diesem Moment machte sich unten im Ballsaal Erregung breit. Lucien beobachtete, wie sich alle Köpfe neugierig zum Eingang wandten, und dann blieb ihm der Mund offen stehen. Eine anmutige Schönheit ganz in Weiß kam mit erhobenem Kinn herein, einen Strang Perlen kunstvoll um das rotblonde Haar gewunden.

Alice!

Fassungslos und wie gebannt starrte er nach unten.

Was zum Teufel macht sie hier? Er wollte seinen Augen nicht trauen. Freude und Panik stürmten gleichzeitig auf ihn ein. O Gott, wie sehr er sie vermisst hatte. *Was zum Teufel macht sie hier in London?*

Caro trat neben ihr in den Ballsaal. Die Baronin war in ein enges schwarzes Samtkleid gehüllt, doch Alice dominierte den Saal, anmutig, schlank und kühl. In dem luftigen Ballkleid aus weißer Seide sah sie wie eine Marmorgöttin aus, die zum Leben erwacht und von ihrem Sockel heruntergestiegen war. Sie wirkte ganz anders als das ernsthafte junge Ding, das letzte Woche in seine Bibliothek getreten war und sich von den Anfangszeilen eines Gedichts hatte verzaubern lassen – viel erwachsener. Sie blieb im Eingang stehen, ließ den Blick stolz und distanziert über die Menge schweifen und schwebte dann in den Saal.

Sofort scharte sich ein ganzer Schwarm Männer um sie und Caro, junge Kerle und Dandys und Offiziere in Uniform, die alle um ihre Aufmerksamkeit buhlten und sie mit Galanterie überschütteten. Als Lucien das sah, loderten seine Augen vor Zorn.

„Marc!“ bellte er und drehte sich zu seinem Protegé um.

Der junge Mann, der an der Tür zur Treppe lehnte, kam zu

ihm herüber. Lucien presste in unbändigem Zorn die Lippen aufeinander und deutete nur auf Alice.

„Oh, verdammte Hölle", fluchte Marc leise.

„Holen Sie sie da raus."

„Ist schon so gut wie geschehen."

Alice bedauerte, dass sie gekommen war. Viel lieber hätte sie zu Hause auf dem Sofa gesessen und ins Feuer geschaut oder Harry ein Buch vorgelesen, aber Caro hatte ja darauf bestanden, dass mit ihr alles in Ordnung, sie von ihrer Influenza genesen und ihr weiter nichts geschehen war.

Influenza! Wie passend, dachte Alice bitter, dass ich von Lucien mit lauter Lügen auf den Lippen zurückgekehrt bin.

Sie hatte den Ballsaal kaum betreten, als ihre drei langjährigen Verehrer Roger, Freddie und Tom herbeigeeilt kamen, um sie, wild durcheinander redend, zu begrüßen. Roger Manners, ein ernsthafter, idealistischer junger Mann mit gewelltem schwarzen Haar und braunen Augen, würde eines Tages einen hervorragenden Anwalt abgeben. Freddie Foxham war mit Leib und Seele Flaneur und Dandy; an diesem Abend hatte er sich mit purpurrotem Rock und einem derart voluminösen Krawattentuch herausgeputzt, dass er kaum den Kopf drehen konnte. Tom de Vere, Sohn eines Landedelmannes, war ein Klotz von einem Mann, mit einem dröhnenden Lachen und dem treuen Gemüt eines Jagdhundes.

„Wen haben wir denn da Schönes?" rief Tom grinsend aus.

„Miss Montague, wie gut Sie sich erholt haben. Sie sehen einfach reizend aus", meinte Roger und küsste ihr wie immer höflich und präzise die Hand.

Freddie musterte sie einfach von Kopf bis Fuß durch sein Monokel. „Hmm", murmelte er und verkündete dann sein Urteil. „Ja, gar nicht übel."

Alice lächelte sie alle süffisant an. „Danke für die Blumen, die Sie mir geschickt haben, meine Herren."

„Welche haben Ihnen am besten gefallen?" erkundigte sich Tom eifrig.

Sie lachte. „Das kann ich wirklich nicht sagen."

„Kommen Sie und setzen Sie sich zu uns, Alice. Sie dürfen sich nicht überanstrengen", forderte Roger sie auf, der wie üblich energisch die Initiative ergriff. Sanft nahm er sie am Ellbogen und führte sie durch den Saal, während Freddie ihnen den Weg frei machte, indem er die Leute mit Hilfe seines eleganten Spazierstöckchens zur Seite schubste.

Als sie die Sitzgelegenheiten an der Wand erreicht hatten, zog Tom schwungvoll einen Stuhl für sie heraus. „Ihr Thron, Prinzessin!"

„Also wirklich, ihr drei seid unmöglich", tadelte sie spaßhaft. Ihre Schwägerin ließ sich in ein paar Fuß Entfernung nieder, mit ihren Bewunderern in ein munteres Gespräch vertieft. Alice fiel auf, dass auch Caros ekelhafter Bruder Weymouth in der Nähe herumlungerte, vermutlich um die Baronin mal wieder anzupumpen. Wie immer sah er ungepflegt und ziemlich benommen aus.

„Tom, alter Junge, holen Sie unserer Verehrtesten doch mal ein Glas Punsch", sagte Freddie gedehnt.

„Gute Idee", entgegnete Tom, als wäre dies eine Inspiration des Himmels. Während er durch die Menge davonwalzte, nahmen Freddie und Roger links und rechts von ihr Platz.

„Ich kann Ihnen verraten, dass Sie uns ganz schön erschreckt haben“, verkündete Roger stirnrunzelnd.

„Nun, jetzt bin ich ja wieder gesund“, erwiderte Alice.

„Gesund genug, um mit uns zu tanzen?“ erkundigte sich Freddie mit einem trägen Grinsen.

„Vielleicht“, antwortete sie schelmisch. „Was für eine schicke Weste Sie da tragen, Freddie.“

„Ja, nicht wahr?“

„Habe ich irgendetwas Aufregendes verpasst?“

Sie plauderten müßig, Roger berichtete von der letzten Shakespeare-Vorstellung des neuen Stars am Drury Lane, Edmund Kean; Freddie versuchte ihn mit einem Bericht über die neuesten Reiterkunststückchen in Astley's Royal Amphitheatre zu übertrumpfen.

Alices Gedanken schweiften ab. Was sollte sie nun tun, jetzt, wo sie keine Jungfrau mehr war? Wie sollte sie das ihrem zukünftigen Ehemann erklären oder es vor ihm verbergen? Sie könnte Tom heiraten, den man sicherlich leicht hinters Licht führen konnte, er war ein so lieber, dummer Kerl. Sie könnte ihn niemals wirklich lieben, und es wäre gemein, einem Freund so etwas anzutun. Der weltkluge Freddie wäre am schwersten an der Nase herumzuführen, aber vielleicht wäre er noch am ehesten bereit, den Verlust ihrer Unschuld einfach hinzunehmen. Allerdings hatte sie gehört, dass Freddie kein Kind von Traurigkeit war, und nachdem, was sie in die Grotte gesehen hatte, konnte sie sich vorstellen, welchen Vergnügungen er frönte. Manchmal hatte sie das Gefühl, er machte ihr nur deshalb den Hof, weil er irgendeiner jungen Dame den Hof machen *musste* und sich sicher war, dass sie nicht die Absicht hatte, ihn zu erhören. Nun, auch er war ein guter Freund.

Roger wäre wahrscheinlich die beste Wahl. Zweifellos war er selbst noch unberührt, vielleicht fiel ihm gar nicht auf, dass bei ihr etwas fehlte, denn seine Ergebenheit ihr gegenüber machte ihn ziemlich blind. Er hatte sie auf einen sehr hohen Sockel gestellt, und bisher war sie ja auch die bravste Miss Tugendsam gewesen, die man sich vorstellen konnte.

Als Tom mit ihrem Punsch zurückkehrte, wandte Freddie sich ab, um einen seiner Freunde zu begrüßen. Roger beugte sich zu ihr herüber und flüsterte ihr ins Ohr: „Ich muss mit Ihnen sprechen. Allein."

Sie nickte und fragte sich, was er wohl wollte, als sie hörte, wie jemand hartnäckig ihren Namen rief. „Miss Montague!" Sie blickte auf, und ihre Augen weiteten sich, als sie Marc und die anderen jungen Draufgänger auf sich zukommen sah.

„Miss Montague! Auf ein Wort!"

„Hallo, Miss Montague", meinte Talbert. „Sie sehen ja atemberaubend aus!"

„*Mademoiselle*", sagte O'Shea und verbeugte sich.

„Wie schön, Sie zu treffen, meine liebe Miss Montague!" verkündete Marc, dem der Schalk aus den Augen blitzte.

„Also wirklich!" schnaubte Roger, als Luciens Burschen sich um sie scharten und ihre drei Verehrer abdrängten.

„Unser gemeinsamer Freund ist gar nicht erfreut, dass Sie heute Abend hier sind", flüsterte Marc ihr zu.

„Ist er hier?" hauchte sie und erstarrte. „Wo denn?"

„Auf Beobachtungsposten", erwiderte Kyle augenzwinkernd. „Argusauge sei wachsam."

„Was macht seine Verletzung?" fragte sie leise, damit die Verehrer es nicht mitbekamen.

„Interessiert Sie das wirklich?" spottete Marc.

Empört starrte sie ihn an. „Eigentlich ist es mir völlig egal. Wo ist der Schuft? Warum kommt er denn nicht selbst und redet mit mir?"

„Sie wissen genau, warum."

Alice machte ein mürrisches Gesicht. Marc schaute zu der Galerie über ihnen hinauf. Sie folgte dem Blick diskret und nahm nur noch eine rasche Bewegung wahr. Lucien hatte sich in die Schatten zurückgezogen.

Marc betrachtete sie ernst. „Er hat mich gebeten, Ihnen etwas auszurichten: Verlassen Sie London. Kehren Sie sofort nach Glenwood Park zurück. Hier lauern überall Gefahren."

„Bitte bestellen Sie ihm auch etwas: Er ist nicht mein Ehemann und hat mir überhaupt nichts zu sagen. Ich tue, was ich will."

„Ganz schön kratzbürstig", meinte O'Shea.

„Jetzt ist es aber genug, meine Herren", verkündete Roger und schob sich zwischen Kyle und Talbert. „Alice, kommen Sie."

„Ich muss doch sehr bitten", begann Marc gerade empört, als Freddie mit dem Spazierstock genau auf Marcs Brust zielte.

„Fort mit Ihnen." Er stupste Marc einen Schritt zurück. „Ich glaube nicht, dass Sie der Dame offiziell vorgestellt wurden, also haben Sie auch kein Recht, mit ihr zu sprechen."

„Freddie!" rief Alice schockiert aus.

Marc kniff die Augen zusammen. „Und was wollen Sie dagegen unternehmen, mein Herr?"

„Nichts. Warum sollte ich mir die Kleider zerknittern, wenn Tom sich wunderbar um Sie kümmern kann? Auf ihn, Tom!" rief Freddie aufmunternd.

Marc drehte sich um und stand Tom direkt gegenüber. Toms Gesicht hatte sich gefährlich verfinstert.

Alice atmete tief durch und hoffte, die drohende Rauferei abwenden zu können, doch plötzlich fluchte Marc leise, und die jungen Burschen wichen wie vor einem dräuenden Ungeheuer zurück. Alice drehte sich erschrocken um und begegnete dem kalten, strengen Blick von Luciens Zwillingsbruder.

Colonel Lord Damien Knight stand hinter ihr, der Kriegsheld höchstpersönlich.

In seiner adretten scharlachroten Uniform mit den goldenen Epauletten, den weißen Handschuhen und dem Galadegen war er nicht zu verkennen. Er war genauso groß wie Lucien, überragte die anderen also um einen Kopf, wirkte aus irgendeinem Grund jedoch massiver als sein Bruder, schüchterte einen durch seine Haltung ein, während Lucien sich eher lässig gab. Alice starrte ihn an, völlig verblüfft von der Ähnlichkeit. Als Damien sich in Bewegung setzte, den Tschako unter dem Arm, stellte sie jedoch fest, dass sie sich sehr unterschiedlich bewegten: Luciens Gang war elegant und geschmeidig, Damien rückte steif und beherrscht vor.

Es war ziemlich beängstigend.

Damien blieb vor ihr stehen und räusperte sich. Hinter ihm trat ein weiterer Mann in Uniform hervor. Der Colonel war so breitschultrig, dass sie den Mann zuerst nicht bemerkt hatte. Sein roter Haarschopf und der prächtige Schnurrbart kamen ihr irgendwie bekannt vor, dann fiel ihr auf, dass der

Offizier einarmig war, und plötzlich wurde ihr klar, dass sie einen alten Freund ihres Bruders vor sich hatte, Major Jason Sherbrooke.

„Major Sherbrooke!“ rief sie überrascht aus.

„Miss Montague, wie lange es schon her ist“, erwiderte er warmherzig, schien aber ziemlich verlegen zu sein. „Es ist richtig erschreckend, dass Glenwoods kleine Schwester auf einmal erwachsen geworden ist.“

Sie lächelte, aber Damien starrte ihn ungeduldig an.

Major Sherbrooke nickte. „Ähm, Miss Montague, bitte erlauben Sie, dass ich Ihnen Colonel Lord Damien Knight vorstelle. Mylord, die Ehrenwerte Miss Alice Montague.“

„Guten Tag“, sagte sie schwach und knickste.

Luciens muntere Burschen beobachteten die Szene bestürzt. In ein paar Metern Entfernung richtete Caro sich plötzlich auf und durchbohrte Alice mit Blicken.

Lord Damien verbeugte sich. „Miss Montague, dürfte ich Sie zu diesem Tanz auffordern?“

Sie hörte, wie Caro nach Luft schnappte, und schaute zu ihrer Schwägerin hinüber, gerade als diese den Mund wieder zumachte.

Misstrauisch musterte Alice dann den Colonel. Lucien hatte ihr eingeschärft, dass sie niemandem von ihrem Aufenthalt auf Revell Court erzählen sollte, doch seinen Zwillingsbruder hatte er offensichtlich eingeweiht. Wieso sollte Damien ihr sonst vorgestellt werden wollen? Sie zweifelte nicht daran, dass Damien sie nur deswegen zum Tanz aufforderte, um sich an Lucien zu rächen, weil der ihm Caro ausgespannt hatte.

Sie zögerte, da sie wusste, wie verletzlich Lucien war, was

seinen berühmten Zwillingsbruder betraf. Wenn Lucien sie wirklich von oben beobachtete, wäre er außer sich vor Zorn.

„Ich weiß nicht so recht", meinte Alice leise. Es war ihr unangenehm, einer so einschüchternden Person etwas abzuschlagen.

„Miss Montague", erwiderte er knapp. „Ich möchte mit Ihnen sprechen." Das war ein Befehl, keine Bitte. Gebieterisch streckte er ihr die Hand entgegen.

Na, so was, dachte sie empört, noch ein herrischer Knight-Bruder! Andererseits hatte Lucien Strafe verdient, weil ihm die Verfolgung seines Feindes wichtiger als sie gewesen war. Soll er doch mit den Zähnen knirschen, entschied sie schließlich.

Sie lächelte den steinern dreinblickenden Helden reizend an, legte ihre Hand leicht in die seine und ging mit ihm zur Tanzfläche.

Der Streit hinter ihr, der eben noch in eine Rauferei auszuarten gedroht hatte, löste sich in Wohlgefallen auf. Ihre drei Verehrer, Luciens fünf junge Burschen und selbst Caro sahen geknickt zu, wie Alice und Damien sich zum Menuett aufstellten.

„Das ist eine höchst unerwartete Ehre", sagte Alice.

„Es überrascht mich selbst", entgegnete er. „Normalerweise tanze ich nicht gern, aber ich wollte mit Ihnen sprechen."

„Ach ja?"

Ihr entging nicht, dass viele Blicke auf ihnen ruhten. Die Damen, die um Lord Damiens Aufmerksamkeit gewetteifert hatten, schauten ebenso eifersüchtig zu wie Alices beleidigte Verehrer. Sie interessierte sich allerdings nur dafür, ob Lucien sie beobachtete. Es tat weh, Damien zu betrachten, denn er glich seinem Bruder aufs Haar, und sie vermisste den Schuft doch so sehr. Sie entdeckte nur zwei kleine Unterschiede: Lucien trug sein Haar ein wenig länger als Damien, dessen Haar extrem kurz geschnitten war, und Damiens Augen waren metallisch grau, während Luciens eher silbern funkelten.

Als sie im Menuett wieder zusammentrafen, legte sie die Hand auf Damiens und warf ihm einen argwöhnischen Seitenblick zu.

Zögernd versuchte er sich an freundlichem Geplauder. „Lady Glenwood erwähnte einmal, dass Master Harry Sie sehr ins Herz geschlossen hat."

Alice lächelte unwillkürlich. „Ich ihn auch."

„Sie mögen Kinder also?"

„Die meisten", antwortete sie und vollführte eine Drehung. Er musterte sie mit einem Glitzern in den Augen, das sie schmerzlich an Lucien erinnerte.

„Wie geht es Harry?"

„Er erholt sich gerade von den Windpocken."

„Der Arme."

„Ach, da müssen wir wohl alle durch."

„Miss Montague, bitte gestatten Sie, dass ich bei Ihnen zu Hause vorspreche", sagte Damien abrupt und umfasste ihre Hand fester. „Wir haben viel zu bereden, aber hier ist nicht der rechte Ort. Dürfte ich Sie morgen besuchen?"

„Warum?" fragte sie freimütig.

Sie wurden wieder durch den Tanz getrennt, bevor er Gelegenheit hatte zu antworten, doch sie konnte sich fast denken, was er wollte. Lucien mit einem einzigen Tanz zu ärgern war eine Sache, auf einer privaten Unterredung mit ihr zu bestehen deutete auf etwas ganz anderes hin.

Sie wurde bleich, als sie sich unwillkürlich vorstellte, wie Lucien seinem Bruder erzählt hatte, er habe eine Jungfrau verführt und völlig verdorben. Würden sämtliche Knight-Brüder sie nun als Freiwild betrachten?

„Sie haben nichts von mir zu befürchten", meinte Damien rasch, als er ihr kreidebleiches Gesicht bemerkte.

„Nicht?" erwiderte sie kalt. Sie hatte das Gefühl, von Lucien noch einmal verraten worden zu sein.

„Miss Montague, Sie haben keinerlei Grund zur Panik. Ihnen wird nichts mehr zustoßen, darauf gebe ich Ihnen mein Wort. Morgen will ich Ihnen erklären ..."

Sie entriss ihm die Hand. „Sie brauchen mir nichts zu erklären, Mylord. Glauben Sie mir, ich verstehe Sie nur zu gut." Sie wirbelte herum und ging davon, gerade als die Musik aufhörte. Ihr Herz schlug wie wild, und ihr zitterten die Knie, als sie sich durch die Menge schob. *Ich muss sofort hier raus.* Sie konnte ihren drei Verehrern jetzt nicht entgegentreten, sie brauchte einen Augenblick Stille, um sich wieder zu fassen. Was hatte sie nur getan? Was hatte *er* ihr angetan? Ach, am liebsten hätte sie den Schuft erdrosselt.

Sie eilte an der anderen Seite des Ballsaals hinaus auf die Veranda. Die Luft war kühl, aber Alice lief bis zur steinernen Balustrade, entschlossen, nicht eher wieder hineinzugehen, bis sie einen klaren Kopf bekommen hatte. Schlimmer als ihr schlechtes Gewissen, schlimmer als Lord Damiens verdächtige Aufmerksamkeit war das Wissen, dass Lucien sich heute Abend hier aufhielt und nicht die geringste Absicht hatte, sie zu begrüßen. Es war wirklich aus und vorbei.

Der Schmerz überrollte sie wie eine Welle, und sie schloss

die Augen. Als sie hinter sich die Terrassentüren knarren hörte, hob sie flehend den Blick zum Himmel.

„Alice!“ rief Roger, sich in ihren stillen Kummer drängend. „Was um alles in der Welt machen Sie da? Kommen Sie sofort wieder herein! Sie waren krank ...“

Sie drehte sich um und starrte ihn an. Der Wind fuhr durch ihre dünnen weißen Röcke und zauste ihr das Haar. Abrupt hielt er inne und musterte sie ein wenig dreist. „Mein Gott, wie schön Sie sind.“

Sie verdrehte die Augen und wandte sich ab. Die Hände auf die kalte Balustrade gestützt, hob sie das Kinn und blickte suchend zum Himmel auf, als stünde die Antwort auf ihre Probleme in den Sternen geschrieben.

„Weswegen wollten Sie mich sprechen?“ fragte sie müde.

„Alice ... sind Sie sicher, dass Sie Influenza hatten?“

Sie fuhr zu ihm herum; das Herz schlug ihr bis zum Halse. „Warum möchten Sie das wissen? Was wollen Sie damit andeuten?“

Er runzelte die Stirn, als er ihren bissigen Tonfall vernahm. „Sie wirken so anders. Vielleicht war es etwas Ernsthafteres, eine Hirnhautentzündung. Waren Sie bei einem Londoner Arzt? Ich mache mir Sorgen um Sie. Ihnen dürfte doch nicht entgangen sein, was ich für Sie empfinde.“

Verwirrt betrachtete sie ihn und stöhnte dann innerlich auf, als ihr klar wurde, was er von ihr wollte. Der Mann hatte schließlich schon drei Mal um ihre Hand angehalten.

Zweifellos interpretierte er ihren verzweifelten Blick falsch, denn er nahm ihre Hände sanft in die seinen. „Als ich Sie heute Abend hereinkommen sah, so schön, da wusste ich, dass ich nicht länger warten kann. Heiraten Sie mich, oder sagen Sie mir stattdessen, dass es unmöglich ist. Der jetzige Zustand ist für mich die reinste Qual."

„Aber mein guter Mann, es macht jungen Damen große Freude, derartige Qualen zu bereiten", ertönte plötzlich eine tiefe, samtene Stimme aus der Dunkelheit.

Alice hätte vor Überraschung beinahe aufgeschrien. Sie entriss Roger die Hand, als Lucien lässig aus den Schatten geschlendert kam. Sein Gang war ein wenig unsicher, und in der Hand hatte er eine Flasche Burgunder, aus der er ab und zu einen Schluck nahm. Sein Krawattentuch saß schief, sein Haar war zerzaust – zu ihrem größten Erstaunen wirkte er ziemlich betrunken.

„Was fällt Ihnen ein, Sir!" meinte Roger empört. Seine glatten Wangen waren rot angelaufen. „Bitte entfernen Sie sich!"

„Das könnte Ihnen so passen, aber ich bin euer Schutzengel", sagte er und verbeugte sich wankend.

Alice schaute ihn aus schmalen Augen finster an, doch ihr Herz schlug trotzdem vor Erregung, nur weil er bei ihr war.

„Sind Sie ganz sicher, dass Sie für die Ehe bereit sind?" fragte er Roger, seinen ganzen betörenden Charme aufbietend. „Und sind Sie sicher, dass Sie die Dame *wirklich* kennen?"

„Sie sind ja betrunken, Sie Flegel!" erwiderte Roger, der immer röter wurde. „Sie sind der andere Knight-Zwilling, stimmt's?"

„Wie haben Sie das bloß erraten?" meinte Lucien mit frechem Lächeln.

„Mir ist gleichgültig, wer Sie sind – wenn Sie nicht auf der Stelle verschwinden, fordere ich Sie zum Duell!"

„Das werden Sie nicht, Roger!“ rief Alice entsetzt.

„Zweifeln Sie etwa an meinen Fähigkeiten?“ erkundigte sich Roger indigniert.

„Natürlich nicht. Aber Sie … Sie können sich mit diesem Mann nicht duellieren. Er ist offensichtlich betrunken. Das wäre unehrenhaft.“

„Und die Damen mögen ehrenhafte Männer ja so gern“, spottete Lucien.

Roger schnaubte und nahm sie beim Arm. „Kommen Sie, meine Liebe. Dieser Kretin hat keinerlei Gefühl für die zarte Empfindsamkeit einer Dame.“

„Ja, laufen Sie, Miss Montague. Wenn Sie vorhaben, ihn zu heiraten, sollten Sie sich lieber gleich daran gewöhnen, das zu tun, was er sagt“, riet Lucien ihr bitter. In seinem Blick mischten sich zornige Verachtung und Begehren.

„Wie können Sie es wagen, sie anzusprechen?“ bellte Roger und ließ sie los. Schützend trat er vor sie hin, Lucien gegenüber, worauf jener ihn bei den Rockaufschlägen packte und hochhob.

„Sie erbärmlicher Wicht, am liebsten würde ich Sie durchs Fenster werfen“, knurrte Lucien, seine höfliche Fassade fahren lassend.

„Lucien, nein!“ schrie Alice.

Sofort ließ er Roger los, der Alice seinerseits fassungslos ansah. „Sie kennen diesen Mann?“

Es war der Moment der Wahrheit.

Unfähig, auch nur einen Ton von sich zu geben, starrte sie Roger an. Was er in ihrem Blick in diesem Augenblick las, sollte sie nie erfahren, aber er schüttelte zornig und schockiert den

Kopf, drehte sich abrupt um und stolzierte nach drinnen, die Tür hinter sich zuschmetternd. Sie zuckte zusammen und ging dann auf Lucien los.

„Du *Schuft*", schrie sie ihn an. „Du Schlange! Was tust du da, spionierst du jetzt etwa *mir* nach?"

„Ach, habe ich dich etwa bei deiner neuen Romanze gestört, Alice? Tut mir schrecklich Leid! Was hättest du ihm denn geantwortet, wenn ich mich nicht eingemischt hätte? Hättest du seinen Antrag angenommen?" erkundigte er sich, außer sich vor Zorn und plötzlich gar nicht mehr betrunken – eine weitere List.

Verächtlich schüttelte sie den Kopf. „Das geht dich überhaupt nichts an."

„Von wegen! Du gehörst mir! Ich warne dich, wenn du glaubst, du kannst hinter meinem Rücken einen anderen heiraten, dann hast du damit das Todesurteil dieses Mannes unterzeichnet."

Seine besitzergreifende Wildheit erregte sie, doch sie verbarg ihre Reaktion. „Noch mehr Blutvergießen, Lucien? Ist das deine Lösung für alles?"

„Was machst du in London? Ich habe dir doch gesagt, dass du nicht herkommen sollst! Und wo zum Teufel ist McLeish?"

„Ich weiß nicht, wo er ist, und es ist mir auch egal. Und was mich betrifft, nun, so ist ja wohl offensichtlich, dass ich mein Leben weiterführe – ohne dich." Sie stieß sich von der Balustrade ab und ging zurück zur Terrassentür, doch er packte sie am Arm und riss sie zurück.

„Lass mich sofort los!"

Er zog sie hart an seine Brust und bemächtigte sich in

einem fast rachsüchtigen Kuss ihrer Lippen. Ihr Körper kümmerte sich nicht um ihren Zorn, reagierte auf ihn wie mit einem eigenen Willen, doch sie wehrte sich gegen seinen Zauber, wollte sich seiner dunklen Anziehungskraft nicht ergeben.

„Du begehrst mich immer noch", flüsterte er. „Ich spüre es doch."

Sie wich heftig vor ihm zurück, stemmte sich mit den Händen gegen seine Brust, um ihn abzuwehren. „Wie kannst du es wagen, mich zu küssen?" zischte sie ihn mit wogendem Busen an.

„Vielleicht wäre es dir lieber, Damien täte es", knurrte er. „Möchtest du dich heute Abend jedem Mann an den Hals werfen oder nur meinen Verwandten? Ansonsten – warum bei meinen Brüdern aufhören? Es gibt ja auch noch Damiens Regiment."

Mit einem Wutschrei schlug sie ihm ins Gesicht, bevor sie überhaupt nachdenken konnte.

Das leise, zornige Lachen, das er ausstieß, war mehr ein animalischer Schmerzenslaut. „Ist das alles? Schlag mich noch mal, Alice. Stärker."

Ihre Augen füllten sich mit Tränen.

Lucien betrachtete sie einen Moment lang an, dann trat er einen Schritt zurück und schleuderte die halb volle Weinflasche mit einem wilden Schrei über die ganze Terrasse. Die Flasche zersprang – wie ihr Herz. Der rote Wein ergoss sich über den grauen Stein, breitete sich aus, tropfte wie Blut vom Geländer. Er drehte sich zu ihr um, und in seinen Augen glitzerten Zorn und Schmerz.

„Glaubst du, ich will das so haben?“ meinte er harsch. „Glaubst du, ich träume nicht jede Nacht von dir?“

Warum hast du dann nicht mich gewählt, wäre sie beinahe herausgeplatzt, so tat ihr das Herz weh, aber ihr Stolz verbot es ihr. Stattdessen starrte sie ihn nur wütend an.

„Verlass London“, befahl er und stählte sich für die Auseinandersetzung.

„Ich brauche nicht auf dich zu hören. Soweit es mich betrifft, existierst du gar nicht.“

„Hass mich, wenn du willst, aber sei kein Dummkopf. Hier ist es für dich zu gefährlich.“

„Warum sollte ich dir glauben? Du bist doch hier der Meisterlügner. Vielleicht möchtest du einfach nicht, dass ich dir dazwischenfunke, wenn du das nächste Opfer suchst, das du verführen und dann verlassen kannst.“

Sie bemerkte, dass ihre kalten Worte ihr Ziel nicht verfehlten, denn er zuckte zusammen und wandte den Blick ab. Dann senkte er den Kopf und schwieg eine ganze Weile.

„Ich möchte, dass du von hier weggehst“, sagte er schließlich schroff.

„Mir ist vollkommen egal, was du willst, mein Lieber.“ Sie machte auf dem Absatz kehrt und stolzierte auf die Terrassentür zu. Ihr war vor Zorn so heiß geworden, dass sie die kalte Nachtluft gar nicht spürte.

„Versprich mir zumindest, dass du am Guy-Fawkes-Abend zu Hause bleibst. Ich flehe dich an. Der Mann, von dem ich dir erzählt habe – wir rechnen damit, dass er morgen Abend etwas unternimmt. Ich weiß nicht, wo. Es könnte überall sein.“

Als sie den erschöpften, niedergeschlagenen Ton vernahm,

drehte sie sich noch einmal um und musterte ihn skeptisch. In seinen Augen lag ein gehetzter Blick.

„Versprichst du mir das?"

„In Ordnung. Aber ich möchte etwas wissen. Wem außer Damien hast du von uns erzählt?"

„Ich habe Damien nichts verraten. Ich habe niemandem etwas erzählt."

Verärgert schloss sie die Augen. „Doch, du hast mit ihm darüber gesprochen. Sag mir bitte die Wahrheit, damit ich weiß, was mich da draußen erwartet."

„Aber ich habe niemandem von uns erzählt", wiederholte er scharf. „Willst du damit andeuten, dass er Bescheid weiß?"

„Warum sollte er sich sonst für mich interessieren?"

„Weil du die schönste Frau im ganzen Saal bist. Die allerschönste."

Sie verdrehte die Augen und legte die Hand auf den Türknauf.

„Alice."

Sie warf ihm einen fragenden Blick zu. Er hatte die Hände in die Taschen seiner schwarzen Hose gesteckt. Sein weißes Krawattentuch schimmerte im Mondlicht, während die nächtliche Brise ihm durchs schwarze Haar fuhr. Seine Augen waren unter den dichten Wimpern verborgen.

„Die allerschönste", meinte er noch einmal sehnsüchtig. „Ich werde dich zurückholen."

Sie starrte ihn an und spürte, dass sie einen Kloß im Hals hatte.

Ein paar sanfte Worte, ein schmelzender Blick, und schon war sie wieder machtlos. Auch jetzt noch musste sie an sich halten, um nicht zu ihm zu eilen und die Arme um ihn zu schlingen. Selbst nachdem er sie verführt und dann verlassen hatte, musste sie mit aller Kraft gegen die magnetische Anziehungskraft ankämpfen, die er noch immer auf sie ausübte. *Nein.* Bei Gott, sie wollte nie wieder sein Spielzeug sein. Sie wappnete sich innerlich gegen seinen gequälten Blick.

„Halt dich aus meinem Leben heraus", befahl sie, öffnete die Tür mit zittriger Hand und hastete durch den Ballsaal an Caros Seite. Wie üblich hielt ihre Schwägerin Hof inmitten einer Gruppe verlebt aussehender Tunichtgute.

„Ich möchte gehen", flüsterte Alice ihr ins Ohr. „Ich finde es hier entsetzlich."

„Ach, na gut", antwortete Caro nach kurzer Überlegung und wedelte mit dem Fächer. „Von Dannecker kommt heute Nacht. Es kann nicht schaden, wenn ich vorher ein wenig Zeit habe, mich frisch zu machen."

„Heute Nacht? Aber es ist schon halb zwölf."

„Ja." Hinter dem Fächer warf Caro ihr einen durchtriebenen Blick zu. „Achte gar nicht auf ihn, wenn er morgen früh aufbricht."

„Aber du kannst ihn doch nicht bei dir übernachten lassen, wenn Harry auch da ist, unter deinem Dach …"

Die Baronin verdrehte die Augen, tat Alices Protest achselzuckend ab und erhob sich mit strahlendem Lächeln, um sich von ihren Verehrern zu verabschieden.

Claude Bardou wusste, dass Lucien Knight vor ein paar Tagen nach London zurückgekehrt war und die ganze Stadt nach ihm durchkämmte. Er fand das amüsant; er fühlte, dass er die

Oberhand hatte, und genoss es, mit seinem alten Feind die Klingen zu kreuzen. Ihn beunruhigte nur, dass es noch immer kein Lebenszeichen von Sophia gab. Er war sich sicher gewesen, dass sie in dieser Nacht zurückkehren würde. Seit dem Souper wartete er in seinem Hotelzimmer, ging unruhig auf und ab, rauchte eine Zigarre auf dem Balkon, während er in der Menschenmenge, die auf dem Piccadilly unterwegs war, Ausschau nach ihr hielt. Bis morgen Abend musste sie unbedingt zurück sein, damit sie nach vollendeter Tat mit ihm aus England fliehen konnte. Aber er wollte sich nicht allzu große Sorgen machen und konzentrierte sich lieber auf die letzten Details seines Plans. Bald war es so weit.

Fünfzehn Meilen östlich von London hatte er ein Cottage gemietet. Dorthin wollte er Caro morgen früh bringen – sie war der Köder, mit dem er Lucien Knight aus der Stadt locken wollte. Inzwischen würde Bardou seinen Angriff starten. Seiner Schätzung nach würde es nur etwa eine Viertelstunde dauern, bis sein Zerstörungswerk vollbracht war. Da zur Feier des Guy-Fawkes-Abends überall die Kirchenglocken läuteten und Böllerschüsse ertönten, würden die betrunkenen, krakeelenden Massen den Feuerregen, der vom Himmel auf sie niederging, erst dann bemerken, wenn es bereits zu spät war.

Bardous Augen glänzten, als er sich den Aufruhr vorstellte, den es morgen gäbe, wenn die entfesselten Menschenmassen auf der Suche nach einem sicheren Ort aufeinander stießen. Bloß dass ein solcher Ort nirgends zu finden wäre. Seine Kanone hatte eine Reichweite von tausend Metern, und seine erprobte Geschützmannschaft konnte pro Minute zwei Geschosse abfeuern. Brandladungen setzte man auch bei Belagerungen ein. Sobald eine der im Ofen erhitzten Kanonenkugeln ihr Ziel erreichte, ging dort alles, was aus Holz bestand, sofort in Flammen auf. Er ließ sich seine Angriffsziele durch den Kopf gehen ... das Parlament natürlich. Die Admiralität. Das Bankenviertel, die Börse. Die Docks der Handelsschifffahrt, auf der ein Großteil des englischen Reichtums gründete. St. James's Palace, die königliche Residenz. Carlton House, wo sich der Prinzregent aufhielt ... So viele Möglichkeiten.

Wenn die zwei Dutzend Geschosse abgefeuert wären, würden er und seine Männer in verschiedene Richtungen fliehen. Während London brannte, würde Bardou zu seinem Cottage und dem Rendezvous mit Knight eilen und den Mistkerl endlich erledigen. Er hatte vor, Lucien eine Botschaft nach Knight House zu schicken, in der er ihm mitteilte, wann und wo er ihn treffen könne, wenn er Caro retten wolle.

Sobald Knight tot war, brauchte er nur noch ins Boot zu steigen und mit seinen irischen Kollegen – die England ebenso hassten wie er selbst – davonzusegeln. Deswegen musste Sophia umgehend zu ihm stoßen. Morgen Abend würde er aus England fliehen müssen. Wenn sie nicht bald käme, würden sie wieder getrennt werden. Sie sollte ihre Aufgabe inzwischen erledigt haben. Als es dunkel wurde und sich die Nacht herabsenkte und Sophia immer noch nicht wieder aufgetaucht war, konnte er der fürchterlichen Gewissheit, dass ihr etwas passiert war, nicht länger ausweichen.

Er hatte das dunkle Gefühl, dass er sie unbeabsichtigt in den Tod geschickt hatte. Rollo Greene hätte eine so erfahrene Meuchelmörderin wie Sophia nicht umbringen können – Lucien Knight schon. Ihrem letzten Brief zufolge war sie dem Amerikaner zu Lucien Knights Landsitz gefolgt. Und wenn Knight sie nun gefangen genommen oder sie getötet hatte? Wenn Knight sie auf seine Seite gezogen hatte? Bei dem letzten Gedanken überlief es ihn kalt. Bei Gott, in dem Fall wäre sie besser tot, denn falls sie ihn verraten hatte, würde er sie eigenhändig umbringen. Er spürte, wie ihm angesichts dieser Möglichkeit die Selbstbeherrschung zu entgleiten drohte.

Zum Teufel mit Knight! Er ertrug es einfach nicht mehr – dieses Versteckspiel, diese Heimlichkeit. Mit wildem Blick stürmte er ins Hotelzimmer zurück. Er hatte es satt, geduldig zu sein und auf den richtigen Moment zu warten.

Die ganze Zeit hatte er mit Sophias Rückkehr gerechnet, und Lucien Knight hatte gewusst, dass sie nicht wiederkäme. Entweder hatte er sie getötet oder auf seine Seite gezogen. Bardou war fast egal, welches von beidem zutraf, für ihn zählte nur eines: Lucien Knight hatte ihn wieder einmal geschlagen. Wahrscheinlich lachte er sogar über ihn. Der gemeine Hund. Etwas in ihm ging mit ihm durch. Laut fluchend hob er den eleganten Konsoltisch neben der Balkontür hoch und zerschmetterte ihn an der Wand. Zum Teufel mit der Warterei! Sich vor Lucien Knight zu verstecken war unsagbar entwürdigend. Keinen Augenblick länger ertrug er das! Er wusste, wo Knight wohnte. Dieser arrogante Aristokrat hatte es nicht verdient, auch nur einen Tag länger zu leben. *Du hast gedacht, ich hätte dir bereits Schmerzen zugefügt. Du hast keine Ahnung, was Schmerz ist, Freundchen.*

Er kniete sich hin und zog den ledernen Gewehrkoffer unter dem Hotelbett hervor. Er überprüfte die Munition und stürmte aus dem Zimmer, derangiert und mit wirrem blonden

Haar. Alle Vorsicht fahren lassend, rannte er durch die elegante Eingangshalle. Er gab sich keine Mühe mehr, seine Fassade als Baron von Dannecker aufrechtzuerhalten. Der Gewehrkoffer baumelte wie ein unförmiges Gepäckstück in seiner Hand. Bardou ließ im hoteleigenen Mietstall Staffords Kutsche anspannen und jagte dann ohne Kutscher davon.

Die Fahrt dauerte nicht lange. Bardou hatte erfahren, dass die Stadtresidenz der herzoglichen Familie am Green Park lag. Hinter dem hohen schmiedeeisernen Zaun erstreckte sich ein gut gepflegter Rasen. Bardou entdeckte im Vorbeifahren ein halbes Dutzend Wachhunde, die frei auf dem Gelände herumliefen. Die strenge weiße Fassade des hoch aufragenden Stadthauses schimmerte im Mondlicht. Bardou klatschte den Pferden die Zügel über den Rücken und fuhr um den Block zum Green Park.

Da der Park vollkommen verlassen dalag, fuhr er auf die Grünfläche und verbarg die Kutsche unter ein paar Bäumen. Der Herbstwind strich kalt durch die kahlen Äste, doch Bardous Augen glitzerten voll Vorfreude, als sein Blick auf die Terrasse an der Hinterseite des Hauses fiel.

Lucien Knight saß dort, die Füße auf der Steinbrüstung, und rauchte eine Zigarre. Hass durchfuhr Bardou beim Anblick seines Feindes. Die Laterne, die an der Tür stand, bot ihm genügend Licht für einen Schuss. Bei einer Entfernung von hundertfünfzig Metern befand er sich durchaus in Schussweite, doch kam er dem Anwesen nicht so nah, dass die Hunde ihn wittern und Alarm schlagen konnten. Er ließ die Kutsche stehen, ging hinter einem dicken Baum in Deckung und öffnete den Gewehrkoffer. Rasch, lautlos und effizient baute er sein

Gewehr zusammen, wobei er immer wieder aufsah, um sicherzugehen, dass Knight auch noch dort saß. Das silberne Bajonett glänzte im offenen Koffer, doch das brauchte Bardou heute nicht. Er legte die Patrone in den Lauf ein. Dann ließ er sich auf den Bauch fallen, stützte die Ellbogen auf und legte an. *Genieß deine Zigarre, mon ami. Es ist deine letzte.*

Sein Herz klopfte vor Freude, und auf der Stirn stand ihm Schweiß. Bardou krümmte den Finger um den Abzug.

Plötzlich flog die Terrassentür auf, und der andere Knight-Zwilling kam mit einem Glas in der Hand heraus. Bardou runzelte die Stirn.

Er starrte erst den einen, dann den anderen an, unfähig, sie auseinander zu halten. Sie waren ähnlich gekleidet, hatten beide Rock und Krawattentuch abgelegt, die Westen aufgeknöpft, die Ärmel ihrer weißen Hemden aufgekrempelt. Unmöglich zu sagen, wer der Colonel war, wenn er seinen scharlachroten Rock nicht trug.

Verdammt, wer von beiden ist Lucien, überlegte er zornig. Natürlich hätte er den Kriegshelden fast genauso gern erschossen, aber dabei gab es ein Problem: Sobald er den einen erschoss, würde sich der andere mitsamt den Hunden auf ihn stürzen. Es würde seine schöne Mission gefährden, die er doch so sorgfältig geplant hatte.

Er atmete tief ein und fluchte. Dieser Tod ist für den englischen Hund ohnehin viel zu leicht, dachte er und rieb sich erregt die Stirn. Er wollte Knight lebendig fangen, damit der Mann noch das ganze Ausmaß der Zerstörung – und damit auch seines Versagens – mitbekam. Damit hätte er Knight gezeigt, dass er, auch wenn Napoleons Armee den Krieg verloren haben mochte, seine private Schlacht gegen ihn gewonnen hatte.

Die kalte Nachtluft brachte ihn wieder zur Vernunft. Er war kein Amateur. Er würde planmäßig vorgehen und nicht riskieren, dass er im Zorn einen Fehler beging. Sobald er Lucien Knight in seiner Gewalt hatte, würde er herausfinden, was er Sophia angetan hatte, und ihn dafür bestrafen.

Er nahm sich vor, eine Kanonenkugel für Knight House und seine Bewohner zu reservieren, erhob sich lautlos, nahm den ledernen Gewehrkoffer und kehrte zur Kutsche zurück.

Lucien war kurz davor aufzugeben. Er wusste nicht, wo er noch suchen, was er noch unternehmen sollte. Wenigstens eines war ihm gelungen – Alice hatte sich einverstanden erklärt, am Guy-Fawkes-Abend das Haus nicht zu verlassen. Das störrische Ding hätte sich natürlich nach Hawkscliffe Hall oder zumindest nach Glenwood Park zurückziehen sollen, aber sie weigerte sich, London zu verlassen, und daran konnte er nichts ändern.

Er stand an der Balustrade und sah auf den nächtlichen Green Park hinaus, während ihm der Nachtwind durchs Haar strich. Er vermeinte, in den Schatten eine Bewegung wahrzunehmen, zuckte dann jedoch mit den Schultern, viel zu sehr damit beschäftigt, über Alice nachzugrübeln. Er nahm einen Schluck Brandy und schaute dann zu Damien, der Zigarre rauchend auf der Terrasse saß.

Lucien betrachtete seinen Bruder halb feindselig, unsicher, wie er weiter vorgehen sollte. Auf die eine oder andere Art wollte er seinem Bruder sagen, dass er die Finger von Alice lassen sollte, aber er musste die Sache vorsichtig angehen. Alice hatte behauptet, dass Damien Bescheid wusste. Das konnte Lucien sich nicht vorstellen. Auch wenn sie ihm nicht geglaubt hatte – er hatte seinem Bruder nichts erzählt. Wenn Damien tatsächlich Bescheid wusste, dann hatte er sich Alice nur genähert, um sich wegen der Sache mit Caro an seinem Bruder zu rächen, das war ihm klar. So musste es sein. Der Gedanke erfüllte ihn mit Trauer und einem Gefühl eifersüchtiger, brennender Machtlosigkeit. All die jungen Draufgänger, die sich um sie geschart hatten, waren schon schlimm genug gewesen, aber falls es Damien wirklich ernst mit Alice war, konnte Lucien sich genauso gut aufhängen.

Sicher war ihr klar, dass es keinen besseren Weg gab, sich an ihm zu rächen, als Damiens Avancen zu akzeptieren. Wenn sie ihm wehtun wollte – und daraus könnte er ihr nicht mal einen Vorwurf machen –, hielt sie in ihren zarten Händen bereits die beste Waffe.

„Ich hoffe, du hast den Abend genossen", meinte Damien spöttisch.

Lucien drehte sich zu ihm um, als Damien gerade recht zufrieden mit sich den Rauch ausstieß.

„Du hast heute Abend ja tatsächlich mal einen Tanz gewagt", sagte Lucien lässig, seine Verärgerung verbergend.

„Konnte nicht widerstehen", antwortete er. „Hast du das Mädchen gesehen? Wunderschön."

„Ja", stimmte er mit zusammengebissenen Zähnen zu. Er spürte, wie er vor Ärger rot wurde.

„Wie geht es Caro?" erkundigte sich Damien unschuldig. „Ich glaube fast, dass es zwischen euch aus ist, weil sie überall mit diesem preußischen Affen herumzieht."

„Caro? Die ist mir vollkommen egal“, erwiderte Lucien in warnendem Ton.

„Wie jede Frau, was, Bruderherz?“ Damien stand auf und schlenderte zu ihm hinüber. „Dir sind überhaupt alle Leute egal, stimmt's? Außer dir selbst natürlich.“

Arrogant zog Lucien die Brauen hoch. Das konnte er nun wirklich nicht gebrauchen.

„Du hast etwas Schreckliches getan“, begann Damien. Seine Stimme war kaum lauter als der Nachtwind, doch es lag ein stählerner Unterton darin. „Nichts, was du dir bisher geleistet hast, reicht an das unehrenhafte Verhalten heran, das du diesem Mädchen gegenüber an den Tag legst. Du hast eine junge Frau von vornehmer Geburt verführt und sie dann fallen lassen, als wäre sie eine Hure. Ich schäme mich für dich.“

„Woher weißt du das?“

Damien starrte ihn an. „Ist das alles, was du zu sagen hast? Wie ich es herausgefunden habe? Caro hat es mir erzählt, wenn du es unbedingt wissen willst. Sie hat mich eines Abends besucht, um sich mir noch einmal an den Hals zu werfen, und als ich sie bat zu gehen, erzählte sie mir von dir und Miss Montague. Sie schrie mir ins Gesicht, was für Schufte wir Knight-Brüder doch seien.“

„Typisch Caro.“

„Lucien, was hast du dir dabei nur gedacht? Miss Montague ist die Tochter eines Barons, von vornehmer Geburt. Mit deiner schamlosen Unmoral hast du nicht nur über sie Schande gebracht, sondern auch über dich selbst und unsere gesamte Familie.“

„Damien.“ Er seufzte und rieb sich die Nasenwurzel, um Geduld ringend.

„Wie du damit leben willst, ist deine Sache, aber lass dir gesagt sein, dass ich mich um diese Situation kümmern werde. Wie üblich bleibt es mir überlassen, das Chaos, das du angerichtet hast, zu beseitigen."

Lucien hielt inne. „Du willst dich darum kümmern?"

„Ich werde Miss Montague morgen besuchen", erklärte Damien grimmig entschlossen, „und sie bitten, mich zu heiraten."

Lucien starrte ihn an, erschüttert bis ins Mark, und dann überkam ihn lodernder Zorn. „Wag es ja nicht!" zischte er.

„Dann tu du, was die Ehre erfordert."

„Ich kann nicht", schrie er beinahe.

„Nun, ich schon", entgegnete Damien, schob ihn zur Seite und ging ins Haus.

Wie gelähmt stand Lucien da, alles drehte sich um ihn, und sein Herz schlug wie wild. Wie furchtbar einfach es doch war, sich die beiden miteinander vorzustellen – den Kriegshelden und Miss Tugendsam! Was für ein Traumpaar! Damien wollte Erben, Alice sehnte sich nach einer Schar Kinder, die sie verwöhnen konnte. Es sah seinem ehrpusseligen Bruder gleich, sich dieser Sache anzunehmen.

Lucien fuhr sich mit der Hand durchs Haar, legte sich die Hand in den Nacken, schloss die Augen, verabscheute sich. Er hatte sich noch nie als ein solcher Versager gefühlt. Alice mochte den Antrag von diesem Bürschchen abgelehnt haben, aber wie könnte sie den großartigen Damien Knight zurückweisen, bald auch noch Earl of Winterley? Er konnte sich genauso gut gleich damit abfinden. Mit Damien wäre sie ohnehin besser dran. Damien könnte aus ihr eine Countess machen. Lucien konnte das nicht. Damien wurde allseits bewundert, respektiert. Sie würde sich seiner niemals schämen und ihn nie bitten müssen, die gefährlichen Spielchen zu unterlassen. Wenn Claude Bardou ihn am Ende tötete, könnte er wenigstens in Frieden ruhen, weil er ja wusste, dass Damien sich um Alice kümmerte. Es ist das Beste, redete er sich ein, während in ihm Verzweiflung aufstieg. Was sie an ihm geliebt hatte, würde sie in Damien auch finden. Damien war schließlich genau wie er.

Ohne seine Fehler.

Alice war schon vor geraumer Zeit zu Hause angekommen und zu Bett gegangen, doch sie konnte nicht schlafen, weil sie sich solche Sorgen um Lucien machte. Sie betete fieberhaft darum, dass Gott ihn beschützen möge. Gerade als sie endlich einschlummern wollte, wurde sie durch Caro und von Dannecker aufgeschreckt, die an ihrem Zimmer vorbeigingen.

„Was ist denn los, Liebling?" hörte sie Caro murmeln. „Du siehst so grimmig aus."

Die Antwort bekam sie nicht mehr mit, weil die beiden in Caros Zimmer verschwunden waren, doch kurz darauf vernahm sie durch die Wand Gelächter, Liebesgemurmel und dann Stöhnen.

Verärgert zog Alice sich das Kissen über den Kopf, um die Geräusche auszublenden, doch das Paar wurde immer lauter, ihr Gestöhne fieberhafter, bis Alices Erinnerungen unerträglich wurden, weil sie sich so nach dem einzigen Mann verzehrte, den sie je begehrt hatte: ihren Verführer, den hassenswerten Schuft, den sie doch so liebte. Die Sehnsucht tat so weh, dass

Alice aus dem Bett sprang und ins Kinderzimmer schlich, um nach Harry zu schauen.

Er schlief tief und fest, als sie leise in den Raum trat. Er wirkte so friedlich, wie er dalag und schlief, dass ihr die Tränen kamen.

Lämmchen, du bist das Einzige, was mir noch bleibt.

Die Dielen knarrten, als sie das Gewicht verlagerte. Am liebsten hätte sie ihn aufgeweckt, damit sie nicht so allein war. Sie unterdrückte den Drang, sein weiches Haar zu tätscheln, und nahm stattdessen seinen Stoffhund in die Hand. Sie drückte ihn an sich, während sie im Mondlicht dastand und ihr die Tränen übers Gesicht strömten. Sie senkte den Kopf und hielt den Hund noch fester, bemühte sich, lautlos zu weinen, während doch jede Faser ihres Herzens nach Lucien schrie.

15. KAPITEL

Am nächsten Morgen saß Alice im Hyde Park auf einer Bank, gut verpackt in Pelisse, Schal und Handschuhe, und zeichnete die kahlen Bäume. Sie hatte Lucien zwar versprochen, dass sie am Guy-Fawkes-Abend nicht ausgehen würde, aber von tagsüber hatte sie nichts gesagt. Kurz nach Morgengrauen war sie von Baron von Danneckers lautem Getrampel aufgeweckt worden, als er Caros Schlafzimmer verlassen hatte. Vermutlich sollte sie froh sein, dass er nicht zum Frühstück geblieben war.

Sie hatte Kopfschmerzen, nachdem sie sich letzte Nacht in den Schlaf geweint hatte, und sah sich nun irritiert zu den Arbeitern um, die mit lautem Getöse den Hammer schwangen und letzte Hand an das Podium legten, auf dem abends irgendwelche Würdenträger Reden halten würden, bevor dann das Feuerwerk in die Luft stieg. Alice hatte sich für den Guy-Fawkes-Abend nie sonderlich begeistern können – es handelte sich um ein lautes, chaotisches, ziemlich derbes Fest, bei dem sie die gefährliche Mischung aus torkelnden Trunkenbolden und lodernden Freudenfeuern meist nur in Angst und Schrecken versetzte.

Sie blinzelte in einen Sonnenstrahl und fuhr mit dem Zeichnen fort. Am Himmel türmten sich graue Wolkengebilde mit hellen silbernen Rändern, durch die hier und da die Sonne in fächerartigen Strahlen durchbrach. Die Herbstblätter waren längst davongeweht, sodass sich die Bäume kahl und schwarz in den bleigrauen Himmel reckten.

Nellie war zum schlammigen Ufer des Sees „The Serpentine“

gegangen, ein Nähkörbchen über dem Arm. Alice wusste, dass ihre Zofe sich wegen ihrer düsteren Verschlossenheit Sorgen machte, aber sie konnte auch nicht das geringste Fitzelchen Fröhlichkeit aufbringen. Sie saß nur brütend da und zeichnete Bäume, wobei sich ihre Hand ganz automatisch zu bewegen schien, hier ein Detail, dort eine Schattierung. Plötzlich schreckte sie dumpfes Hufgeklapper auf.

Sie schaute hoch und stöhnte leise auf, als sie den großen, beeindruckenden, wohl vertrauten Reiter erblickte, der da auf einem großen Schimmel auf sie zukam. Ihr Herz tat einen Satz, und sie setzte sich gerader hin, doch als er dann näher kam, entdeckte sie die scharlachrote Uniform unter dem Mantel. Voll Spott über ihre Mitleid erregende Hoffnung sank sie wieder in sich zusammen.

Es war der andere. Himmel, hatte sie ihm letzte Nacht denn nicht deutlich genug zu verstehen gegeben, dass sie seine Annäherungsversuche nicht begrüßte?

Damien zügelte das Pferd, nahm den Tschako ab und begrüßte sie mit einem knappen Nicken. „Miss Montague. Harrys Kinderfrau teilte mir mit, dass ich Sie hier antreffen würde.“

Sie seufzte, während er behände aus dem Sattel sprang und auf sie zuging, etwas zögernder, als er ihren ausdruckslosen Blick bemerkte. Er sah Lucien so ähnlich, dass sein Anblick ihr einen schmerzhaften Stich versetzte.

„Mir ist klar, dass Sie nicht mit mir reden möchten, aber Sie müssen mich anhören“, sagte er.

„Muss ich das?“ fragte sie sarkastisch. Wieder ein Mann, der es gewohnt war, dass man ihm widerspruchslos gehorchte. Als sie den herrischen Ton vernahm, gesellte sich Nellie zu ihnen und stellte sich schützend neben sie. Alice nickte ihr zu. „Ist schon gut."

Kummervoll trat Nellie ein paar Schritte zurück, blieb aber in der Nähe, um den Anstand zu wahren.

„Also schön", seufzte Alice und wies neben sich auf die Bank. „Sie dürfen sich zu mir setzen."

Der Colonel ließ sich neben ihr nieder und musterte sie durchdringend.

Sein Gesicht mochte wettergegerbt und hart sein, doch seine Augen waren die traurigsten, die sie je gesehen hatte.

„Miss Montague, ich will gleich auf den Punkt kommen."

Nein, dachte sie ironisch, das ist bestimmt nicht Lucien.

„Ich bin mir des unverzeihlichen Verhaltens bewusst, das mein Bruder Ihnen gegenüber gezeigt hat. Ich weiß, was geschehen ist, und ich weiß auch, dass Sie nichts für das können, was Ihnen zugestoßen ist. Es ist einzig und allein seine Schuld. Er hätte es besser wissen müssen." Voll unterdrücktem Zorn schüttelte er den Kopf. „Als Caro es mir erzählt hat ..."

„Caro hat es Ihnen erzählt?" unterbrach sie ihn.

„Ja."

„Oh." Überrascht erkannte sie, dass Lucien ihr die Wahrheit gesagt hatte. Er hatte nicht mit seiner Eroberung geprahlt.

„Ich kann mir nicht helfen, ich fühle mich zum Teil mit verantwortlich für das, was mein Bruder getan hat."

„Aber nein, Mylord", murmelte sie und dachte an Mr. Whitbys Bemerkung, dass Damien sich vor Jahren zum Beschützer seines Bruders aufgeschwungen hatte.

„Trotzdem, ich möchte dafür sorgen, dass Ihnen nichts

mehr zustößt", meinte er nüchtern. „Ich werde meinem Bruder nicht gestatten, unseren Namen oder Sie zu entehren. Der Grund, weshalb ich Sie sehen wollte, ist, äh ..." Er räusperte sich, und dann prasselten seine Worte wie ein veritabler Kavallerieangriff auf sie hernieder. „Ich bin hier, um Ihnen den Schutz meines Namens anzubieten. Ich möchte Sie zu meiner Frau machen, wenn Sie mich wollen. Nach allem, was mein Bruder Ihnen angetan hat, sollen Sie nicht ohne Schutz dastehen. Ich will es wieder gutmachen. Was die Vergangenheit angeht, so erwähnte ich ja bereits, dass ich mir durchaus bewusst bin, dass es nicht Ihre Schuld ist. Meine Stellung in der Gesellschaft ist dazu angetan, dass Ihnen dieses ... Missgeschick ... nie wieder zu schaffen machen wird."

Sie starrte ihn an, erstaunt über diesen Antrag, vor allem nachdem sie so schlecht von Damien gedacht hatte. Sie senkte den Blick, ganz beschämt von seiner Ritterlichkeit. Obwohl er seine Rede gut einstudiert hatte, fand sie die Unsicherheit des großen Kriegers absolut liebenswert.

Während er auf ihre Antwort wartete, ließ Alice sich den Vorschlag, den er ihr unterbreitete, kurz durch den Kopf gehen. Sie würde den Verlust ihrer Jungfräulichkeit nicht erklären und keine Vorwürfe deswegen hören müssen. Er war ein strahlender Held mit makellosem Ruf, ein Mann, der für seinen Mut und seine Integrität bekannt war. Als seine Frau wäre sie eine Countess, ein geachtetes Mitglied der Gesellschaft – und was ihr am wichtigsten war, Gattin und Mutter. Langsam legte Alice ihm die Hand auf den Arm und schaute ihm sehnsüchtig in die tiefgrauen Augen.

„Was für ein guter, rechtschaffener Mann Sie doch sind. Ich

danke Ihnen von Herzen, aber auch wenn mich Ihre Großzügigkeit ganz sprachlos macht, kann ich Ihren Antrag nicht annehmen."

Erstaunt zog er eine Braue hoch. „Warum denn nicht?"

„Ich liebe Ihren Bruder", gestand sie schlicht.

Er runzelte die Stirn. „Miss Montague, seien Sie nicht dumm. Es werden andauernd Ehen geschlossen, in denen die Liebe keine Rolle spielt. Sie sind ruiniert, und ich brauche ohnehin eine Frau. Ich biete Ihnen die Rettung. Sie sollten sie annehmen."

„Es würde ihn zu sehr schmerzen."

„Na und?" fragte er. Seine Miene verfinsterte sich – nun sah er Lucien noch ähnlicher. „Wie können Sie noch zärtliche Gefühle für einen Mann hegen, der Sie ohne Bedenken erst verführt und dann sitzen gelassen hat?"

„Ich *liebe* ihn", verkündete sie entschieden. „Er hat mich zwar verletzt, das schon, aber ich möchte ihn nicht bestrafen oder mich an ihm rächen. Was zwischen uns passiert ist, war schließlich nicht ganz allein seine Schuld. Er hat mich umworben, aber es war schließlich ich, die sich ihm hingegeben hat. Ich selbst war so dumm, ihm mein Herz zu schenken."

„Und jetzt hat er es gebrochen", sagte er hart und musterte sie.

Sie senkte den Kopf. „Ich möchte mich bei Ihnen entschuldigen, weil ich gestern so unhöflich zu Ihnen war. Ich habe befürchtet, Ihre Absichten könnten nicht ehrenhaft sein."

„Verständlich. Machen Sie sich keine Gedanken. Im Gegensatz zu meinem Bruder habe ich ein dickes Fell – und einen Dickkopf, wie er hinzufügen würde." Er lächelte sie reuig an und gab ihr seine Karte. „Mir ist klar, dass Sie eine schwere Zeit durchmachen. Wenn Sie es sich während der nächsten Tage noch überlegen, können Sie mich im Knight House am Green Park erreichen. Mein Angebot steht." Er verbeugte sich knapp, ging zu seinem Pferd und setzte den Tschako auf. Nachdem er sich in den Sattel geschwungen hatte, winkte er ihr noch einmal kurz zu und trabte dann davon.

Alice blickte ihm nach und hoffte, dass sie keinen Riesenfehler begangen hatte.

„Ihr Idioten!"

Luciens Gebrüll schallte durch die Büros in der Bow Street. Jetzt bin ich ganz offiziell am Ende meiner Weisheit angelangt, dachte er. Er wandte sich von dem Grüppchen verwirrter französischer Einwanderer und Touristen ab, die in der Arrestzelle saßen, und starrte die Bow Street Runners, die sie eingesperrt hatten, voll Zorn an. Selbst der hochnäsige französische Küchenchef des Duke of Devonshire war verhaftet worden. Marc und die anderen standen betreten daneben, während Lucien seinem Zorn auf die Bow Street Runners Luft machte.

„Wie oft müssen wir es denn noch durchgehen? Ich habe Ihnen doch gesagt, dass Bardou extrem groß ist, größer noch als ich, und blond – und nun sehen Sie sich diese Männer mal an! Haben Sie mir nichts Besseres zu bieten? Haben Sie sich die Zeichnung, die ich Ihnen gegeben habe, überhaupt angeschaut?"

„Ja, das haben wir. Meine Runners geben ihr Bestes, aber es ist nun mal so, dass Sie der Einzige sind, der diesen Mann je zu

Gesicht bekommen hat", protestierte der Captain, während die Runners herumstanden und ihn mürrisch betrachteten.

„Dann ist ihr Bestes eben nicht gut genug", fuhr Lucien ihn an. „Es stehen Menschenleben auf dem Spiel, wenn dieser Mann nicht gefasst wird. Verdammt noch mal! Lassen Sie sie frei."

Nachdem die verstörten Franzosen fortgeschickt waren, schob Lucien die Runners beiseite und stürmte hinaus, seine jungen Assistenten in keilförmiger Formation hinterdrein. Draußen ging er rastlos auf dem Gehsteig auf und ab und zerbrach sich den Kopf, doch ihm kam keine rettende Idee. Der Tag war gekommen, es war drei Uhr nachmittags, er musste alles daransetzen, um Claude Bardous Plan zu vereiteln, und doch konnte er im Moment nur darüber nachgrübeln, was Alice Damien wohl geantwortet hatte.

Verdammt, wenn Damien an meiner Stelle wäre, wäre Bardou längst gefasst, in den Tower geworfen und hingerichtet worden, dachte er voll bitterer Selbstverachtung.

„Sie hätten ihnen nicht gleich den Kopf abzureißen brauchen", murmelte Marc, als er an ihm vorüberkam. „Jetzt werden sie sich nur noch mehr gegen die Zusammenarbeit sperren."

„Spielt das denn noch eine Rolle?" fragte er. „Es ist zu spät. Wir haben versagt."

„Sagen Sie das nicht! Sie dürfen die Hoffnung noch nicht aufgeben."

Lucien wusste, dass Marc Recht hatte, doch war er gereizt und erschöpft, weil er letzte Nacht nur zehn Minuten geschlafen hatte. Er rieb sich die Stirn. „Die sind einfach inkompetent."

„Ja, aber in einem hatte ihr Captain Recht: Ihre Zeichnung

ist wirklich schlecht.“ Marc verzog das Gesicht. „Ihre topografischen Karten sind wirklich meisterhaft präzise, Mylord, das muss man Ihnen lassen, aber Ihre Skizze von Bardou – nun ja, sie sieht kaum menschlich aus.“

Ungeduldig fuhr Lucien sich mit der Hand durchs Haar. „Natürlich bin ich kein Leonardo da Vinci, aber wie kann man einen blonden Hünen mit einem kleinen Küchenchef verwechseln? *Dummköpfe* sind das!“

„Sie sind der Einzige von uns, der den Mann je gesehen hat, Mylord. Wir müssen Sie mit jemandem zusammenbringen, der sich aufs Zeichnen versteht“, verkündete Talbert.

„Miss Montague zum Beispiel“, schlug Kyle verhalten vor.

„Davon will ich nichts hören. Ich möchte sie da nicht mit hineinziehen“, erwiderte Lucien.

„Sir, Menschenleben stehen auf dem Spiel, das haben Sie selbst gesagt!“

„Und sie soll nicht diejenige sein, die ihr Leben verliert“, antwortete er düster.

„Jetzt, wo wir wissen, dass sie in der Stadt ist, könnten wir uns ihre Fähigkeiten doch zu Nutze machen. Sie hat ein Talent für Gesichter“, meinte Jenkins.

„Er hat Recht“, beharrte Marc. „Wenn weder die drei Dutzend Konstabler und Runners noch wir ihn gesehen haben, heißt das, dass er nicht in der Nähe ist. Wo liegt dann die Gefahr, wenn Sie einfach zu ihr gehen und sie um Hilfe bitten? Wir können vor ihrem Haus Wache halten, wenn Sie das wünschen. Sie brauchen ihr nur Bardous Gesicht zu beschreiben und sie es dann zeichnen zu lassen. Vielleicht ist sie unsere letzte Hoffnung!“

„Und wie kommen Sie auf die Idee, dass Sie uns helfen würde?“ fragte Lucien bissig. „Sie ist augenblicklich nicht gerade gut auf mich zu sprechen.“

„Sie würde sich nie weigern, wenn sie weiß, dass es um Leben und Tod geht“, entgegnete O'Shea weise.

„Und wäre es nicht ein prächtige Ausrede, sie zu besuchen?“ meinte Talbert grinsend.

Mit finsterer Miene wandte Lucien sich ab, doch sein Herz begann bei dem bloßen Gedanken, sie wiederzusehen, heftig zu klopfen. Bloß in ihrer Nähe zu sein gab ihm Kraft, und heute brauchte er alle Hilfe, die er bekommen konnte. Seine Männer hatten Recht. Ihre Porträts waren wirklich ausgezeichnet. Und außerdem brannte er darauf zu erfahren, welche Antwort sie Damien gegeben hatte.

„Also gut. Ich kann nicht fassen, dass ich mich von euch Schuften dazu überreden lasse.“

„Wissen Sie, wo sie wohnt?“

„Natürlich.“

„Ist er etwa gerade rot geworden?“ fragte Talbert Marc, während Lucien zu seinem schwarzen Hengst eilte und in den Sattel sprang.

„Das hab ich gehört!“ rief er.

Kurz darauf stieg er vor dem Stadthaus der Montagues in der Upper Brook Street ab. Er vertraute sein Pferd seinen Männern an, ging die Treppe zur Eingangstür hinauf und klopfte an. Lieber Himmel, er war nervös wie ein Grünschnabel – sein Mund war ganz trocken, und das Herz klopfte ihm vor eifersüchtiger Liebesqual bis zum Halse. Die ein, zwei Minuten, die er vor der Tür warten musste, kamen ihm wie eine Ewigkeit vor. Er nahm die Uhr aus der Westentasche. Zwanzig nach drei. Er ließ die Uhr zuschnappen und steckte sie ein, gerade als ihm ein freundlicher kleiner Butler mit spiegelblanker Glatze die Tür öffnete.

„Guten Tag, Sir. Sie wünschen, bitte?"

„Äh, guten Tag", sagte Lucien mit aufgesetzter Munterkeit, nervös an seiner Reitgerte herumfingernd. „Ich möchte Miss …", er schluckte, „… äh, Miss Montague einen Besuch abstatten."

„Wen darf ich melden, Sir?"

„Lord Lucien Knight."

Das Gesicht des Butlers wurde sofort streng, seine Haltung steif. Bestürzt erkannte Lucien, dass sein Name in diesem Haus eher durch seine Abenteuer mit Lady Glenwood bekannt war.

„Bitte um Verzeihung, Mylord", meinte der Butler, „habe ich Sie recht verstanden? Sie wünschen Lady Glenwood zu besuchen?"

„Nein, Sie impertinenter kleiner Floh. Miss Montague bitte", entgegnete er. Ihm stieg die Röte ins Gesicht – etwa, weil er sich für sein früheres Benehmen schämte? Lieber Himmel, was war nur mit ihm los? Er war vollkommen durcheinander.

„Einen Moment bitte, Sir." Beleidigt schlug ihm der Butler die Tür vor der Nase zu.

Das sah nicht sehr viel versprechend aus. Er wandte sich ab, klopfte sich nervös mit der Reitgerte gegen das Bein. Und wenn sie sich weigerte, ihn zu empfangen?

Aus den Augenwinkeln nahm er plötzlich an einem Fenster

eine Bewegung wahr. Rasch blickte er auf, doch wer immer am Fenster gestanden hatte, war hinter den Vorhängen verschwunden. Seine Augen wurden schmal. Hatte sie am Ende vor, sich vor ihm verleugnen zu lassen?

Als er das Fenster weiter beobachtete, tauchte jedoch ein kleiner, blonder Kopf dort auf. Master Harry war anscheinend auf irgendein Möbelstück geklettert, denn nun konnte er vom Fenster aus Lucien betrachten. Er wirkte sehr zufrieden mit sich. Lucien lächelte, von den blitzenden blauen Augen und dem Kindergrinsen bezaubert.

Als Lucien sich verbeugte, verschwand der Kleine. Lucien runzelte die Stirn, doch kurz darauf spähte Harry wieder vorsichtig aus dem Fenster. Er wollte nur ein wenig Verstecken spielen. Lucien lachte vor sich hin und beschloss, Miss Montague keine Gelegenheit zu geben, ihm auszuweichen. Er machte einfach die Haustür auf und steckte den Kopf zur Tür herein, was der geflüsterten Unterredung zwischen Alice und dem Butler abrupt ein Ende bereitete. Sie standen beide in der Eingangshalle.

„... dass ich ihm sage, Sie sind nicht zu Hause?“

„Lucien!“ stieß sie erschrocken aus, und dann wurden ihre Wangen feuerrot. „Also wirklich, du kannst doch nicht einfach so hier hereinplatzen!“

„Hallo“, begrüßte er sie hoffnungsvoll und schaute sie voll Reue an.

Sie stemmte die Hände in die Seiten. „Was willst du hier?“

Gott, sie sah einfach entzückend aus. Sie trug ein weites Morgengewand und darüber eine hübsche gerüschte Hausschürze, und das Haar fiel ihr lose über die Schultern. Das war seine Liebste, wie er sie in Erinnerung hatte, nicht diese erschreckend schöne weiße Göttin aus dem Ballsaal.

Bevor er sich so weit gefasst hatte, um sie zu bitten, ihre Zeichenkünste zur Verfügung zu stellen, kam Harry aus dem Salon gesprungen, um nachzuschauen, was los war. Begeistert stürzte sich der kleine Junge auf Alice.

Automatisch legte sie ihm die Arme um die Schultern, damit er nicht hinfiel. Halb hinter seiner hübschen jungen Tante verborgen, musterte er Lucien aus sicherer Distanz mit immenser Neugierde.

Lucien betrachtete die Frau und das Kind. Ihr Anblick bewegte ihn zutiefst, auf eine Art, die ihm gänzlich neu war. Sorgfältig schloss er die Haustür hinter sich und ging vor Alice und dem Kind in die Hocke.

„Hallo, Master Harry. Ich bin Lord Lucien."

„Ähm, wir haben Kätzchen im Garten. *Wilde* Kätzchen!" verkündete Harry stolz.

„Da habt ihr aber Glück", erwiderte er lächelnd. „In meinem Garten sind nur Hunde, große, hässliche Tiere."

Harry machte große Augen. „Daheim auf dem Land habe ich einen Hund. Ein Hundeweibchen. Die fängt Kaninchen!"

Lucien grinste und blickte zu Alice. Sein Lächeln erlosch, als er die Tränen in ihren Augen sah. Sie umklammerte Harrys Schultern fester und schaute weg.

„Harry, ich hab dir etwas mitgebracht. Ich hörte, dass du die Windpocken hattest, und dachte, das hier könnte dich ein wenig aufmuntern." Er holte eine dreieckige Stange Quarz aus der Rocktasche und hielt sie dem staunenden Kind hin. „Das ist ein Prisma. Hast du so etwas schon mal gesehen?"

Der Knabe schüttelte heftig den Kopf.

„Komm her! Ich zeig dir, wie es funktioniert." Er ging auf ein Knie und streckte Harry die Hand hin. Zutraulich lief der Knabe auf ihn zu. Lucien schlang einen Arm um das Kind und hielt das Prisma in den spätnachmittäglichen Sonnenstrahl, der durch das halbmondförmige Fenster über der Tür fiel. „Jetzt schaut es wie gewöhnliches Glas aus. Aber wenn du es kippst … siehst du?" Lucien deutete auf die Farben, die sich nun auf den Marmorboden ergossen.

„Bunt!" stieß Harry hervor. Er griff nach dem Prisma und starrte es an. „Wie haben Sie das gemacht?" Er schüttelte es.

„Du musst es ins Licht halten und drehen, bis die Farben wiederkommen."

„Ein Regenbogen", sagte Harry ehrfürchtig.

„Kennst du die Farben denn?"

„Rot, Grün, Blau und Gelb", zählte der kleine Junge stolz auf.

„Na, so was, du kennst sie wirklich alle!" erwiderte Lucien schwer beeindruckt und lächelte Alice an. „Hast du ihm das beigebracht?"

Alice, die die beiden mit verschränkten Armen beobachtet hatte, schniefte und nickte. Harry kicherte, kuschelte sich an Lucien und betrachtete ihn eingehend. Lucien konnte gut verstehen, warum Alice den kleinen Jungen so liebte. Er war klug, liebenswert und ganz entzückend. Harry geriet eher nach dem Vater, hatte die hellen Haare und blauen Augen der Montagues geerbt. Lucien zwickte ihn leicht in die Nase.

„Zeig deiner Tante doch mal, wie das Prisma funktioniert."

Harry rannte zu Alice. „Schau mal, ein Pissma."

„Prisma, Harry, nicht Pissma." Sie beugte sich hinunter und half ihm, das Prisma im richtigen Winkel zu halten, damit das Licht gebrochen wurde und die Farben zum Vorschein kamen. „Wie hübsch!" flüsterte sie. „Bedank dich bei Lord Lucien."

„Danke!" trompetete er.

„Bitte", erwiderte Lucien amüsiert.

Dann verabschiedete Alice Harry mit einem Kuss und schickte ihn zu seiner Kinderfrau. „Mr. Hattersley, würden Sie ihn freundlicherweise hoch zu Peg bringen?" fragte sie, als der Butler auf ihren Ruf hin erschien.

„Natürlich, Miss. Master Harry, darf ich bitten?"

„Wiedersehen!" rief Harry und winkte Lucien zu, während ihn der Butler die Treppe hinauftrug.

Lucien winkte zurück.

Dann standen Lucien und Alice verlegen schweigend in der Eingangshalle. Lucien hatte das Gefühl, dass er längst nach draußen befördert worden wäre, wenn Harry ihn nicht so rasch ins Herz geschlossen hätte.

„Ein netter kleiner Kerl."

„Ja." Sie steckte die Hände in die Schürzentasche und verlagerte ihr Gewicht von einem Fuß auf den anderen. „Was willst du hier?"

„Ich, äh, ich möchte dich bitten, dass du mir dein Talent zur Verfügung stellst."

Sie warf ihm einen kühlen, fragenden Blick zu.

„Der Mann, dem ich auf der Spur bin ... nun ja, meine Männer haben gedacht, du könntest vielleicht nach meiner Beschreibung eine Zeichnung von seinem Gesicht anfertigen.

Wenn wir ein genaues Bild von ihm hätten, wären die Bow Street Runners und die Konstabler bei ihrer Suche vielleicht erfolgreicher."

„Verstehe. Du willst mich um einen Gefallen bitten. Nach allem, was du mir angetan hast."

„Es geht hier nicht um mich! Der Mann ist sehr gefährlich. Er läuft frei herum und uns die Zeit davon …" Seine Stimme erstarb.

Seufzend drehte sie sich um. „Ich hole nur meine Zeichensachen."

In ihm keimte neue Hoffnung auf. „Danke."

Sie winkte mit einer rüden Geste ab und verschwand in einem Zimmer am Ende des Flurs. Während sie Skizzenblock und Zeichenkohle zusammensuchte, trat Lucien kurz nach draußen und postierte Marc und die anderen rings um das Stadthaus, um nach dem geringsten Anzeichen von Unruhe Ausschau zu halten. Als er wieder eintrat, stand Alice schon im Flur und winkte ihm. Sie bat ihn in den Frühstückssalon und setzte sich dann an den Eichentisch.

Den Skizzenblock im Schoß und ein Stück Zeichenkohle in der Hand, saß sie abwartend da. Dann blickte sie auf, immer noch ein wenig feindselig. „Möchtest du etwas zu trinken?"

„Nein, danke."

„Dann wollen wir die Sache hinter uns bringen."

„Genau." Ihre Nähe machte ihn nervös, und so ging er ruhelos auf und ab. „Der Mann ist Franzose, um die vierzig Jahre alt."

„Beschreib mir die Form seines Gesichts. Ist es rund, oval oder eckig?"

„Rechteckig, mit gespaltenem Kinn."

„Beim Kinn sind wir noch nicht."

„Entschuldige bitte", erwiderte er, verletzt von ihrem schnippischen Ton.

Sie legte den Kopf schief und holte tief Luft. „Wir arbeiten uns von oben nach unten vor", erklärte sie höflicher. „Wie würdest du die Stirn beschreiben?"

„Breit. Buschige Augenbrauen. Ringe unter den Augen."

Rasch und elegant huschte ihre Hand übers Papier, und das einzige Geräusch, das man hören konnte, war das weiche Kratzen der Zeichenkohle. „Was ist mit der Nase?"

„Groß und hässlich. Wie eine Kartoffel."

„Eine Kartoffel?" wiederholte sie zweifelnd.

Er zuckte mit den Schultern.

„Also gut." Konzentriert machte sie sich an die Arbeit und war sich Luciens sehnsüchtiger Blicke dabei gar nicht bewusst.

Dann schaute sie auf und bemerkte seine Verzweiflung, bevor er sie noch vor ihr verbergen konnte. Lange betrachteten sie einander.

„Alice?" wisperte er schließlich.

Ihre Lippen zitterten. „Ja?"

„Ich glaube ... ich glaube, ich muss dir etwas erzählen." Bei der Aussicht auf das, was ihm nun bevorstand, wurde ihm übel, aber er wusste, dass er sie verlieren würde, wenn er ihr jetzt nicht die volle Wahrheit beichtete.

„Was denn?"

Er senkte den Kopf, ging dann gemessenen Schrittes zur Tür und machte sie zu. Da er es nicht ertrug, sie anzusehen, schloss er die Augen und zwang sich, es durchzustehen. „Mir wäre die

Angelegenheit nicht wichtiger als du gewesen, wenn ich nicht einen sehr guten Grund dafür gehabt hätte." Er schluckte und holte tief Atem. Sein Herz hämmerte. „Letzten Frühling wurde ich von diesem Mann und seinen Verbündeten in Frankreich aufgegriffen. Sie hielten mich fünf Wochen gefangen, bevor ich entkommen konnte. Unter der Folter ..."

„Folter?" unterbrach sie ihn scharf.

Er zwang sich, ihrem entsetzten Blick zu begegnen. „Natürlich", sagte er weitaus gelassener, als er sich fühlte. „Jeder Agent weiß, dass er bei einer Gefangennahme Folter und Tod riskiert."

Bleich vor Schreck, schaute sie auf ihre Zeichnung hinunter. „Dieser Mann hat dich *gefoltert?*"

„Er hat nur seine Arbeit getan. Und er hat sie gut gemacht. Ich konnte ihm nicht standhalten." Er schüttelte den Kopf. „Am Ende habe ich den Namen eines Verbindungsmannes preisgegeben, Patrick Kelley. Er war ein wunderbarer Mann, der mich sehr gefördert hat. Aber ich konnte einfach nicht mehr. Ich wusste nicht mal mehr, was ich sagte. Als ich wieder bei Sinnen war, war es zu spät. Bardou war bereits fort. Er stöberte Kelley auf und tötete ihn auf Grund der Informationen, die ich ihm gegeben hatte." Er ballte die Hände zu Fäusten und erschauerte. „Ich war schwach. Ich bin für den Tod meines Freundes genauso verantwortlich, als wenn ich ihm eigenhändig die Kehle durchgeschnitten hätte. Und aus diesem Grund muss ich Bardou persönlich umbringen."

„O Lucien", flüsterte sie.

„Ich konnte es dir einfach nicht erzählen. Du solltest nicht erfahren, welche Angst ich hatte", meinte er kaum hörbar.

Sie legte den Skizzenblock beiseite und streckte ihm die Arme entgegen. „Komm her."

Auf zitternden Beinen durchquerte er den Raum und kniete sich vor ihren Stuhl. Voll Angst blickte er ihr in die Augen, versuchte ihre Reaktion zu erkennen, wollte unbedingt wissen, ob sie ihn immer noch achten konnte, nachdem er seine Schwäche, den schrecklichen Verrat an seinem Freund eingestanden hatte.

Tränen stiegen ihr in die Augen. Sie schüttelte den Kopf und zog ihn in die Arme, streichelte ihm das Haar, küsste ihm das Gesicht, überwältigte ihn mit ihrer Zärtlichkeit. Der Schmerz, den er so lang in sich aufgestaut und verborgen hatte, begann sich zu lösen, nach draußen zu dringen.

Seine Augen brannten, als er den Kopf in ihren Schoß legte. Sie beugte sich über ihn und hielt ihn mit zärtlicher Kraft fest. Er verbarg sein Gesicht in ihrem langen rotgoldenen Haar, das über ihn fiel.

„Es ist schon gut", hauchte sie und streichelte ihm den Rücken. „Berichte mir, was geschehen ist."

Die Kehle war ihm so zugeschnürt, dass er kaum atmen konnte, aber er zwang sich, ihr zu gehorchen. Das hatte sie einfach verdient. „Ich hab es nie jemandem erzählt. Damien nicht, nicht mal Castlereagh. Bardou war der Leiter der Operation. Sie haben mich in Paris erwischt, als sie mich mit einem jungen Mädchen in ein Gässchen lockten. Ich hörte sie kreischen und dachte, jemand würde angegriffen. Als ich in das Gässchen ging, um Hilfe zu leisten, haben sie mir eins über den Schädel gegeben und mir die Augen verbunden. Dann haben sie mich in eine Kutsche geworfen und sind davongefahren. Ich weiß nicht, wo genau es passierte.“ Er hielt inne, zwang sich, ihr die ganze hässliche Wahrheit anzuvertrauen. Er zitterte, konnte sich kaum mehr beherrschen, so drohte ihn die Vergangenheit zu überwältigen. Er rang mit sich, um sich von ihr zu befreien.

„Die nächsten fünf Wochen war ich in einem kalten, feuchten Keller eingesperrt, ohne Licht, und bekam gerade genug zu essen und zu trinken, um am Leben zu bleiben. Der Durst war furchtbar. Sie schlugen mich. Gaben mir nichts zu essen. Hielten mich fest und rissen mir zwei Zähne aus, als ich nicht reden wollte. Sie haben gedroht, mich zu vergewaltigen, mich zu kastrieren, haben mir mit allem gedroht, was man sich denken kann. Sie wollten mich zum Verräter machen, aber ich hielt ihnen stand.“ Er atmete tief ein, während Alice jede Nuance der Qual wahrnahm, die über sein Gesicht huschte. „Ich glaube, hinterher war ich eine Weile weggetreten“, rang er sich ab. „Ich weiß nicht mehr viel von den Wochen, die auf meine Flucht folgten. Ich bin in einem spanischen Kloster jenseits der Grenze gelandet, wo ich dann versorgt wurde. Es gab dort ein paar *guerilleros* unter einem Priester namens Padre Garcia. Das Kloster war ihr Hauptquartier; seit den Tagen der Mauren war es befestigt. Garcia und seine Männer brachten mich zu Wellingtons Hauptquartier.“

„Wie konntest du denn entfliehen?“

„Ich habe schließlich einen getötet, als er nach mir sehen wollte. Ich habe seine Waffe genommen und mich nach draußen durchgekämpft. Dabei habe ich sie alle umgebracht“, berichtete er grimmig, „alle bis auf Bardou. Der war schon fort, um Patrick Kelley zu jagen.“

Eine Weile schwiegen sie beide.

„O Alice“, sagte er schließlich, seelisch ziemlich am Ende. „Ich habe dem Krieg alles geopfert, was ich zu geben hatte, sogar meinen guten Ruf, was Damien nie getan hätte. Ich wusste, worauf ich mich einließ, aber jeder hält mich für einen Schuft, und das schmerzt mich sehr.“

Voll Mitgefühl berührte sie sein Gesicht. Er schmiegte es an ihre Hand, brachte es aber nicht über sich, sie anzuschauen.

Abrupt, ohne Vorwarnung, quollen die Worte aus ihm hervor, sturzbachartig. „Dabei wollte ich doch gar nicht in den Krieg ziehen! Ich hätte Arzt werden sollen. Ich wollte die Gabe nutzen, die Gott mir gegeben hatte, die Gabe, andere zu heilen, und nicht zu töten, aber mein Bruder war mir wichtiger. Immer mein Bruder. Ich habe meine Zukunft für ihn geopfert. Ich habe mich seinetwegen zum Schuft machen lassen, weil er der einzige Freund war, den ich je hatte, und nun spricht er nicht einmal mehr mit mir! Ich kann es nicht ertragen, wenn er mir dich auch noch nimmt. Du hast ja keine Ahnung, wie einsam ich bin. Wenn du mich nicht liebst …“ Er verstummte, senkte den Kopf, hasste sich selbst. Er hatte das Gefühl, sich aufzulösen, war nicht eine Sekunde länger in der Lage, vor dem Abgrund in ihm die Augen zu verschließen.

Verzweifelt suchte er nach seiner eisernen Selbstkontrolle, doch sie war ihm abhanden gekommen. Lieber Gott, und wenn sie Damiens Antrag angenommen hatte, dann sollte es eben so sein. Er kämpfte mit sich, am Rand der Verzweiflung. *Fang nicht an, vor ihr zu weinen. Weine nicht vor Alice. Um Himmels willen, einmal im Leben wirst du es ja wohl schaffen, kein Schwächling zu sein …*

Doch als sie sanft sein Kinn anhob, brannten Tränen der Qual in seinen Augen. „Es tut mir Leid“, würgte er hervor. „Es tut mir Leid, dass ich ein solcher Schwächling bin. Es tut mir Leid, dass ich ein Versager bin. Es tut mir Leid, dass ich nicht so gut bin wie …“

„Still. Wage ja nicht, es auszusprechen“, warnte sie ihn. Auch in ihren Augen schimmerten in Tränen. Energisch schüttelte sie den Kopf. „Es ist nicht wahr, kein *einziges* Wort.“

Flehend blickte Lucien zu ihr auf. „Ich weiß, dass er heute hier war und dich um deine Hand gebeten hat. Was hast du ihm geantwortet, Alice? Bitte sag es mir.“

„Was glaubst du denn?“ fragte sie ihn mit sanftem Vorwurf.

Er schüttelte den Kopf. „Ich habe keine Ahnung.“

„Lucien.“ Sie schloss die Finger um seine zitternden Hände und schaute ihm tief in die Augen. „Dein Bruder ist ein guter Mann, aber er ist nicht du. Ich habe abgelehnt. Ich könnte niemanden lieben außer dir, und das habe ich ihm mitgeteilt.“

„Wirklich?“ presste er hervor, überwältigt von der Ernsthaftigkeit in ihrem Blick.

Als sie nur nickte, überlief ihn ein Schauer, und Lucien ließ sich langsam wieder in ihren Schoß sinken. Er klammerte sich an sie, so unwürdig er ihrer auch war, und dann brach er vollends zusammen. Er bedeckte ihre schönen Hände mit Küssen, mit seinen Tränen. „Hilf mir“, wisperte er, „meine Geliebte, meine schöne Freundin. Du bist das Einzige, was sich in meinem Leben wirklich zum Guten gewendet hat.“

Sie hielt ihn lange umschlungen, küsste ihn aufs Ohr, als sie sich über ihn beugte, und streichelte ihn liebevoll. „Mein

Krieger, mein Zauberer, du bist wirklich ein Heiler. Du hast mich geheilt."

Erschüttert, verloren betrachtete er sie. „Jetzt lass mich dich heilen", flüsterte sie.

In stiller Verzweiflung schloss er die Augen. Sanft liebkoste sie sein Gesicht, küsste ihn auf die Lider und die Wangen.

„Ich liebe dich", murmelte sie immer wieder. Er hielt ganz still, sog die Worte bis in den tiefsten Winkel seiner Seele auf. Als ihre weichen Lippen die seinen streiften, nahm er ihren Mund in zitterndem Drängen in Besitz.

Sie schlang die Arme um ihn und öffnete sich seiner forschenden Zunge voll Sehnsucht und Begehren. Nach einer Weile hob er mit wild hämmerndem Herzen den Kopf und sah sie mit fiebrigem Verlangen an.

„Ich brauche dich."

„Ja", erwiderte sie schwach, atemlos. „Ich gehöre dir, Lucien. Nimm meine Liebe. Nimm mich."

Mit einem tiefen Seufzer der Dankbarkeit küsste er sie, stand dann auf und hob sie hoch. Er trug sie zu dem Tisch und legte sie darauf, das silberne Teeservice zur Seite schiebend.

„Mein Gott, wie ich dich vermisst habe", hauchte er, während er ihre Röcke hochschob. „Deinen Körper, dein Lachen, dein Lächeln. Du weißt ja nicht, wie sehr ich dich brauche."

„Lucien, beeil dich", wimmerte sie und drängte sich begierig an ihn. Ihre Augen waren verschleiert, voll zärtlicher Liebe, die das quälende Feuer seiner Verdammnis löschen würde.

„Du bist so schön", meinte er hilflos, bewegt. Als er sie berührte, war sie schon heiß und bereit.

Mit zitternden Händen zog sie seine Hose herunter, stieß

dann einen leisen Seufzer der Befriedigung aus, als er sofort tief in sie eindrang, sie hier auf dem Tisch voll zitternder Dringlichkeit nahm, während sie beide noch fast vollständig bekleidet waren. Er umfasste ihre glatten Hinterbacken, hob Alice vom harten Tisch, küsste sie auf den Hals, während sie sich unter ihm wand. Dann wandte er seine Aufmerksamkeit ihren Brüsten zu, bis sie aufschrie und ihm die Beine um die Hüften schlang.

„Oh! Du machst mich noch verrückt!“ keuchte sie.

„Psst“, murmelte er mit einem besitzergreifenden Lächeln und legte ihr den Finger auf die Lippen, als die Laute sinnlichen Entzückens, die sie ausstieß, immer lauter wurden. Sie leckte den Finger ab, saugte daran. Er beobachtete sie lustvoll, bewegte sich ein wenig härter in ihr. Sie legte den Kopf auf die Seite und biss sich auf die Lippen, um ihr Stöhnen zu unterdrücken, doch sie bog sich ihm verzweifelt entgegen, während er sich zwischen ihren Schenkeln reckte. „Lucien …“

„Ja, mein Engel. Jetzt.“

Ihr Gesicht verkrampfte sich. Lucien konnte es keine Sekunde länger zurückhalten. Er biss die Zähne zusammen, um im Moment der Erlösung nicht laut aufzuschreien. Jede Welle des Höhepunkts schien aus dem tiefsten Innern seines Wesens zu kommen, bis er schließlich in keuchendem, erschöpftem Entzücken auf ihr zusammensank.

Er schaute ihr tief in die Augen, während sie ihn festhielt, ihm übers Haar strich. Ein Gefühl tiefer Ruhe durchströmte ihn.

„Ich liebe dich“, flüsterte er schließlich.

Sie schaute ihn schelmisch an und schnurrte wie eine zufriedene Katze. „Das scheint mir auch so." Aber dann wurde ihr Blick nüchtern. Sie rollte sich auf die Seite, stützte sich auf den Ellbogen und betrachtete ihn aufmerksam. „Dieser Bardou", sagte sie ruhig, „kannst du ihn besiegen?"

„Solange du mich nur liebst, habe ich das Gefühl, dass ich alles schaffe", erwiderte er.

„Dann geh mit meinem Segen und bring den Mann um, Lucien. Für das, was er dir angetan hat, verdient er zu sterben. Wenn es in meiner Macht stünde, würde ich ihn selbst töten, aber diese Aufgabe sei dir übertragen. Mach ein Ende", wies sie ihn an. Sie sah wie eine wilde junge Königin aus, welcher der gerechte Zorn aus den tiefblauen Augen leuchtete. „Tu es für unsere Zukunft. Unsere Kinder."

Die engelhafte Intensität in ihrem Blick jagte ihm einen Schauder über den Rücken – als hätte sie ihn eben mit übernatürlichen Kräften ausgestattet. Ehrfürchtig musterte er sie. „Ich liebe dich mehr als das Leben. Ich bin dein."

Sie berührte seine Wange, zog ihn noch einmal an sich und küsste ihn. „Dann lass uns die Aufgabe vollenden. Ich zeichne das Bild für dich, und dann holen wir das Ungeheuer aus den Schatten."

Er hob ihre Hand an die Lippen. „Danke", flüsterte er.

Sie lächelte ihn aufmunternd an, und dann richteten sie rasch ihre Kleidung. Lucien stopfte sich das Hemd in die Hose und fühlte sich dabei wie ein neuer Mensch.

Alice strich sich das Haar glatt, setzte sich wieder auf ihren Stuhl und nahm den Skizzenblock in die Hand.

Lucien wünschte sich nichts mehr, als sich mit ihr für den Rest des Tages ins Bett zurückzuziehen, doch er trat neben ihren Stuhl und beantwortete, so gut er konnte, die vielen Fragen, die sie ihm zu Bardous Aussehen stellte.

Verblüfft nahm er zur Kenntnis, dass das Bildnis Bardou tatsächlich zu ähneln begann.

„Das ist schon ziemlich gut. Die Augen stehen noch etwas zu nah beieinander, und das Kinn dürfte ein bisschen runder sein. Außerdem ist seine Haut irgendwie ölig. Kannst du das herausarbeiten?"

Aber sie saß nur da, starrte auf das Bild und reagierte nicht auf seine Worte.

Lucien schaute sie an und bemerkte, dass sie ganz bleich geworden war. „Ist alles in Ordnung?"

„Ich kenne diesen Mann."

„*Wie bitte?*"

„Das ist Karl von Dannecker, Caros neuer Beau. Ich bin sicher, dass er es ist, aber er ist kein Franzose – er ist Preuße. Lucien, er wird jede Minute hier sein!"

So kreidebleich hatte Alice ihn noch nie gesehen.

„Er ist hier gewesen? Hier in diesem Haus?" stieß er hervor. „Während du hier warst? Und Harry?"

„Er hat die letzten Nächte hier bei Caro verbracht."

Er stieß den übelsten Fluch aus, den sie je gehört hatte, machte auf dem Absatz kehrt und eilte zur Tür.

„Lucien!"

„Mach den Kleinen fertig und zieh deinen Mantel an. Du musst hier weg. Ich schicke dich an einen sicheren Ort. Hol auch Caro. Sie wird dich begleiten müssen. Sag den Dienstboten, dass sie sich außer Sichtweite halten sollen. Ich will keinen Mucks hören, verstehst du? Marc! Kyle!" rief er durch den Flur und wandte sich dann zu ihr um. Seine Miene war finster. „Weißt du, wann er kommt?"

„Was hast du vor?"

„Ihn verhaften. Wenn ich Glück habe, ihn töten."

„Ich möchte bei dir bleiben. Lass mich dir helfen."

„Himmel, nein. Ich werde versuchen, hier in deinem Haus kein Blut zu vergießen, aber er wird so oder so sterben. He, Sie!" rief er dem verwirrten Hattersley zu, der bei all dem Lärm herbeigeeilt war. „Lassen Sie für Miss Montague die Kutsche vorfahren. Marc", sagte er, als der junge Mann den Raum betrat, „Bardou ist hierher unterwegs, in diesem Moment. Er hat mich verfolgt und sich zu diesem Zweck an Lady Greenwood herangemacht. Wir legen ihm einen Hinterhalt, wenn er durch die Tür kommt. Ich will Alice, Harry und Caro von hier wegschaffen. Bringen Sie sie zum Knight House und richten Sie Damien aus, dass er gut auf sie aufpassen soll. Ich vertraue sie ihm an."

„Jawohl, Sir."

„Talbert!"

„Hier, Sir."

„Können Sie einen Butler spielen?"

„Aber gewiss, Mylord", antwortete der schmale junge Mann grinsend.

„Gut. Bardou muss die Eingangshalle betreten, damit wir ihn drinnen schnappen können. Er darf gar nicht erst davonlaufen."

„Verstehe. Ich suche mir einen Frack."

„Kyle!"

„Hier, Sir!“

„Sorgen Sie dafür, dass die Pferde nicht zu sehen sind, wenn Bardou vorfährt. Wenn er irgendwie entkommt, müssen wir allerdings sofort aufbrechen können.“

„Ja, Mylord.“

„Jenkins, O'Shea, überprüfen Sie die Waffen. Sie geben mir Deckung, wenn ich ihn angreife. Vermutlich sollten wir ihn lebend festnehmen, falls er irgendwelche Komplizen hat, die frei in der Stadt herumlaufen. Alice, worauf wartest du noch?“ bellte er, als ihm auffiel, dass sie immer noch dort stand. „Tu, was ich dir gesagt habe!“

„Aber Lucien, Caro wird nicht auf mich hören!“

„Sie muss! Und jetzt geh!“

Sie war so verängstigt, dass sie tat, was er verlangte, und nach oben rannte, um Harry zu holen. Ihre Hände zitterten, als sie ihm Schuhe und Mantel anzog und Peg Tate mitteilte, dass sie mit ihnen ins Knight House kommen müsse. Äußerlich ruhig, aber mit wild klopfendem Herzen führte Alice die alte Frau, das Kind, Nellie und den restlichen Haushalt in den hinteren Teil des Hauses und gab Luciens Anweisungen weiter; danach ging sie wieder nach oben, um Caro zu holen. Sie atmete tief durch, als sie energisch an die Tür ihrer Schwägerin klopfte, da sie schon jetzt wusste, dass Caro Schwierigkeiten machen würde. Sie hörte, wie ihre Schwägerin in ihrem Zimmer leise vor sich hin summte.

„Caro!“ Alice öffnete die Tür.

Ihre Schwägerin trug nur ein Negligee mit einem samtenen Morgenmantel darüber, während die leidgeprüfte Zofe mit einem ganzen Arm voll Kleider vom Schrank zum Bett eilte.

„Was willst du, Alice?“ fragte Caro hochmütig. „Du siehst doch, dass ich zu tun habe. Von Dannecker kommt in ein paar Minuten.“

„Darüber möchte ich ja mit dir reden. Allein.“

Entnervt schickte Caro die Zofe hinaus. Alice suchte nach den passenden Worten. Gott, sie wollte wirklich nicht diejenige sein, die Caro die Botschaft überbringen musste. „Caro, von Dannecker ist nicht das, was er zu sein scheint. Er ist irgendein Verbrecher“, erklärte sie absichtlich vage. „Lucien Knight ist unten ...“

„Lucien?“ rief sie aus und richtete sich auf. Sie stemmte die Hände in die Seiten und betrachtete Alice erstaunt.

„Lucien will von Dannecker festnehmen.“

Verwirrt zog sie die Nase kraus. „*Was?*“

„Vielleicht kommt es sogar zu einer Schießerei. Wir müssen hier weg. Die Sache ist sehr ernst. Wir sind alle in Gefahr. Beeil dich und zieh dir etwas an. Lucien schickt uns ins Knight House, bis alles vorbei ist.“

Einen Augenblick lang schaute Caro sie unsicher an, und dann brach sie in Gelächter aus. „Dieser Teufel! Von seinen kleinen Streichen kriegt er nie genug, was? Na, lauf schon mal vor und richte ihm aus, dass er unten auf mich warten soll. Ich komme gleich und rede mit ihm. Ich werde schon herausfinden, was er jetzt wieder vorhat. Aber zuerst muss ich mich anziehen.“

„Caro, das ist kein Streich“, entgegnete Alice verzweifelt. „Lucien ist nicht das, wofür du ihn hältst.“ Sie zögerte, weil sie versprochen hatte, niemandem etwas von seinem wahren Beruf zu verraten, doch unter diesen Umständen würde er es wohl erlauben. „Lucien ist ein Geheimagent des Königs und von Dannecker ein französischer Spion. Sein richtiger Name lautet Bardou."

„Ein Spion?" spottete sie.

„Selbst wenn du mir nicht glaubst – lass uns später darüber reden. Zieh dir einfach etwas über und geh mit Harry und mir ins Knight House. Ich flehe dich an!"

„Ins Knight House? Nun, ich habe nicht vor, im Morgenmantel ins Palais des Duke of Hawkscliffe zu eilen", fuhr sie sie an, doch sie war bleich geworden, und ihre Bewegungen wirkten fahrig, als sie aus dem Morgenmantel schlüpfte und sich hastig anzukleiden begann.

Alice seufzte insgeheim auf. „Komm in die Küche, sobald du fertig bist. Harry und die Dienstboten warten dort schon, und die Stallknechte machen die Kutsche für uns bereit."

Caro nickte ihr lässig zu, doch in ihren dunklen Augen loderte der Zorn. Im Gehen hörte Alice sie noch empört vor sich hin murmeln: „Das ist ja absurd! Dieser Teufel – glaubt, er kann einfach herkommen und alle herumkommandieren ..."

Alice verdrehte über den Jähzorn ihrer Schwägerin die Augen, doch zumindest hatte sie sie zur Einsicht bewegen können. Sie raffte die Röcke und eilte die Treppe hinunter. Lucien stand in der Eingangshalle. Er spannte den Hahn seiner Pistole und blickte auf, als Alice die Treppe herunterkam.

„Wo ist Caro?" fragte er in grimmigem Tonfall. Der brütende Zorn in seinem Blick machte ihr Angst.

„Sie kommt. Froh ist sie nicht darüber, aber sie kommt."

„Gut."

Bevor sie die Eingangshalle verließ, ging Alice zu Lucien und umarmte ihn. Sie stellte sich auf die Zehenspitzen und drückte ihm einen Kuss auf die Wange. Als sich ihre Blicke trafen, unternahm sie keinerlei Versuch, ihre Zärtlichkeit und ihre Sorge vor ihm zu verbergen. „Sei vorsichtig", flüsterte sie.

Er nickte angespannt und wandte den Kopf ab. „Alice, mir tut das alles so Leid. Wenn ich sterbe ..."

Sie umfasste sein Gesicht mit den Händen und schaute ihn wild an. „Wage ja nicht, so etwas zu sagen. Du kommst heim zu mir. Ich warte." Sie schluckte. „Ich liebe dich."

Schmerz flackerte in den Tiefen seiner klaren Augen auf. Er senkte die Lider und hauchte ihr einen Kuss auf die Handfläche. „Geh und versteck dich bei den anderen", murmelte er rau.

Sie nickte, gab ihn frei und ging in die Küche, während er zu seinen Männern trat. Bevor sie die Küchentür hinter sich schloss, blickte sie noch ein letztes Mal zu ihm zurück. Sein Gesicht war schön, wild und so entrückt in seinem Zorn, dass er wie ein Racheengel aussah. Seine Augen glühten wie Diamanten. Seine Pistole blitzte in einem Sonnenstrahl auf, während er sich mit raubtierhafter Anmut durch die Eingangshalle bewegte und den jüngeren Männern ihre Positionen zuwies.

Dann bezog er neben der Tür Stellung, mit dem Rücken zur Wand.

O Gott, das alles kann einfach nicht wahr sein, dachte sie. Spione und Verhaftungen in ihrem Zuhause! Erschüttert schloss sie die Tür und gesellte sich zu den anderen. Die Minuten schienen sich endlos auszudehnen. Wo ist Caro, wieso braucht sie so lange, fragte sie sich. In diesem Augenblick schlüpfte Hattersley durch die Hintertür in die Küche.

„Mitchell spannt die Pferde an, Miss. In ein paar Minuten ist alles bereit."

„Gut."

Plötzlich betrat Marc die Küche. Er legte den Finger auf die Lippen und bedeutete Alice mit einer Geste, sich hinter den schweren Arbeitstisch zurückzuziehen, den die Männer auf die Seite gekippt hatten, damit sie dahinter in Deckung gehen konnten.

„Brechen wir auf?" wisperte Alice.

„Zu spät", erwiderte Marc. „Still jetzt. Er und Ethan Stafford fahren gerade vor."

„Aber Caro ...!"

„Es ist zu spät. Sie ist immer noch oben. Wenn sie dort bleibt, dürfte ihr nichts geschehen."

„Vielleicht sollte ich öffnen gehen", meinte Hattersley aufgeregt.

„Die anderen machen schon auf", erklärte Marc grimmig.

Peg begegnete Alices Blick. Die alte Frau hatte sich mit Nellie und der verstörten jungen Spülmagd hinter dem Hackklotz verschanzt. Marc zog die Pistole und stellte sich schützend vor Alice und Harry.

Harry begann zu quengeln, da ihm die angespannte Atmosphäre zu schaffen machte. „Wo ist meine Mama?"

„Bringen Sie ihn dazu, dass er still ist", murmelte Marc.

„Spielen wir Verstecken?" flüsterte Harry.

„Ja, und jetzt sei still. Duck dich, mein Lämmchen."

Er kicherte und schmiegte den Kopf unter ihr Kinn. Sie fragte sich, ob er wohl hören konnte, wie ihr Herz raste, doch er wurde in ihren Armen ganz ruhig. Sie schloss die Augen und legte schützend die Arme um ihn, wünschte sich dabei, sie könnte Lucien ebenso schützen. Nur zu lebhaft erinnerte sie sich an die Wunde an seiner Seite, die sie am letzten Abend auf Revell Court genäht hatte. *Bitte, lieber Gott, beschütz ihn.*

Als sie das laute Klopfen an der Eingangstür vernahm, öffnete sie die Augen. Und dann hielt sie die Luft an.

16. KAPITEL

Endlich waren sie gekommen.

Kurz zuvor war Claude Bardou aus der Kutsche gesprungen, während Stafford die Zügel hielt. Bardou ging zu Caros Haus und fühlte sich sehr stark. Letzte Nacht hatte er sich zum letzen Mal mit der Baronin amüsiert und danach friedlich geschlummert. Heute wollte er sie zu dem Cottage bringen, sie als Köder benutzen, um Lucien Knight aus London wegzulocken. Natürlich hatte sie keine Ahnung. Sie dachte, er entführe sie zu einem romantischen Ausflug, nur sie beide.

Dumme Kuh, dachte er. Nachdem er am Morgen von ihr aufgebrochen war, hatte er seine Leute ein letztes Mal aufgesucht und sich vergewissert, dass das Feldgeschütz einsatzbereit war, dass das Schießpulver die richtige Mischung aufwies, dass für den tragbaren Ofen genügend Holz und Kohlen vorhanden waren. Die Brandladung würde in dem lodernden Ofen stundenlang aufheizen müssen, damit sie ihre volle zerstörerische Wirkung entfaltete.

Napoleon wäre stolz auf mich gewesen, überlegte er. Bardous Planung war peinlich genau gewesen, er hatte sich von den kleingeistigen amerikanischen Geldgebern nicht von seinem Ziel abbringen lassen, und alles lief wie am Schnürchen. Morgen um diese Zeit wäre er bereits auf einem Schiff Richtung Italien unterwegs, wo er Fouché dabei helfen wollte, den Kaiser aus der Gefangenschaft auf Elba zu befreien.

Als er nach dem Türklopfer griff, war er so guter Stimmung, dass er ein paar Takte der Marseillaise zu pfeifen begann, sich aber rasch eines Besseren besann, bevor er sich verriet. Himmel, wie er sich darauf freute, nicht mehr den öden von Dannecker spielen zu müssen!

Sobald die Tür aufging, war Bardou auf der Hut. Ein anderer Butler. Jung. Mit zurückgekämmtem blonden Haar, sauber gebundener Krawatte, gepflegt.

„Guten Tag, Sir. Womit kann ich dienen?"

„Wo ist denn der andere Butler?" erkundigte er sich vorsichtig.

„Mr. Hattersley hat heute seinen freien Tag, Sir. Ich bin Talbert, der zweite Butler. Kann ich Ihnen helfen?"

„Ich bin Baron von Dannecker. Ich bin hier, um Lady Glenwood abzuholen."

„Ah ja, natürlich, Mylord. Möchten Sie innen auf Lady Glenwood warten?" Mit einem ausdruckslosen Lächeln hielt er die Tür auf und trat beiseite.

Misstrauisch schaute Bardou ihn an und betrat die Eingangshalle, und dann ging rings um ihn ein Feuerwerk los, als ihn ein mächtiger Schlag am Kopf traf. Er fiel zu Boden, überrumpelt und viel zu benommen, um nach seiner Waffe zu greifen, und dann stand Lucien Knight über ihm und zielte ihm mit einer geladenen Pistole direkt zwischen die Augen.

Bardous Blick wanderte vom Pistolenlauf hinauf zu den mörderischen silbergrauen Augen, die ihn in glühendem Hass förmlich durchbohrten. „*Bonjour*, Monsieur Bardou", sagte Lucien und lächelte bitter. „Wie schön, Sie wiederzusehen."

Er wollte aufstehen, doch Lucien schlug ihm ins Gesicht, genau wie Bardou es bei ihm getan hatte. Bardou begann zu fluchen und wurde gleich darauf heftig in die Rippen getreten.

Er rollte sich auf dem Fußboden zusammen und blickte zu seinem ehemaligen Gefangenen auf. Plötzlich hatte er Angst. Sein Herz hämmerte, sein Atem ging schwer. Er wischte sich das dünne Rinnsal Blut aus dem Mundwinkel.

„Stehen Sie auf", knurrte Lucien.

Bardou merkte, wie sehr sein Feind sich zusammenreißen musste. Vorsichtig richtete er sich auf und betrachtete die Männer, die alle die Pistole auf ihn gerichtet hatten.

„Treten Sie von der Tür zurück!" befahl Lucien.

Bardou knirschte mit den Zähnen. In ihm loderte der Hass auf, doch er gehorchte. Der junge „Butler" schlug die Tür zu. Lucien trat näher und hielt Bardou die Pistole an die Schläfe.

„Jenkins, legen Sie ihm Eisen an. Keine Bewegung, Bardou, sonst zerfetzt Ihnen diese Kugel den Schädel."

Bardou wurde schwindelig. Er konnte nicht zulassen, dass sie ihn fesselten, sonst wäre er verloren. Während die Sekunden verstrichen und der junge Mann sich ihm vorsichtig mit ein paar Handeisen näherte, überlegte Bardou fieberhaft, wen er angreifen sollte. Mit Knight waren es fünf. Selbst der Butler bedrohte ihn mit einer Pistole. Wutschnaubend stand Bardou da. Er weigerte sich einfach zu akzeptieren, dass es aus war. Warnend starrte er den jungen Mann an, der ihn in Eisen legen sollte, und dann kam plötzlich seine Rettung die Treppe hinunter.

„Karl! Lucien! Was hat das alles zu bedeuten?" fragte Caro schockiert, nur noch wenige Stufen vom Erdgeschoss entfernt.

„Caro, halt dich zurück", warnte Lucien sie.

„Hilf mir, meine Liebe!“ keuchte Bardou. „Ruf diesen eifersüchtigen Narren zurück, bevor er abdrückt!“

„Lucien, bist du verrückt geworden? Legt alle sofort die Waffen nieder! In diesem Haus wohnt ein Kind. In meinem Haus werden keine Waffen gezogen!“ Bardou starrte sie mit neuer Hoffnung an.

„Bleib stehen!“ befahl Lucien ihr, als sie die restlichen Stufen heruntergeeilt kam. „Caro, nein!“ brüllte er und streckte die Hand aus, um sie zurückzuhalten, doch es war zu spät.

Bardou packte sie bei den Haaren und zerrte sie zu sich herüber. Sie kreischte auf, aber bevor irgendjemand ihn daran hindern konnte, hatte er die Pistole schon gezückt und hielt sie ihr an die Schläfe.

Caro kreischte.

„Keine Bewegung, sonst stirbt sie“, warnte er mit bösem Grinsen.

„Karl! Du tust mir weh!“

„Halts Maul“, knurrte er sie an.

„Bardou, lassen Sie sie gehen“, sagte Lucien ruhig. „Das ist eine Sache zwischen uns beiden.“

„Und Sophia, oder nicht? Bis heute Abend, alter Freund“, drohte er leise, öffnete die Tür und schleifte Caro zur Kutsche hinaus. „Aufwachen, Stafford!“ bellte er.

Stafford, der auf dem Kutschbock seines Wagens saß, drehte sich fragend um. Als er sah, dass Bardou Lady Glenwood als Geisel genommen hatte, wurde er kreidebleich. „Was um alles in der Welt …“

„Halten Sie den Mund und fahren Sie los!“

„Von Dannecker …“

„Stellen Sie keine Fragen!“ rief er. „Tun Sie, was ich sage, es sei denn, Sie wollen, dass wir beide am Galgen enden! Sie sind schon viel zu weit in die Geschichte verwickelt, um sich jetzt noch zu drücken, also fahren Sie endlich los!“

Er legte Caro die Hand auf den Mund, als sie tief Luft holte, um zu schreien. Sie wehrte sich mit Zähnen und Klauen gegen ihn, konnte jedoch nichts gegen ihn ausrichten. Unerbittlich schleifte er sie auf die Kutsche zu, doch ließ er Lucien Knight und seine Männer, die ihn verfolgten wie ein Rudel Jagdhunde ihr Wild, keine Sekunde aus den Augen.

„Bleiben Sie zurück, sonst erschieße ich das Miststück!“ schrie er. Auf seiner Stirn bildeten sich Schweißperlen. Er riss mit einer Hand die Wagentür auf, stieg rückwärts ein und zog Caro nach sich. Stafford hieb auf das Vierergespann ein, und schon jagte die Kutsche die Straße hinunter.

„Wohin?“ fragte Stafford.

„Richtung Osten, zum Fluss. Versuchen Sie, sie in der City abzuschütteln, und nehmen Sie dann den Ratcliffe Highway. Sie behaupten, ein guter Fahrer zu sein. Nun können Sie es beweisen.“

„In Ordnung“, erwiderte Stafford grimmig und wild entschlossen. Wieder ließ er die Peitsche über den Pferderücken knallen und fegte die Upper Brook Street hinunter. Sie überquerten den Grosvenor Square, überholten dabei rücksichtslos langsamere Fahrzeuge, sodass die Fußgänger nur so auseinander stoben. Bardou schaute sich um. Unmittelbar hinter ihnen erblickte er Lucien Knight auf einem mächtigen Rappen, dahinter seine Männer. Bardou wusste, wie er sie aufhalten konnte. Mitten auf dem Grosvenor Square zielte er und schoss auf Lucien. Zwar verfehlte die Kugel ihr Ziel, aber der Schuss tat seine Wirkung: Knight und seine Männer fielen ein wenig zurück. Zwar konnte ein Schuss sie nicht abschrecken, aber auf einer belebten Straße wollten sie keine Schießerei riskieren.

Ihr Vorsprung vergrößerte sich noch, als Stafford den Wagen scharf rechts in die Bond Street lenkte. Sie donnerten an Gigs, Karren und einer Postkutsche vorbei, immer die Hauptstraße des fashionablen Einkaufsviertels hinunter. Bardous Herz raste vor Erregung, als er noch einmal hinaussah. Caro weinte, ihr Gesicht war aschgrau vor Furcht, und Schminke verschmierte ihr die Wangen. Sie klammerte sich am Lederriemen fest.

„Karl, was geht hier vor?" heulte sie.

„Ich heiße Bardou, und du bist meine Geisel", antwortete er kalt. „Dein Liebhaber hat mir meine Frau genommen. Jetzt nehme ich ihm seine Frau weg. Aber keine Angst, er wird kommen und dich retten, und dann wird er sterben."

„Aber er ist nicht mein Liebhaber!" rief sie, während die Kutsche um die nächste Ecke jagte.

Spöttisch verzog er den Mund.

„Es ist die Wahrheit! Ich bedeute ihm nichts!"

„Aber er verfolgt uns", wandte er ein. Er blickte sich noch einmal um und grinste. „Weiter, Stafford. Sie machen Ihre Sache gut. Wir hängen sie ab."

„Von Dannecker ... Bardou ... du musst mich gehen lassen. Du hast einen Fehler gemacht", beharrte sie und wischte sich die Tränen ab. Dann stieß sie erneut einen spitzen Schrei aus, weil die Kutsche die Kurve zum Piccadilly nur auf zwei Rädern nahm, wieder auf den Boden krachte und in hohem Tempo weiterfuhr.

„Was für einen Fehler?" knurrte er.

„Lucien Knight war nie in mich verliebt! Meine Schwägerin ist es, nach der er verrückt ist – Alice!"

„Was sagst du da?" meinte er drohend und dachte an die blauäugige Rotblonde. Wie Lucien Knight war sie eine elegante, geheimnisvolle Kreatur. „Du hast mir erzählt, er hätte sich so nach dir verzehrt, dass er dich sogar seinem Bruder ausgespannt hat."

„Nun ja, das habe ich behauptet, aber es stimmt nicht. Alice hat ihn in Bann geschlagen, nicht ich. Sie war letzte Woche gar nicht krank, auch wenn wir das überall herumposaunt haben, sie war bei ihm. Sie ist seine Liebste, seine Geliebte. Ich habe sie nur gedeckt."

Er verengte die Augen zu Schlitzen. „Du lügst."

„Nein. Zuvor habe ich gelogen, das gebe ich zu. Ich wollte dich eifersüchtig machen und wollte nicht, dass du Notiz von ihr nimmst, nur von mir. Aber es ist die Wahrheit."

„Du hast mich belogen?" knurrte er, fassungslos, dass sie ihn an der Nase herumgeführt hatte. Sie hatte keinerlei Nutzen für ihn – er brauchte die kleine Rotblonde.

„Musste ich doch! Und jetzt lässt du mich gehen, ja? Du brauchst Alice."

„Du verlogenes Miststück! Du hast mir die Zeit gestohlen!" Er schlug sie hart ins Gesicht.

Kreischend flog sie in die Polster zurück, während der Wagen schlingernd um eine Ecke bog. Doch er hatte sich noch nicht abreagiert, im Gegenteil. Er riss sie hoch und schlug sie noch einmal. „Na los, du Miststück, fang an zu heulen. Heul, so viel du willst."

„Von Dannecker!“ rief Stafford vom Kutschbock. „Was machen Sie denn da? Hören Sie sofort auf!“

Bei Staffords Einmischungsversuch jammerte Caro vor Angst und Selbstmitleid. Bardou hatte ihr die Nase blutig geschlagen.

„Sie haben Recht“, murmelte Bardou. „Es wird Zeit, ihren Lügen ein Ende zu bereiten. Gehaben Sie sich wohl, Lady Glenwood“, flüsterte er und beugte sich über sie.

„Nein … nein! Lass mich …“

Ihr Protest endete in einem Röcheln, als er ihr mit verzerrtem Gesicht die Kehle zudrückte. Sie krallte ihre Fingernägel in seinen Ärmel, bis sie langsam blau im Gesicht wurde, während er sie unerbittlich würgte. Nach ein, zwei Minuten war ihr Kampf vorüber. Kalt ließ er sie fallen und schaute voll Verachtung auf die Leiche hinunter.

„Hure“, flüsterte er.

Lucien und seine Männer folgten der Kutsche in weniger als zehn Pferdelängen Entfernung in die Fleet Street. Hier waren sie Welten von Mayfairs eleganten Prachtstraßen entfernt; die Londoner Innenstadt bestand aus einem Gewirr enger, überfüllter und lauter Gässchen. Lucien rief seine Männer, als Stafford an der New Bridge Street rechts abbog. Sobald er um die Ecke gefahren war, wehte ihm vom Fluss ein kalter Novemberwind entgegen und fuhr ihm durchs Haar. Die Themse war dunkelgrau, und auf ihr tummelten sich Boote aller Art mit geblähten Segeln. Die New Bridge Street wimmelte vor Wagen und Karren, die ihre Waren zum Markt auf der Fleet Street direkt hinter ihm brachten, doch der Arbeitstag neigte sich bereits seinem Ende entgegen. Erwartungsvolle Feiertagsatmosphäre lag in der Luft. Überall bereiteten sich die Leute auf die abendlichen Festivitäten vor. Um diese Jahreszeit wurde es früh dunkel, die Sonne ging schon unter.

Lucien stemmte sich gegen den steifen Wind und fluchte dann. Gerade noch rechtzeitig konnte er sein Pferd dazu anspornen, über den Karren hinwegzusetzen, der ohne Vorwarnung aus einer Seitengasse angerollt gekommen war. Der Straßenhändler schrie auf, als der schwarze Rappe elegant über sein Gefährt sprang, und verfluchte Lucien, der weiterjagte, ohne sich einmal umzusehen.

Stafford überquerte die imposante Blackfriars Bridge nicht, die direkt vor ihnen die Themse überspannte, sondern bog links in die Upper Thames Street. Die Upper Thames, an der sich Kais, Werften, diverse Fabrikhallen und hin und wieder eine Brauerei aneinander reihten, wand sich am Fluss entlang. Sie passierten das Wasserwerk und die London Bridge, wo die Upper in die Lower Thames überging und die Gegend immer zwielichtiger und schäbiger wurde. Beim Armenhaus von St. Dunstan bog Stafford unerwartet nach links ab und verschwand ganz plötzlich.

„Verdammt!“ zischte Lucien. Er musterte die Gebäude ringsum und fuhr sich plötzlich mit der Zunge über die trockenen Lippen. Kyle und die anderen zügelten ihre Pferde und betrachteten ihn fragend. „Verteilt euch!“ befahl er. „Wir kriegen ihn. Wer ihn als Erster entdeckt, trommelt die anderen zusammen. Lady Glenwoods Leben hängt von uns ab, Männer.“

Er hoffte, dass es nicht schon zu spät war.

Grimmig nickten sie und ritten in verschiedenen Richtungen davon, um das Gebiet abzuriegeln, während Lucien sein Pferd in ein verlassenes Gässchen lenkte. Plötzlich sah er am Ende eines dunklen, abfallübersäten Wegs, der von dem Gässchen abzweigte, Staffords Wagen durch die Parallelstraße fahren.

Bardou sprang in voller Fahrt aus der Kutsche und duckte sich unter das überhängende Dach eines verfallenen Hauses. Luciens Augen glühten. Vage war er sich Kyles Ruf bewusst, als die Burschen in einiger Entfernung den Wagen erspähten, und entschied in Sekundenschnelle, die anderen nicht herbeizurufen.

Bardou wollte sie täuschen, damit Lucien und seine Männer der leeren Kutsche nachjagten, während er längst entwischt war. Ethan Stafford wusste vermutlich auch nicht, dass der Franzose nicht mehr in der Kutsche saß.

Soll der Mistkerl doch glauben, dass er es geschafft hat, uns zu entkommen, dachte Lucien. Sophia hatte ihn gewarnt, dass Bardou Sprengstoff in ein Lagerhaus am Fluss geschafft hatte, und jetzt hegte Lucien den Verdacht, dass Bardou zu seinem Unterschlupf unterwegs war. Er beschloss, ihm allein zu folgen, denn wenn er seine Männer herbeirief, wüsste Bardou, dass sie ihm noch auf der Spur waren, und würde nicht in sein Hauptquartier gehen.

Zur selben Zeit überkam Lucien die furchtbare Gewissheit, dass Bardou eine Geisel nicht einfach zurücklassen würde. Und das bedeutete, dass Caro bereits tot war. O Gott, dachte er, erschüttert von der Erkenntnis, dass er zu spät gekommen war.

Er rammte dem Pferd die Hacken in die Seite und machte sich an die Verfolgung, nur um das Tier ein paar Schritte später wieder zu zügeln. Mit einem Pferd konnte er sich unmöglich anschleichen, viel zu laut hallte das Hufgeklapper durch die stillen Gassen. Der Lärm würde Bardou auf ihn aufmerksam machen, und außerdem würde der Mann ohnehin bald in irgendeinem Lagerhaus verschwinden.

Während seine Männer Staffords Kutsche zurück zur London Bridge verfolgten, glitt Lucien vom Pferd und ging Bardou zu Fuß nach. Er versuchte nicht daran zu denken, dass er sein edles Pferd ohne Bewachung in einem Gaunerviertel stehen ließ, denn alles, was jetzt noch zählte, war, dass er Bardou fasste. Mit Zorn im Herzen und der Pistole im Anschlag schlich er seinem Feind nach. Er hatte nicht vor, ihm in den Rücken zu schießen, weil Lucien vermutete, dass der Mann außer Ethan Stafford noch andere Komplizen hatte, die den Anschlag ausführen würden, auch wenn Bardou selbst tot war. Er konnte die Bedrohung nur dann ganz aus dem Weg räumen, wenn er Bardous Unterschlupf fand und alle Pläne aufdeckte.

Dann erst, schwor Lucien sich, werde ich den Mistkerl über den Haufen schießen. Während er Bardou nachsetzte, tobten blutrünstige Rachegefühle in ihm, die nicht einmal der Anblick von St. Dunstans schwerelosem Kirchturm und den Heiligenfiguren zu besänftigen vermochte. Als Bardou in die Kirche rannte, fiel Lucien auf, dass der Franzose mit dem linken Bein ein wenig hinkte. In der alten Kirche staubten ein paar alte Damen unter leisem Geplauder das Gestühl ab. Unbemerkt schlich Lucien sich durch das düstere Kirchenschiff, immer Bardou nach, der auf der anderen Seite wieder ins Freie trat.

Auch Lucien begab sich wieder nach draußen in den Lärm und den kalten, bewölkten Nachmittag. Er verfolgte Bardou den Hügel hinunter und zurück in die Lower Thames Street. Zu seiner Überraschung kehrte der Mistkerl zur Blackfriars Bridge zurück und überquerte die Themse.

Dann operierte er also nicht von der Innenstadt aus! Kein Wunder, dass die Durchsuchung der Lagerhäuser am Fluss nichts ergeben hatte. Sein Hauptquartier befand sich am anderen Flussufer, in Southwark oder Lambeth.

Lucien folgte ihm zum südlichen Themseufer und dann rechts in die Upper Ground Street. Überall wurde noch gearbeitet, die letzte Stunde, bevor der Feierabend anbrach. Die Herbstluft war vom Geruch nach Fisch und den verschiedenen Fabriken erfüllt. Bardou eilte entschlossen weiter, wobei er immer stärker zu hinken begann. Er ging an der alten Barge Brewery vorbei, dann an einer Baumwollmanufaktur und einer Eisengießerei. Lucien folgte ihm an einem geschäftigen Sägewerk vorbei, bis Bardou endlich auf ein verfallenes Lagerhaus zulief, das einsam und unkrautüberwuchert am Flussufer stand. Obwohl es verlassen wirkte, stieg Rauch aus dem Schornstein auf.

Sich im Schatten des hohen Zauns haltend, der das Sägewerk nebenan umgab, schlich sich Lucien näher, wobei er das Terrain in der Dämmerung sorgfältig in Augenschein nahm. An den beiden Ecken des Gebäudes, die er von seinem Standort aus sehen konnte, hielt jeweils ein Bewaffneter Wache. Bardou erwiderte ihren Gruß und schlüpfte dann verstohlen ins Gebäude.

Lucien musste damit rechnen, dass an den anderen beiden Ecken ebenfalls Wachen postiert waren, doch er bezweifelte, dass sich drinnen noch viel mehr Männer befanden. Auf feindlichem Boden beschränkte sich der kluge Agent auf eine kleine Anzahl der besten Männer, die er bekommen konnte. Lucien hätte sehr gern gewusst, was sich im Inneren des Lagerhauses befand, aber erst musste er die Wachen loswerden.

In seinen Augen blitzte blanke Mordlust, und in seinen Adern pulsierte Rachsucht, als er die Pistole einsteckte und den Dolch mit einem leisen, metallischen Laut aus der Scheide zog. Er hielt sich weiter im Schatten, huschte von Deckung zu Deckung, schlich sich näher wie ein Löwe im hohen Gras. Mit heftig klopfendem Herzen verbarg er sich hinter einzelnen Maschinenteilen, um unbemerkt zu bleiben. Als er nahe genug für einen Angriff war, duckte er sich.

Ein paar Augenblicke später drehte sich der erste Wachmann um, weil er ein verdächtiges Geräusch gehört hatte. In diesem Augenblick tauchte Lucien hinter ihm auf, packte ihn, hielt ihm den Mund zu und schlug ihn bewusstlos. Fast elegant ließ er den Mann zu Boden sinken und schob ihn außer Sichtweite. Dann zog er sich in den Gebäudeschatten zurück. Die Rache berauschte ihn, und gleichzeitig bemühte er sich, Alices Liebe im Herzen zu behalten, damit er Gerechtigkeit walten lassen konnte, statt die grausamen Taten zu begehen, die sein Hass ihm eingab.

In weniger als fünf Minuten hatte der zweite Wachmann ein ähnliches Schicksal erlitten, doch als Lucien sich an den dritten heranmachte, drehte der sich um und entdeckte ihn.

Der Mann stieß einen Schrei aus, während Lucien ihm das Gewehr entriss. Der vierte Wachmann rief etwas aus fünfzig Metern Entfernung. Lucien zerrte den entwaffneten Mann vor sich, gerade als der vierte Mann sein Gewehr abfeuerte.

Die Kugel erwischte statt seiner den Franzosen. Lucien ließ den dritten Mann fallen, zog die Pistole und zielte, bevor der vierte neu laden konnte. Er beobachtete, wie sich die Augen des Mannes vor Angst weiteten, und dann betätigte er den Abzug.

Nur wenige Sekunden waren vergangen. Der vierte Wachmann zuckte noch im Staub, als Lucien die zweite Pistole zückte, zur Tür des Lagerhauses ging und sie eintrat, dass sie beinah aus den rostigen Angeln fiel. Und dann stand er direkt vor Bardou, nur sechs oder sieben Fuß trennten sie noch voneinander. Anscheinend war der Franzose zum Eingang gerannt, um nachzuschauen, wieso draußen geschossen wurde. Bardou erstarrte, als Lucien die Pistole auf ihn richtete.

„Grüßen Sie den Teufel von mir."

„Nicht schießen, Argus! Sehen Sie!" Bardou hob die Hände zum Zeichen, dass er sich ergab, nickte aber zu den Fässern, die sich hinter ihm stapelten.

Lucien betrachtete das große weiße A, mit dem jedes Fass gekennzeichnet war. Schießpulver erster Klasse. Der Sprengstoff, vor dem Sophia ihn gewarnt hatte.

Er schaute sich im Lagerhaus um und erstarrte vor Entsetzen, als er das Geschütz entdeckte, das quer über den Fluss auf das Parlament gerichtet war. Kein Wunder, dass sie in Westminster Hall keinerlei Sprengstoff gefunden hatten. Bardou hatte seinen Angriff von hier aus geplant. Er erblickte den tragbaren Ofen, von dem eine unerträgliche Hitze ausging. Verstört erkannte er, dass Bardou Brandladungen vorbereitet hatte.

„Wenn Sie jetzt abdrücken, sterben wir beide", warnte Bardou ihn. „Es bedarf nur noch eines winzigen Funkens."

„Bewegen Sie sich von den Fässern weg."

Er lachte leise und schüttelte den Kopf. „Ich denke nicht daran."

„Gehen Sie von den Fässern weg und kämpfen Sie gegen *mich,* Sie Feigling!" brüllte Lucien.

„Feigling?"

„Sie haben sich hinter Caro versteckt, und jetzt wollen Sie sich durch diese Fässer schützen. Vielleicht trauen Sie sich ja nicht, gegen mich anzutreten, jetzt, wo ich nicht länger in Ketten bin."

„Nun, vielleicht sollten Sie doch lieber abdrücken und uns beide umbringen, Argus, denn jetzt weiß ich über Ihre kleine Geliebte Alice Montague Bescheid." Bardou lächelte, als Lucien kreidebleich wurde. „So ein hübsches, zartes Ding. Ich hoffe, sie wehrt sich, wenn ich sie nehme. Ich hoffe, sie weint. Aber dafür werde ich schon sorgen."

Blinder Zorn übermannte Lucien. Er warf die Pistole beiseite, außer Reichweite Bardous. Die brauchte er nicht, um diesen Schweinehund zu töten. Er wollte es mit bloßen Händen tun. Lucien stürzte sich auf ihn, rammte Bardou in die aufgestapelten Fässer, die daraufhin einstürzten und beide Männer in Wolken schwarzen Schießpulvers hüllten. Lucien holte aus und versetzte Bardou einen Kinnhaken.

Die beiden Männer begannen erbittert miteinander zu kämpfen, schlugen mit blutunterlaufenen Augen aufeinander ein. Lucien achtete gar nicht auf die Schläge, die er einsteckte, bis Bardou ihm die Faust in die Seite hieb, auf die alte Wunde. Er stieß einen harschen Schmerzensschrei aus und krümmte sich zusammen, sodass er Bardous nächsten Schlag nicht abwehren konnte, der auf seinen Kopf zielte. Er ging zu Boden, hustete, atmete das Schießpulver ein, das er im Fallen aufgewirbelt hatte.

Bardou grunzte wie ein Tier, stemmte eines der Fässer mit Schießpulver hoch und hielt es über Lucien. Der konnte seine Benommenheit gerade noch rechtzeitig abschütteln, um zu reagieren. Er dachte an Bardous Hinken und trat ihm mit aller Gewalt gegen das linke Knie, worauf der Franzose vor Schmerzen aufheulte und das Fass fallen ließ. Lucien rollte blitzschnell aus dem Weg, bevor es auf dem Boden zerbarst.

Fluchend und schwer humpelnd rannte Bardou aus dem Lagerhaus, hielt nur kurz inne, um sich seinen Gewehrkoffer zu greifen. Er wollte fliehen! Panisch durchwühlte Lucien die Schießpulverschichten auf der Suche nach seiner Pistole. Jetzt, wo der Franzose nicht mehr in der Nähe der Fässer stand, konnte Lucien unbesorgt auf ihn schießen. Allerdings fand er die Pistole in der Eile nicht, und so stürmte er ohne Waffe aus dem Lagerhaus. Bardou kletterte gerade am Flussufer in ein Ruderboot. Dahinter ging die Sonne glutrot am Himmel unter.

„Bardou!“ rief er.

Während Lucien ihm nacheilte, machte Bardou das Ruderboot vom Ufer los und stieß sich mit dem Ruderblatt vom Steg ab. Lucien kam den Steg entlanggerannt, setzte Bardou mit einem Sprung nach und landete direkt auf ihm im Boot, das von der Strömung allmählich erfasst und mitgerissen wurde.

Lucien zog den Dolch und stach damit auf Bardou ein, doch der Franzose blockte ihn mit dem Riemen ab und packte Lucien dann am Handgelenk. Sie rangen miteinander. Irgendwann stieß Lucien einen fürchterlichen Schrei aus und ließ den Dolch in den Fluss fallen. Bardou hatte sein Handgelenk auf die metallene Ruderdolle geschmettert und ihm dann mit dem Riemen eins übergezogen.

„Und jetzt stirb", knurrte Bardou. Er stürzte sich auf ihn, schloss die großen Hände um Luciens Kehle und drückte zu.

Bei jedem vergeblichen Versuch, Luft zu holen, spürte Lucien die uralte Panik stärker in sich aufsteigen. *Bekomme ... keine Luft.* Die furchtbaren Asthmaanfälle, die ihn als Kind geplagt hatten, kehrten plötzlich in sein Bewusstsein zurück, weckten eine tiefe Furcht, gegen die er machtlos war. Er drosch Bardou in den Magen, krallte sich in sein Gesicht, bis das kleine Boot gefährlich zu schwanken begann. Fast schon hatte er Bardou abgeschüttelt, doch im nächsten Augenblick ging er über Bord. Bevor er wusste, wie ihm geschah, war er untergetaucht, von einer kalten Strömung erfasst. Er wäre beinahe ertrunken, so groß war sein Bedürfnis, nach Luft zu schnappen, jetzt, wo er aus dem schraubstockartigen Griff freigekommen war. In diesem Augenblick war ihm völlig egal, ob Bardou entkam. Alles, was er jetzt brauchte, war Luft. Die kalte, schlammige Themse wirbelte ihn erbarmungslos herum, doch er kämpfte sich nach oben, trotz der schweren Stiefel und Kleider, die ihn nach unten zu ziehen drohten.

Keuchend und würgend stieß er an die Oberfläche. Während er die Luft gierig in die Lungen sog und sich das Wasser aus den Augen wischte, sah er Bardou rasch flussabwärts davonrudern.

„Sie haben noch nicht genug gelitten, Knight!" rief Bardou übers Wasser. „Warten Sie nur, bis ich Alice Montague umgebracht habe!"

„Nein!“ stieß er hervor. „Verdammt!“ Obwohl er vollkommen erschöpft war, gab ihm sein übermächtiger Zorn die Kraft, eilig gegen die Strömung ans Ufer zu schwimmen. Blutend, zerschlagen und vor Kälte zitternd, während ihm aus Haaren und Kleidern das schmutzige Themsewasser troff, spürte er doch nichts außer einer unbändigen Wut, als er am Kai aus dem Wasser kletterte. Dann rannte er durch den Hof des Lagerhauses, an den Leichen der Wachmänner und den Fabrikabfällen vorbei, und hinaus in die Narrow Wall Street.

Es dunkelte schon, und auf den Straßen waren überall Leute unterwegs und schwenkten ihre Guy-Fawkes-Fackeln, sangen Lieder und tranken Bier. In der Ferne hatten die Leute Knallfrösche und Funkensprüher gezündet, und vor Lucien sprangen ein paar Kinder herum und schrien, jetzt sei es an der Zeit, Guy Fawkes aufzuknüpfen.

Er wich ihnen aus und eilte mit dröhnendem Herzen zur Westminster Bridge. Die ersten Böllerschüsse ertönten in den königlichen Parks. Sie hallten in seiner Brust wider, trugen ihn blitzschnell zur Armee und dem blinden Wüten in der Schlacht zurück. Sein Verstand arbeitete plötzlich wieder kristallklar, und er erkannte, dass er Alice zu Fuß niemals rechtzeitig erreichen würde.

Er rannte zur Brücke, wobei seine Stiefel bei jedem Schritt quietschten, und trat mitten auf die Straße, wo er auf einen Dandy auf einem großen grauen Pferd traf. Das Pferd stieg erschrocken, doch Lucien packte es an Zügel und Zaum.

„Steigen Sie ab!“ befahl er dem Reiter in drohendem Ton.

„Was hat das zu bedeuten? Nehmen Sie sofort die Hände von meinem … hoppla!“ rief der Mann aus, während Lucien ihn aus dem Sattel zerrte und auf die Brücke warf. „Dieb! Haltet den Dieb!"

Lucien schwang sich in den Sattel und spornte den nervösen Grauen zum Galopp an. Er flog am übrigen Verkehr auf der Brücke vorbei, während die ersten Feuerwerkskörper über der Themse in den Himmel stiegen und zu einem Regen aus blauen, roten und grünen Funken zerplatzten. Er blickte aufs Wasser. Im Schein des Feuerwerks suchte er den Fluss nach Bardous Boot ab und stieß einen Fluch aus, als er sah, dass der Franzose bereits am Kai an der Craven Street landete. Bardou wusste, dass Lucien seinem Zwillingsbruder blind vertraute, und konnte sich daher denken, dass er Alice zu Damien ins Knight House geschickt hatte. Es lag zumindest nahe, dass Bardou dort nachschaute, da das Anwesen in unmittelbarer Nähe lag. Bardou brauchte nur die Cockspur Street zur Pall Mall hinunterzugehen, und dann wäre er schon fast in Schussweite. Lucien spornte den Grauen zu halsbrecherischem Tempo an, flog an den eleganten schmiedeeisernen Lampen auf der Brücke förmlich vorbei. Zwischen ihm und Alice lagen einfach noch zu viele Straßen. Seine einzige Hoffnung, vor Bardou bei ihr einzutreffen, bestand darin, eine Abkürzung durch den St. James's Park zu reiten, wo gerade das Feuerwerk gezündet wurde.

17. KAPITEL

Während Peg mit Harry auf dem Fußboden Mikado spielte und Lord Damien ans Fenster trat und in ehernem Schweigen Wache hielt, saß Alice neben Weymouth auf dem Sofa im eleganten Salon von Knight House und versuchte ihn zu trösten.

„Wie kann sie tot sein? Ach, meine süße, schöne Schwester. Wie konnte ihr nur jemand etwas zuleide tun?“

Alice rieb ihm voll schweigendem Kummer den knochigen Arm. Auch ihre Augen waren vom Weinen gerötet, doch wünschte sie, der ungepflegte Viscount würde sich zusammenreißen, bevor er Harry aufregte. Sie hatte die schreckliche Nachricht von Caros Tod vor etwa einer Stunde erhalten. Dieses Ende hatte sie von dem Moment an befürchtet, als sie gehört hatte, dass Bardou ihre Schwägerin im Haus in der Upper Brook Street als Geisel genommen hatte. Obwohl sie schon lang eine Katastrophe vorausgeahnt hatte, war es doch ein furchtbarer Schock gewesen. Sobald sie sich wieder etwas gefasst hatte, hatte sie nach Weymouth als Caros nächstem Verwandten schicken lassen.

Leider war es ihm durch die Opiumdünste, die ihm den Verstand vernebelten, ein wenig schwer gefallen, die schockierenden Neuigkeiten zu begreifen. Wenn er nur einmal nüchtern gewesen wäre! Während Weymouth unbeherrscht vor sich hin schluchzte, hätte Alice ihn am liebsten geschüttelt. Es traf ihn sehr viel härter als Harry, aber sie musste einräumen, dass der Dreijährige noch nicht recht verstand, was der Tod bedeutete. Vielleicht war es ein Segen!

Während sie selbst mit den Tränen kämpfte, hatte Alice Harry erklärt, dass seine Mama zu Papa und den Engeln in den Himmel gegangen sei. Harry schien zu glauben, dass die Baronin ihn eben wieder einmal verlassen hatte. Solange er seine Kinderfrau Peg und seine Tante Alice hatte, war er zufrieden, zumindest im Moment noch. Obwohl Alice versuchte, für Harry und den erbärmlichen Lord Weymouth stark zu sein, fiel ihr das sehr schwer, nachdem Lucien immer noch nicht da war.

Vor etwa einer Stunde waren Kyle, Talbert und die anderen niedergeschlagen zurückgekehrt. Sie hatten Ethan Staffords Kutsche ziemlich bald eingeholt und darin Caros Leiche gefunden. Bardou war entkommen. Stafford hatten sie dem Konstabler übergeben. Besonders schlimm war für Alice der Moment gewesen, als Kyle Luciens Rappen durch die Tore von Knight House geführt hatte – irgendwie war das noch schlimmer als die Nachricht von Caros Tod gewesen. Kyle hatte ihr erzählt, dass sie sich in der Gegend um die London Bridge aus den Augen verloren hatten. Jetzt, wo sie gesehen hatte, zu welcher Grausamkeit der Franzose fähig war, wurde ihr bei dem Gedanken, dass Bardou und Lucien beide vermisst wurden, eiskalt.

Luciens Männer waren wieder losgezogen, um in der Gegend nach ihm zu suchen, wo sie sein Pferd gefunden hatten. Diesmal hatte sich Marc ihnen angeschlossen, entgegen Luciens Befehl, da ein erfahrener Soldat wie Damien Alice sicher auch allein beschützen konnte. Allerdings war Alice aufgefallen, dass Damien sich irgendwie ... seltsam benahm, seit das Guy-Fawkes-Feuerwerk begonnen hatte.

Irgendwie wirkte er nervös, unruhig, rastlos. Alice bemerkte, dass er jedes Mal zusammenschrak, wenn in der Ferne ein Böllerschuss krachte. Sie konnte sich das nicht erklären. Wenn jemand an Kanonenschläge gewöhnt sein sollte, dann doch dieser schlachterprobte Colonel.

Sie sah ihm förmlich an, unter welcher Anspannung er stand. Als es draußen wieder donnerte, zuckte er.

„Lord Damien?"

Abrupt wandte er sich zu ihr um, als hätte sie ihn erschreckt.

Ein Schauder überlief ihn. Als er sie anschaute, war sein Blick zwar grimmig, aber er wirkte irgendwie meilenweit entfernt. Sein Gesicht war bleich und schweißüberströmt.

Sie stand auf und machte einen Schritt auf ihn zu. „Lord Damien, geht es Ihnen nicht gut?"

Er rang nach Worten, als wäre er momentan völlig durcheinander.

„Vielleicht sollten Sie sich lieber hinsetzen."

„Nein … nein, mir geht es … gut. Bitte entschuldigen Sie mich", murmelte er und schlich aus dem Zimmer.

Harry winkte ihm fröhlich nach. „Wiedersehen, Lord Lucien!"

Alices Blick wanderte von Damiens Rücken zu ihrem Neffen. Harry war sich noch nicht im Klaren darüber, dass es sich bei den Zwillingen um zwei verschiedene Männer handelte, und konnte nicht so recht begreifen, warum dieser „Lucien" so abweisend war und nicht mit ihm spielen wollte, ganz anders als der nette Mann, der ihm das Prisma geschenkt hatte. Alice schaute in die Richtung, in die Damien verschwunden war. Sie war nicht überzeugt davon, dass mit ihm alles in Ordnung war.

„Weymouth, entschuldige mich bitte einen Moment."

„Harry wird mir Gesellschaft leisten", sagte der schniefend. „Komm zu Onkel Weymouth, Harry."

Alice eilte aus dem Salon, während Weymouth sich weiter um Harry bemühte. Damien sieht aus, als hätte er Fieber, dachte sie, während sie den Korridor hinuntereilte. Hoffentlich wurde er nicht krank. Als sie die Eingangshalle erreicht hatte, erkannte sie, dass er auf der Treppe stand. Er wandte ihr den Rücken zu und starrte auf den Boden. Er schien so unsicher auf den Beinen zu sein, dass sie befürchtete, er könne in Ohnmacht fallen. Sie rannte zu ihm, um ihn zu stützen. Als er ihre Schritte hörte, fuhr er blitzschnell herum.

„Zurück!" knurrte er. Sein Blick war wild, und er keuchte. In der Hand hielt er ein Messer, umklammerte es so fest, dass die Knöchel weiß hervortraten.

Alice erstarrte.

Sie blickten einander an. Alice wagte nicht sich zu rühren. Er war nicht mehr der ruhige, beherrschte Soldat, der ihr im Hyde Park die Ehe angetragen hatte.

„Lord Damien? Was ist denn los?" flüsterte sie furchtsam. Langsam wich sie nun vor ihm zurück wie vor einem wilden Tier.

In der Ferne dröhnte wieder ein Böller, und Damiens Blick huschte in die Richtung, aus welcher der Lärm gekommen war. Sein Gesicht wirkte verzerrt.

„Keine Meile entfernt. Achtung, Männer. Brecht das Lager ab. Sie werden jede Minute hier sein."

„Wer?“ fragte sie schwach und wurde ganz bleich, als sie seinen irren Blick bemerkte.

„Napoleon. Er befindet sich hinter dieser Anhöhe.“ Er wies mit dem Messer zur Treppe und legte dann den Finger auf die Lippen. „Still. Wir müssen die Artillerie aufmarschieren lassen.“

Bevor Alice reagieren konnte, war er schon die Treppe hinaufgeschlichen.

Stocksteif stand sie da, die Hand vor dem Mund. *O Gott.*

Lange Zeit blieb sie einfach so stehen, weil sie nicht wusste, was sie tun sollte. Als von oben lauter Krach ertönte, schrak sie ängstlich zusammen. Es klang, als würde sich der Colonel in einem der oberen Zimmer verbarrikadieren. Panisch rannte Alice die Treppe hinunter und begann das Haus nach Mr. Walsh abzusuchen, den unermüdlichen Butler von Knight House. Er würde sicher wissen, was zu tun war. Gerade schaute sie in der eleganten Bibliothek des Herzogs nach, als Peg plötzlich laut nach ihr schrie.

„Miss Montague! Lord Damien! Halten Sie ihn auf!“

Alice raffte die Röcke und rannte in die Eingangshalle zurück, wo Peg an der offenen Tür stand und erregt hinausdeutete. „Er hat ihn mitgenommen! Schnell! Ich hab versucht, ihn aufzuhalten; er hat Harry mitgenommen …“

„Bardou?“ schrie Alice.

„Nein, Weymouth!“

Als sie in die kalte Nacht hinauslief, konnte sie Harry schon weinen hören.

„Weymouth!“ schrie Alice zornentbrannt und rannte ihm nach. „Bist du vollkommen übergeschnappt?“

Der Viscount wollte gerade in seine Kutsche klettern, Harry dabei fest umklammernd, doch Alice hastete zu ihm und versuchte ihm das Kind zu entreißen.

„Lass ihn sofort los!" stieß sie zwischen zusammengebissenen Zähnen hervor. Im Park loderten zur Feier des Guy-Fawkes-Abends die Feuer und Fackeln und warfen einen hellen Schein auf die strenge Fassade von Knight House. „Weine nicht, Harry ..."

„Tante Alice!" Das Kind bekam ihr Haar zu fassen und klammerte sich daran fest, aber Weymouth riss Harry gewaltsam von ihr los.

„Gib ihn sofort zurück!" schrie Alice.

„Ich nehme ihn mit, Alice. So steht es in Caros Testament. *Ich* bin jetzt sein gesetzlicher Vormund."

Entsetzt starrte sie ihn an. So weit hatte sie gar nicht gedacht, und nun wurde ihr klar, dass er Recht hatte.

Einen Augenblick war sie wie betäubt und wusste nicht, was sie tun sollte. Weymouth wollte nicht auf sie hören, und sie hatte keinerlei rechtliche Grundlagen. „Aber ... aber das geht doch nicht! Du kannst ihn nicht mitnehmen, Weymouth! Er kennt dich doch kaum, er hat furchtbar Angst, und du hast keine Ahnung, wie man mit einem Kind umgeht!"

„Nein, hab ich nicht, und deswegen möchte ich dich bitten, seiner Kinderfrau auszurichten, sie soll aufhören zu trödeln und mit uns kommen. Sie wird sich um ihn kümmern."

„Weymouth, du nimmst das Kind nicht mit! Du bist opiumsüchtig und ein Säufer! Und jetzt gib ihn mir zurück, sonst rufe ich den Konstabler!"

„Er ist *mein* Mündel. Ich könnte *dir* den Konstabler

auf den Hals hetzen!" murmelte er und schob Harry in die Kutsche.

„Neiiiin!" heulte Harry und streckte die Arme nach ihr aus. Er steigerte sich in einen richtigen Trotzanfall hinein, begann zu kreischen und wild um sich zu schlagen.

Mit aller Kraft versuchte Alice ihn aus der Kutsche zu holen, doch Weymouth drehte sich plötzlich voll Wut zu ihr um und schubste sie heftig. Sie stolperte über ihr Kleid und landete mit dem Hinterteil auf dem Boden.

„Hast du denn gar kein Mitgefühl?" rief Weymouth und starrte sie voll Wut an. „Ich habe heute meine Schwester verloren! Harry ist das Einzige, was mir von ihr noch geblieben ist! Und wenn du uns jetzt bitte entschuldigst – ich fahre nach Hause und nehme Harry mit."

Schimpfend begann sie sich aufzurappeln, als sie plötzlich aus dem Augenwinkel eine Bewegung wahrnahm. Alice drehte sich um und blickte zum Green Park – und das Blut gefror ihr in den Adern.

Von Dannecker – beziehungsweise Bardou – stand auf der anderen Seite des Zauns und starrte sie an. Alice war wie gelähmt. Ihre Blicke trafen sich. Der Lärm um sie versank, und dann blieb die Zeit stehen. Bardou hob sein Gewehr und richtete es auf sie.

Dann kam ein Reiter auf einem Schimmel aus dem Park gefegt, als wäre er direkt aus einem der lodernden Feuerstöße gebrochen.

Lucien!

Er ließ sich vom galoppierenden Pferd direkt auf Bardou fallen und hielt den mächtigen Mann am Boden fest. Ein Schuss löste sich, doch die Kugel pfiff hoch über die Bäume hinweg und störte nur eine Schar schlafender Vögel auf. Empört kreischend flatterten sie davon.

Harry immer noch fest im Arm, ging Weymouth mit einem schockierten Fluch hinüber, um nachzusehen, was los war, doch Alice stand wie angewurzelt und starrte die Kämpfenden an, in Gedanken ganz bei Lucien. Er hatte gesagt, dass es ein Kampf auf Leben und Tod war, und nun begriff sie, was er gemeint hatte.

Sie kämpften wie Raubtiere, rollten über das Pflaster. Lucien drückte seinen Feind zu Boden. Im Licht der Guy-Fawkes-Illuminationen waren die Gesichter nur undeutlich auszumachen, wirkten in den tanzenden Schatten wild und verzerrt. Keiner von beiden schien die Hiebe seines Gegners zu bemerken, keiner von beiden schien wahrzunehmen, was um sie herum geschah. Sie waren nur aufeinander konzentriert. Lucien presste Bardou zu Boden und schlug ihm immer wieder ins Gesicht, dann packte Bardou Lucien um die Kehle und begann ihn zu würgen. Lucien tastete nach Bardous offenem Gewehrkoffer, während der Franzose ihm gleichzeitig die Luft abzudrücken versuchte.

Als Lucien die Hand hob, hielt er ein zehn Zoll langes Bajonett in der Hand. Alice keuchte auf, als Lucien zustieß. Er trieb das Bajonett direkt in Bardous Herz.

Sie hielt den Atem an, bis Bardous Hand von Luciens Hals herabglitt und schlaff auf den Boden fiel.

Er war tot.

Lucien wischte sich die Stirn ab und stand auf. Das Bajonett ließ er in Bardous Brust stecken. Einen Augenblick blieb er stehen und blickte schwer atmend auf die Leiche hinab, und dann hob er den glänzenden Blick und schaute Alice an.

Sie stieß einen Schrei aus und rannte zum Tor, um ihn einzulassen. Vor Tränen konnte sie kaum etwas sehen. Sobald er hereinkam, schloss er sie in die Arme und hielt sie fest, den Kopf an seine Brust gedrückt.

Sie schluchzte unkontrolliert und klammerte sich an ihm fest, als ginge es um ihr Leben.

„Pssst", flüsterte er. „Jetzt ist alles gut."

Sein Herz schlug immer noch dröhnend laut. „Du lebst", stieß sie hervor und betrachtete ihn. „Du bist ja ganz nass."

Er küsste sie auf die Stirn, umfing ihr Gesicht dann mit den Händen und schaute sie an. In seinen Augen glänzte wilde Siegeslust.

Sie zog ihn zu sich herunter, um ihn zu küssen, und es war ihr ganz egal, ob sie jemand beobachtete. Er lebte, und er hatte ihr das Leben gerettet. Sie beendete den Kuss schließlich, immer noch zitternd von den Nachwirkungen des Schocks. Sie klammerte sich an seine Rockaufschläge.

„Lucien, du musst Weymouth aufhalten! Er will mir Harry wegnehmen!"

„Ach ja?" Er warf dem schmächtigen Viscount einen Blick zu, ließ sie los und schlenderte langsam zu Weymouth hinüber. Angesichts der finsteren, bedrohlichen Miene wurde der ungepflegte kleine Mann bleich.

„Also, äh, wissen Sie … das war nur so eine Idee. Hier. Ich bin sicher, dass er hier in den besten Händen ist." Eilig übergab Weymouth den kleinen Jungen Alice.

„Lämmchen", hauchte sie und hielt ihn fest.

Weymouth musterte Lucien angsterfüllt und wich zu seiner Kutsche zurück. Dann stieß er ein nervöses Lachen aus. „Vielleicht bin ich in dieser ... dieser Zeit nicht der, äh, beste Vormund für Harry. Natürlich steht mein Name im Testament, aber wenn Harry glücklicher ist ... also, ich meine, ich will ja nur ...“, er blickte von Bardous Leiche zu Lucien und schluckte, „... ja nur das Beste für meinen kleinen Neffen. Ich schau mal wieder vorbei, um zu sehen, wie es ihm geht ...“

„Verschwinden Sie“, knurrte Lucien.

„Bin schon weg!“ Weymouth sprang in seinen Wagen und gab dem Kutscher eilig das Zeichen zur Abfahrt.

Alice hielt Harry fest umschlungen und beruhigte ihn. Als Weymouths Wagen zum Tor hinausrollte, wandte Lucien sich zu ihr um und sah sie und Harry einen Moment voll stillem Besitzerstolz an. Alice erwiderte den Blick dankbar und bewundernd. Der Sieg über Bardou mochte zwar die schwierigere Aufgabe gewesen sein, aber sie war ihrem Helden vor allem dafür ewig dankbar, dass er Harry von Weymouth zurückgeholt hatte. Er ging zu ihnen und schloss sie beide in die Arme. Dann küsste er erst sie, dann Harry auf die Stirn und wisperte: „Weine nicht, mein Junge.“

„Er kann nicht anders“, meinte Alice entschuldigend, da Weymouth dem Knaben furchtbar Angst gemacht hatte, doch zu ihrer Überraschung hörte Harry bei Luciens sanften Worten abrupt zu weinen auf.

Harry blinzelte und wandte sich, den Finger im Mund, an Lucien. Staunend sah Alice mit an, wie Harry die Arme nach Lucien ausstreckte, um von ihm gehalten zu werden.

„Ich bin ganz nass, Harry.“

Der Junge fing an sich zu winden und streckte Lucien die Ärmchen noch dringender entgegen. Lucien wurden die Augen feucht, als er Harry vorsichtig auf den Arm nahm. „Tapferer kleiner Kerl", murmelte er rau.

„Gehen wir rein", flüsterte Alice. In ihren Augen glänzten Tränen der Liebe für den Knaben und den Mann.

Lucien legte ihr den anderen Arm um die Schultern. Zusammen, eng umschlungen, gingen sie auf den warm erleuchteten Säulenvorbau zu.

Dann sagte Alice voll Sorge zu ihm: „Lucien, beinahe hätte ich es vergessen ... mit Damien stimmt etwas nicht. Er ist oben. Du musst ihm helfen."

Gerade hatte er Harry liebevoll an sich gedrückt, doch bei diesen Worten übergab er ihr eilig das Kind. „Was ist passiert?"

„Ich bin mir nicht sicher. Die ganze Böllerei schien ihn irgendwie durcheinander zu bringen. Ich hatte den Eindruck, er glaubte, wieder im Krieg zu sein."

Lucien starrte sie an und nickte. Gerade als er ins Haus gehen wollte, hörten sie hinter sich Hufgetrappel.

„Lord Lucien!"

„Da ist er ja!"

„Mylord, Sie leben noch!" Marc und die anderen kamen zum Tor geritten und schwangen sich aus dem Sattel.

Lucien winkte ihnen zu, doch sie wusste, dass er jetzt unbedingt zu Damien gehen wollte. „Richte ihnen aus, dass sie sich um Bardou kümmern und den Konstabler verständigen sollen. Marc weiß, was zu tun ist."

Alice nickte. Er beugte sich noch einmal herunter und

küsste sie auf die Wange, dann lief er hinein und stieg die Treppe empor, um zu sehen, ob er seinem Bruder helfen könne. Sie folgte ihm in die Eingangshalle, damit Harry nicht mehr der kalten Nachtluft ausgesetzt war. Ihr Neffe schniefte inzwischen nur noch leise und hatte das Köpfchen an ihre Schulter gelehnt. Sie rieb ihm den Rücken, während sie auf die jungen Männer wartete. Peg ging zu ihr und strich über Harrys Kopf. Dann schaute sie ihr streng in die Augen.

„Fischvergiftung, wie?"

Erschrocken riss Alice die Augen auf und wurde feuerrot, doch als Peg dann verständnisvoll und mit feuchten Augen lächelte, begann Alice übers ganze Gesicht zu strahlen.

„O Peg, ich liebe ihn ja so sehr", stieß sie hervor. „Ich konnte einfach nicht anders."

„Mein Liebes", sagte Peg und lachte leise. Dann schloss sie Alice und Harry mütterlich in die Arme. „Ich dachte schon, Sie finden nie den Richtigen."

Noch ganz zittrig von den Nachwirkungen seines siegreichen Kampfes, lief Lucien den düsteren Korridor zu Damiens Zimmer hinunter. Obwohl er blutig, zerschlagen und klatschnass war, spürte er nichts davon. Morgen würde er sich gewiss schlecht fühlen, doch im Augenblick seines wilden, berauschenden Triumphes waren jegliche Schmerzen bedeutungslos. Er wollte nicht daran denken, dass er nur knapp dem Tod entronnen war.

Die Panik, die er empfunden hatte, als Bardou auf Alice anlegte, würde ihn sein Leben lang nicht mehr loslassen. Gott sei Dank war er noch rechtzeitig gekommen, um sie zu retten. Er wusste, dass sie und Harry nun zu ihm gehörten, und er freute sich darüber.

Im Moment machte ihm nur noch sein armer, vom Krieg gezeichneter Bruder Sorgen. Leise klopfte er an Damiens Tür. „Ich bin's, Damien. Lass mich rein."

Als keine Antwort kam, drückte Lucien die Klinke herunter. Die Tür war nicht verschlossen. Vorsichtig machte er sie auf und schaute hinein.

Im Zimmer war es dunkel. Das einzige Licht kam vom Fenster, durch das der Mond schien und der Silhouette seines Bruders einen silbrigen Schimmer verlieh. Damien saß im Schneidersitz auf dem Fußboden, die Ellbogen auf die Knie gestützt, den Kopf in den Händen. Neben ihm lag eine Pistole. Lucien überlief es kalt, als er sie sah. Damien regte sich nicht, als Lucien die Tür hinter sich schloss. Zögernd trat er weiter ins Zimmer. Selbst als er die Pistole aufhob und entlud, reagierte sein Bruder nicht.

„Geht es dir gut?"

Damien blickte nicht auf, doch als er sprach, war seine Stimme leise, rau und schmerzerfüllt. „Ich verliere den Verstand."

Lucien ging langsam neben ihm in die Hocke und betrachtete ihn.

„Was zum Teufel ist nur mit mir los? Du bist klüger als ich, Lucien. Sag mir, was ich tun soll, ich weiß mir keinen Rat."

„Vielleicht sollte ich den Arzt rufen …"

„Nein. Wozu? Der gibt mir nur Laudanum zur Beruhigung. Das hab ich schon versucht. Funktioniert nicht. Ich krieg davon nur noch schlimmere Visionen, als ich sie jetzt schon habe. Lieber Gott." Er lehnte sich an die Wand und schloss erschöpft die Augen.

„Wie lang geht das schon so?" erkundigte sich Lucien.

„Eine ganze Weile." Damien schwieg einen Moment. „Wahrhaftig, ich sehe das Gesicht jedes einzelnen Soldaten vor mir, den ich verlor, und sie alle wollen von mir wissen, warum ich nach Hause zurückgekehrt bin und sie nicht. Warum ich einen Titel bekomme und den Dank der Nation, während sie mit einem Grab in der staubigen Erde Spaniens vorlieb nehmen mussten."

Lucien schluckte. Er war von den Worten seines Bruders erschüttert.

Damien musterte ihn trostlos. Im Mondlicht sah Lucien die Tränenspuren auf seinen schmalen Wangen. „Tu mir einen Gefallen. Wenn ich vollkommen verrückt werde, erlöse mich von meinem Elend. Das würdest du doch für mich tun, nicht wahr? Wie du es anstellst, ist mir egal. Vergifte mich, erschieß mich von mir aus, aber steck mich bloß nicht ins Irrenhaus, weil sie einen dort nicht heilen können. Ich möchte nicht, dass Leute kommen, mich zum Zeitvertreib besichtigen und mich auslachen. Alles, bloß das nicht."

„Psst." Lucien unterbrach ihn und legte ihm brüderlich den Arm um die Schultern. So hielt er ihn eine ganze Weile, wobei er sich an die Zeiten erinnerte, als sie klein waren und Damien ihn nach den Schrecken eines Asthmaanfalls getröstet hatte.

Er lehnte seinen Kopf an Damiens und beschwor ihn stumm, wieder gesund zu werden. „Du wirst nicht verrückt. Du brauchst einfach ein wenig Zeit, um dich wieder an das normale Leben zu gewöhnen. Himmel, Damien, du hast in fast allen größeren Schlachten mitgekämpft. Du kannst nicht erwarten, dass dich das unberührt lässt. Aber es geht vorüber."

„Ich hoffe, dass du Recht hast."

„Möchtest du, dass ich ein paar Freunde aus deinem Regiment holen lasse? Sherbrooke? Es ist immer nett mit ihm."

„Himmel, nein. Ich will nicht, dass sie mich so sehen." Damien seufzte tief. „Was zum Teufel soll ich nur tun?" fragte er mit der Ruhe der Verzweiflung. „Ich habe meinen Zweck erfüllt, und nun ist es vorbei. Ich kann nur noch eines, und das ist töten."

Lucien setzte sich neben ihn und betrachtete besorgt das Gesicht seines Bruders. „Vielleicht solltest du London eine Weile den Rücken kehren. Irgendwohin gehen, wo es friedlich ist. Vielleicht würde es dir einen klaren Kopf verschaffen, wenn du dich ein paar Wochen nach Hawkscliffe Hall begibst."

„Bevor ich noch jemanden verletze, meinst du?" Er musterte Lucien mit einem zynischen Lächeln. „Keine Sorge, es ist schon gut. Jetzt ist es vorbei. Ich brauche bloß eine Frau", meinte er trocken. „Gute Nacht dafür. Ich bin sicher, dass die Mädels an einem solchen Feiertag in voller Stärke angetreten sind."

„Hältst du das wirklich für eine gute Idee?"

„Auf alle Fälle hilft es mehr als das verfluchte Laudanum." Er stand auf und streckte sich und lockerte die Schultern.

Lucien erhob sich ebenfalls und glaubte fast, sehen zu können, wie Damien sich wieder in den berühmten Colonel verwandelte, stolz und beherrscht, als wäre das alles nie passiert. Das machte ihn traurig, aber zumindest schien Damien wieder Herr seiner selbst zu sein. Damien öffnete das Fenster und atmete in tiefen Zügen die kalte Nachtluft ein. Er wich Luciens Blick aus. „Bitte sag Miss Montague, dass es mir Leid tut, wenn ich sie erschreckt habe."

„Das ist nicht nötig. Alice will nur, dass es dir gut geht, so wie ich auch." Lucien schüttelte den Kopf. „Himmel, Damien, lass bitte die Waffe stecken, wenn du in einem solchen Zustand bist. Du hast mir eine Höllenangst eingejagt. Ich bin dein Zwillingsbruder! Ich hätte merken müssen, dass etwas nicht stimmt. Normalerweise brauche ich nicht mal im selben Land wie du zu sein, um zu wissen, wie es dir geht, aber nun sind wir beide in London, sogar im selben Haus, und ich hatte keine Ahnung."

„Ich wollte nicht, dass du es mitbekommst."

„Weil du zornig auf mich bist?"

„Ich bin nicht zornig auf dich."

„Wie bitte?" fragte Lucien. „Aber du behandelst mich wie einen Aussätzigen!"

Damien schaute ihn an. „Ja, weil ich dieses … dieses Problem ignorieren wollte und ahnte, dass du es nicht zulassen würdest. Vor dir kann man überhaupt nichts verbergen. Das ist ganz schön ärgerlich."

„Willst du etwa behaupten, du trägst mir nicht nach, dass ich die Armee verlassen habe?" rief er aus.

„Nein, Lucien. Ich war froh darüber. Wenn du gefallen wärst, wie so viele unserer Freunde …" Seine Stimme erstarb.

Lucien war wie vom Donner gerührt. Benommen schüttelte er den Kopf. „Und ich dachte, du verübelst mir meine Berufswahl!"

„Einerseits verabscheue ich das, was du tust. Es ist ein

schmutziges Geschäft, aber, wie Wellington sagte, auch ein notwendiges. Ich könnte es nicht machen, das gebe ich offen zu. Mir fehlt die nötige Begabung dazu. Aber ich muss gestehen, es hat mir Respekt abgenötigt, als du nach Badajoz die Konsequenzen gezogen und das getan hast, was dir dein Gewissen eingab. Das hat Mut erfordert."

„Verdammter Kerl", meinte Lucien und lachte leise. „Du hast mich ganz schön an der Nase herumgeführt."

„Wirklich? Na, das ist doch zumindest etwas." Damien grinste. „Jetzt ist es wohl vorbei mit der Vorstellung."

„Mach dir keine Sorgen. Ich kann ein Geheimnis für mich behalten. Aber du musst aufhören, dir Sorgen wegen deiner Männer zu machen, und eine Weile nur auf dich selbst achten. Du bist nicht unverwundbar, auch wenn dir das gern nachgesagt wird. Aber das ist keine Schande."

„Von wegen. Du bist ja nicht derjenige, der den Verstand verliert. Übrigens", verkündete er, abrupt das Thema wechselnd, „hoffentlich bist du nun endlich zur Vernunft gekommen, was Alice angeht. Du kannst dich glücklich schätzen, dass du eine so loyale Frau gefunden hast. Sie ist ein Goldschatz. Hat meinen Antrag abgelehnt, weißt du, und mir ganz klar zu verstehen gegeben, dass sie in dich verliebt ist."

Lucien strahlte, während er zur Tür schlenderte. „Das hab ich gehört. Ich versichere dir, dass diese glühenden Gefühle auf Gegenseitigkeit beruhen, und ich werde sie ganz bestimmt heiraten. Willst du mein Trauzeuge sein?"

Damien schaute ihn an. „Wenn es dir nichts ausmacht, mit einem Verrückten Hochzeit zu feiern, wäre es mir eine Ehre."

Lucien blieb in der Tür stehen. „Wir sind alle ein bisschen

verrückt, mein Lieber. Dadurch bleibt das Leben interessant. Wenn du etwas brauchst, weißt du, wo du mich findest."

„Danke", erwiderte er leise.

Lucien nickte und verließ den Raum. Er ging den Gang zu seinem Zimmer entlang und freute sich über seinen Sieg. Als er die Tür öffnete, wurde er von einem Meer von Kerzen begrüßt. Das Bett war aufgeschlagen, und Alice erwartete ihn in ihrem dünnen Baumwollhemdchen am Kamin. Das herrliche Haar fiel ihr offen über die Schultern, als sie sich hinunterbeugte und in der dampfenden Badewanne herumrührte, die sie anscheinend für ihn hatte vorbereiten lassen, während er mit Damien gesprochen hatte.

Wie schön sie ist, dachte er und lächelte sie verwegen an, als er die Tür hinter sich zuschlug – und absperrte. „Na, wenn das keine angenehme Überraschung ist!"

„Ich glaube, euer Butler war ziemlich schockiert, als ich ihn bat, mir dein Zimmer zu zeigen", sagte sie und errötete, während sie sich die Hand an ihrem Hemdchen abtrocknete. „Ich habe versucht, ihm zu erklären, dass wir verlobt sind, aber er hat trotzdem ziemlich unsicher ausgesehen."

„Wirklich?" Er blickte sie nur an und hatte das Gefühl, das Herz würde ihm vor Liebe zu ihr zerspringen, als sie barfuß zu ihm hinüberlief. Er liebte ihre Augen, ihr Lächeln, ihre blassen, schlanken Arme, ihre zarten Knöchel, um die sich nun das Hemd bauschte. Er liebte ihren eleganten Gang und wie ihr das lange, dichte Haar um die Taille fiel, während sie auf ihn zuschritt. Er war ihr ganz und gar verfallen.

Anbetend senkte er den Kopf, als sie bei ihm ankam. Sie packte ihn bei den immer noch feuchten Rockaufschlägen, stellte sich auf die Zehenspitzen und küsste ihn auf die Lippen. Dann betrachtete sie ihn voll liebevoller Zuneigung und jugendlicher Ernsthaftigkeit. Er lächelte.

„Wie geht es dir?" fragte sie sachlich.

„Ich bin nass."

„Allerdings. Was hast du gemacht? Bist du in den Fluss gefallen?"

„So ähnlich."

„Komm." Sie nahm ihn bei der Hand, zog ihn zum Bett, drückte ihn darauf, stellte sich vor ihn hin und begann ihn zu entkleiden.

„Wie tüchtig du doch bist, meine Liebe."

„Ich will, dass du aus den nassen Sachen kommst und in das heiße Bad steigst, bevor du dich erkältest."

„Nur wenn du auch kommst."

Sie lächelte ihn an, während sie ihm die nasse Weste aufknöpfte, und errötete. „Warum nicht? Peg hat Harry ins Bett gebracht, du hast mich also ganz für dich."

„So, meine liebe Miss Montague", sagte er lächelnd, während er sie in die Arme nahm und zu sich aufs Bett zog, „stelle ich mir das Paradies vor."

EPILOG

Zwei Wochen später wurden sie mit einem Ehedispens in der Dorfkirche von Basingstoke getraut, und danach wurde auf Glenwood Park ein großer Empfang abgehalten. Alices Schneiderin hatte ihr eilig ein exquisites zartrosa Hochzeitskleid gefertigt, während Lucien ihr den riesigsten Diamantring gekauft hatte, den er auftreiben konnte. In der Zwischenzeit war das herzogliche Paar mit Lady Jacinda und Miss Carlisle aus Wien zurückgekehrt. Nun war die gesamte Knight-Familie mit Ausnahme des schwarzen Schafs Lord Jack im Salon von Glenwood Park versammelt, wo es entsprechend geräuschvoll zuging.

Alice war begeistert von ihren neuen Verwandten.

Robert und Bel, der attraktive Duke und seine Braut, hatten verkündet, dass sie im Frühling ein gesegnetes Ereignis erwarteten. Alice fand Robert, den Patriarchen der Familie, ein wenig einschüchternd, obwohl offensichtlich war, dass der seine junge Gattin schamlos vergötterte. Die witzige, bodenständige Bel hatte sie vom ersten Moment an gemocht, als die junge Frau sie umarmt und Schwester genannt hatte.

Luciens unverheiratete Schwester Lady Jacinda war ein hübscher, lebhafter kleiner Kobold mit Apfelbäckchen und einer Wolke goldener Locken. Obwohl sie erst nächstes Jahr debütieren sollte, hatte sich die Siebzehnjährige die hohe Kunst des Flirtens in Alices Augen bereits angeeignet und bezauberte nun Luciens fünf junge Assistenten, die ebenfalls zur Hochzeit geladen waren. Miss Carlisle, Lady Jacindas schüchterne, ernsthafte und würdevolle Gefährtin, stand an der Wand, bereit einzuspringen, wann immer sie gebraucht wurde, doch Alice fiel auf, dass sie den blonden Lord Alec, den jüngsten Knight-Bruder, der noch keine dreißig war, voll hilfloser, schmerzlicher Verliebtheit betrachtete. Alec war ein modebewusster junger Draufgänger, der seine Freunde gnadenlos aufzog, seine Feinde mit königlicher Verachtung strafte und schön wie Adonis war – womit er normalerweise alles erreichte, was er sich in den Kopf gesetzt hatte.

Was Damien anging, so war er vor einer Woche zum Earl of Winterley ernannt worden und hatte ein Herrenhaus und vierhundert Hektar Grund in Berkshire erhalten. In der Kirche hatte er stolz seine Pflichten als Luciens Trauzeuge erfüllt, doch wirkte er immer noch ruhelos. Alice machte sich Sorgen um ihn.

Bald darauf war sie mit Bel und ein paar Damen aus der Nachbarschaft in ein Gespräch über Babys vertieft. Da beide Frauen weder Schwester noch Mutter hatten, nahm Alice lebhaft Anteil an der Aufregung, welche die junge Herzogin anlässlich ihrer ersten Schwangerschaft verspürte. Ausführlich diskutierten sie die Gestaltung der Kinderräume, mögliche Vornamen, ob man eine Amme engagieren, wann das Kind entwöhnt werden sollte und wie viele Kinder sie einmal haben wollten.

In diesem Augenblick kam Harry in den Salon gefegt, seinem Kätzchen auf der Spur. Es handelte sich um den Streuner aus dem Garten ihres Londoner Stadthauses, den er auf Luciens Fürsprache hin doch noch mit nach Hause hatte nehmen dürfen. Das Kätzchen hatte sich zum Sofa geflüchtet und kletterte nun an Mr. Whitbys Hosenbein hinauf. Der alte Mann schrie auf, was Lucien sofort auf ihn aufmerksam machte.

Elegant in einen taubengrauen Frack mit langen Schößen gekleidet, wandte sich der Bräutigam, der bei seinen Brüdern stand, gerade noch rechtzeitig um, um das Kätzchen einzufangen. Dann drehte er sich zu Harry um, der schon ungeduldig herumhüpfte und sein Kätzchen wiederhaben wollte.

Als Lord Alec ihn aber packte und in die Luft warf, begann Harry laut zu juchzen, und als er ihn dann mit dem Kopf nach unten baumeln ließ und sanft auf dem Sofa absetzte, kannte Harrys Begeisterung keine Grenzen mehr. Er rappelte sich sofort auf, rannte zu Alec zurück und wollte noch einmal in die Luft geworfen werden.

„Wie schön, dass du endlich mal einen Freund gefunden hast, der es mit dir an Reife aufnehmen kann", meinte Robert trocken.

Alec ließ sich davon nicht im Mindesten beeindrucken, auch wenn sich die Gäste ringsum auf seine Kosten amüsierten. Lucien hatte jedoch Alices Blick aufgefangen. Sie sahen einander quer durch den Raum voll liebevoller Glut an. Verstohlen blickte er zur Tür und zog dann diskret fragend eine Augenbraue hoch. Alice zwinkerte ihm verschmitzt zu.

Kurz darauf entschuldigte sie sich bei Bel und den anderen Damen und stahl sich davon, um sich in aller Stille mit ihrem Lord Luzifer zu treffen.

– ENDE –